Trop humains

Du même auteur
dans la même collection

Drôles de frères (nº 19)
Levine (nº 26)
Un jumeau singulier (nº 168)
Ordo (nº 221)
Aztèques Dansants (nº 266)
Kahawa (nº 277)
Faites-moi confiance (nº 309)

dans la collection Rivages Thriller

Aztèques Dansants
Faites-moi confiance
Histoire d'os
361
Moi, mentir ?
Le Couperet

Sous le pseudonyme de Richard Stark

La Demoiselle (nº 41)
La Dame (nº 170)
Comeback

Donald Westlake

Trop humains

Traduit de l'américain par
Patrick Couton

Collection dirigée par
François Guérif

Rivages/noir

Ce livre a déjà paru aux Éditions
de l'Atalante en 1995.

Titre original : *Humans*

106, bd St-Germain – 75006 Paris

ISBN : 2-7436-0561-8
ISSN : 0764-7786

Dédicace

Un jour de 1986, à Taormina, en Sicile, Evan Hunter* m'a dit que je devrais songer à un roman différent de ceux que j'avais écrits jusque-là ; d'une plus grande envergure peut-être, ou nouveau par sa facture, inattendu par son thème. Si Evan ne m'avait pas mis cette idée en tête, ce roman n'existerait pas.

Un autre jour de 1990, à New York, j'ai découvert que mon voyage dans cet inconnu m'avait apparemment conduit dans une impasse ; je ne voyais pas du tout comment m'en sortir. Plusieurs coups de téléphone désespérés plus tard, j'ai fait la connaissance, via le fax, d'un érudit, physicien et auteur de science-fiction californien du nom de Robert Forward. Nous avons correspondu des jours durant à coups de rafales de télécopies avant qu'il ne transmette : « Bon sang ! Je crois que cette fois, c'est la bonne ! » Sans lui, ce roman n'aurait jamais été terminé.

Tous les jours, en tous lieux, en toutes circonstances, ma femme, Abby Adams, me permet d'écrire et m'évite la négligence et l'erreur. Sans elle, ce roman ne tiendrait pas debout.

Evan, Bob, Abby : c'est *votre* faute.

---

* Alias Ed McBain. *(N.d.T.)*

Et Yahvé dit : « Je vais éliminer de la face du monde les hommes que j'ai créés – et avec les hommes, les bestiaux, les bestioles, les oiseaux du ciel –, car je me repens de les avoir faits. »

Genèse 6, 7

Réserves

La science contenue dans cet ouvrage est aussi exacte que me le permettent mes connaissances.

La théologie contenue dans cet ouvrage est aussi bibliquement correcte que me le permettent mes connaissances.

Quant au reste, il s'agit d'un roman. Tous les humains qu'il contient sortent de mon imagination.

L'ange, ma foi… je crois l'avoir inventé de toutes pièces.

Thèse

Ananayel

Je suis, ou étais, ou peut-être suis encore, un ange. Dieu seul le sait.

Je suis certainement très différent de ce que j'étais autrefois. Et pourtant je suis, à mon avis, toujours moi-même. D'un autre côté, ma vie n'est plus angélique, ça, c'est vrai.

Qu'étais-je donc avant, quand je n'étais en tout et pour tout qu'un ange ? Comment décrire pareille existence ? C'était, je crois, comme cet instant fugace de votre condition humaine lorsque, réveillé plus tôt que nécessaire au matin, vous sentez passer un grand courant d'apesanteur et d'altruisme, que votre lit est devenu un gros ballon moelleux dont vous faites partie et que vous flottez en l'air dans la pénombre d'un vaste auditorium à dôme. Ce sentiment ne dure que quelques secondes, très vite le temps et votre personnalité reprennent le dessus, vous cessez d'être un simple fragment flottant de pensée pour redevenir vous-même, et votre journée commence.

Pour ceux de mon espèce, de l'espèce à laquelle j'appartenais avant, cette unité en suspension dans l'immensité de l'espace, c'est la condition naturelle.

Jusqu'à ce que, de loin en loin, *Il* appelle. Il a une tâche à confier.

C'est ainsi qu'Il m'a appelé : Ananayel.

Il me faut revenir à qui et ce que j'étais à cet instant-là, au tout début. Il me faut retrouver le changement qui s'est opéré en moi lorsque j'ai entrepris la tâche qu'Il m'avait réservée. À ce premier instant, je n'étais que ce que j'avais toujours été : un serviteur fidèle.

Donc Il m'a appelé. Ananayel. Alors je me suis éveillé, j'ai flotté comme la fumée qui se glisse par une fenêtre ouverte, je me suis rappelé à moi-même, j'ai réintégré une individualité, une conscience et la réalité d'Ananayel qui a répondu : « Je suis ici, Seigneur. »

Et Lui aussi, bien entendu. Il est omniprésent, entre autres qualités. Mais Il n'était pas vraiment là, si vous me suivez. Je ne Lui ai pas fait face directement. Le voir en face, à ce que j'ai compris, c'est se dessécher pour sombrer dans l'oubli et repartir à zéro. La vérité de Sa beauté et de Sa puissance dépasse ce que la vision d'un mortel peut supporter, et les anges aussi sont mortels, quoique beaucoup moins éphémères que les humains.

Nous faisons tous partie de Dieu, partie de Ses rêves, de Ses désirs, mais aucun de nous ne connaît davantage que le rôle qui lui est dévolu dans Son plan ; s'Il a effectivement un plan et s'Il ne divague pas tout bonnement au gré d'une fantaisie cosmique, comme Il nous en donne parfois l'impression. Et donc, simple vrille dans l'imagination de Dieu, je devais apprendre par une autre entité, aussi immatérielle que moi-même, en quoi consistait ma tâche.

« Messager. »

Ah. Je n'avais jamais fait le messager, l'annonciateur, le porte-Parole. Une expérience intéressante, disait-on, et même réjouissante, pour tout le monde. On disait que l'éclat dans les yeux de l'humain – ou de l'humaine, oui, oui, d'accord – qui se savait en présence d'un ange n'avait pas de prix. (Cette façon qu'ils ont de nous aimer, aussi naturellement et instinctivement qu'ils aiment leur nouveau-né.) Et voilà que j'allais compter au nombre des rares bienheureux parmi les bienheureux à contempler cet éclat.

« Et influent. »

Encore plus rare ! Un influent ! Un ange qui altère l'histoire humaine, la progression des événements humains ! Un ange qui réduit une fortification en miettes, détourne un fleuve, allume une torche qui conduit à la sécurité ou à la défaite ! *Participer !* (Voilà ce que nous autres, les anges, nous regrettons le plus, quand on nous éveille à la conscience. Nous n'avons pas d'histoire à nous, pas de désirs ni de triomphes. Pas de désastres non plus, évidemment, ce qui compense. Mais même un humain en pleurs et qui grince des dents paraît parfois plus réel que nous.)

« Que sais-tu de l'Amérique ? »

Rien. Jamais entendu parler.

On m'a déjà montré le pays des Iroquois qui laissaient le fleuve les emporter jusqu'à ce que l'eau se charge de sel, juste avant le puissant océan, là où leurs filets ramenaient des poissons qui ne s'aventuraient jamais en amont.

« Ça fait un moment que tu n'as pas regardé. »

Je suis allé ailleurs et nulle part, j'ai flotté parfois parmi d'autres étoiles. Parce qu'Il possède, voyez-vous, d'autres élevages de fourmis que celui-ci, d'autres maisons de poupées que la Terre, d'autres animaux de compagnie. Je regarde donc, et beaucoup de changements sont survenus là où le fleuve se jette dans la mer. Les Indiens et leurs canoës ont disparu. Une grande cité s'étale autour du port, malsaine et colorée, grouillante et gémissante. Elle doit faire vingt fois la taille de Rome !

« Cent fois, si tu parles de la Rome de la République. Ils ont été féconds. Ils se sont multipliés. Il y en a maintenant cinq milliards, de ces saletés-là. »

Tous dans cette ville ?

« Pas vraiment. Mais c'est là que tu vas commencer. »

Ils l'appellent comment ?

« New York. La Nouvelle York. »

C'était quoi, l'ancienne ?

« Qu'importe ? C'est à New York que tu commenceras d'annoncer, d'influer. »

La joie et l'impatience m'envahissent et je me laisse voguer plus haut, gonflé d'importance. Qu'est-ce que je dois faire ? Que prévoit le plan de Dieu ?

« Il ne les supporte plus. Ils sont trop nombreux, trop sales, trop têtus. Ils sont un peu trop sujets à l'erreur. »

Et ma Tâche ?

« Annoncer, amener la fin de leur monde. »

1

Susan Carrigan baignait dans le grand nuage moelleux de son lit, entre éveil et sommeil ; elle ne pensait pas, elle n'était qu'impressions. Elle flottait dans cet instant en suspension, consciente et inconsciente, lorsque soudain la radio près d'elle explosa dans un déluge de potin : « *I can't get no... no, no, no !*

– Merde », marmonna-t-elle sous l'assaut brutal de sensations multiples. Elle avait un goût de moisissure verte dans la bouche. Elle avait mal aux oreilles. Mal au dos. Mal à la vessie. Sa main droite, restée trop longtemps sous l'oreiller où elle avait posé sa tête, s'était engourdie et revenait maintenant à la vie avec force picotis et fourmillements.

Et Barry qui était parti !

Elle roula sur le dos, jeta un regard noir à gauche, à l'autre oreiller intact et blanc. Le salaud, le salaud, le sale gland poilu. Parti.

Elle ne tenait pas à ce qu'il revienne, non. Qu'il épouse donc son putain de lecteur CD, il avait la maturité d'un chimpanzé attardé, elle était mieux sans lui. Seulement, tous les matins elle constatait avec la même surprise qu'il avait vraiment mis les voiles. Ils avaient vécu presque huit mois ensemble, après tout, et n'étaient séparés maintenant que depuis six jours. Sept jours ? Non, six.

La radio n'arrêtait pas de se plaindre : « *Oh, I'm talking with some girl...*

– Va te faire foutre, toi aussi », dit-elle en se redressant ; sa main claqua sur le bouton et coupa un braillement en pleine course. Le geste lui secoua la vessie. Elle était réveillée. Salut, mardi, je suis sûrement Susan. Et ce logement de sept mètres sur quatre (plus kitchenette et chiottes), dont les fenêtres donnent sur des ailantes et les arrières en brique sombre d'immeubles de la 19e Rue ouest, c'est sûrement le mien.

Ne lui paraissait-il pas plus grand depuis le départ de Barry ? Il y avait désormais un vide dans les rayonnages industriels où il avait autrefois installé tout son imposant matériel stéréo à la Darth Vador, et un peu plus de place, bien appréciable, dans les placards et l'armoire à pharmacie, mais pas tant que ça. Tu n'as pas laissé des traces très profondes, mon pote, songea Susan, à la fois satisfaite et irritée du manque de substance de Barry, puis elle sortit du lit, jeune femme nue et souple de vingt-sept ans qui depuis peu – et sans raison – se demandait avec inquiétude si ses seins ne commençaient pas à tomber. Ses cheveux mi-longs, coiffés autant pour la facilité d'entretien que pour l'esthétique, avaient la nuance parfaite de blond Clairol qui s'harmonisait avec son teint pas franchement clair et ses yeux gris-bleu pas franchement foncés. Elle avait de la chance question nez, et elle le savait ; c'était exactement celui dont rêvent les filles quand elles prennent rendez-vous avec le chirurgien esthétique mais qu'elles n'obtiennent semble-t-il jamais, et Susan l'avait eu dès la naissance. Par ailleurs, elle trouvait que sa bouche posait un problème – un tout petit peu trop pute ? ou pas assez ? – ses coudes aussi – affreux ! – et que son poids la menaçait en permanence.

Assise aux toilettes, elle retomba dans sa peur d'enfant : quelque chose allait sortir de la cuvette sous ses fesses, quelque chose d'horrible armé de griffes, et se livrer à des actes indescriptibles avant qu'elle puisse s'enfuir. Elle n'avait pas revécu cette terreur depuis l'âge de peut-être huit ans ; s'agissait-il vraiment d'une connerie psychologique qui se dressait contre elle, hors de la cuvette, suite au départ de Barry qui la laissait seule et sans protection sur ses arrières ? « Fiche-moi la paix », se dit-elle, mais a-t-on jamais vu l'imagination obéir ? Elle n'en fait qu'à sa tête, indifférente.

Sous la douche, elle pensa au sida. Elle avait un cousin éloigné qui travaillait dans la recherche sur le sida au CHU de New York, Chuck Woodbury, il s'appelait ; un quart d'heure de son bavardage mondain dans les réunions de famille suffisait à vous dégoûter définitivement des humains. Voilà l'ennui. Quelques années plus tôt, les Barry, ça venait, ça repartait, et bon débarras. Mais plus aujourd'hui.

Non, plus aujourd'hui. D'un seul coup, quand on couche avec un type, on couche avec toutes celles qui ont partagé son lit depuis cinq ans et avec tous les partenaires qu'elles-mêmes ont eus ; on entre alors dans un gigantesque jeu de ficelle, une guirlande de marguerites façon bande de Möbius, et à moins de tomber sur un groupe en rut de baptistes amateurs de pique-nique, les chances augmentent tous les jours que quelque part dans ce réseau humide le signal s'allume et que toutes les lignes virent au rouge. Tu veux monter avec nous, chérie ? Non, merci, je vais attendre le prochain puceau. S'il en passe encore sur cette route.

Au moment de mettre ses Reebok – ses chaussures d'adulte se trouvaient dans son tiroir du bas, à la banque – elle s'aperçut soudain que pour le quatrième jour d'affilée elle avait oublié son jogging avant la douche. Toutes ces années de mise en forme à la poubelle. À cause de Barry ? Ridicule. Et même si c'est vrai, c'est encore plus ridicule. Je vais me laisser un mot, se dit-elle, comme ça, demain je n'oublierai pas. Le scotcher sur le robinet d'eau chaude de la douche.

Au moins, il lui restait la marche à pied. Une fois au rez-de-chaussée, elle suivit à grands pas la 19e Rue vers l'ouest jusqu'à la Septième Avenue, puis remonta vers le nord au milieu des cris et vociférations habituels de la ville. Des joggers la croisaient à foulées sourdes pour lui rappeler son manquement au devoir. Des crétins machos qui descendaient l'avenue au volant de leurs bahuts lui donnaient du klaxon deux tons au passage, l'air de demander « quesse-t'en-dis-chérie ? » mais ce n'était que de la frime, même eux n'étaient pas assez bêtes pour s'imaginer que des filles dans son genre allaient s'afficher avec des camionneurs. On était en mai, le temps était frais et clair, une couche de blanc, en altitude, atténuait le bleu du ciel. Susan remontait l'avenue d'un pas régulier, quasiment sans penser à Barry.

Le café où elle s'arrêtait d'ordinaire sur le chemin de son travail se trouvait à l'angle de la 38e Rue. Elle faillit le dépasser ce matin-là pour se punir d'avoir négligé son jogging, mais se dit que ce serait idiot. Elle allait être de mauvais poil et désagréable à la banque si elle ne prenait pas son café, son jus d'orange et son petit pain habituels. Elle entra donc et s'assit au comptoir où la serveuse lui lança un : « 'jour, mignonne. » C'était une forte femme noire qui donnait à penser qu'elle devait être maternelle, à tort. Ça n'allait jamais plus loin que « 'jour, mignonne ». Ça faisait trois ans que Susan prenait son petit déjeuner là, à mi-chemin entre chez elle et son boulot à la banque dans la 57e Rue ouest, et elle ne connaissait toujours pas le prénom de la serveuse. Pas plus que la serveuse ne manifestait le moindre intérêt pour son prénom à elle.

« C'que j'ai mal aux pieds ! » se plaignit une vieille SDF énorme et informe, à la peau aussi grise que ses cheveux, encombrée de son sac en plastique, lorsqu'elle s'installa sur le tabouret immédiatement à la droite de Susan, alors que les deux tiers des sièges du café étaient libres. Elle n'aura pas un sou, se dit farouchement Susan et elle se concentra sur la serveuse qui s'approchait avec son café. Le jus d'orange viendrait ensuite, et enfin le petit pain. La Noire posa bruyamment la tasse, fit demi-tour, et la SDF demanda : « Marie, j'voudrais juste un verre de jus de tomate. »

La serveuse se retourna pour la fusiller du regard, comme si elle n'aimait pas qu'on l'appelle par son prénom – comme ça, c'est Marie, hein ? – mais elle repartit sans un mot, et lorsqu'elle ramena les deux jus et qu'elle les posa bruyamment devant les clientes, la vieille poussa des pièces crasseuses sur le bar en ajoutant : « Et quinze cents pour toi.

– J'crois pas que j'vous connais, mignonne », fit la serveuse, le regard soupçonneux.

La figure de la SDF se fendit d'un sourire

épanoui, radieux et heureux. « Oh, moi, j'suis personne », dit-elle.

La serveuse, la mine figée dans un masque désapprobateur, rafla la monnaie du comptoir et repartit. Si cette femme m'adresse la parole, se dit Susan, je fais semblant de ne pas entendre. Mais la SDF sortit un magazine – *Esquire*, carrément – d'un quelconque repli insondable de ses vêtements, l'ouvrit et se mit à lire avec bonheur tout en descendant son jus de tomate à petites gorgées.

Susan avait eu son petit pain et l'avait à demi consommé lorsqu'elle prit conscience que la SDF étudiait son profil. Susan lui jeta un rapide regard – le sourire de la femme paraissait triste maintenant, pour une raison inconnue – puis se dépêcha de le détourner pour s'intéresser à son petit pain, mais trop tard. « Une jolie fille comme vous, dit doucement la vieille. Vous devriez pas être malheureuse. »

Surprise, Susan considéra ouvertement sa voisine, et cette fois ne lut rien d'autre sur son visage que pitié et bonnes intentions. « Comment ça ? demanda-t-elle en sachant qu'elle n'avait pas la voix aussi dure qu'elle l'aurait voulu. Je ne suis pas malheureuse.

– C'est à cause d'un gars, j'parie, dit la SDF qui hocha lentement et lourdement la tête. C'est toujours à cause d'un gars. »

Susan lui adressa un sourire froid et dissuasif pour signifier qu'elle refusait de se laisser entraîner plus loin dans la conversation et retourna à son petit pain. Si elle me parle encore, je change de tabouret.

Un bruit de déchirure la fit sursauter ; elle pivota pour voir que la vieille femme avait arraché une page de son magazine et la lissait maintenant sur le comptoir entre elles deux. J'avais votre âge, dit-elle, et si j'étais malheureuse à cause d'un gars, voilà ce que moi, j'ferais.

Susan ne put s'empêcher de regarder la feuille détachée et, lorsqu'elle vit qu'il s'agissait d'une publicité pleine page pour de la vodka, ne put se retenir de rire. « Je pense que c'est une solution comme une autre, dit-elle.

– Non, non, le *concours*, lui dit la SDF qui tapota la publicité d'un ongle noir au bout d'un gros doigt sale. Moi, j'partirais, voilà, et ça, c'est la bonne occasion. »

Comment est-ce que je me suis fourrée là-dedans ? se demanda Susan, mais apparemment elle n'avait pas d'autre choix que de regarder la publicité de plus près et de s'apercevoir qu'il s'agissait en fait de l'annonce d'une espèce de concours écrit, dont le premier prix était un voyage tous frais payés à Moscou.

Moscou ! En *Russie* ? C'est quoi, un prix pareil ? Des millions de gens cherchent à *sortir* de Russie, et cette marque de vodka offre d'y *entrer* gratis. « Oh, je ne crois pas, commença Susan qui se fendit d'un sourire de non-recevoir plus aimable cette fois, je ne crois pas que le…

– Faites-le, insista la femme. Vous verrez que j'ai raison. Vous avez plein de temps libre à votre travail, vous trouverez un moment pour répondre au concours, facile comme tout. Et après vous partez, un monde nouveau, une expérience nouvelle.

– Je ne gagne pas aux concours, je n'ai jamais rien gagné de ma…

– J'parie que celui-là, vous pourriez l'gagner. Ça vous changerait la vie, ça oui. » Elle termina son jus de tomate dans une ultime lampée bruyante, descendit tant bien que mal de son tabouret et gratifia Susan de son plus radieux sourire. « C'est ce qu'il faut, une jolie fille comme vous », dit-elle. Elle poussa la page du magazine plus près de Susan. « Vous verrez si j'ai pas raison.

– Mais… pourquoi c'est à moi que vous voulez donner ça ? »

La SDF sourit encore et hocha la tête. Elle tapota l'épaule de Susan à petits coups étonnamment légers et rassurants. « Vous avez qu'à vous dire que j'suis votre ange gardien, fit-elle avant de s'en aller en tanguant de gauche à droite comme un remorqueur par grosse mer.

– Bizarre », dit Susan à la serveuse qui était aussitôt venue débarrasser le verre vide de jus de tomate. Elle aurait bien voulu l'appeler Marie mais elle savait que c'était impossible.

« Mmm, fit la serveuse, elle toucha la page arrachée du magazine. C'est à elle ?

– Non, non, répondit Susan qui se demanda pourquoi. C'est à moi. »

La serveuse haussa les épaules et s'éloigna. Susan souleva sa tasse de café et se plongea dans le règlement du concours.

Il n'avait pas l'air si dur que ça, finalement.

Ananayel

Bon. Je vois qu'il faut que je fasse davantage attention au choix de mon personnage quand je descends sur terre. Quelle touche minable j'avais, dans ce café ! Les pieds me faisaient vraiment souffrir ; pour tout dire, ça me faisait mal et ça me démangeait partout. Si j'ai pu tenir, c'est uniquement parce que je savais que j'allais bientôt sortir de cette carcasse. Leurs vies sont peut-être brèves, aux humains, mais à coup sûr elles doivent leur paraître longues.

Je me suis décidé pour cette vieille femme parce que je voulais endosser la personnalité la moins menaçante aux yeux de Susan Carrigan ; donc pas question d'un homme, évidemment. L'éphèbe traditionnel blond comme les blés en robe blanche et aux pieds nus aurait manqué de conviction dans ce quartier, sûrement. Un enfant n'aurait pas représenté une menace, mais il n'aurait pas non plus été assez persuasif pour le concours du magazine. Une jeune et jolie fille – sans tous ces élancements et ces tiraillements – aurait été tenue à une distance prudente, comme une espèce de concurrente. Alors j'ai choisi un type d'humain parmi ceux disponibles dans le milieu de Susan Carrigan, une vieille femme pleine de douleurs et d'irritations.

Nous autres, les anges, nous prenons la forme que nous voulons, vous savez, à partir des atomes qui composent nos individus nébuleux ; sauf dans des cas extrêmes, nous ne réquisitionnons jamais le corps d'une créature vivante. Ainsi, à partir de mon propre protoplasme, j'ai été un berger qui gardait son troupeau la nuit, un centurion qui ordonnait à quelqu'un de partir et à un autre de rester, un cerf bondissant qu'on apercevait fugitivement dans les pins et qu'on suivait vers le salut. Une fois j'ai été un papillon et je me suis si bien perdu dans son petit cerveau infinitésimal que j'ai failli oublier qui j'étais en réalité et rester insecte jusqu'à la fin de sa courte vie. (Et pour être courte, elle l'est !) Est-ce que je serais mort, alors, en même temps que lui ? Aucune idée, mais la question revêt une certaine importance pour moi, maintenant que tout a changé.

Parce que, vous savez, on ne L'a pas sur le dos. Comme les agents des romans d'espionnage, une fois que nous sommes en mission, nous nous débrouillons tout seuls. Et le plus grand danger auquel nous devons faire face – c'est aussi celui auquel doivent faire face les humains, mais ils ne s'en rendent pas compte – c'est notre libre arbitre.

Voilà un paradoxe qui dépasse l'entendement. Dieu est omnipotent, entre autres qualités. Et cependant, les anges et les hommes ont leur libre arbitre, peuvent choisir leur destinée, décider de ne pas répondre même à Ses désirs. (À l'instar du tristement célèbre Lucifer.) Dieu a donc toujours donné des coups de pouce, s'est livré à des abus de confiance et à de petites arnaques, a parfois distribué des cartes biseautées, a pratiqué l'illusion et S'est amusé avec des miroirs afin d'inciter l'humanité à *vouloir* faire ce qu'Il a en tête. Et maintenant qu'Il a en tête de mettre un terme à ce monde, Il applique les mêmes méthodes. J'ai donc été dépêché pour prendre les dispositions nécessaires, installer le décor, préparer les acteurs involontaires à leurs rôles.

Mettre un terme à ce monde. Pousser les hommes à s'en charger tout seuls, à libérer le feu ultime et envelopper le globe d'un tel manteau de flammes voraces et pénétrantes qu'on ne trouvera plus trace de vie nulle part dans les résidus de cendres : pas une herbe, pas une bestiole, pas une goutte d'eau dans laquelle des impuretés risqueraient de se former, de se répandre et de tout recommencer. Ne restera qu'une boule morte qui tournera et tournera autour du soleil. Et l'homme s'en chargera tout seul, de son propre chef. Avec un léger coup de main de ma part.

2

C'était une petite explosion, limitée à une pièce de l'aile du laboratoire, sans grands dégâts, en fin de compte : deux tables métalliques faussées, deux chaises en bois carbonisées, des fioles et des flacons sans importance détruits, trois fenêtres à changer, les murs et le plafond à repeindre, c'était tout. Pas grave, quoi, vraiment pas grave.

Mais là n'était pas le problème, bordel. Carson savait parfaitement où il était, le bon Dieu de problème, parce qu'il savait parfaitement à quoi jouait Philpott là-dedans, et le problème, c'était que Philpott aurait tout aussi bien pu faire sauter toute cette putain d'université. Y compris son recteur, Hodding Cabell Carson IV, lequel n'apprécierait pas du tout de se faire zigouiller au faîte de sa carrière par un fou titulaire qui, non content d'être un célèbre explorateur des confins de la connaissance scientifique, continuait de se livrer à des expériences ! Et de faire sauter quelques bricoles au passage.

Carson se défoula sur son repas dans la salle à manger particulière où il déjeunait en compagnie du doyen, Wilcox Breckenridge Harrison : « Ce type aurait pu tous nous faire sauter ! Jusqu'à présent, il n'a bousillé que du feuillage de deux cents ans, mais c'est peut-être un présage, non ? » Et il agita sa fourchettée de salade rafraîchie en direction des grandes fenêtres voisines qui donnaient sur les bâtiments les plus anciens et majestueux de l'université Grayling, recouverts d'un lierre épais. Une université privée prestigieuse, Grayling, perdue au milieu des collines du nord de l'état de New York, dotée d'un recteur prestigieux et du plus prestigieux des physiciens modernes du corps enseignant, le professeur Marlon Philpott, une menace pour tout ce que l'humanité avait de plus cher.

« Qu'est-ce qui a sauté, au fait ? demanda Harrison.

– Dieu seul le sait. » Carson mastiqua une grosse bouchée de laitue glacée arrosée de sauce crémeuse italienne à basses calories vendue en bouteille. « Le comble, quand on demande à Philpott ce qu'il peut bien fabriquer là-dedans, c'est qu'il finit par le dire et qu'on n'est pas fichu de comprendre un mot sur dix de ce qu'il raconte. J'imagine quand même que ce n'est pas sa fameuse "matière étrange" qui a explosé, mais autre chose de plus banal.

– Matière étrange ? » Harrison risqua un sourire timide. « Vous me faites marcher.

– Non, bon Dieu, pas du tout. » Carson s'essuya les lèvres à la serviette qu'il laissa retomber sur ses genoux, but une gorgée de San Gimignano et poursuivit : « Tout ça se tiendrait, d'une certaine façon, si seulement il ne persistait pas dans cette voie. N'empêche qu'il a raison, on a besoin de nouvelles sources d'énergie. Le pétrole s'épuise, il nous en reste pour trente ou quarante ans. Les gens sont de mieux en mieux au fait du nucléaire et l'acceptent plutôt moins que plus. Le solaire, c'est de la blague. Comme le vent, comme l'eau, comme le charbon. Ce qu'il faut, c'est quelque chose de complètement nouveau, et notre ami exterminateur, le professeur Marlon Philpott, est sur la piste d'une solution.

– La matière étrange, répéta Harrison.

– Ne me demandez pas ce que c'est. Moi, je lui ai demandé une fois, et il m'a juste répondu : quark-quark-quark. Les scientifiques, vous les connaissez.

– J'en ai peur.

– En tout cas, dit Carson, croyez-le ou non, c'est le terme scientifique pour la substance théorique que recherche notre professeur Tournesol. La matière étrange. S'il arrive à l'isoler, elle nous fournira, paraît-il, une énergie qui dépassera nos rêves les plus fous.

– Alors une explosion de temps en temps…

– Ne dites pas ça ! bondit Carson. Ça, c'est le discours qu'il tient, lui. Ce type-là, quand je lui parle de ses penchants destructeurs, il est tout content. Bon Dieu, je le déteste ! Tout content ! »

Harrison se permit de rire. « Il n'est pas si terrible, Chip, il donne un certain renom à l'université.

– L'université, répliqua Carson avec froideur, avait un certain renom avant que le professeur Marlon Philpott ne flanque le feu à sa première table d'école maternelle.

– Bah, fit Harrison, il fera peut-être davantage attention maintenant.

– Aucune chance. » Carson avait fini son verre de Gimignano. Il en toucha le bord du bout du doigt et le serveur s'avança pour le remplir à nouveau tandis qu'il poursuivait : « Et cet après-midi j'ai encore un autre rendez-vous avec encore un autre agent d'assurances, suite à cette petite peccadille de notre cher professeur Philpott. Un certain Steinberg. » Carson leva un sourcil, genre nous-sommes-dans-le-même-bateau, avant de lever son verre. « Vous imaginez combien je suis impatient de le voir. »

Michael Steinberg répondait exactement à l'attente de Carson – aussi sémite qu'un marchand de tapis – sauf qu'il était sympathique et compatissant, et ça, le recteur ne s'y attendait pas.

« Ce genre d'accident industriel, gloussa comme une poule l'agent d'assurances tassé au-dessus de ses formulaires dans le fauteuil comme toujours confortable qui faisait face au grand bureau nu de Carson, on ne s'imagine pas que ça puisse arriver dans le cadre bien tranquille et studieux que vous avez ici. Des explosions à l'université Grayling ! »

Exactement. Enfin une réaction charitable ; mais qui venait de l'extérieur. Même touché par la compréhension de l'homme, Carson savait qu'on ne lavait pas le linge sale de l'université en public : « Le professeur Philpott est un membre éminent de la faculté. Ses recherches sont peut-être un peu… "il se permit un ricanement étouffé" impressionnantes parfois, c'est vrai, mais elles sont nécessaires…

– Mais sont-elles nécessaires *ici* ? » demanda l'agent d'assurances qui donna des petits coups énervants de son stylo sur son paquet de formulaires.

Le vague élan de sympathie crachota dans la poitrine de Carson et mourut. « Comment ça ? Bien sûr qu'elles sont nécessaires ici. C'est ici que le professeur Philpott est titulaire à part entière.

– Pardonnez-moi, professeur Carson, fit l'homme qui baissa la tête et cilla derrière ses lunettes à monture noire. Ce n'est pas la compagnie qui parle, vous comprenez, c'est une idée que je viens d'avoir et qui pourrait vous servir.

– J'ai peur de ne pas vous suivre.

– Le professeur Philpott est titulaire à l'université Grayling, expliqua Steinberg sur un haussement d'épaules. Mais faut-il que son laboratoire soit physiquement présent à l'université ? N'existe-t-il pas d'autres endroits mieux appropriés à ce genre d'activités ? »

Carson ne voyait pas de quoi l'homme parlait. « Comme quoi ?

– Oh, je ne sais pas, moi, un camp militaire, quelque chose comme ça. » Il agita son stylo en direction de la fenêtre. « Il doit bien exister quelque chose comme des installations gouvernementales pas très loin d'ici. Vous avez sûrement des amis à Washington.

– Quelques-uns », reconnut Carson avec raideur. On ne se vante pas tout haut d'avoir le bras long, et sûrement pas devant des étrangers sémites employés dans des compagnies d'assurances.

« Quand le professeur Philpott enseigne, poursuivit Steinberg, il est ici, sur le campus, sur ce magnifique campus. Quand il fait de la recherche, il est ailleurs. À trente kilomètres ? À cinquante ? Dans une installation gouvernementale où on sait traiter les explosions. »

D'un coup, ce que disait l'homme prit un sens. Carson lui adressa un sourire. « Monsieur Steinberg, dit-il, là, vous tenez peut-être une idée. »

Steinberg haussa les épaules. Il baissa la tête. Il se fendit d'un petit sourire contraint. « Par la même occasion, dit-il, je risque d'économiser quelques dollars à la compagnie. »

Ananayel

Bien sûr, l'antisémitisme repose sur la peur du juif excessivement adroit. Comme les juifs sont à part – « nous » les considérons déjà à part, donc ils le sont –, ils n'ont pas besoin de s'embarrasser de scrupules dans leurs rapports avec « nous », et ils sont effectivement adroits. Leur adresse les rend utiles – en tant qu'avocats, docteurs, comptables, etc. – mais leur manque de scrupules les rend dangereux. Ce qu'ils *pourraient* faire se transforme aussitôt en ce qu'ils *font* sûrement, trop adroitement pour que « nous » les prenions sur le fait. Ils sont adroits et n'ont aucune raison de manifester de la pitié pour « nous » ; franchement insupportable.

Hodding Cabell Carson n'a pas son pareil. Il reçoit les ordres d'en haut, il transmet les ordres en bas. Qui pouvait lui glisser une idée en tête, l'idée que j'avais besoin d'y placer ? Personne de son entourage habituel.

Il fallait que ce soit quelqu'un de l'extérieur. Et quelqu'un dont l'adresse ne ferait pas de doute à ses yeux. Et ce serait encore mieux si la personne en question donnait l'impression de suggérer l'idée gratuitement en apparence, mais en réalité pour y trouver son avantage.

Les humains sont plutôt simples, ça oui. À Moscou, maintenant.

3

Grigor se réveilla. Il n'avait presque jamais besoin de la sonnerie du réveil ces temps-ci, même s'il l'enclenchait par habitude tous les soirs avant de prendre sa pilule de minuit. Mais depuis quelques matins il se réveillait cinq, sept ou neuf minutes avant la sonnerie et il restait allongé sans bouger dans le noir complet en laissant son esprit vagabonder. Pour une raison inconnue, c'était là qu'il réfléchissait le mieux, pendant ces brefs instants dans l'obscurité, juste avant la pilule de quatre heures ; la plupart du temps, lorsque le réveil sonnait, il avait au moins une nouvelle blague à noter sur le bloc posé près de son lit.

Un nouveau plan quinquennal est annoncé. Il a pour but de dire la vérité sur tous les autres plans quinquennaux.

Oui ? Non ? Tellement difficile à dire, en fait. Le comique désormais consistait moins à faire de l'humour qu'à définir les limites d'un monde où les limites changeaient du jour au lendemain ; une situation déjà comique en elle-même, ou pour le moins absurde. L'objet d'une blague, depuis quelque temps, ce n'était pas de faire rire par sa drôlerie mais par son audace, par la témérité de l'humoriste qui s'aventure à la frontière de ce qui est permis, à une époque où personne ne sait ce qui est permis. Tout ? Pas précisément.

La sonnerie bourdonna, basse et discrète, plutôt perçante entre les murs de la chambre mais pas assez puissante pour déranger d'autres résidants du complexe. Grigor se mit en position assise, alluma sa lampe de chevet, se posa le bloc-notes sur un genou afin d'y griffonner la blague du plan quinquennal qu'il étudierait plus tard à la lumière froide du jour, puis alla dans la salle de bains à pas feutrés chercher de l'eau pour prendre sa pilule. Il menait plus grande vie ici, à Moscou, qu'à Kiev. Une chambre particulière, bien meublée. Une salle de bains personnelle, tout équipée, pourvue d'une douche à peine rouillée. Quel luxe !

Notre cosmonaute en orbite fait grève. Il refuse d'atterrir tant qu'on ne lui aura pas alloué un appartement aussi grand que sa capsule.

Grigor prit sa pilule, utilisa les toilettes puis revint à pas toujours feutrés dans la chambre où il écrivit la blague du cosmonaute sur le bloc. Oui, ça pourrait passer. Il était moins dangereux de parler de grève aujourd'hui que même deux ou trois ans plus tôt. L'actualité, c'était ça le secret. Foncer dedans quand le sujet est sans risque, s'en servir, et se trouver ailleurs avant le tour de vis suivant.

Que Dieu bénisse la Russie impie. Quand trouverait-il à la placer, celle-là ? C'était l'une des premières blagues qu'avait imaginées Grigor, et elle l'avait tant effrayé – elle l'effrayait encore – qu'il ne l'avait jamais écrite. L'écrirait-il un jour ? Passerait-elle un jour à la télévision, dans la bouche de Boris Boris ?

Ah, bah. L'avenir est source de miracles, pas de doute, et Grigor Alexandreïovitch Basmyonov, pompier-blaguier, en verra encore quelques-uns se produire. Après cette pensée réconfortante, Grigor se recoucha, sachant qu'il passerait par un petit moment d'introspection avant de se rendormir. Étonnant comme il dormait facilement. Étonnant, songea-t-il, qu'il dorme tout court. Qu'il gaspille ces heures précieuses.

La transition entre le Grigor Basmyonov pompier, célibataire, vingt-huit ans, habitant de Kiev depuis toujours, et le Grigor Basmyonov auteur de gags pour la vedette de la télé Boris Boris et résidant de la clinique de recherche sur les maladies osseuses au centre hospitalo-universitaire de Moscou qui dominait le parc Gorki, cette transition, donc, avait commencé le 26 avril 1986 : à Tchernobyl.

La plupart des pompiers arrivés les premiers à la centrale nucléaire de Tchernobyl ce soir-là, ceux des casernes locales, étaient déjà morts. Certains étaient tombés bien malades mais survivaient, et d'autres, en très petit nombre, paraissaient avoir surmonté l'épreuve sans dommage, en dehors d'une calvitie temporaire. Dans les dernières compagnies parvenues sur les lieux, celles qui avaient au moins bénéficié d'une relative mise en garde des dangers, les morts étaient plus rares mais les malades plus nombreux. Pourquoi certains mouraient pendant que d'autres survivaient, pourquoi certains tombaient gravement malades et d'autres non, voilà quel était l'un des soucis majeurs des docteurs de la clinique de recherche sur les maladies osseuses. Grigor, survivant jusqu'à ce jour mais au nombre des condamnés, jeune célibataire robuste et volontaire pour servir de cobaye, était le spécimen idéal dont ils avaient besoin.

C'était pendant qu'il signait ses papiers de sortie de l'hôpital de Kiev qu'il avait trouvé sa première blague : « Ben, au moins, maintenant je vais pouvoir lire au lit sans allumer la lumière. »

Le docteur et l'infirmière qui l'escortaient pour l'aider à remplir les formulaires avaient tous deux paru choqués. Le docteur, pas plus vieux que Grigor, au visage plutôt plat d'Asiatique – un Ouzbeck peut-être – avait baissé le nez sur les papiers, les sourcils froncés, et marmonné : « Pas de quoi blaguer avec ça.

– Vous, non, avait répondu Grigor. Mais moi, si. J'ai le droit. » Et il avait soudain souri, d'un sourire joyeux, épanoui. « Je suis le seul autorisé à le faire », leur avait-il dit, et il avait senti comme un grand muscle contracté tout au fond de lui se détendre, un muscle dont il n'avait jamais soupçonné l'existence jusqu'à ce qu'il relâche son emprise sur son ventre. *Le seul autorisé.*

Au début, ses blagues n'avaient concerné que lui exclusivement – « L'avantage dans tout ça, c'est que je n'arrive plus à retrouver ma tonsure » – mais après s'être installé dans ses habitudes à la clinique et avoir commencé à s'intéresser aux actualités télévisées (tellement plus nombreuses qu'avant), ses sujets s'étaient diversifiés et son entourage avait fini par mieux réagir à ses blagues.

C'était un docteur de la clinique, dont la petite amie d'un vieux copain de classe travaillait à la

Moskva Film, qui avait encouragé Grigor à noter les blagues et commentaires qui lui venaient à une fréquence de plus en plus rapide. Il s'avéra que la copine à la Moskva Film n'était pas la personne adéquate, mais elle connaissait quelqu'un qui connaissait quelqu'un et, grâce à un réseau fragile de relations, deux pages de blagues de Grigor Basmyonov, tapées à la diable, atterrirent entre les mains de Boris Boris qui annonça : « J'achète celle-là, celle-là, celle-là, celle-là. Le reste, je crache dessus. Qu'est-ce qu'il se croit, ce type ? » Ainsi avaient commencé leurs relations.

Dès leur première rencontre, lorsqu'on avait promu Grigor du rang de simple collaborateur à celui de membre de l'équipe d'auteurs, ils étaient tout de suite devenus amis, parce qu'il se trouva que Boris Boris avait droit de blaguer lui aussi ; la seule autre personne autorisée. Grigor était entré dans le bureau ensoleillé, le costume impeccablement repassé, son crâne rond tout chauve et luisant, et Boris Boris l'avait regardé avant de lui lancer : Si j'avais une boule de cristal comme cette tête-là, je verrais dans l'avenir.

– Moi, j'y vois, dans l'avenir, avait répondu Grigor. Je n'y suis pas. »

Boris Boris avait éclaté de rire, applaudi des deux mains et proposé de boire un verre, ce qu'ils avaient fait.

Grigor n'était pas une personnalité de la télévision et n'en deviendrait jamais une. Son nom figurait aux génériques des émissions, c'était tout. D'abord, le gouvernement ne laisserait jamais porter à la connaissance du public que cet humour macabre trouvait sa source dans son agression la plus fameuse contre le peuple russe. Ensuite Boris

Boris ne l'admettrait pas non plus : « Ici, c'est moi qui fais vibrer les cordes sensibles, personne d'autre. Je garde ça en réserve pour m'en servir au cas où tes blagues minables tomberaient à plat. »

Mais les blagues ne tombaient pas à plat, pour la plupart, et les roubles s'accumulaient sur un compte en banque au nom de Grigor, des roubles inutiles qu'il n'aurait jamais le temps ni l'envie de dépenser, qu'il ne léguerait à personne ; il se faisait l'effet d'un chat affamé enfermé dans un champ de choux.

Le travail, néanmoins, se doublait de plaisir, et le seul reproche que Grigor faisait en définitive à son existence, c'était sa brièveté annoncée. Il écrivait des blagues, préparait celles des autres, buvait quelquefois en compagnie de Boris Boris et adorait voir l'usage que la vedette faisait de ses textes à l'écran. « Dans ta bouche, c'est beaucoup plus drôle que dans la mienne », avait-il un jour déclaré à Boris Boris, au tout début de leur amitié, et Boris Boris avait répliqué : « Mon génie à moi, c'est de créer à partir d'autre chose. Le tien, de génie, c'est de créer à partir de rien, sinon je te mets au placard. »

Ça, c'était le boulot. Quant au reste, il menait une vie simple et plutôt satisfaisante. Il prenait son médicament toutes les quatre heures, non pas dans l'espoir de guérir mais pour aider les médecins dans leurs recherches. C'était lui, leur champ d'études, tout comme l'éventail des nouveaux programmes, des changements et ajustements minimes dans l'ordre social, c'était le sien. L'un de ses champs d'études.

L'autre, c'était Tchernobyl. Il savait ce qu'on lui avait fait, mais maintenant il voulait savoir comment la chose avait été possible. Au fil des mois et des années, on en avait appris davantage sur ce qui s'était passé, et on en avait informé davantage le public. Grigor avait disséqué livres et articles de magazines, regardé les émissions de télévision et amassé tellement de connaissances sur la centrale nucléaire qu'il aurait presque pu la diriger tout seul. Sauf qu'il ne l'aurait pas dirigée ; lui l'aurait fermée.

Il y avait des anomalies dans la conception de la centrale, avait-on finalement reconnu. Au-delà de ça, il y avait des anomalies dans son entretien, des anomalies dans sa gestion, des anomalies dans les règles quotidiennes de son fonctionnement. Finalement, on avait exploité Tchernobyl comme si rien ne pourrait jamais tourner mal, quand bien même ses employés bâclaient un travail qu'ils connaissaient de moins en moins. Rien ne *pourrait* mal tourner parce que rien n'*avait* jamais mal tourné. Encore une bonne blague : une centrale nucléaire, le type d'entreprise le plus moderne de la planète, livrée à la magie et à la superstition.

Y avait-il moyen d'en tirer une blague : Merlin à la barre d'une centrale nucléaire ? Non. D'abord, c'était dépassé, de l'information réchauffée, qui n'intéressait plus personne en dehors de quelques laissés-pour-compte comme Grigor et de leurs docteurs attentionnés. Boris Boris rejetterait tout de suite une blague pareille, et il aurait raison.

Grigor replongeait tranquillement dans le sommeil, réconforté par cette idée (que le monde continue de tourner, de tourner), lorsqu'on frappa à sa porte. Surpris – on ne troublait *jamais* le sommeil des patients – il s'assit et alluma la lampe de chevet ; il était quatre heures six. Ils ont découvert un remède miracle ! N'ont pas pu attendre une seconde de plus pour me l'annoncer ! Souriant de son propre optimisme délirant – telle une bite d'adolescent, il se manifestait aux moments les plus incongrus –, Grigor sortit du lit et traversa à pas de loup la chambre pour savoir de quoi il retournait *vraiment*.

Lorsqu'il ouvrit la porte, il vit un autre patient, un type en pyjama rayé et robe de chambre verte de la clinique, de grosses chaussettes de laine marron aux pieds et une enveloppe carrée blafarde à la main. « Grigor, chuchota-t-il tout bas à cause de l'heure, je n'entre pas. Je voulais juste te donner ça. » Et il tendit l'enveloppe.

Grigor la prit machinalement, tout en s'efforçant de retrouver lequel de ses compagnons c'était, et demanda : « Qu'est-ce que tu fais debout si tard, euhhh… ? » Sa voix mourut parce qu'il ne parvenait pas à se rappeler le nom du type. Les veilleuses du couloir ne donnaient guère de lumière, et son propre corps faisait écran à la faible lueur de sa lampe de chevet ; l'homme lui était familier, évidemment, mais Grigor n'arrivait pas à savoir duquel de ses congénères cobayes il s'agissait. « Très tard, répéta-t-il dans l'espoir que la voix de l'autre lui fournirait un indice.

– On doit suivre le même traitement, répondit l'homme d'une voix parfaitement ordinaire, sans rien de particulier. J'ai entendu ton réveil sonner juste après le mien et je me suis dit que tu serais le gars idéal pour cette invitation. Je ne peux pas y aller, tu vois.

– Invitation ? » Grigor se tourna à demi pour mettre l'enveloppe à la lumière et vit qu'elle était presque carrée, en gros papier dans les tons crème et dépourvue de toute inscription. On avait dû se débarrasser de l'enveloppe qui la contenait, avec timbres, nom et adresse. Elle renfermait une carte d'à peu près la même dimension, et Grigor eut du mal à l'extraire. Lorsqu'il y fut parvenu, il constata que c'était bien une invitation, imprimée en scriptes fleuries, adressée à personne en particulier – « Vous êtes invité… » – et en deux langues ; à côté des caractères cyrilliques familiers, on offrait la même chose en caractères romains, en anglais.

C'était une invitation à une soirée (*« cocktail party »* en anglais) le lendemain – enfin, non, aujourd'hui – à l'hôtel Savoy, l'un des deux ou trois de première classe dans cette ville qui n'en avait pas, de classe. (Ils n'acceptaient que les monnaies fortes étrangères, pas de roubles.) L'organisme qui lançait l'invitation se présentait comme l'Association internationale pour la sauvegarde de la culture.

Grigor fronça les sourcils à la lecture du carton. « Je ne comprends pas.

– C'est à moi qu'ils l'ont envoyée, dit l'homme avec un sourire triste, à cause de ce que je faisais avant. »

Ah. Tout le monde à la clinique faisait quelque chose avant, bien sûr, des tas de quelque chose différents ; ce n'étaient pas tous d'anciens pompiers. Et tous n'avaient pas trouvé un nouveau métier, tel Grigor qui écrivait des blagues, pour remplacer l'ancien. Comme un grand nombre de résidants supportaient mal de se voir rappeler qu'ils ne pouvaient plus pratiquer ce qui leur occupait autrefois l'esprit et les journées, on avait tacitement décrété le sujet tabou. Personne ne demanderait jamais à un compagnon ou une compagne de centre quelle était son ancienne profession. Aussi Grigor, qui ne pouvait pas poursuivre sur ce terrain, demanda à la place : « Alors pourquoi tu n'y vas pas toi-même ?

– Je suis un peu faible ces temps-ci », répondit l'homme.

Autre sujet interdit. Tous les résidants de la clinique étaient voués à mourir, plutôt à brève échéance, mais pas tous à la même vitesse, ni de la même façon, ni à la même date fatidique. Se plaindre de son sort ou décrire ses symptômes horribles aux autres serait le comble de l'insensibilité ; l'interlocuteur se trouvait peut-être en pire état que soi. Les euphémismes étaient donc devenus monnaie courante, tout le monde les comprenait, et ils rendaient la conversation plus agréable, voire tout bonnement possible. Par « je suis un peu faible ces temps-ci », on laissait généralement entendre que sa maladie venait d'entrer dans une nouvelle phase plus débilitante, qu'on venait de descendre une autre marche vers les ténèbres et que la victime ne s'était pas encore adaptée.

Une fois de plus, Grigor ne pouvait donc poursuivre sur ce terrain. Les sourcils froncés, il considéra l'invitation – l'Association internationale pour la sauvegarde de la culture – et demanda : « C'est qui, ces gens-là ?

– Ils essayent de collecter de l'argent, répondit l'autre, pour restaurer et conserver les grandes œuvres d'art. Partout dans le monde, tu vois, les réalisations de la civilisation sont détruites, principalement à cause de l'homme. Pluies acides, démolitions volontaires des entrepreneurs, baisse de qualité de notre lumière solaire, l'art humain est appelé à disparaître de tas de façons. Les statues de pierre se désagrègent au contact de l'air, les films se voilent, les peintures pourrissent, les livres tombent en poussière, on pille les sites archéologiques pour vendre des babioles aux nouveaux riches… »

Grigor éclata de rire ; impossible de se retenir. « D'accord, d'accord, je comprends. Ce sont de bonnes âmes.

– Ils essayent. » Le type haussa les épaules.

Grigor considéra encore l'invitation. « Collecter de l'argent, fit-il en écho. Le mien ?

– Oh, non, non. C'est une soirée promotionnelle, rien d'autre. Ces gens-là, ils voudraient que notre gouvernement s'intéresse à leur projet.

– Ils sont américains ?

– Anglais, je crois, au début. Ils ont des membres dans le monde entier, maintenant. » Une fois de plus, l'homme haussa les épaules. « Pour le bien que ça fait. »

Surpris, Grigor demanda : « Tu ne crois pas qu'ils font du bien ? »

– Oh, un peu, si. Des petites victoires par-ci par-là. Mais tu sais ce qu'on dit : “La rouille ne dort jamais.” » Puis, avec plus de force, il ajouta : « Et pourquoi vouloir sauver quoi que ce soit ? La fin est proche, de toutes façons, non ?

– Ah bon ?

– Évidemment ! Nous faisons de notre mieux pour nous détruire, nous, notre histoire et même notre planète ! Grigor, regarde-nous. Pourquoi on est ici ? »

C'était à présent au tour de Grigor de hausser les épaules. Cette question, il ne se la posait plus depuis longtemps. « Il y a eu des erreurs, dit-il.

– On entre dans un monde d'erreurs, répliqua l'homme qui évacua le sujet d'un geste de la main. Laissons tomber. C'est foutu, de toutes façons. »

Ah, bon ; Grigor connaissait parfaitement cette

réaction. Pourquoi le reste du monde continuerait de tourner comme si de rien n'était, quand *moi*, je suis *ici*, avec *ça* ? Ceux qui, comme Grigor, ne bénéficiaient pas de liens familiaux solides, étaient davantage sujets à ce genre de sensation, mais elle frappait tout le monde de temps en temps. Il n'y avait pas de réponse à cet état d'esprit, évidemment, pas de raison particulière pour que le monde doive continuer de tourner sans Grigor, ni aucun des autres résidants ; on attendait tout bonnement que la sensation s'en aille, ce qu'elle faisait presque toujours. Mais personne n'en parlait ; le fait que cet homme l'exprime par des mots prouvait à quel point le touchait la « faiblesse » qu'il avait invoquée.

N'importe comment, le problème, c'était l'invitation. Secouant la tête, Grigor remarqua : « Je ne vois pas ce que je viens faire là-dedans. Pourquoi je devrais aller à cette soirée, moi ?

– Parce que ça te plairait, répondit l'homme. Et tu y trouverais des idées de blagues, je le sais. Et tu parles anglais.

– Bah, pas vraiment. » Grigor eut un geste de refus de la main qui tenait toujours l'invitation. « J'ai appris l'anglais à l'école, je sais le lire, mais de là à le parler…

– Alors c'est l'occasion de le perfectionner.

– Pour quoi faire ? » Grigor sourit à cette idée. « Pour écrire des blagues en américain ?

– Pour le plaisir, répondit l'homme qui montra l'invitation. Prends-la, Grigor. Que tu y ailles ou pas, c'est toi qui vois. Excuse-moi, je n'aime pas rester debout si longtemps.

– Oui, évidemment », répondit Grigor avec la gaucherie qui les caractérisait tous lorsqu'ils se trouvaient nez à nez avec les infirmités des autres.

Grigor était encore beaucoup plus fort que cet homme-là, ce qui était une source de gêne. Il hocha la tête, l'homme repartit dans le couloir d'un pas traînant, et Grigor referma la porte.

Il s'assit sur son lit, posa l'invitation sur la table de chevet et se mit soudain à bâiller, d'un bâillement puissant, irrépressible. Le réveil affichait cinq heures moins vingt, et Grigor avait d'un coup tellement sommeil que la première fois qu'il tendit la main vers l'interrupteur pour éteindre la lumière, il le manqua. Il l'actionna enfin et se rallongea dans l'obscurité sur son oreiller, des pensées plein la tête, toutes aussi incohérentes les unes que les autres.

Irait-il à la soirée des bonnes âmes ? Ce type, c'était lequel des autres résidants ? Et on avait volontairement insonorisé les chambres, alors comment avait-il entendu la sonnerie discrète du réveil de Grigor ?

Grigor dormit, et lorsqu'il s'éveilla pour sa pilule de huit heures, il se rappela toutes ces questions sauf la dernière.

4

Alors qu'il s'approchait des larges marches qui menaient à l'entrée de l'hôtel Savoy, Grigor prit conscience, presque douloureusement, de son allure. Mince, la trentaine, le visage émacié que creusait encore la perte de quelques molaires (elles branlaient trop dans les gencives pour qu'on puisse les sauver), les cheveux bruns et secs qui repoussaient plus inégalement qu'avant, le pas lent et mesuré car sa vigueur l'abandonnait peu à peu, il n'ignorait pas qu'il avait l'air triste et ennuyeux, l'air d'une espèce de péquenaud. Le costume bien coupé, la cravate de soie, les grosses chaussures coûteuses impeccablement cirées, tout ce qu'il avait acheté avec l'argent de Boris Boris donnait l'impression d'un déguisement hâtif, comme s'il était un prisonnier en cavale. Mais surtout, alors qu'il approchait de l'entrée soigneusement astiquée du Savoy et qu'il devinait l'éclat froid et calculateur dans l'œil du portier là-haut qui le regardait gravir lentement l'escalier, Grigor savait qu'il avait l'air d'un Russe. Et de la mauvaise espèce de Russe pour fréquenter l'hôtel Savoy.

Le portier le savait, lui aussi. Tout fier dans son

uniforme outrageusement chamarré, tel un amiral d'opérette, il se déplaça juste assez pour barrer le chemin à Grigor. « Que puis-je faire pour vous ? demanda-t-il.

– Vous pouvez aller retrouver votre escadre », répondit Grigor, à peu près sûr que le portier ne le comprendrait pas, puis, avant que l'autre ne décide de le faire dégager, il produisit l'invitation. « Vous pouvez m'indiquer, dit-il d'une voix douce, comment me rendre à la salle internationale. »

Le portier n'aimait pas être forcé de réviser son jugement. « Vous êtes en retard, bougonna-t-il.

– La soirée n'est pas finie », répliqua Grigor avec assurance. L'invitation spécifiait « de cinq à huit heures », et il était un peu plus de sept heures. À la toute dernière minute seulement il avait décrété qu'il pouvait se rendre à ce fichu cocktail, en définitive, se réservant le droit de changer d'avis à tout moment en cours de route, et c'est seulement quand ce portier snobinard avait regardé de haut son nez slave comme s'il s'adressait à un paysan ou pire que Grigor avait finalement décrété qu'il allait bel et bien assister à la soirée (la « cocktail party »), qu'il était ici parfaitement à sa place.

N'était-il pas, après tout, l'éminence grise derrière un trône de la télévision ? N'était-il pas l'auteur de la moitié des textes qui sortaient de la bouche de Boris Boris ? N'était-il pas ce qui se faisait de mieux après une célébrité, comme qui dirait son ventriloque ? *Tire-toi, mon vieux*, songea Grigor, *j'ai du sang des Romanov dans les veines*. (Pas vraiment.)

La conviction, c'est tout. Le portier vit l'éclat glacial dans les yeux caves de Grigor, la fermeté de sa mâchoire décharnée, le port de ses épaules étroites, et reconnut le prince sous le pauvre. Il rendit l'invitation et fit un geste (pas très ample) du bras : « Tout droit par le salon, dit-il, et deuxième à droite.

– Merci. » Et Grigor remarqua avec amusement que le portier claquait des talons – silencieusement, il est vrai, mais quand même – lorsqu'il le dépassa pour pénétrer dans le salon de marbre et peluche.

Le brouhaha s'échappait en tourbillons de la salle internationale comme la vapeur âcre d'une cuisine d'auberge campagnarde. Les bavardages de cocktails sont les mêmes partout, animés et enveloppants, ils créent leur propre environnement, divisent le monde entre participants et exclus. Soudain réconforté à l'idée de compter pour une fois au nombre des élus, Grigor s'avança dans ce nuage sonore, plus accueillant qu'hostile à ses yeux, et remarqua à peine la personne près de la porte qui lui prit son invitation et l'introduisit par la large entrée dans une vaste salle haute de plafond, volontairement restaurée afin de rappeler autant que possible aux visiteurs les pompes et les privilèges des tsars. Partout, ce n'était qu'or et blanc, et des motifs de pigeons colorés recouvraient les fauteuils Empire discrètement placés contre les murs. Deux lustres s'échangeaient des signaux à travers l'espace par-dessus les têtes des invités dans leurs tristes tenues civiles ; nulle part le moindre uniforme rouge. Comme si, songea Grigor, les nobles avaient permis aux villageois de s'organiser leur fête annuelle dans la grande salle de bal du château.

Y avait-il une blague à tirer de tout ça ? Eh bien, oui, évidemment, mais était-elle utilisable ? Maintenant qu'on avait montré au prolétariat le gâchis qu'il avait causé, une ambivalence profonde et gênée entourait le bébé aristocrate qu'on avait jeté avec l'eau du bain de 1917. Grigor et Boris Boris avaient tous deux essayé pendant des mois de placer des allusions aux tsars, à leurs familles et à leur monde dans les monologues comiques, mais tout ce qu'ils avaient trouvé restait trop plat, trop insipide.

Le problème, c'était qu'ils manquaient d'un point de vue clair à exprimer. Personne ne voulait évidemment revenir à une classe dirigeante sincèrement convaincue que les paysans et le bétail se valaient, et pourtant... Et pourtant il y avait une idée à creuser dans le *style*. Pas dans le contenu, dans le style.

Les tsars nous restent en travers de la gorge.
Impossible de les avaler ni de les recracher.

Ça, ce n'est pas drôle. D'accord.

Tandis qu'il cherchait le bar des yeux – il avait le droit de boire, mais sans abuser, pas encore, ça viendrait plus tard –, son regard passa au milieu de la salle bondée sur une jolie fille engagée dans une discussion animée avec un grand costaud au visage épais qui ne pouvait être qu'une espèce de policier, voire un agent du KGB. La fille était élancée, elle avait les cheveux blond foncé, les yeux brillants, un joli nez et beaucoup d'assurance. Ses vêtements donnaient l'impression d'avoir été taillés spécialement et précisément pour elle. Une Américaine, se dit Grigor qui mit le cap sur la vodka.

Le Russe avec lequel s'entretenait Susan Carrigan s'amusait fort qu'elle dût sa présence à

Moscou à un concours dans un magazine. Il s'appelait Mikhail et enseignait l'économie à l'université ; il était grand, mince, courtois, avait une figure agréable taillée à coups de serpe et, d'une voix de baryton qui roulait les *r*, il s'exprimait dans un anglais parfait, teinté d'un léger accent d'Oxford. « La notion de valeur dans une société capitaliste, disait-il, c'est quelque chose que ma génération ne comprendra peut-être jamais. Une société distille des pommes de terre pour fabriquer de la vodka. Afin de vendre cette vodka, elle choisit au hasard une citoyenne – vous en l'occurrence – à qui elle offre un voyage tous frais payés à Moscou. Vous-même, avec la meilleure volonté du monde, sans parler du foie le plus solide, vous ne pourriez jamais boire assez de vodka pour rembourser à la société le coût de l'opération. D'ailleurs, dit-il en riant, le doigt pointé sur le verre qu'elle tenait à la main, vous ne buvez même pas de la vodka. Vous buvez du vin blanc.

– Oui, convint-elle. Je sais que ça a l'air idiot, mais…

– Pas du tout, pas du tout. » L'amusement qu'elle suscitait chez Mikhail était si sincère et amical qu'elle ne pouvait décemment pas s'en formaliser. « C'est très rafraîchissant de partager la compagnie d'une buveuse de vin blanc, l'assura-t-il. Par ailleurs, vous resterez sûrement la dernière debout dans cette salle. Mais revenons à notre histoire. Le fabricant ne peut pas récupérer sa mise auprès de vous. Est-ce qu'il se dit que d'autres citoyens, au vu d'une telle générosité, se sentiront bien disposés à son égard et achèteront son produit en quantité suffisante – en quantité plus que suffisante, au-delà de ce qu'ils auraient normalement acheté – pour le faire rentrer dans ses frais ?

– Je n'en ai aucune idée, reconnut Susan. Je ne sais pas comment il compte s'y retrouver, mais c'est merveilleux. C'est si beau, la Russie.

– Ah oui ? fit-il en souriant devant son enthousiasme.

– Les musées. Les peintures, les icônes. Et le fleuve est magnifique, vous savez. J'espère vraiment que la société Semionov récupérera ses fonds, et plutôt deux fois qu'une.

– Oh, c'est déjà fait », dit une voix américaine à la gauche de la jeune femme. Mikhail et Susan se retournèrent ensemble et virent auprès d'eux un homme barbu, la quarantaine, en veste sport froissée, chemise blanche et nœud papillon brun, qui souriait pour se faire pardonner d'avoir mis son grain de sel dans leur conversation. « Excusez-moi, dit-il, mais j'ai surpris votre réflexion, et je savais que vous étiez… Susan Carrigan, non ?

– C'est ça.

– Jack Fielding, se présenta-t-il. De l'ambassade. Nous nous sommes occupés de certains des papiers qui vous concernaient. Alors, à mon sens, la façon dont ça marche… Je ne suis pas un économiste, moi… » Il se tourna vers Mikhail. « J'imagine que vous, en revanche…

– Oui. » Mikhail déclina de nouveau ses nom – un patronyme incroyablement long – et qualité, et les deux hommes se serrèrent la main. Puis le Russe demanda : « Vous comprenez l'utilité du cadeau qu'on a fait à mademoiselle Carrigan ?

– Je crois, répondit Jack Fielding. L'idée centrale, c'est la publicité, la réclame. Si vous offrez un prix qui fait envie à beaucoup de gens, ils gardent votre marque en tête et, quand ils passent dans le magasin de spiritueux de leur quartier, ils ont plus de chances d'acheter votre produit. Alors, si le plan a marché, la société a vu monter ses ventes pendant le concours, ce qui veut dire qu'ils ont déjà gagné de l'argent avant même d'en avoir déboursé pour Mlle Carrigan.

– Mais, fit Mikhail, si le plan ne marche pas ? Si les ventes ne montent pas ? »

Jack Fielding sourit et haussa les épaules. « Alors ils serrent les dents, ils payent, et Mlle Carrigan gagne quand même son voyage à Moscou.

– Tant mieux, fit Susan.

– Voilà entre autres pourquoi, poursuivit Jack Fielding, je suis partisan du libéralisme économique. C'est tellement plus dur pour une société privée que pour un gouvernement de revenir sur sa parole.

– Ah, bon, fit Mikhail, l'air inquiet, si nous devons parler de libéralisme, je vais avoir besoin d'un autre verre. Susan ? Le vôtre est vide.

– Merci », dit-elle en le lui abandonnant.

Mikhail leva un sourcil à l'adresse de Jack Fielding. « Et vous, monsieur Fielding ?

– Ça va, merci.

– Je reviens tout de suite, alors », promit le Russe qui fit demi-tour pour se diriger vers le bar.

Jack Fielding promena son regard à la ronde, un léger sourire aux lèvres, et remarqua : « C'est un vrai sac à surprises, ici.

– Je ne comprends pas pourquoi on m'a priée, moi, de venir, reconnut Susan ; peut-être parce que je loge dans cet hôtel, c'est tout.

– Je crois que l'association de sauvegarde voulait le plus d'anglophones possible, lui dit

Fielding, et c'est pourquoi on m'a fait venir, moi. Tout ça, c'est pour gonfler l'importance de l'organisation à l'Ouest aux yeux des Russkofs. Mais la liste des invités de n'importe quel cocktail promotionnel est beaucoup plus difficile à comprendre que le but du concours qui vous a conduite ici et qui a tant dérouté votre ami russe. »

Mon ami russe, songea Susan. Pas vraiment, hélas. Plus tôt dans la conversation, Mikhail avait mentionné qu'il était marié – « Malheureusement, ma femme n'a pas pu m'accompagner ce soir » – mais elle avait quand même apprécié sa compagnie. Après tout, elle était ici pour connaître la Russie, non pour se retrouver à bavarder avec Jack Fielding, un type comme on en croisait une demi-douzaine dans tous les cocktails de Manhattan.

Est-ce que Mikhail allait revenir ? Est-ce que Fielding l'avait fait fuir ? Par une trouée dans la cohue, Susan le vit de l'autre côté de la salle, au bar, en discussion avec un autre Russe.

Grigor venait d'arriver en tête de la file d'attente au bar et d'obtenir sa vodka lorsqu'une voix à l'accent prononcé lui demanda en anglais : « Vous parrrlez anglais ? »

Grigor se retourna, surpris, et reconnut le costaud à la figure épaisse, flic ou agent du KGB, qu'il avait vu s'entretenir avec l'Américaine. En russe, il répondit : « Je le comprends un peu. Je ne le parle pas vraiment.

– Essayez », ordonna l'homme. Il redemanda, dans son anglais empâté : « Rrrépondez ma première question, mais en anglais. »

Lentement, en détachant ses mots, le temps de

trouver les équivalents anglais, Grigor répondit : « Je comprends un peu l'anglais. Je lis l'anglais plus… mieux que je le parle.

– Bien », fit l'homme, toujours dans son anglais barbare. (N'importe comment, Grigor se savait moins mauvais que ça, en prononciation en tout cas.) « Vous pouvez m'appeler Mikhail. Vous venez avec moi.

– Mais… vous êtes qui ?

– KGB, bien sûr », répondit l'homme qui ne s'appelait pas forcément Mikhail. Il chassa ce détail d'un haussement d'épaules négligent, puis ajouta : « Vous ne dirrez à personne.

– Bien sûr.

– Maintenant vous venez avec moi. Deux Américains parlent ensemble. Je dois parler à l'homme seul. Vous parlerez avec la femme, ainsi je pourrai éloigner l'homme.

– Mais… pourquoi moi ?

– Parce que j'ai réquisitionné vous », répondit l'agent du KGB dont les lèvres épaisses se déformèrent comme du caoutchouc au passage du long mot étrange. « Maintenant venir. » Puis, comme après coup, tandis qu'ils fendaient difficilement la foule, l'agent du KGB, un verre dans chaque main, regarda par-dessus son épaule et lança : « Quel est votre nom ?

– Grigor Basmyonov.

– Et comment gagnez-vous votre vie, Grigor Basmyonov ?

– J'écris pour la télévision. » Trouver les termes anglais et les mettre en place exigeait toute la concentration de Grigor.

« Bien. »

Les deux Américains bavardaient à toute allure,

les mots se bousculaient, à demi mangés, parfaitement incompréhensibles. Grigor se dit : Je ne comprends rien du tout ! Je ne comprends pas quand ils parlent si vite. C'est pour ça que je suis sorti de la clinique ? Pour me faire harceler par un agent du KGB et humilier par des Américains ?

Le Mikhail économiste courtois annonça : « Je vous ai amené un compatriote qui rêve de perfectionner son anglais », tandis que le Mikhail costaud, agent du KGB, disait : « J'ai ici Rrrusse qui parle anglais aussi bon que moi. Peut-être meilleurrr.

– Juste un peu d'anglais », s'excusa Grigor qui sourit aux Américains, se sentit soudain timide et maladroit et se mit à regretter d'être venu. Qu'est-ce qu'il savait des étrangers, comment se comporter avec eux ? En dehors de quelques docteurs occidentaux durant l'année qui avait suivi Tchernobyl, avec lesquels il n'avait parlé que par l'entremise d'un interprète, il jamais jamais rencontré d'étrangers de sa vie. Je ne suis qu'un simple pompier de Kiev, songea-t-il. Cette deuxième vie est une erreur.

« Voici mademoiselle Susan Carrigan de New York, dirent les deux Mikhail, sauf que celui du KGB ne s'encombra pas du "mademoiselle". Elle a gagné Moscou dans un concours. » Mikhail l'économiste eut un sourire amusé, tandis que Mikhail du KGB eut comme un rictus de colère, l'air obscurément insulté.

« Un voyage à Moscou », rectifia Susan qui sourit au nouveau venu et lui tendit sa main à serrer. La main du Russe qui saisit la sienne était étonnamment fine et osseuse, et sa poigne incertaine. L'homme donnait l'impression d'être souffrant, la grippe ou autre chose, et d'avoir commis l'erreur de sortir de son lit de malade pour venir à la soirée.

« Grigor Basmyonov, finirent de présenter les deux Mikhail. Grigor travaille pour notre télévision moscovite.

– Oh, vraiment ? » Susan lâcha la main délicate et prit le verre de vin frais que lui avait ramené Mikhail. « Vous y faites quoi ?

– J'écris des blagues pour un comédien », répondit lentement Grigor, un mot à la fois. Il secoua la tête et ajouta : « Pas un comédien que vous connaissez.

– Je le connais peut-être, moi, dit Jack Fielding qui tendit la main et poursuivit : Jack Fielding. À l'ambassade, on regarde beaucoup la télé, croyez-moi. C'est qui, votre comédien ? »

Tout en serrant la main de Fielding, Grigor répondit : « Boris Boris » et se réjouit d'entendre le grognement mécontent de surprise que laissa échapper Mikhail l'agent du KGB (Mikhail l'économiste émit un gloussement de plaisir au souvenir de l'humoriste).

Fielding fut impressionné. « Pas possible ! Il est terrible, ce gars-là.

– Oui, convint Grigor qui se détendit en jouissant de la gloire de Boris Boris.

– Il y a seulement quelques années, il se serait permis ce qu'il dit maintenant, ajouta Fielding en secouant la tête, il filait tout droit en Sibérie.

– Eh bien, au moins il aurait ma compagnie, lui assura Grigor. Quand Boris Boris attrape froid, c'est moi qui éternue. » Il s'étonna alors de la facilité avec laquelle l'anglais lui venait, une fois fait le premier pas. C'était donc possible, en fin de compte.

« J'ai essayé de regarder votre télévision, dit Susan, mais c'est tellement frustrant. Elle ressemble à la télé de chez moi, les actualités, les émissions de mise en forme, les jeux, mais évidemment je ne comprends pas un mot de ce qu'on y dit. Et quand ils passent des annonces écrites, je ne reconnais même pas les lettres ! » Elle se mit à rire de sa propre impuissance.

« J'ai vu votre télévision américaine, bien sûr », lui dit Grigor. Il aimait l'allure de la jeune femme, son aisance et son assurance ; elle lui donnait envie de poursuivre la conversation, tant pis pour les difficultés. « Nous recevons les transmissions par satellite à la station. Parfois je regarde les informations de la CNN. Vous connaissez ?

– Oh, oui. Les informations par câble. Vous devez les regarder très différemment de nous.

– Tant de positivisme, répondit un Grigor souriant qui espéra que le mot existait en anglais. Les présentateurs sont tellement sûrs de tout. Nous n'avons eu personne d'aussi sûr de tout depuis la mort de Staline. »

Susan éclata de rire, à sa grande surprise, et demanda : « C'est une de vos blagues pour je-ne-sais-qui ?

– Demande pardon ?

– Oh, excusez-moi », fit-elle avant de lui donner une vague définition de « je-ne-sais-qui ». Mikhail l'économiste écarta doucement Jack Fielding. « Dites, pour cette histoire de libéralisme, sûrement qu'avec le Japon qui vous talonne, vous ne préconisez pas le retour au laisser-faire total. » (Simultanément, l'autre Mikhail disait : « Je dois parrrler à vous de votrrre ambassade. Nous avons encore des prrroblèmes à rrrégler. »)

« Eh bien, vous savez, il faut tous nous adapter à une réalité changeante », répondit Fielding qui s'en fut docilement dans le sillage de Mikhail, laissant Grigor et Susan seuls. Grigor essayait d'expliquer pourquoi le nom de scène « Boris Boris » était déjà comique en soi pour un public russe, une explication qui ne se révéla pas facile du tout, ni entièrement satisfaisante pour aucun des deux interlocuteurs. La conversation était lancée, en tout cas, et Susan expliqua à son tour comment elle se trouvait à Moscou à cause d'un concours d'une société de vodka américaine qu'elle avait gagné ; son explication à elle aussi s'avéra plutôt difficile et guère satisfaisante.

Ils parlaient depuis un bon moment, surtout des curiosités de Moscou et de la région, lorsque Grigor prit conscience que la foule s'était clairsemée ; surpris, il consulta sa montre. Presque huit heures dix. « Oh, non, fit-il. Je suis en retard pour ma pilule. Vous voulez bien, s'il vous plaît, tenir mon verre ? Merci. »

Elle attendit, les deux verres quasiment vides à la main, tandis qu'il sortait une petite boîte d'allumettes en carton de sa poche de veste et en retirait une grosse capsule verte. Il sourit et haussa les épaules. « Je n'ai encore jamais pris ça avec de la vodka. Peut-être que ça marchera mieux. » Il récupéra son verre et le vida avec la pilule.

« Vous avez la grippe ? » demanda Susan. Puis, parce que l'anglais du Russe semblait avoir des lacunes, comme sujet à des défaillances aussi soudaines que surprenantes, elle développa. « Un genre de rhume, quelque chose ?

– Non, rien comme ça. Je ne suis pas du tout

contagieux. » Il porta le regard vers le bar et demanda : « Ont-ils arrêté de servir à boire ?

– J'en ai peur. » Puis Susan se jeta à l'eau : « Je suis censée dîner à l'hôtel avec un groupe, des touristes américains, deux guides d'Intourist, un Russe d'une espèce de chambre de commerce. Pourquoi ne pas venir avec nous ? Je suis sûre qu'il n'y aurait pas de problème. »

Grigor songea : une aventure ! Peut-être la dernière. « J'accepte avec bonheur », dit-il.

Ce fut durant le dessert et le vin doux que Grigor finit par avouer à Susan la vérité sur son état de santé et ses causes.

« *Tchernobyl ?*

– Oui. »

Il était déjà tellement imbibé de vodka et de vin, tellement repu de bonne chère et de sensations agréables qu'il ne se sentait même pas gêné, ni par son anglais incertain, ni par sa maladie, ni par sa condition de péquenaud de Kiev. Par rien. Il le lui confia, histoire de le confier à quelqu'un.

Autour d'eux, tout au long de la grande table, d'autres conversations décousues se poursuivaient, mais Grigor les ignorait parce que ça lui faisait enfin un tel bien de le dire, de s'épancher auprès de quelqu'un, quelqu'un d'étranger à la clinique. Oui, et parce qu'il savait que ce quelqu'un, une fois au courant, repartirait ensuite à l'autre bout du monde, disparaîtrait totalement et permettrait à Grigor de reprendre son train-train quotidien. Sa spirale quotidienne.

Susan fut secouée. « Cancer ? Maladie due aux radiations ? Alors, c'est quoi, au juste ? Et il n'y a aucun espoir ? Grigor, écoutez ! J'ai un cousin, je ne sais pas, au troisième ou au quatrième degré, on se voit rarement, une ou deux fois par an, bref, la question n'est pas là – elle aussi avait bu et il était tard –, la question, c'est qu'il est docteur, chercheur même, très en pointe dans la recherche sur le sida à l'université de New York, je vais l'appeler...

– Trop vite, marmonna Grigor dont les yeux se brouillaient et qui agita en vain la main pour tenter de ralentir le flot de paroles. Trop vite, trop vite. Comprends pas, dit-il.

– Mon cousin, reprit-elle lentement et distinctement, pourrait savoir quelque chose, peut-être vous aider. Je vais l'appeler. Vous pourriez aller à New York, s'il fallait ? Vous avez assez d'argent ? Vous pourriez en emprunter ? Est-ce qu'on vous laisserait partir ? »

Il se mit à rire par autodérision. « Oh, j'ai de l'argent, fit-il. Et les docteurs me laisseraient partir, si ça pouvait donner un résultat. Mais ça ne donnera rien, Susan. Pas pour moi. Le rideau est tombé. Il est déjà tombé.

– Hé, vous n'allez pas abandonner, dit la jeune femme qui lui rappela les présentateurs positifs de la CNN, il ne faut sûrement pas abandonner. Je vais appeler mon cousin. Avant de travailler à la recherche sur le sida, il était... » Elle s'interrompit, fronça les sourcils, se pencha vers lui au-dessus de la table et le regarda dans les yeux pour demander : « Grigor, il y a le sida en Russie ?

– Oh, oui, répondit-il en hochant gravement la tête. Un gros problème, vous savez, dans les hôpitaux.

– Les hôpitaux ?

– Les seringues. Nous n'avons pas assez de

seringues en Union soviétique, expliqua-t-il. Alors elles servent… comment vous dites ? beaucoup de fois.

– Tout le temps.

– Oui, tout le temps. Beaucoup de mères et de bébés sont… oh… infectés. Tout le temps. » Ses yeux avaient l'air plus enfoncés, plus affligés que jamais. « Beaucoup de morts, reprit-il. La mort tout autour de nous. Oh, Susan. Tout est en train de mourir, vous savez, Susan. Tout est en train de mourir. »

Ananayel

On ne fabrique plus nulle part la vodka avec des pommes de terre. Je le sais. Je sais tout ce que j'ai besoin de savoir pour exécuter Son plan. Mais Mikhail le saurait-il, lui ?... D'accord, mais Mikhail croirait-il que Susan le sait ?... Bah, aucune importance.

L'important, c'est de recruter les acteurs – ceux qui vont agir, effectuer les opérations nécessaires – puis de les mettre en rapport. Et sans perdre trop de temps, voilà pourquoi j'ai dû précipiter la rencontre Grigor-Susan et qu'ils sont apparus l'un à l'autre comme l'interlocuteur approprié à ce moment précis ; pour elle, un homme avec qui se sentir à l'aise, et pour lui, une personne en qui croire. Je les aurais réunis d'une façon plus élégante, plus subtile, s'il ne me fallait pas terminer cette tâche au plus vite.

Vite. Pourquoi vite ? Personnellement, je me le suis demandé. Lorsque j'ai pris connaissance de Son plan, que je m'en suis imprégné, j'ai manifesté ma surprise devant une telle hâte. Après tout, lorsqu'Il a créé ce monde, Il a passé des millions d'années terrestres à le fignoler, étape par étape, jusqu'à ce que chaque élément soit parfait. Et la dernière fois que cette portion de Son univers L'a contrarié, lorsqu'Il a préféré sauver le monde plutôt que le détruire, ça Lui a pris, de la conception à la crucifixion, trente-quatre de leurs années. Alors pourquoi tant se presser maintenant ?

La raison, m'a-t-on fait comprendre, c'est que les deux fois précédentes Il n'en avait pas jusque-là.

5

Kwan emprunta un vélo à Tan Sun pour traverser la ville jusqu'au quartier des grands hôtels. Elle sortit l'engin de l'espace-remise frais et sombre sous la maison et le lui tendit, ainsi que la chaîne d'antivol pour l'attacher pendant son entrevue avec le journaliste. Elle avait la mine nerveuse et inquiète. « Fais attention à la police avant d'entrer dans l'hôtel, dit-elle. Tu sais reconnaître leurs voitures banalisées. »

Kwan éclata de rire parce qu'il était passé par des épreuves bien plus rudes que celle-là, banale entrevue avec un journaliste. « Tout le monde sait reconnaître leurs voitures, dit-il. D'abord, elles sont propres, et elles n'ont pas de babioles qui se balancent sous le rétroviseur. Et tout le monde sait les reconnaître, eux aussi. Ils ont tous le même tailleur, il leur refile le tissu que les Britanniques n'achèteront pas, tout ce qui est gris brillant et bleu clair. Et il leur coupe leurs vestes un peu trop court dans le dos.

– Ne donne pas l'impression d'être en vacances », fit-elle sèchement, en colère parce qu'elle n'arrivait pas à se détendre.

Pourquoi fallait-il que les filles deviennent toujours aussi possessives ? Kwan se cachait chez les parents de Sun depuis presque deux mois maintenant, le temps de tomber amoureux de leur jolie fille, d'effeuiller avec elle la marguerite et d'en faire le tour. Il n'allait quand même pas lui dire que l'aventure était terminée, de peur que sa famille le renvoie dans la rue hostile à coups de pieds dans le derrière, mais pourquoi ne s'en rendait-elle pas compte toute seule ? Est-ce qu'elle espérait le cacher indéfiniment sous sa jupe ?

Ah, bah. Il savait que le souci de Sun pour sa sécurité était réel – les dangers aussi étaient réels – aussi se calma-t-il. « Ce ne sont pas des vacances, dit-il. Des vacances, il n'y en a plus. C'est une interview avec un journaliste pour un magazine américain très important. » Il sourit pour la rassurer. « Ne t'inquiète pas, je ramènerai le vélo.

– Le *vélo* ! » s'écria-t-elle, outrée, et elle rentra en trombe dans la maison. Ce qui n'était pas plus mal.

La première fois que Li Kwan avait vu Hong-Kong, depuis la cité interdite de Shenzhen sur le continent chinois, la ville lui avait paru tout droit tirée d'un conte de fées, comme si elle avait surgi de la mer le temps de le tourmenter par ses promesses. C'était lors de sa première tentative infructueuse de sortir de Chine et de traverser le chenal étroit qui le séparait du monde libre dont Hong-Kong était la vitrine. Il était descendu vers le sud depuis Pékin à travers l'immensité de son pays pour fuir l'injustice des « vieux criminels », aidé en chemin par des amis d'amis, des parents de copains de classe, des gens qu'il connaissait à peine, et bien sûr des femmes (les femmes avaient toujours beaucoup aidé Li Kwan) ; il avait aussi appris que la poigne de fer des vieux criminels se relâchait de plus en plus à mesure qu'on s'éloignait du centre de leur toile.

Tout au sud, dans la province du Guangdong, et particulièrement dans la ville côtière de Shenzhen, l'autorité du gouvernement central comptait pour quantité négligeable. Là, le pouvoir se concentrait entre les mains des riches négociants et des triades, gangs mafieux qui devaient leur puissance au jeu, à la contrebande, à la prostitution et à divers rackets de protection.

Zone économique spéciale créée à la fin des années soixante-dix sur le modèle de Hong-Kong, avant que les vieux criminels n'apprennent qu'ils allaient récupérer l'original, Shenzhen était quasiment devenue une parodie, un reflet déformé de ce chaudron en ébullition du capitalisme. Ville ouverte dans le sens que tout y était à vendre, depuis les vêtements occidentaux jusqu'aux faux papiers d'identité, elle était ville fermée, interdite, dans le sens qu'aucun ressortissant chinois n'avait le droit de pénétrer dans son périmètre sans permis spécial du gouvernement central. Les hommes d'affaires de Hong-Kong en quête de main-d'œuvre bon marché avaient transféré une multitude de petites usines et d'ateliers de montage de l'autre côté de la frontière, et au début des années quatre-vingt-dix, deux millions de Chinois du continent travaillaient pour des employeurs de Hong-Kong dans la ville de Shenzhen.

Kwan s'était dit que dans un tel chaudron de cupidité, d'ambiguïté politique et d'ambition fiévreuse, il serait facile de traverser Shenzhen et de passer à Hong-Kong, mais en fait, à cette limite extrême de l'influence chinoise, les gardes étaient partout. Le faux permis spécial de Kwan qui l'autorisait à entrer dans Shenzhen était une mauvaise contrefaçon non prévue pour résister à un examen en règle. Policiers et soldats chinois patrouillaient partout le long de ce fil de rasoir séparant les deux réalités. On avait interpellé Kwan, on lui avait fait des sommations ; il s'était esquivé tête baissée, avait semé ses poursuivants parmi la foule des chalands dans les rues du port franc, s'était mêlé à une cohue d'ouvriers d'usine qui rentraient chez eux de leur pas traînant, puis il était sorti de la cité interdite, frustré, apeuré, ne sachant que faire.

La famille qui l'hébergeait, à trente kilomètres sur la côte au nord-est de Shenzhen, avait une lointaine parenté avec un étudiant qui était mort sur « *la* Place ». Kwan n'avait pas connu l'étudiant en question, mais ça n'avait pas d'importance. Néanmoins, après l'échec de sa première tentative, ses hôtes avaient cédé à une nervosité croissante, d'autant que le maître de maison, du nom de Djang, employé à la Banque de Chine locale, avait beaucoup à perdre dans l'affaire. Le visage de l'infâme contre-révolutionnaire, Li Kwan, était parfaitement connu, après tout, malgré le mégaphone qu'il tenait devant sa bouche lorsqu'un reporter l'avait pris en photo. C'était donc Djang qui avait organisé sa tentative suivante et qui l'avait conduit au rendez-vous dans sa voiture personnelle, avantage de son travail à la banque.

Cette fois, Kwan avait vu Hong-Kong de nuit, par-delà un kilomètre et demi d'eau noire, comme un feu d'artifice figé qui ne s'enfonçait jamais vraiment dans la mer. « Le bateau est là-bas », avait dit Djang en donnant un coup de frein pour s'arrêter le long de la route sombre et étroite ; il n'y avait pas de circulation, et la pente rocailleuse parsemée de broussailles de mauvaises herbes à droite de la voiture menait jusqu'au bord de l'eau.

Ils étaient tous deux sortis sur la route empierrée et avaient fouillé des yeux l'obscurité environnante, de crainte de tomber sur une patrouille : terrestre, maritime ou aérienne. Ils avaient descendu tant bien que mal la pente raide, s'accrochant aux arbustes solides pour ne pas perdre l'équilibre, puis longé en crabe le rivage.

Le bateau se trouvait bien là, comme promis, un bateau vieux et fatigué mais étanche, et les rames étaient dissimulées sous un bosquet voisin. Kwan et Djang avaient échangé une poignée de main cérémonieuse, puis incliné la tête avant de se séparer : Djang pour retrouver la sécurité relative de sa vie routinière, Kwan pour se lancer dans la dernière étape de son voyage, la traversée du détroit jusqu'à Hong-Kong.

Il s'était enfoncé dans l'obscurité à coups de rames réguliers. Chaque fois qu'il regardait par-dessus son épaule, la ville était toujours là, un million de lumières blanches peintes sur le velours noir de la nuit océane. Et chaque fois qu'il tirait sur les avirons, tourné vers l'arrière du bateau, les ténèbres plus profondes et plus dangereuses de la Chine étaient toujours là, elles aussi.

Les ennemis de Kwan avaient alors été l'armée, la vieille garde et deux mille ans d'obéissance passive. Son ennemi aujourd'hui portait lc nom de « normalisation », et voilà pourquoi Kwan devait sortir de sa cachette et traverser la ville à la lumière éclatante et chaude du jour pour rencontrer le journaliste des États-Unis. La normalisation signifiait que l'aide japonaise à la Chine s'était remise en place comme avant, que les hommes d'affaires américains étaient revenus en Chine « protéger leurs investissements », que les politiciens dans le monde entier s'apprêtaient une fois de plus à lever de délicats petits bols de vin de riz pour porter un toast aux vieux criminels. La normalisation signifiait qu'un peu de temps s'était écoulé, une année ou deux, et que ça suffisait pour effacer les souvenirs. La normalisation signifiait qu'il était possible, au bout de si peu de temps, d'oublier un char d'assaut qui écrase de sa masse une douzaine d'êtres humains désarmés. Enfin, la normalisation signifiait que le héros de l'an passé de la place T'ien an Men était le fugitif de cette année qui se cachait de la police de Hong-Kong.

Kwan attacha la bicyclette à un lampadaire, à un pâté de maisons de l'hôtel, et tout en marchant vérifia son apparence dans les vitrines des magasins à touristes qui jalonnaient son chemin. Petit et mince, l'air plus jeune que ses vingt-six ans, les pommettes rondes et proéminentes qui, d'après lui, nuisaient à sa beauté (et qui le singularisaient, un peu trop d'ailleurs, même au milieu d'un million de compatriotes), il était proprement vêtu d'une chemise claire et d'un pantalon de treillis et arpentait néanmoins le trottoir d'un pas optimiste, plein d'allant, irrésistible comme les vagues sur la plage.

Aucune présence visible de policiers dans les parages de l'hôtel ; bien. Il fallait le dire, Hong-Kong était une ville correcte, peuplée de gens corrects, dotée d'un gouvernement aussi correct que beaucoup d'autres ; mais Hong-Kong devait tenir compte de l'échéance de 1997, toute proche. En 1997 le bail britannique prendrait fin, et le territoire retomberait sous l'autorité et le contrôle du gouvernement continental chinois. Il fallait bien déplorer les événements déjà flous dans les mémoires de la place T'ien an Men, mais pour les politiciens il fallait aussi affronter la réalité. (Certaines réalités, évidemment, étaient plus dures à affronter que d'autres : l'échéance de 1997, par exemple, ne posait pas trop de problème. L'image des tanks au-dessus de corps humains en posait davantage. Une fois de plus, les endurcis et les pragmatiques s'étaient débrouillés pour faire preuve d'un peu d'indulgence envers eux-mêmes.)

Les « contre-révolutionnaires » de ce printemps de Pékin s'étaient dispersés après les mesures de répression lancées par les vieux criminels ; enfin, ceux qui ne s'étaient pas fait prendre ni exécuter. Certains s'étaient rassemblés en France et continuaient de publier leurs communiqués de presse à un monde de plus en plus indifférent. Trois ou quatre groupes s'étaient établis ici et là aux États-Unis pour se chamailler entre eux, poursuivre leur éducation dans les universités américaines et sûrement finir comme employés de grands hôpitaux et de compagnies d'assurances. Ceux restés en Chine ne sortaient que rarement de leurs cachettes pour placarder sur les murs des déclarations que presque personne ne voyait jamais. Li Kwan était du petit nombre qui avaient choisi de rester à Hong-Kong, au déplaisir croissant de la ville où ils avaient connu jusque récemment une relative sécurité sans s'éloigner de la Chine, où leur présence entretenait efficacement la mémoire, beaucoup plus que n'importe où ailleurs sur terre.

Mais aujourd'hui la normalisation gagnait aussi Hong-Kong. Et aujourd'hui, si Li Kwan, entré illégalement dans la ville, se faisait prendre, on le renverrait aux vieux criminels de Pékin. Mais évidemment, Hong-Kong était une ville civilisée et démocratique. Elle ne le déporterait sûrement pas sans l'absolue assurance du gouvernement chinois qu'il aurait droit à un procès juste et public ; une assurance déjà donnée.

Et il y avait aussi 1997.

L'ensemble de l'hôtel avait l'air conditionné, partout, du hall monumental décoré d'ors bruns jusqu'à la plus petite boutique. Kwan marqua une courte pause dans la porte à tambour, le temps que son corps s'accoutume à la fraîcheur pendant qu'il promenait un regard prudent de gauche à droite : toujours aucun danger en vue. Il s'avança lentement et attendit qu'on le reconnaisse. (« Je vous reconnaîtrai d'après votre photo », avait dit le journaliste au téléphone lorsque les intermédiaires avaient arrangé l'appel, et il n'avait pas eu besoin d'expliquer de quelle photo il s'agissait.)

Il avait traversé la moitié du hall quand un gros homme pataud s'extirpa d'un des fauteuils bas et vint à sa rencontre. La cinquantaine environ, il portait une chemise à col ouvert, une veste de daim marron et un pantalon de treillis froissé. Trois étuis en cuir d'appareils photo pendaient autour de lui. Pour une obscure raison, les Américains loin de chez eux ont toujours l'air de se relever d'une chute de moto : les vêtements un peu en désordre, l'air un peu tourmentés et nerveux mais quand même contents et soulagés parce qu'il n'y a pas eu grand mal. Le journaliste ressemblait à ça. Il arborait une barbe poivre et sel, des cheveux bouclés clairsemés, des lunettes à monture sombre, un sourire aimable. « Monsieur Li ?

– Oui.

– Sam Mortimer. » Il tendit la main et serra celle de Kwan ; sa poigne était ferme et franche. « Trop tôt pour un verre ?

– Oh, oui », répondit Kwan que l'idée fit sourire à son tour. Il était assurément trop tôt pour un verre, trop tôt de plusieurs années ; Kwan ne voyait rien à gagner dans l'alcool à ce stade de sa vie.

« Du thé, alors, proposa Mortimer qui fit un geste en direction du bar de l'hôtel. On va s'asseoir, on sera à l'aise. »

Le bar avait une forme irrégulière ; la couleur dominante était l'écarlate. Le long d'un mur incurvé, des fenêtres donnaient sur un jardin de rocaille et, au-delà, la piscine où un acharné moulinait dans un sens puis dans l'autre, sans arrêt, pendant qu'une douzaine de clients en maillots de bain se prélassaient au soleil sur des chaises longues. Kwan et Mortimer prirent une table pour deux près d'une de ces fenêtres, puis le journaliste ouvrit un étui d'appareil photo qui contenait un magnétophone à cassette, un bloc et plusieurs crayons. « Ça vous ennuie si j'enregistre ?

– Pas du tout. »

Ce n'était pas la première interview que donnait Kwan, loin s'en fallait, et on ne s'intéressait à lui que pour une seule raison, aussi les questions et les réponses étaient-elles fixées d'avance, pour tout dire déjà plusieurs fois imprimées. Mais c'était bien comme ça ; l'essence même de l'information, dans l'esprit de ceux qui la recueillent, c'est de rapporter une réalité simple et objective. Cette conversation a bien lieu, ici et maintenant, c'est vérifiable, elle vaut donc beaucoup plus la peine d'être publiée que toutes les précédentes, même si elle les reproduit.

Ils passèrent en revue les questions habituelles, dans l'ordre habituel : Mortimer cochait celles déjà inscrites sur son bloc, ajoutait de temps en temps une note ou soulignait une partie de la question. Le milieu de Li Kwan : père enseignant, mère doctoresse, lui élève éveillé, vite diplômé universitaire, poursuit ses études en histoire et en anglais, projette d'entrer dans le corps diplomatique. L'arrivée en Chine du président américain, Bush, qui laisse un sentiment confus d'opportunité manquée. Puis, peu après, celle du numéro un soviétique, Gorbatchev, et le sentiment qu'il faut saisir l'occasion tout de suite. Les manifestations en faveur de Gorbatchev conduisent plus ou moins naturellement à celles contre la corruption et les privilèges au sein de l'élite gouvernante chinoise, puis à la grève de la faim, puis au regain du soutien populaire.

« Avec le recul, dit Kwan en souriant légèrement de sa naïveté passée, ce que nous avons fait me rappelle les protestataires américains des années soixante qui formaient un cercle autour du Pentagone, se tenaient par la main et tentaient de soulever le bâtiment par lévitation, par la seule force de leur esprit. Ils croyaient vraiment qu'ils allaient y arriver, vous savez, ils s'attendaient à voir l'immeuble décoller de terre. Nous aussi, nous y avons cru, et notre conviction a contenu l'armée pendant plus d'une semaine.

– Est-ce que vous connaissez bien les États-Unis ? demanda Mortimer. Pas son histoire, j'entends, mais des trucs comme soulever le Pentagone par lévitation.

– C'est précisément de l'histoire. »

Mortimer sourit, ne le contredit pas. « C'étaient des idiots, fit-il. Vous n'allez tout de même pas en dire autant des étudiants de la place T'ien an Men.

– Bien sûr que si. Ceux qui suivent leurs aspirations au-delà du sens commun, au-delà des bornes de la réalité, sont des idiots. Mais il faut être idiot, il faut que certains d'entre nous le soient, si la race humaine veut arriver quelque part. »

Mortimer en fut troublé. Ça se voyait sur sa figure avenante, mais il ne continua pas sur ce terrain. Il préféra passer à la question suivante de son bloc. Puis à la suivante. Et encore à la suivante. Sur le passé, et sur l'avenir. « D'après vous, qu'est-ce qu'il va se produire en Chine, maintenant ?

– Ça va changer, dit Kwan. En bien et en mal. Mais lentement, comme toujours. Le peuple a l'habitude d'obéir depuis des siècles.

– Si les autorités de Hong-Kong mettent la main sur vous, on va vous renvoyer. Il y aura un procès, un procès public. Vous parlerez. Est-ce que ça serait bon pour votre cause, ou mauvais ? »

Une question étrange. « Mauvais, évidemment, répondit Kwan, parce que je ne pourrais plus donner des interviews comme celle-ci. Il y a peu de voix à s'élever en ce moment. On ne peut pas se permettre d'en perdre une seule.

– Et une déclaration publique à votre procès ? Ça n'aurait pas un impact, ça ?

– Le procès prendrait une journée. On me laisserait à peine ouvrir la bouche. Le deuxième jour, on m'emmènerait dehors et on me ferait agenouiller. On me mettrait un pistolet sur la nuque et on me tuerait. Le troisième jour, le gouvernement enverrait la facture de la balle à ma famille. »

Les yeux de Mortimer s'écarquillèrent. « La facture ? Vous me faites marcher ?

– Non.

– Mais pourquoi ? Bon Dieu…

– C'est la punition de la famille, expliqua Kwan, parce qu'elle n'a pas su éduquer un enfant dans la bonne discipline.

– La famille paye la balle qui vous tue, fit l'Américain d'un air songeur. C'est la procédure habituelle en Chine ?

– Oui.

– Je n'en savais rien. » Le journaliste se tut et rumina, comme si la question suivante ne l'intéressait plus.

Kwan en profita pour jeter un regard en direction de la piscine, sans nageurs à présent, puis de l'autre côté, à l'intérieur du bar. Un Occidental occupait la table voisine, il buvait un café et lisait le *Hong Kong Times*. Il leva ses yeux qui croisèrent ceux de Kwan l'espace d'une seconde avant de se rabaisser sur le journal, mais cette seconde suffit pour que Kwan ait soudain peur.

De l'homme ? Non. Il n'appartenait pas à la police de Hong-Kong. C'était un Européen ou un Américain, solidement bâti, la quarantaine, il avait les cheveux blonds comme un Scandinave. Il portait une chemisette bleu pâle et une cravate grenat, mais pas de veste. Le petit doigt de sa main droite s'ornait d'une grosse bague en or surmontée d'une pierre rouge.

Clic.

Kwan regarda la table : le magnétophone à cassette de Mortimer s'était arrêté. « Votre bande est finie. »

Mortimer redressa la tête, gêné, comme s'il

s'était endormi. « Le temps a passé vite », dit-il avec un rire gauche. Puis il se mit à farfouiller dans l'appareil, en retourna la bande et le remit en marche. « On en était où ?

– Ma famille paierait le prix de la balle.

– Ah, oui. » Cette histoire de balle le mettait encore mal à l'aise. « Vous êtes sûr que vous n'auriez pas l'occasion de faire une déclaration bien sentie…

– Monsieur Mortimer ? »

Le serveur, debout près de la table, s'inclina en direction du journaliste qui leva les yeux, à contrecœur et de mauvaise humeur. « Oui ?

– Téléphone, monsieur. Vous pouvez prendre la communication au comptoir. »

Mortimer hésitait, indécis. Il frotta les jointures de sa main droite contre sa joue barbue. « Je ne sais pas », dit-il en regardant Kwan, puis le magnétophone, et à nouveau le serveur. Il eut une moue agacée, comme fâché qu'on l'ait interrompu, ou fâché contre lui-même, ou fâché tout court. « Oui, évidemment, dit-il. J'y vais. » Il adressa un grand sourire sans signification à Kwan. « Excusez-moi. Je reviens tout de suite.

– Oui. Très bien. »

Mortimer s'en fut vers la porte sur les talons du serveur. Kwan vit qu'il avait laissé le magnétophone en marche ; il allait tendre la main pour l'arrêter lorsque l'Occidental de la table voisine se mit debout et s'approcha d'un pas vif et souple pour souffler : « Mortimer vous a trahi, c'était le prix de son interview. Il n'y a pas de coup de téléphone. Levez-vous et suivez-moi. »

Kwan comprit aussitôt qu'il disait vrai. La bizarrerie du journaliste à la fin, son désir de croire que

Kwan pouvait tourner sa capture et son procès à son avantage, sa réticence à répondre au « coup de téléphone ». La fin de la bande avait servi de signal ; c'était tout l'entretien auquel Mortimer aurait droit. Encore un réaliste ; il avait cru que trahir Kwan, c'était un marché honnête pour publier son article dans un magazine lu par des millions de gens dans le monde.

Kwan se leva. L'étranger s'éloignait déjà, filait même à grands pas, le long de la paroi de verre incurvée pour gagner l'arrière de la salle. Kwan le suivit jusqu'à une porte qui disait : SORTIE DE SECOURS UNIQUEMENT – DÉCLENCHEMENT D'ALARME. L'étranger ouvrit la porte d'une poussée. Aucune alarme ne se déclencha. Il descendit quatre marches métalliques. Kwan s'empressa de l'imiter, laissa la porte se refermer toute seule derrière lui, puis ils traversèrent un coin du jardin de rocaille, rejoignirent un chemin de pierre et se dirigèrent vers la piscine.

Kwan tourna les yeux à droite et vit de l'autre côté des fenêtres trois hommes trapus en costume étriqué gris clair et cravate sombre qui se tenaient, l'air indécis, près de la table qu'il avait occupée. L'un d'eux leva la tête, l'aperçut et pointa le doigt, tout excité. Kwan reporta les yeux devant lui, sur le large dos bleu pâle du grand Occidental qui le précédait. Qui était-ce ? L'accent ne lui avait pas paru vraiment américain, pas plus que britannique, canadien ni australien. L'anglais était-il sa deuxième langue ? Comment était-il au courant pour Mortimer et pour Li Kwan ? Où allaient-ils ?

Ils contournèrent la piscine, dépassèrent les amateurs de bains de soleil et leurs relents légèrement rances d'huile de noix de coco. Puis, après la cabine du préposé, pleine de serviettes, ils tombèrent sur une palissade de bois vert clair, haute de deux mètres cinquante, dans laquelle se découpait une porte sans signe distinctif et à peine visible. L'étranger l'ouvrit, et ils passèrent tous deux dans une ruelle. Des poubelles s'entassaient sous un quai de chargement à droite. La rue était à gauche. Au moment où il fermait la porte, Kwan regarda derrière lui et vit les trois policiers qui s'amenaient en courant autour de la piscine. « Ils nous poursuivent, dit-il.

– Cette porte est fermée à clé. »

Ah bon ? Kwan la considéra mais n'eut pas le temps d'y réfléchir davantage parce que l'étranger se dirigeait maintenant rapidement vers la rue ; sans courir vraiment, il se déplaçait à grands pas sur ses très longues jambes. Kwan devait trotter pour ne pas se laisser distancer, comme un enfant.

Garée en infraction le long du trottoir juste à droite de la ruelle attendait une Toyota blanche ; comme un million d'autres à Hong-Kong. L'étranger montra du doigt la portière du passager. « Montez. »

Elle n'était pas verrouillée. Kwan monta ; il faisait une chaleur étouffante dans l'habitacle. Il baissa sa vitre pendant que l'étranger s'installait au volant. La clé de contact était déjà en place. L'étranger démarra et se fondit dans la circulation ; Kwan put enfin demander : « Comment vous saviez ? »

L'étranger sourit. Il conduisait patiemment mais en professionnel dans les rues bondées. « Vous ne trempez pas dans une conspiration, dit-il. C'est ce que prétend votre gouvernement, mais c'est faux.

– Évidemment que je ne trempe pas là-dedans.

– Moi non plus. Mais si je vous disais qui je suis, comment j'ai découvert ce qui allait vous arriver et pourquoi j'ai décidé de vous aider si je pouvais, nous ferions partie d'un plan. Et ça, ce serait de la conspiration.

– C'est spécieux. Quelle consp… ? »

L'étranger se mit à rire. « Évidemment que c'est spécieux, fit-il. Mais vous vouliez une réponse, alors c'est la réponse que je vous donne.

– La seule réponse que je vais recevoir, vous voulez dire.

– Bon, je vous en donne une autre, alors. La prochaine fois, vous pourriez bien avoir moins de chance. Vous pourriez vous faire prendre. Et si vous vous faites prendre, on vous demandera sûrement : "Qui vous a aidé à vous échapper la dernière fois ?" Il serait préférable pour moi que vous ne connaissiez pas la réponse.

– Bien, d'accord, fit Kwan. Ça, ce n'est pas spécieux. Seulement pratique. »

L'étranger se remit à rire. « Quelle reconnaissance ! »

Kwan se sentit rougir. « Je vous demande pardon ! Je suis si embrouillé, ça s'est passé si vite… Évidemment, que je suis reconnaissant ! Vous m'avez sauvé la vie !

– Faites-en bon usage », dit l'étranger.

Ils prirent le bac pour gagner l'île de Lamma dont les petites maisons luisaient au soleil. En cours de traversée, ils sortirent de la Toyota pour s'approcher du bastingage, respirer l'air frais de la mer et contempler le monde qui étincelait tout autour d'eux.

« Il va falloir que vous quittiez Hong-Kong, dit l'étranger. Les raisons qui vous retenaient ici ne sont plus bonnes.

– Je ne sais pas où aller », répondit Kwan. Il donnait l'impression d'avoir laissé le contrôle de la situation, le soin de prendre des décisions, à cet homme qui lui avait sauvé la vie. « Ni comment.

– Par bateau, je pense. » L'étranger fit un geste vers la mer ; un gros paquebot comme un gâteau de mariage ovale, décoré à l'arrière d'un drapeau américain, appareillait au même instant du port de Hong-Kong. « Ces bateaux recrutent beaucoup d'Orientaux dans leurs équipages. Surtout en cuisine. » Il sourit à Kwan. « Vous feriez un bon plongeur, avec l'éducation que vous avez.

– Je n'ai pas de papiers.

– Peut-être qu'une de vos relations connaît quelqu'un qui travaille pour une compagnie de navigation.

– Les gens chez qui je loge, peut-être.

– Ça ne m'étonnerait pas. Demandez donc. » L'étranger hocha de nouveau la tête en direction du paquebot en partance. « Un bateau comme ça, dit-il, ça va partout. En six mois, il fait le tour du monde. Par Suez, la Méditerranée. Vous pourriez débarquer à Gênes ou à Barcelone. Ou même plus loin, jusqu'en Floride. »

Kwan contempla le bateau. « L'Amérique », fit-il.

Ananayel

Je n'aime vraiment pas travailler de cette façon-là, par-dessous la jambe, en laissant traîner des anomalies à droite à gauche, des quasi-miracles, comme des facilités de roman populaire. Des portes verrouillées qui s'ouvrent, des alarmes qui ne se déclenchent pas.

C'est la faute à la précipitation, évidemment, à Son désir de remettre de l'ordre dans cette pagaïe une fois pour toutes. Alors je suppose que ça n'a pas d'importance en fin de compte si je sème un peu plus la pagaïe en cours de route. Mais ça choque le perfectionniste en moi, je dois le reconnaître.

Et je dois faire attention à ce qu'aucun de mes principaux acteurs ne remarque ces aberrations dans les lois de la physique. Heureusement, l'ère est au scepticisme ; la croyance dans les miracles n'est guère répandue. L'histoire humaine a connu des époques et des pays où je n'aurais jamais pu m'en sortir avec ces méthodes bâclées, mais ça remonte à loin. Les humains d'aujourd'hui préfèrent croire qu'on leur joue des tours ; ou alors, qu'« il doit y avoir une explication » qu'ils n'ont pas encore tout à fait trouvée.

Quand même, je ne peux pas m'empêcher d'être triste. Ah, si seulement on m'avait envoyé à une époque digne de mes talents ! D'un autre côté, je commence à comprendre pourquoi Il en a jusque-là.

6

À São Sebastião, ils parlèrent à un prêtre, du genre convaincu que la vie sur Terre est de toutes façons sans objet, que la peine et la douleur ne peuvent qu'assurer une joie et une harmonie plus grandes dans l'autre monde, et que les riches qui maltraitent les créatures de Dieu seront punis du feu ardent dans l'au-delà. Lui n'était pas, leur dit-il fièrement, un prêtre activiste.

Comment, se demanda Maria Elena, cet homme pouvait-il être d'une quelconque utilité à son employeur, un docteur de l'OMS, l'Organisation mondiale de la Santé, qui croyait, lui, que la vie sur Terre, c'était tout ce qu'on avait, qu'il fallait s'efforcer d'alléger la peine et la souffrance toujours et partout, et qu'il fallait extirper de la société les riches qui maltraitaient les créatures de Dieu comme des rhizomes malades d'un vignoble ? Mais à São Sebastião, il n'y avait personne d'autre ; le docteur de l'administration visitait le village moins d'une fois par mois et ses registres ne valaient rien, comme ils le savaient déjà. Seul le père Tomaz tenait le compte des naissances et des décès, des maladies, des difformités, gardait les traces de l'assassin chimique.

Maria Elena traduisait de son mieux, en montrant le moins d'émotion possible. Près d'elle, Jack – le docteur John Auston, de Stockbridge, Massachusetts, États-Unis – posait ses questions avec persévérance, remplissait les blancs de ses formulaires, notait ses commentaires de ses minuscules hiéroglyphes illisibles, à l'encre noire. Maria Elena – Maria Elena Rodriguez, d'Alta Campa, Brésil, ensuite de Rio, récemment de Brasilia – répétait les questions sèches de Jack en portugais rocailleux, puis les réponses indifférentes et bougonnes du prêtre en anglais, et s'évertuait à oublier sa personnalité.

Même sa voix. Une voix chaude de contralto qu'elle gardait neutre, dont elle assourdissait la puissance qui avait retenti à pleine gorge dans les grands music-halls de São Paulo et de Rio, quand les foules se levaient de leurs sièges, pleuraient et applaudissaient, rugissaient les refrains en chœur tandis qu'elle arpentait la scène, pleine d'amour pour son public, pleine d'amour pour elle-même.

Elle n'arpentait plus les scènes. Elle ne chantait plus.

Tous trois étaient assis à l'ombre d'un gros arbre près de l'église en adobe trapue et arrondie, sur des chaises pliantes ramenées de l'intérieur sombre où deux vieilles femmes en noir, chacune à part, chuchotaient leurs prières dont les *s* s'entrelaçaient dans l'espace comme des fantômes de serpents. À quelque distance, dans un champ ocre, leur pilote, assis, lui, à l'ombre de son avion, lisait des romans-photos. Derrière eux, le village cuisait au soleil, vidé de la plupart de ses habitants qui travaillaient à l'usine invisible de l'autre côté des collines brunes, pendant que les enfants étaient à l'école dans les mêmes bâtiments : un des avantages qu'offrait l'entreprise pour compenser la mort et l'horreur qu'elle apportait par ailleurs.

La litanie du père Tomaz des enfants morts-nés, ou nés sans bras, sans yeux, sans cerveau, défilait par l'entremise de Maria Elena, nette de toute trace de passion. Maria Elena, elle, ne pensait qu'à ses deux enfants morts, mais rien d'eux, rien d'elle-même ne transpirait dans ses paroles, pas plus celles adressées au prêtre qu'au docteur.

Que dirait le père Tomaz si elle lui parlait de ses enfants perdus, de Paco qui l'avait abandonnée, qui l'avait convaincue qu'elle était désormais vile – avilie ? Qui était mort avant que leur querelle ne fût vidée ? Il dirait : « Dieu vous met à l'épreuve, mon enfant. Ses voies sont impénétrables. Nous ne pouvons pas Le comprendre, nous ne pouvons que nous plier à Sa volonté, dans la certitude que l'on tient compte de notre souffrance au Paradis, où nous attend notre récompense auprès de notre Dieu, notre Sauveur, de ses anges et de ses saints dans une joie éternelle. Amen. »

Les formulaires de Jack finirent par être remplis, la litanie du père Tomaz arriva à son terme, et ils se levèrent tous trois de leurs chaises pliantes pour s'étirer. Ils ramenèrent les sièges dans l'église – les vieilles continuaient leurs chuintements interminables, insatiables – et lorsqu'ils revinrent dehors, au soleil, le père Tomaz demanda à Maria : « Voulez-vous lui dire que nous n' avons pas besoin de médicaments ? Ce dont nous avons besoin, c'est de foi en Dieu.

– Non, répliqua Maria Elena. Je refuse de lui dire

ça. » Et elle laissa enfin la haine transparaître dans ses yeux.

Le prêtre, offensé, fit un pas en arrière, le regard noir. Jack demanda : « Qu'est-ce qu'il y a ?

– Rien », fit-elle.

Le pilote du jour était un nouveau, un petit maigrichon basané affublé d'une grosse moustache mexicaine. Il se remit debout lorsqu'il les vit revenir de l'église à travers champ et sourit sous sa touffe de poils. Il s'était sûrement embêté, malgré sa revue qu'il balança dans l'avion sur le siège voisin du sien.

Tout en marchant, Jack prit le coude de Maria, sous prétexte que le terrain sec et crevassé était inégal, bosselé, et rendait la progression malaisée, mais en réalité, elle le savait, dans le seul but de la toucher. Ils travaillaient ensemble depuis maintenant quatre mois, et au bout du premier il s'était mis à la poursuivre de ses assiduités plutôt enjouées, non pas comme s'il se moquait du résultat, mais comme s'il devait emballer son affection dans un coussin protecteur. Grâce à cette prudence, ou cette auto-protection, comme on voudra, Maria repoussait plus facilement ses avances, sans jamais être forcée de lui expliquer que ce n'était pas lui mais elle-même qu'elle rejetait. Au cours des dernières semaines, la cour du docteur était devenue plus machinale, distraite, rituelle ; ils s'étaient installés dans une relation vaguement amoureuse mais surtout agréable qui pouvait durer aussi longtemps qu'ils travailleraient ensemble.

Un type bien, John Auston ; âgé de trente-sept ans, il était grand et du genre costaud maladroit, comme si on n'avait jamais bien assemblé son squelette qui continuait de s'entrechoquer et de patiner dans son enveloppe charnelle. Il était méthodique, calme, dévoué à son travail pour l'OMS, et si Maria Elena avait été preneuse, il aurait fait un homme de choix. Mais elle n'était pas preneuse, elle ne le serait jamais, et de toutes façons Jack n'était pas vraiment disponible.

Pour tout dire, Jack avait été marié et il avait divorcé. Il avait une ex-femme très loin aux États-Unis, et il aurait beau ne jamais le reconnaître, Maria Elena savait qu'il l'aimait encore. Ou qu'elle lui manquait encore, ce qui revenait au même.

Jack évitait de parler de son ex-femme qui avait un beau jour plié bagage, pris leur fille alors âgée de trois ans et traversé tous les États-Unis, depuis Stockbridge dans le Massachusetts jusqu'en Oregon, uniquement pour lui échapper. Maria Elena ne connaissait rien de cette femme, si elle était sympathique ou non, forte ou faible, rien de rien, et pourtant elle avait parfois l'impression de comprendre pourquoi elle l'avait quitté. Au bout d'un moment, sûrement, elle en avait tout bonnement eu marre de le *diriger*. On le dirigeait si facilement, elle-même avait envoyé s'échouer son badinage sur ces hauts-fonds où il stagnait désormais, inoffensif ; et malgré tout, comment ne pas se sentir salie quand on passait sa vie à traiter son semblable comme s'il n'était qu'un bœuf docile ?

Comme le second siège avant, près du pilote, était beaucoup plus enviable que les quatre à l'arrière, Jack et Maria Elena avaient décidé que celui ou celle qui le prendrait à l'aller le céderait à l'autre au retour. Aujourd'hui, Jack avait choisi l'aller, ce fut donc lui qui escalada les deux encoches pour les pieds et rampa par-dessus le siège replié du pilote pour gagner l'arrière. Puis le pilote redressa son siège en position normale et aida Maria Elena à grimper. Elle se glissa jusqu'à la place du passager et rangea le roman-photo du pilote dans la poche sous la vitre à côté d'elle.

Le pilote prit place aux commandes et, après une série rapide de vérifications, démarra l'unique moteur du petit avion, effectua un demi-tour cahin-caha, remonta la moitié du champ puis vira à nouveau pour faire face au vent léger. Là-bas sous son arbre près de l'église, le père Tomaz suivait la manœuvre ; il devait espérer qu'ils allaient rejoindre Dieu plutôt que Brasilia. Le pilote lança l'appareil qui bringuebala et sautilla à travers champ ; le petit volant entre ses mains tremblait comme un ruban accroché à un ventilateur en vitesse maximum, jusqu'à ce que d'un coup les roues décollent enfin de la terre durcie et que l'avion devienne gracieux, cohérent, presque vivant.

Il n'y avait pas de porte du côté de Maria Elena, raison pour laquelle Jack et elle avaient dû passer par-dessus le siège du pilote, mais la moitié inférieure de la fenêtre possédait un abattant, comme sur les deux-chevaux, qu'elle ouvrit d'une poussée du coude pour regarder directement le sol qui s'éloignait et prendre conscience de l'étendue du cimetière derrière l'église. Et de la petitesse d'une majorité de tombes. L'instinct humain, quand l'espèce est menacée d'extermination, la pousse à se reproduire de plus en plus vite. Surtout lorsque le tueur s'attaque d'abord aux enfants.

Le bruit à l'intérieur de la carlingue atteignait un niveau qui permettait encore de discuter, mais avec du mal, aussi ne parlaient-ils généralement pas beaucoup, surtout au retour, après le long entretien aride en deux langues. Aujourd'hui pourtant, au bout de cinq minutes, le nouveau pilote se tourna vers Maria Elena, le front plissé. « Je vous ai déjà vue quelque part, non ? »

Ça lui arrivait de temps en temps. On se souvenait encore de *Maria Elena*, la chanteuse populaire, l'étoile montante qui avait brillé si fort et si brièvement avant de disparaître. Elle n'avait gardé que ses deux prénoms, Maria Elena, et le public les avait scandés à pleins poumons durant ses concerts – « Maria Elena ! Maria Elena ! » – comme pour une gloire du football.

Ah, mais c'était avant, tout ça. Quand aujourd'hui quelqu'un s'en souvenait, ou croyait s'en souvenir, elle niait en bloc. À quoi bon réchauffer cette histoire douloureuse ? On aurait voulu savoir pourquoi, en pleine ascension, alors que ses disques dominaient les hit-parades et qu'une carrière internationale l'attendait – elle avait même enregistré un album en espagnol – elle avait si vite disparu.

Et comment aurait-elle pu leur expliquer ? Que son corps était souillé, ses enfants morts, son mari dégoûté d'elle. Qu'elle ne chanterait plus, que la musique l'avait quittée. Que le jour où elle avait voulu mettre sa célébrité au service d'une cause importante, pour protester contre la destruction de la terre et des hommes qui vivaient dessus, les gens des médias lui avaient fermé la porte au nez, l'avaient laissée tomber, plus intéressés par leurs boulots que par la santé, plus attachés à leurs portefeuilles qu'à leurs enfants.

Aussi, quand le nouveau pilote lui demanda s'il ne l'avait pas déjà vue, elle eut un petit sourire distant, comme s'il lui faisait des avances, et répondit : « Je ne crois pas. » Puis elle se tourna vers la fenêtre pour contempler le sol qui cahotait loin en dessous.

Ce qui mit fin à la conversation. Provisoirement. Au bout de quelques minutes, lorsqu'elle reporta imprudemment son regard sur lui, l'homme se fendit d'un grand sourire sous sa grosse moustache et remarqua : « Pas fameux, le prêtre en bas, hein ? »

Maria Elena le dévisagea avec surprise. « Vous avez vu ça de si loin, de votre avion ?

– J'ai vu ça du ciel, dit-il dans un éclat de rire.

– Il croit que c'est Dieu qui veut toute cette misère. Pourquoi il voudrait ça, Dieu ?

– À qui ça profite ? demanda le pilote en levant un doigt court et brun dans une parodie de professeur pédant. C'est toujours la question qu'il faut poser quand on veut comprendre ce qui se passe. À qui ça profite, la docilité des gens ? À Dieu ?

– Aux propriétaires de l'usine, fit Maria Elena.

– Pas à Dieu ? » On aurait dit qu'il la taquinait.

Jack, isolé sur son siège arrière et qui ne comprenait pas le portugais, ne pouvait pas prendre part à la conversation. Maria Elena devait se débrouiller toute seule. Elle répondit avec sérieux : « Dieu nous a créés. Il nous aime. Il ne veut pas qu'on nous torture. Il n'a rien à y gagner si les gens ne se défendent pas quand l'usine tue leurs enfants. Ça profite aux propriétaires.

– Aux propriétaires. » Il n'avait pas l'air convaincu. « Vous voulez dire qui, exactement ?

– On les connaît tous, fit-elle, méprisante. Ils vivent à Rio, avec vue sur l'océan, ils viennent à Brasilia entourés d'avocats pour certifier que les usines sont plus propres que l'année dernière. Toujours plus propres, plus propres. On leur montre les statistiques correctes, et leurs avocats les démentent.

– Mais ce ne sont pas les vrais propriétaires, dit le pilote. Vous ne le savez pas ? Ces gens-là, c'est le conseil d'administration. Ils font seulement marcher la société. Les vrais propriétaires, ce sont les actionnaires.

– Ça revient au même.

– Pas tout à fait. » Le pilote avait l'air de trouver la conversation amusante. « Les actionnaires ne viennent jamais s'expliquer à Brasilia, ils n'ont jamais besoin de mentir ne serait-ce qu'une seule fois à personne. Ils ne mettent même jamais les pieds au Brésil. Vous croyez qu'il leur arrive de respirer le même air que nous ? Peut-être une fois par an, au carnaval. »

Maria Elena fronça les sourcils. « La compagnie est brésilienne. Non ?

– La *filiale* est brésilienne. C'est la société que vous connaissez. Mais la société mère se trouve loin d'ici. Les actionnaires ne vivent pas au Brésil.

– Où ils vivent, alors ? » Je vais aller les voir, songea Maria. Avec des photos, des statistiques. Quel culot de ne pas partager la responsabilité de leurs actes ! De se soustraire même au mensonge !

« Où ils vivent ? » Le pilote baissa les yeux sur la rivière cuivrée qu'ils suivraient pendant trois quarts d'heure. « Certains en Grande-Bretagne, dit-il. D'autres en Allemagne, en Italie, au Guatemala, en Suisse, au Koweit, au Japon. Mais la plupart aux États-Unis.

– Aux États-Unis.

– La multinationale ne relève d'aucun pays, lui

dit le pilote, mais au départ c'est une idée américaine.

– Ils ne pourraient pas faire ça en Amérique. Alors ils sont venus chez nous.

– Évidemment, tiens », fit le pilote qui se remit à rire.

Ils volèrent un moment sans rien dire, Maria Elena plongée dans ses pensées. Toutes ces vies détruites – entre autres la sienne – et elle ne pouvait même pas voir les responsables. Ceux auxquels ça profitait. C'était ici qu'ils commettaient leurs forfaits, mais ils restaient au loin, hors d'atteinte. Les rêves qu'elle faisait de temps en temps de redresser les torts, de sauver ceux qui avaient jusqu'à présent échappé à la pollution, étaient encore plus ridicules qu'elle ne l'avait cru. On ne pouvait rien tenter ici, au Brésil, si les décisions se prenaient à douze mille kilomètres au nord, par des gens qui ne venaient jamais, qui peut-être ne se rendaient pas complètement compte des conséquences de leurs décisions, n'avaient jamais été confrontés à la réalité finale de leurs actes.

Mais comment pouvait-elle les atteindre, si loin ? C'était encore plus un fantasme que lorsqu'elle s'imaginait – avec quel plaisir – faire irruption à Rio dans un appartement en terrasse dont les baies panoramiques offraient une vue imprenable sur le Pain de Sucre, interrompre la soirée qui s'y donnait, pleurer, crier, brandir des photos aux messieurs en smoking et aux dames en robe de bal, leur faire comprendre.

Elle n'aurait même plus ce fantasme pour l'aider à s'endormir le soir si les messieurs en smoking et les femmes en robe de bal n'étaient que des marionnettes, des jouets manipulés à distance depuis l'autre bord de l'horizon. Sans le fantasme, sans l'illusion réconfortante que le remède était possible, comment pourrait-elle à nouveau trouver le sommeil ? Quel autre fantasme le remplacerait ? « Les Nations unies siègent en Amérique du Nord, remarqua-t-elle enfin.

– Vous dites ? »

Elle répéta sa phrase, et le pilote hocha la tête, d'accord. « À New York, c'est vrai. Et alors ?

– Je n'irai jamais à New York », dit-elle. Pas maintenant. *Maria Elena* aurait pu y aller un jour, mais tout ça, c'était fini.

« Pourquoi donc ? Tout le monde peut aller à New York.

– Dans cet avion ?

– Pas dans cet avion-là, reconnut-il. Mais il y en a d'autres.

– Ça coûte trop cher. Je n'aurai jamais assez d'argent. » Jamais plus.

« Vous pourriez gagner à la loterie », suggéra-t-il.

Elle éclata de rire, eut mal à la gorge. « C'est vrai, je pourrais. Mais ils ont des quotas, aux États-Unis. Des quotas d'immigration.

– Pas pour les touristes. Il y a des visas courte durée.

– À quoi ça m'avancerait, un visa courte durée ?

– Eh bien, après, vous vous cachez. Vous devenez une résidente illégale.

– À quoi ça m'avancerait d'être dans l'illégalité ?

– Après, vous demandez un visa longue durée, lui conseilla-t-il. Et vous mettez de l'argent de côté en attendant de faire partie du quota. Ça vous paraît trop long ?

– Non », fit-elle lentement en se demandant s'il était prudent de trop en dire à cet étranger. Mais, elle ne savait pas pourquoi, il avait l'air sûr. « Je crois que je suis fichée, dit-elle.

– Fichée ?

– Comme activiste, expliqua-t-elle. Il y a quelques années, quand mon mari… J'ai rejoint des groupes politiques. Des groupes activistes.

– Pour casser des vitrines, suggéra-t-il en se moquant cette fois ouvertement d'elle. Distribuer des tracts. Manifester aux premières de l'opéra.

– Ça me paraissait important, dit-elle d'un air misérable. Mais maintenant je suis fichée.

– Il y a un moyen, évidemment, pour que tout ça soit effacé.

– Quel moyen ?

– Vous marier à un citoyen des États-Unis. »

Derrière, John Auston somnolait sur ses formulaires remplis. Sa présence occupa soudain la carlingue de l'avion comme un radeau de survie qui se gonfle. « C'est impossible », dit Maria Elena.

Ananayel

Oui ; intéressant.

Mes expériences actuelles avec les machines, j'entends. « Les hommes voudraient être des anges », comme a dit Pope dans un contexte légèrement différent, et on dirait bien que c'est vrai.

Regardez-moi toutes ces machines lourdes, gauches et stupides dont s'entoure l'homme moderne. Que sont-elles, en fin de compte, sinon des efforts pour imiter, au prix de grosses dépenses d'énergie, ce que nous, nous accomplissons en douceur, sans effort, naturellement ? Mon premier avion était tellement moins maniable que mes attributs normaux de locomotion aérienne qu'on ne peut même pas les comparer ; quant à ces automobiles, comme celle avec laquelle j'ai tiré Li Kwan des griffes des policiers que j'avais lancés à ses trousses, quel avantage les humains croient-ils trouver dans ces monstruosités par rapport à leurs jambes ? De les emmener plus vite ? De les emmener *où* plus vite ? Et pourquoi plus vite ?

Et toutes ces prothèses compliquées et inextricables qu'ils imaginent pour essayer de nous ressembler. Des téléphones. Des ampoules, des lampes où les visser et d'immenses barrages hydroélectriques destructeurs où les brancher. Des réfrigérateurs. Ah ! tout ce mal qu'ils se donnent. Ils seront sûrement soulagés d'être débarrassés de leurs fardeaux, les pauvres.

7

Il y avait un arrêt de car de l'autre côté de la route en face de la prison, mais Frank Hillfen ne voulait pas l'attendre là. Tous les automobilistes qui le croiseraient, et les passagers du car aussi quand il arriverait, plus le chauffeur, tous devineraient ce qu'il était. Personne ne prend le car à cet arrêt en dehors des détenus – des ex-détenus, d'accord – et des visiteurs des détenus, et tout le monde saurait au premier coup d'œil que Frank Hillfen n'appartenait pas à la catégorie des visiteurs. *Détenu*, ils se diraient en observant les épaules soudain affaissées, la dureté hargneuse de la mâchoire, les mains larges comme celles d'un travailleur manuel mais douces et potelées comme celles d'un bébé. *Récidiviste*, ajouteraient-ils depuis leur volant, les vitres remontées pour garder l'air frais à l'intérieur. *Il reviendra*, conclueraient-ils avant de lui jeter un dernier regard dans le rétroviseur et de poursuivre leur route, bien contents de ne pas être Frank Hillfen.

Frank traversa la chaussée en direction de l'arrêt de car pour déjà prendre ses distances avec le grand mur ocre au soleil. Trois heures de l'après-midi, l'été, temps ensoleillé, pas trop chaud. Un temps pour marcher.

Une mère au type hispanique et son enfant attendaient seuls dans l'ombre de l'abribus. Elle était petite, grassouillette, jolie, elle avait les cheveux et les yeux noirs ; elle tenait le nourrisson bien haut dans ses bras et lui parlait tout bas dans un dialecte vaguement dérivé du latin : une variante de l'espagnol, sans doute. Elle leva la tête et observa Frank qui traversait la route vers elle, tous ses biens dans le sac de sport noir frappé de la marque HEAD à chaque bout, la main gauche serrée sur les poignées, la droite laissée libre pour… les cas d'urgence. La femme avait le regard triste et désespéré de ceux qu'on a déjà maltraités et qui ne prendront jamais leur revanche, un regard qui ne s'adoucit même pas lorsque Frank vira à gauche pour s'éloigner d'elle et de l'abribus. Ses yeux méfiants ne quittèrent pas le dos de l'homme qui s'en allait sur le bord de la route, tandis qu'elle tripotait distraitement le bébé pleurnicheur.

Frank marcha vers le sud, le soleil était haut et lui chauffait la tempe gauche. Il y avait peu de circulation ; l'état du Nebraska avait construit la prison dans un coin où personne ne voulait rien faire d'autre. Pendant un long moment le mur ocre et nu l'accompagna sur sa gauche, de l'autre côté de la chaussée, pendant que sur sa droite s'étendait un terrain rocailleux parsemé de broussailles, de la même couleur que la prison. Un terrain clôturé en bordure de route par trois rangs de barbelés, mais qui n'avait pas l'air de servir à grand-chose.

Au bureau de sortie, l'employé lui avait dit que le car passait toutes les deux heures en gros. Il ignorait à quelle distance les arrêts se trouvaient les uns des autres. Si le car passait avant qu'il n'arrive au suivant et refusait de s'arrêter à son signal du bras, il lui faudrait attendre deux heures de plus. En gros. Mais aucune importance, il n'était pas pressé. Il allait où, d'ailleurs ? S'il suivait son schéma habituel, il retournait tout bonnement dans cette prison derrière lui, ou dans une autre toute pareille ; il entamait simplement la première étape d'un voyage long et tortueux qui lui ferait connaître des tas de villes et des tas d'expériences pour le mener nulle part et à rien.

S'il suivait ce schéma. Mais pas cette fois. Cette fois il allait mettre les chances de son côté. Oui, de son côté. Traverser l'état en car jusqu'à Omaha et se dégotter un peu de fric. Et une fois là, s'il n'avait toujours pas merdé, prendre l'avion pour New York. Après, on verrait.

Frank marcha une demi-heure sans voir d'autre arrêt de car. Il commençait à regretter sa gêne. Qu'est-ce qu'il en avait à foutre de ce que pensaient les gens en voiture ? *Détenu évadé*, voilà sûrement ce qu'ils se disaient en le voyant comme ça s'éloigner à pied de la prison, le long de la route déserte, à des kilomètres de toute habitation. À quarante-deux ans, ses cheveux bruns se clairsemaient, son front reculait et offrait une peau blême et vulnérable à l'ardeur du soleil. Vais me mettre à cuire, songea-t-il avec fatalité, puis avec humour : je vais cuire. On va déjà commencer par ça.

Le sac de sport s'alourdissait. Il se le passa à la main droite, puis à nouveau à la gauche. Pourquoi je m'encombre de toutes ces merdes ? Acheter du neuf. Mais Frank imaginait toujours qu'on le regardait, que des gens indifférents mais vaguement intéressés quand même gardaient l'œil sur lui, alors ils penseraient quoi s'il jetait son sac de sport ?

De temps en temps il regardait par-dessus son épaule la route qui ondulait derrière lui, et enfin il vit le car tout au loin qui fonçait sur la deux-voies, qui grossissait vite. Frank se retourna face au bolide, son sac de sport tendu en évidence devant lui au bout de son bras gauche – je suis un voyageur, vous voyez ? – et il agita la main droite d'avant en arrière au-dessus de sa tête. Il était visible, bon Dieu, ce qu'il y avait de plus grand dans le paysage, rien d'autre ne bougeait, mais le bus passa dans un rugissement, ne ralentit même pas, l'engloutit dans un sillage de poussière et de vapeurs de diesel.

Salaud. Frank regarda le car rapetisser, imagina l'éclatement d'un pneu, le chauffeur qui perd le contrôle, le car qui sort d'un bond de la route, directement contre un arbre – l'un des rares du coin, mais il le percute quand même de plein fouet –, le chauffeur qui s'envole en battant des bras à travers le grand pare-brise, haché menu par tout ce verre, qui hurle, la bouche grande ouverte, des éclats dans la langue…

Frank continua de marcher. Il y avait davantage de verdure plus loin, davantage d'arbres – de l'ombre, enfin – et la route se mit à monter. J'ai deux heures pour trouver l'arrêt de car, se dit-il. Il doit bien s'arrêter quelque part, ce bahut de merde.

À droite, une ferme avec des dépendances. Et un chien qui aboya bruyamment depuis le chemin, trop peureux pour s'approcher et prendre son coup de pompe dans le train. Aucun être humain ne sortit pour voir après quoi en avait l'animal. Frank poursuivit sa route, et le chien se tut. Ce serait bien de revenir la nuit avec une .22, de le canarder sur les bords, de lui bousiller une patte, une oreille, lui faire sauter un bout de queue. Prendre son temps, bien en profiter. Alors, pourquoi tu n'aboies plus, sale clébard ?

Des voitures le dépassaient de temps en temps, mais Frank préférait ne pas s'essayer à l'auto-stop. Les gens le regardaient, se figuraient que les premières impressions suffisaient, qu'ils n'avaient pas besoin d'en savoir davantage. Il continuait donc de marcher. Tôt ou tard il tomberait sur un croisement, un hôpital d'anciens combattants, une base militaire, une putain de raison pour que le car s'arrête. Et là, il attendrait.

La Saab blanche affublée d'autocollants – JE FREINE DEVANT LES ANIMAUX ; LE NON-NUCLÉAIRE C'EST LE BON NUCLÉAIRE – passa auprès de Frank, dans la même direction que lui mais beaucoup plus vite, et fila comme une flèche sur la route, lorsque tout à coup son pneu avant droit éclata. (Frank ne songea pas un instant à l'accident de car qu'il avait imaginé, c'était oublié depuis belle lurette.) La voiture n'avait pas eu le temps d'aller très loin, une longueur de terrain de football peut-être – ça faisait quoi ? quatre-vingt-dix, cent mètres ? – puis le *bang*, comme un coup de gros pistolet, et la Saab zigzagua de gauche et de droite, cahota sur toute la largeur de la route, les feux stop allumés puis éteints en succession rapide, allumés, éteints, allumés, éteints…

Un bon conducteur. Et chanceux, en plus de ça, car il n'y avait pas la moindre circulation, mais sa virtuosité au volant lui permettait de rester maître de son engin, de l'empêcher de foncer sur les arbres. Il ne bloquait pas les freins mais pompait du pied sur la pédale, se servait de cette technique pour garder le contrôle de la grosse bagnole qui ralentit, finit par monter en tremblant sur l'accotement et s'arrêta. Frank continua d'avancer vers la voiture, en regardant le mince nuage échelonné de poussière ocre dériver au-dessus des champs à droite, comme les étendards d'une armée fantomatique. Au fil de sa marche, il commençait à se dire que peut-être il pourrait passer un marché avec ce type, l'aider à changer sa roue et en échange se faire emmener jusqu'au prochain arrêt de car. Ou carrément jusqu'à la ville, pourquoi pas ? Autant voir grand ; pourquoi pas ?

Pendant une ou deux minutes après l'arrêt de la Saab, tandis que Frank se rapprochait, rien d'autre ne se passa. La portière du chauffeur ne s'ouvrit pas, le conducteur ne sortit pas. Il reste là-dedans à chier dans son froc, songea Frank. La réaction après coup. Ce que je ressens quand je vois débouler les lumières et que le flic me dit : « Bouge pas. » Le danger est passé et un nouveau chapitre commence.

Si la distance que Frank devait parcourir correspondait à un terrain de football, il en était à la ligne des vingt yards par rapport à la Saab lorsque la portière côté chauffeur finit par s'ouvrir et que le conducteur en émergea, le pied chancelant ; en fait de conducteur, c'était une conductrice. Merde, se dit Frank, dégoûté. Une femme refusera de me donner ne serait-ce que l'heure. Je ne peux pas négocier avec une nana.

Elle ne le remarqua pas tout de suite, ou ne s'intéressa pas à lui. Elle ferma sa portière, contourna l'avant de la Saab et, debout, considéra le pneu éclaté. Dans les trente-cinq ans à première vue, grande et mince, les cheveux bruns et raides. Elle était habillée à la manière des femmes dans les pubs de la télé qui portent des attaché-cases et sont les égales des hommes d'affaires mais consacrent encore beaucoup de temps à l'hygiène personnelle. Autrement dit, élégante et sûre d'elle ; mais pas en ce moment.

Frank continuait d'avancer et transmettait des pensées à son intention, même si c'était en pure perte. Je suis non-violent, lui disait-il, c'est mon truc, c'est pour ça que je suis en conditionnelle, c'est pour ça que j'ai tiré moins de deux piges sur cinq. Tout est dans mon dossier, vous pouvez vérifier, jamais la moindre violence. Je n'entre même pas dans une maison s'il y a quelqu'un. Jamais de flingue, jamais d'arme sur moi, pas de couteau, rien. Un cambrioleur pépère, voilà, je ne ferais pas de mal à une femme. À personne.

Elle leva la tête lorsque Frank fut assez près, et il lut sur son visage, il lut dans ses yeux, tout de suite, qu'elle avait compris. Aucun mot n'avait encore été échangé, et déjà elle savait tout de lui. Elle savait tout, mais elle avait tout faux.

Une volute de pneu éclaté gisait au bord de la route comme une rondelle d'oignon géante noircie. Frank la regarda pour se soustraire aux yeux effrayés de la femme, passa auprès, puis arriva à hauteur de la Saab blanche. La conductrice n'était plus qu'à cinq ou six pas devant lui, après la voiture. Il prit une profonde inspiration, sans ralentir, et la regarda de nouveau. « Vous vous en êtes drôlement bien sortie, dit-il. Une vraie pro. »

Elle cligna des yeux, lentement. Elle devait s'attendre à tout sauf un compliment ou une critique sur sa façon de conduire. « Merci, répondit-elle d'une voix très basse. Ç'a été si vite, je ne me suis pas rendu compte de ce que je faisais. Je n'ai pas eu le temps de réfléchir.

– Ben, vous avez fait ce qu'il fallait », lui assura Frank qui eut alors le choix entre s'arrêter ou continuer son chemin. Il s'arrêta. Il vit les petites apostrophes de la peur lui encadrer la bouche et il se lança dans son histoire. « Écoutez, je suis à pied, je cherche un arrêt de car. Il y a un car qui passe sur cette route, pour la ville. Si vous voulez, je vous pose la roue de secours, et vous m'emmenez jusqu'à l'arrêt. Si vous ne voulez pas, tant pis, je continuerai à pinces.

– La capitale de l'état, vous voulez dire ? » fit-elle.

Drôle de réaction, de s'arrêter sur ce détail-là, mais d'accord. « Je crois, répondit Frank. Omaha. Là où j'ai eu mon procès, en tout cas, alors je crois que c'est la capitale. »

Elle le regarda, les sourcils froncés. « Votre procès ? »

Autant lâcher le paquet tout de suite. « Vous êtes passée devant la prison tout à l'heure, dit-il, un pouce pointé par-dessus l'épaule. Je suis en conditionnelle. » Mais il n'avait pas l'intention d'aller voir le moindre contrôleur judiciaire, pas cette fois.

« Il y a un arrêt, là-bas, remarqua-t-elle. Juste devant la prison.

– Il me plaisait pas. »

Elle sourit, comme si elle comprenait ses raisons. « Je vais à Omaha, dit-elle. Si vous voulez vraiment m'aider... »

Elle allait l'emmener jusqu'à Omaha. Frank ne put se retenir, il sourit comme un gamin, la figure fendue jusqu'aux deux oreilles. « Un miracle », fit-il.

Le sourire qu'elle lui rendit était ironique. « Le miracle, c'est que je ne me sois pas tuée.

– Y a du miracle là-dedans, je le sais. Vous avez la clé du coffre ? »

Changer une roue était un travail pénible, surtout pour qui avait les mains de Frank. Des mains délicates, habituées à manier délicatement de petits outils, à caresser des serrures à combinaison, à câliner des fils d'alarme, à ramasser des billets et des bijoux. Des mains douces et potelées qui s'abîmaient sur les clés en croix, qui s'écorchaient sur les roues. Mais Frank s'acquitta du boulot et garda le visage impassible.

Ils discutèrent pendant qu'il travaillait. Elle lui apprit qu'elle était avocate, à quoi il répliqua : « Vous êtes trop intelligente pour être avocate. »

Elle trouva sa remarque drôle. « Le gars qui vous a défendu n'était pas à la hauteur, hein ?

– Je vais vous dire, pour mon avocat, fit Frank en se débattant avec les boulons. Ce gars-là, il pédale dans la choucroute.

– Vous étiez inculpé de quoi ?

– Cambriolage.

– L'affaire était sérieuse ?

– Je sortais par la porte de devant d'une maison de Michigan Heights, un coffre mural dans les bras, quand je suis tombé pile sur deux flics qui faisaient leur ronde avec des lampes électriques.

– Un coffre mural *dans les bras* ?

– C'est comme ça qu'on procède », expliqua Frank. Il jeta le pneu fichu à sa place dans le coffre, fit rouler la roue de secours sur le bas-côté le long de la voiture. « Un coffre mural, c'est une boîte en métal encastrée dans un mur. On le dégage, ça se fait en un rien de temps, on l'emmène chez soi, on travaille dessus quand on a un moment.

– C'était la première fois que vous vous faisiez prendre ? »

Il la regarda sans répondre, la laissa deviner toute seule. Elle se mit à rire. « Pardon, vous avez raison. Question idiote. D'accord, la prochaine fois, c'est moi qui vous défendrai. Mais essayez de ne pas vous faire prendre la main dans le sac. »

Il se regarda les mains, elles lui faisaient pitié. « Dans le cambouis, cette fois.

– J'ai des petites serviettes dans la boîte à gants, dit-elle. Quand vous aurez fini. »

Une voiture ou un camion passait de temps en temps, mais personne ne s'arrêta pour voir s'il y avait besoin d'aide. Il était clair que Frank s'occupait de réparer. Et l'avocate n'avait plus peur de lui. Il avait suffi de discuter un peu, de passer un peu de temps, de comprendre qui était en réalité Frank Hillfen. Pas un type recommandable, peut-être, ni beau, mais pas dangereux.

Elle se présenta : Mary Ann Kelleny, et il fit de même : Frank Hillfen.

« Frank, répéta-t-elle. C'est bien. Ça vous va.

– J'en dirais pas autant de votre Mary Ann. Comment est-ce qu'un avocat peut s'appeler Mary Ann ?

– Pourquoi pas ? fit-elle. Il y en a bien qui s'appellent Randolph, non ?

– Ouais, c'est vrai. » Il serra le dernier boulon.

« C'était qui, le vôtre ? demanda-t-elle. Celui qui pédalait.

– Gower. »

Elle sourit, écarta les mains. « Conclusion de ma plaidoirie. »

Il n'avait pas compris ce qu'elle entendait par « petites serviettes » ; il s'agissait en fait de ces bouts de papier humides et pliés dans un paquet qu'on donne dans les restaurants après le homard. Il en utilisa trois de la réserve dans la boîte à gants ; parée, la dame. Lui, il aurait jeté les serviettes dans l'herbe, mais elle lui désigna le sac poubelle en plastique qu'elle avait accroché sous l'allume-cigare du tableau de bord. « Vous avez une bonne influence sur moi », dit-il, et il se débarrassa proprement de ses déchets.

L'arrêt du car se trouvait moins de deux kilomètres plus loin, à un croisement où voisinaient deux stations-service, un petit restaurant et un bâtiment de plain-pied trapu qui abritait quelques professions libérales, à savoir un dentiste, un agent immobilier et un agent de change. Après le carrefour, sur la droite de la route s'alignaient quelques maisons, neuves mais miteuses, comme si on avait voulu construire une ville sans aller au bout. Plus loin sur la gauche s'étendait une longue usine grise à un étage et aux fenêtres rares. Le mur nu côté route portait le nom TEXTECH en lettres bleues. « C'est quoi, ça ? demanda Frank.

– Vêtements, lui répondit Mary Ann Kelleny. Des pulls, des tee-shirts. Des sweatshirts qui disent *Propriété d'Alcatraz*.

– Jamais vu de sweatshirts comme ça », fit Frank. Ce fut plus fort que lui, sa bouche se plissa en une moue désapprobatrice. *Propriété d'Alcatraz* ; quel mauvais goût.

« On ne les vend pas en Amérique, expliqua-t-elle. Seulement à l'étranger.

– Où ça ?

– En Asie. En Europe.

– Propriété d'Alcatraz. » Frank imagina un adolescent à Tokyo en train de se balader dans une rue noire de monde avec un sweatshirt pareil. Un ado qui ne parle pas dix mots d'anglais. Si le gamin était la propriété de quelqu'un *dans* Alcatraz, il ne tiendrait pas un jour. Il y en a qui arborent des mots sans savoir ce que ça raconte. Sans savoir ce que ça veut dire.

« Le village planétaire, fit Mary Ann Kelleny.

– Ouais. Mais est-ce qu'ils comprennent ? Moi, j'crois pas.

– Qu'est-ce que ça fait ? S'ils sont heureux.

– D'accord. Moi, j'veux bien. Est-ce qu'ils sont heureux ? »

Tout en conduisant, elle lui jeta un coup d'œil curieux et amusé. « Pourquoi ils ne le seraient pas ?

– Parce qu'ils savent pas qui ils sont. Ils savent pas non plus qui sont les autres. La plupart, ils m'ont l'air perdus.

– Je ne vous suis pas.

– Les vêtements qu'on met, c'est une vitrine pour la journée. On annonce à tout le monde qui on croit être. On fait tous ça. Vous vous voyez entrer au tribunal avec des mots écrits sur vos vêtements ? Propriété d'Alcatraz ? »

Elle sourit et lui lança un autre regard. « Alors vous, vous êtes habillé en modeste ouvrier, dit-elle. C'est ça ?

– Je suis habillé comme quelqu'un qui sort de prison, répondit-il. Quand j'aurai un peu de fric, je m'habillerai autrement. Comme un gars prêt à s'amuser. »

Elle s'était arrêtée de sourire après le « un peu de fric » et elle demanda d'un ton fataliste mais soucieux pour lui : « Vous allez recommencer, c'est ça, Frank ? »

Il fit semblant de ne pas comprendre de quoi elle parlait. « Recommencer quoi ? Une vie de crime ?

– De *mauvais* crime. Vous allez retourner en prison. Vous êtes intelligent, Frank, vous savez que j'ai raison. Vous êtes attaché à un élastique, et l'autre bout est resté dans votre cellule.

– J'ai appris des trucs, dit-il en s'efforçant d'avoir l'air compétent et sûr de lui. Quoi qu'il arrive, on me retrouvera pas facilement.

– Oh, sûrement que si. »

Il ne s'était pas attendu à ce genre de conversation avec un autre que lui-même, et encore moins avec une jolie avocate, à cent à l'heure dans une Saab blanche avec l'air conditionné. « Qu'est-ce que vous voulez dire par "mauvais crime" ?

– Des bricoles. Des cambriolages. Entrer par effraction chez les gens pour voler des coffres muraux, bon sang.

– Ben quoi ? fit-il, sur la défensive. Les coffres muraux, c'est là qu'on met les valeurs. C'est ce qui m'intéresse, moi.

– Combien, en valeurs ? demanda-t-elle. Qu'est-ce que vous entendez par "valeurs" ? » Elle devait faire une drôlement bonne avocate. « Est-ce que vous parlez de trois, quatre mille dollars ? Des bijoux ; et il vous laisse combien, votre fourgue ? Dix pour cent ?

– Des fois plus, marmonna-t-il.

– Ça vous donne de quoi vivre une semaine, un

mois avec de la chance, et après il faut recommencer. Et à chaque fois, vous courez le même risque. Chaque fois. Peu importent toutes celles où vous vous en êtes tiré, parce qu'elles ne comptent pas en votre faveur le jour où vous ratez votre coup. Les chances sont donc contre vous, et tôt ou tard vous vous ferez pincer. Ça ne peut pas finir autrement, cycle après cycle.

– Bon, d'accord, je vais me corriger », dit-il. Il en avait assez de cette conversation, et il regarda par la vitre le paysage qui défilait : des arbres, des fermes, des arbres.

Mais elle ne voulait pas en rester là. « Vous n'allez pas vous corriger, Frank, dit-elle. Vous êtes comme vous êtes, vous le savez.

– J'ai mes petites habitudes, fit-il comme si c'était une blague.

– Mais vous pourriez prendre votre *retraite.* Ce n'est pas la même chose que se corriger, vous savez. Pour se corriger, il faut se trouver un travail quelque part, avoir une maison quelque part…

– Comptez pas sur moi.

– Je sais, Frank, c'est ce que je dis. Si vous faites un cambriolage et que vous récoltez cinq mille dollars, vous ne remettez pas ça le lendemain soir, quand même ?

– Pas besoin.

– Exactement. Vous vous retirez provisoirement. Ensuite, quand vous n'avez plus d'argent, vous reprenez du service. »

Il se mit à rire en se voyant tel qu'il était : un gars qui prend sa retraite et qui en sort à tout bout de champ. « C'est tout à fait moi, je crois, d'accord.

– Mais si vous ne commettiez qu'un seul délit, poursuivit-elle, et que vous ramassiez cinq *millions* de dollars, vous n'auriez plus du tout besoin de reprendre du service, pas vrai ? »

Il rit encore, mais cette fois de surprise. « Cinq millions ? C'est quoi, ce coup-là ?

– Ce n'est pas à moi qu'il faut le demander, Frank, répondit-elle moitié plaisantant, moitié sérieuse. Je ne suis pas un malfaiteur, moi. Et je ne vous propose pas une affaire non plus. Ce que je dis, c'est que si vous continuez dans les délits à cinq mille dollars, vous retournerez forcément en prison. »

Il savait à quoi elle jouait. C'était un truc d'avocat, ça, faire croire qu'on a deux solutions, mais la première ne vaut pas tripette et la deuxième est impossible, alors on finit par faire exactement ce que les avocats veulent qu'on fasse tous, c'est-à-dire rien. « Alors, au lieu de mes petites affaires à cinq mille, dit-il, je devrais rester chez moi, rêver d'un gros coup à cinq millions. Et pas sortir avant de l'avoir trouvé. C'est ça ?

– Vous ne vous corrigerez jamais, Frank. Vous le savez. Donc, le mieux, c'est de prendre votre retraite.

– Avec mes cinq millions.

– N'importe. »

Ils arrivèrent à Omaha vers sept heures du soir. La ville se dressait dans le paysage comme des jouets d'enfant dans un bac à sable ; le soleil rougeoyait encore à mi-hauteur dans le ciel à l'ouest mais les enfants étaient rentrés pour le dîner. Au moment où la route de campagne devenait artère urbaine, les réverbères s'allumèrent automatiquement, anémiques dans la lueur rosée de l'astre couchant.

Ils avaient discuté de justice, s'étaient raconté des anecdotes : lui avait rapporté quelques-unes de ses expériences au tribunal, elle avait parlé de certains clients, émis l'idée qu'on était peut-être tous un peu malhonnêtes quelque part. En ce qui la concernait, elle n'était pas avocate au criminel, elle ne plaidait pas, mais elle dirigeait un service dans un gros cabinet juridique commercial, aussi avait-elle pour clients des hommes d'affaires qui cherchaient tous des avantages. Frank commençait à se dire que la société était injuste de le singulariser comme ça, d'être tout le temps sur son dos quand tout le monde préparait aussi des mauvais coups. Mais personne n'avait jamais dit qu'elle devait être juste, la vie.

La première fois qu'ils s'arrêtèrent à un feu rouge, elle montra son sac à main, un gros machin marron en cuir souple entre eux sur le siège. « J'ai de l'argent là-dedans, dit-elle. Prenez trois cents dollars. »

Il se hérissa. « C'est quoi, cette histoire ?

– Pour démarrer. Il vous faut de l'argent pour vous lancer. Si je ne vous le donne pas, vous allez tout de suite vouloir forcer la chance. Dès votre premier jour de conditionnelle.

– J'peux pas accepter votre argent », dit-il. À la vérité, trois cents dollars, ça ne suffisait pas. Trois mille, c'était plus près de ce qu'il lui fallait pour prendre l'avion jusqu'à New York, s'acheter des vêtements, descendre à l'hôtel, payer des bricoles à droite à gauche. Quatre ou cinq mille, même. Mais il n'allait pas dire ça. « Merci d'y avoir pensé, poursuivit-il, mais ça me gênerait. »

Elle soupira. Le feu passa au vert, et ils se

remirent à rouler. Elle tapotait le volant de ses ongles plutôt courts. « Bon, d'accord, dit-elle enfin. Regardez là-dedans, vous allez trouver mon portefeuille.

– Non, vraiment…

– Pas de l'argent, le coupa-t-elle. Attendez. »

Un autre feu rouge. Elle empoigna son sac, le maintint entre le volant et ses genoux, en sortit un portefeuille épais, l'ouvrit et prit une carte de visite qu'elle lui tendit. « Je ne pourrai pas vous défendre au tribunal, dit-elle, mais je vous trouverai quelqu'un de meilleur que le pédaleur. »

Il saisit la carte, lut le nom de la jeune femme, celui du cabinet, l'adresse, les numéros de téléphone et de fax, le numéro et le code télex. « Vous avez pas beaucoup confiance en moi », dit-il.

– J'ai confiance dans les mathématiques. » Le feu était vert ; elle reposa vite le sac sur le siège et démarra. « Les délits à cinq mille dollars vont vous remettre dans le pétrin.

– Je vais chercher le coup à cinq millions, promit-il.

– Bien. En attendant, ne perdez pas cette carte.

– D'accord. » Il la rangea dans sa poche de chemise.

« Où voulez-vous que je vous dépose ?

– Oh, n'importe quel quartier chic, ça ira », répondit-il.

Ce qui la fit rire. Il en fut content.

Ananayel

Je dois l'avouer, j'ai trouvé touchant que Frank refuse de prendre l'argent. Les humains ont cette capacité d'être émouvants, quand on les prend séparément et qu'on évite l'affligeante vue d'ensemble. À l'idée qu'un être comme Frank Hillfen, qui n'a rien à espérer, qui s'enfonce dans une lente autodestruction, qui n'a jamais exercé son libre arbitre, puisse refuser les trois cents dollars de Mary Ann Kelleny, je me suis senti une certaine compassion à son endroit, sur le moment.

Fera-t-il ce qu'il faut en temps utile ? Oh, oui. Nous pourrons arranger ça, nous manœuvrerons. Le groupe que je rassemble fera ce que je veux – enfin, ce qu'*Il* veut – mais ce seront *leurs* choix, *leurs* idées, *leur* libre arbitre qui agiront. La race humaine décidera librement de disparaître.

Quoi ! ça fait bien assez longtemps qu'ils répètent, pas vrai ?

Pas la totalité de l'espèce humaine, non, bien sûr que non, il ne s'agit pas d'un référendum. *Que Sa volonté soit faite*. Mais des représentants de l'ensemble, des représentants soigneusement sélectionnés. De chaque race, de chaque continent. Sans exception.

Là, nous jouons franc jeu.

8

Plus elle s'émaciait, plus elle plaisait aux Européens. Dans leurs pays, ils avaient leurs femmes rembourrées, molles et pâles ; à Nairobi, ils voulaient du maigre, du coriace, du sombre. Ce qu'était Pami : maigre, coriace et très sombre. C'était tellement facile, et tellement bon pour les affaires ; une fois qu'on a le maigriot, pas besoin de suivre un régime.

Pami déambulait dans la rue Mama-Ngina. Elle passa devant les ambassades européennes, descendit la rue Kimathi jusqu'après le Nouvel Hôtel Stanley où les touristes s'asseyent sous l'immense et célèbre aubépine hérissée de messages. Des messages pour qui ? Des messages de qui ? Ça ne concernait pas Pami, de toutes façons, pas une Luo illettrée de vingt-trois ans originaire du nord du lac Naivasu. Elle était venue à Nairobi à l'âge de quinze ans parce qu'on ne voulait pas d'elle dans son pays et qu'elle avait déjà dépassé son espérance de vie raisonnable. Elle ne connaissait personne en ville en dehors de quelques policiers, « protecteurs » et collègues prostituées. Personne au monde n'avait de message pour Pami Njoroge, pute kenyane à vingt shillings la passe, aux yeux froids, à la bouche tordue à cause d'une mâchoire vilainement cassée des années plus tôt et rafistolée n'importe comment, chez qui on venait de diagnostiquer le *maigriot*, le nom courant du sida.

À première vue, il n'avait pas vraiment l'air d'un micheton : trop grand, trop sûr de lui, trop bien bâti. Mais elle fut alors distraite par un mendiant aux jambes déformées sur qui elle faillit s'affaler, et lorsqu'elle releva les yeux sur la rue Kimathi grouillante de monde, le grand Européen blond se trouvait plus près, il y avait moins de passants entre eux, et elle le vit plus gras et plus en sueur qu'elle n'avait cru.

Il devait avoir la cinquantaine, dépassait le mètre quatre-vingts, et son torse mou et ballonné gonflait une chemise blanche assez vaste pour servir de tente dans les hautes terres où Pami était née. Il avait desserré sa cravate sombre autour de son cou épais et ouvert son col de chemise. Son costume bleu nuit, genre banquier ou diplomate, était froissé et tenait de la guenille ; les pans de sa veste déboutonnée ballottaient comme deux battants de porte. Il marchait d'un pas lourd qui claquait sur le trottoir, comme un bœuf sacrificiel cheminant lentement vers l'autel. À la vue de Pami, ses yeux pâles étincelèrent et ses joues s'arrondirent autour d'un sourire aux lèvres humides.

Elle répliqua par son sourire à elle, torve, dur et secret, sachant que le danger qu'il suggérait allait exciter l'homme – il ignorait à quel point il était dangereux –, et quand il la croisa, qu'ils furent tout proches l'un de l'autre, poussés par la cohue des piétons, il baissa sur elle ses yeux luisants – elle n'avait jamais vu de bleu aussi pâle – et jeta : « Oh, toi, tu viens avec moi. » Il parlait l'anglais avec une espèce d'accent épais, d'une voix grave et gutturale. Un Allemand ? Par certains côtés, il n'en avait pas vraiment l'air. De toute façon, quelle importance ?

L'hôtel du micheton se trouvait à trois blocs, c'était un des tout récents de conception américaine : la même cellule anonyme mais luxueuse répétée cent seize fois. Dans la journée, on laissait ouverte la porte de derrière donnant sur le parking, aussi la fit-il passer par là pour s'éviter le problème de traverser le hall en compagnie d'un pareil chat de gouttière.

Il avait sa chambre au premier étage, avec pour seule vue une autre aile de l'hôtel. Une chambre à deux lits, un simple et un double, l'un et l'autre impeccablement recouverts de dessus-de-lit dans le style Mondrian, sans le moindre pli. La femme de ménage était passée mettre une bande de papier sur le siège des toilettes et distribuer des verres neufs en plastique dans des sachets scellés, en plastique eux aussi, menues tâches destinées à récuser la crasse grouillante du monde, là dehors, juste de l'autre côté de la fenêtre à double vitrage perpétuellement fermée.

À quoi rimaient des sachets en plastique scellés et des aspirateurs ronronnants quand de grands clients blonds introduisaient dans l'hôtel des Pami sales et décharnées ?

« Je suis danois, dit-il en verrouillant la porte. Je suis ton premier Danois ? »

Comment voulait-il qu'elle sache ? « Oui, répondit-elle.

– Bien. » Il sourit et traversa la chambre pour fermer les rideaux sur les larges rectangles des baies vitrées. Elle se débarrassa de son petit sac à bandoulière en plastique, de sa robe droite trop large en coton vert clair et de ses chaussures basses en plastique noir qui étaient tout ce qu'elle portait au travail ; le gros homme à la fenêtre se retourna, la figure épanouie devant sa nudité sombre, ses petits seins en liberté aux larges aréoles, ses hanches étroites et musclées, la luxuriance de sa toison. La pénombre avait envahi la chambre maintenant que les rideaux étaient tirés, tout y avait pris une teinte gris pâle, et les yeux du Danois luisaient comme deux petits signaux lumineux d'un navire en haute mer. « Tu vas m'en faire baver ? » demanda-t-il, et l'espoir lui fit monter la voix dans l'aigu.

La mâchoire de Pami esquissa un autre sourire mauvais. « Tant qu'tu voudras », dit-elle.

Il s'approcha en défaisant sa ceinture, puis passa une main derrière la fille pour lui empoigner brutalement les fesses. « Pas de cul du tout, dit-il.

– J'en ai bien assez, répliqua-t-elle. Et il vaut vingt shillings.

– Oh, oui, oui. » Il relâcha sa prise, ôta sa veste, fouilla dans la poche intérieure, sortit un gros portefeuille épais et jeta le vêtement négligemment sur le lit une place. Il vacillait légèrement, comme s'il était soûl, et respirait bruyamment la bouche ouverte tandis qu'il feuilletait les devises bruissantes dans son portefeuille et marmonnait tout seul : « Francs. Couronnes. Marks. Oh, j'ai tout dépensé. »

On avait déjà essayé de la payer en devises étrangères, mais elle ne marchait plus. Elle avait beaucoup de mal à trouver une banque où changer l'argent, en général elle devait tailler une pipe à un réceptionniste d'hôtel pour qu'il lui prenne ses dollars ou ses marks contre des shillings kenyans ; en plus, elle se faisait rouler sur le change. Elle était sur le point d'annoncer la couleur à ce type – elle allait renfiler sa robe et ses chaussures, reprendre son sac et se barrer s'il n'avait pas de shillings – lorsqu'il balança le portefeuille sur la veste et lâcha : « J'ai. Okay. » Et il se dirigea d'un pas lourd vers le placard.

Pami regarda le paquet de billets qui garnissait le portefeuille ouvert sur le veston. Toutes sortes de billets, des tas. Sans doute plus que ce qu'elle gagnait en un mois, si on les additionnait tous. Et si on ne truandait pas sur le change.

Le gros type fit coulisser la porte-miroir du placard, se pencha en grognant et ramena un attaché-case noir aux serrures chromées étincelantes. Il le déposa sur une coiffeuse basse, prit un porte-clés dans sa poche, le déverrouilla et souleva le couvercle. Il ne se donna pas la peine de cacher les piles d'argent qui remplissaient presque la mallette. Là encore, il y avait quatre ou cinq monnaies différentes, parmi lesquelles des shillings, cette fois ; elle vit des paquets de billets de cent, de cinq cents. Et sur tout ça, dans un étui de cuir marron, un couteau de chasse.

Pami se déplaça vers la porte sans quitter des yeux les mains du gros blond qui écartèrent le couteau pour plonger dans les liasses d'argent. Elle connaissait des femmes qui s'étaient fait tuer par des clients, des fois torturer avant, d'autres fois découper après. Pas question que ça lui arrive, à elle. Si elle devait s'enfuir, tant pis pour la robe, les bottines et le sac. Tout ça se remplaçait.

Mais ce qu'il sortit en fin de compte de la mallette et qu'il tint des deux mains par les bords pour l'examiner comme s'il n'en avait encore jamais vu, c'était un billet de vingt shillings. À dominante bleue, le billet de vingt représentait au recto Mzee Jomo Kenyatta, le visage noble, responsable et bienveillant, et au verso une famille paisible de lions dont les petits s'amusaient. Il se tourna vers Pami, tendit le billet et demanda : « Tu sais combien ça vaut ? »

En voilà une question ! « Vingt shillings, répondit-elle.

– Ah, oui, fit-il. Mais en livres, en livres anglaises, oh, disons soixante-dix pence. Et en dollars américains, un. Un dollar. » Il se fendit à nouveau de son sourire humide. « C'est une belle somme, vingt shillings. J'espère que je vais avoir droit à du premier choix.

– Tu vas voir », dit-elle en tendant la main vers l'argent. Il le lui donna ; elle tourna alors le dos et se pencha pour ranger le billet dans sa chaussure gauche, en sachant fort bien qu'il ne résisterait pas à l'envie de la prendre par-derrière. Je vais me le faire en un rien de temps, se dit-elle tandis que les mains de l'homme la pelotaient, dans une minute et demie, je serai redescendue dans la rue.

Hélas, il n'en fut rien. Nu, le type ressemblait à une baleine rose et moite, il ahanait et transpirait à chaque effort, mais quelle endurance ! Il la tourna d'un côté, puis de l'autre, l'examina et la prit sous toutes les coutures, obtint même une réaction de sa part en deux ou trois occasions, increvable, il ne s'arrêtait plus. Elle sentait la rage la gagner. Pour une prostituée, le temps, c'est de l'argent.

Je vais le contaminer, songea-t-elle, passant de son indifférence habituelle quant au risque de transmettre ou non sa maladie à l'envie agressive de la refiler à ce client-ci. Elle parvint à lui mettre de la salive dans la bouche, et plus tard dans l'anus, puis cessa de s'inquiéter pour le temps perdu. À quoi bon ? Elle s'abandonna et prit son mal en patience.

Pour finir, il se retrouva sur le dos à souffler comme un bœuf, pendant qu'elle le chevauchait comme le gamin sur le dauphin, à un rythme rapide et brutal, à grands coups de piston, muscles contractés. La figure et le cou de l'homme virèrent au cramoisi, ses yeux pâles s'exorbitèrent, et au moment de l'orgasme il cria comme une femme, laissa échapper un gémissement aigu qui s'acheva en une toux gargouillante. Il s'affaissa sur le matelas, les muscles flasques, la mâchoire pendante, les yeux ternes fixés au plafond.

Elle baissa la tête vers lui, fronça les sourcils, luisante de transpiration elle aussi, se frotta les paumes sur son ventre moite et se les essuya sur les cuisses. « Monsieur ? » fit-elle.

Aucune réaction. Prudemment, elle se décolla de lui, recula sur les mains et les genoux le long de ses jambes, descendit au pied du lit, se mit debout et considéra l'homme étendu comme une grosse poupée de chiffons qui perdrait sa bourre. Je l'ai tué, se dit-elle, et elle eut un grand sourire de jubilation à cette idée. Elle n'avait encore jamais tué personne. Je l'ai tué avec ma chatte.

Elle promena autour d'elle un œil qui s'alluma à la vue de l'attaché-case sur la coiffeuse. *Pique-le !* Elle fit un pas.

« Nnnnnuunnn-nanghhann ! »

Elle pivota d'un bloc, frappée de terreur ; il n'était pas mort du tout, il avait la tête et le bras gauche levés, et ses yeux où se lisaient la peur et la souffrance la fixaient tandis que sa main s'agitait, essayant de montrer quelque chose. « Méd-cament, hoqueta-t-il. Tiroir. Méd-cament ! »

Pas mort, mais mourant. Elle le regarda sans bouger.

Il poussa encore un cri, puis un autre, après quoi sa tête et son bras retombèrent, et il resta la tête penchée, le regard fixé sur Pami. « J'vais... haleta-t-il, à bout de souffle. App'ler, chuchota-t-il d'une voix dure, sifflante. P'lice », hoqueta-t-il. Il lança brusquement son bras et saisit le téléphone près du lit.

Non ! La tuile ! Et l'argent était *à elle* ! Les yeux écarquillés de Pami allèrent de l'homme aux billets dans la mallette et s'allumèrent sur le couteau de chasse.

Il sut ce qu'elle allait faire avant même qu'elle n'ait atteint l'attaché-case. « Vais pas appeler ! Vais pas appeler ! » Mais déjà le manche de bois était dans la main de la fille qui jeta l'étui dans un coin de la chambre, bondit sur l'homme comme une panthère et abattit l'arme, encore et encore, incapable de s'arrêter, frappa, frappa, le transperça une centaine de fois, en grinçant de ses dents tachées de sang, la gorge grondante, toutes ses forces en action pour plonger, plonger et plonger la lame jusqu'à ce que le couteau accroche quelque chose à l'intérieur et que ses doigts tout gluants de sang glissent dessus au moment de le retirer.

Elle resta assise sur les jambes de sa victime encore une minute, hors d'haleine, les muscles tremblants après tant d'effort. Puis, une fois de plus, elle se dégagea à reculons et se tint debout au milieu de la chambre, frémissante. Du sang avait giclé du Danois, elle en avait aspergé tout autour à chaque fois qu'elle avait levé le couteau, et maintenant il y en avait partout. Des gouttelettes sombres mouchetaient le plafond. Des filets s'écoulaient dans le matelas par les entailles qu'elle avait faites lorsqu'elle l'avait raté par deux fois dans sa fureur et transpercé le dessus de lit et les draps jusque dans le rembourrage floconneux. De grosses bavures et éclaboussures maculaient les murs et les rideaux de la fenêtre. La porte-miroir du placard était barbouillée. La moquette marron collait sous ses pieds nus. Quant à son corps à elle, c'était comme si on l'avait plongé dans un pot géant de confiture de framboises rance. Du sang s'était coagulé autour de ses narines ; elle inspira l'air vicié par la bouche et s'efforça de réfléchir.

Chaussures, robe, sac. Les chaussures étaient de couleur sombre, donc on ne voyait rien. La robe était piquetée de sang presque sec, pareil pour le sac. En respirant bruyamment par la gorge, elle se rendit dans la salle de bains, comme hébétée, l'air égaré, ouvrit le robinet du lavabo, puis celui de la douche et passa sous le jet. Quelques clients lui avaient déjà permis de prendre une douche dans les merveilleuses salles de bains d'hôtels, alors elle savait comment faire fonctionner celle-ci. Elle retira le papier qui enveloppait la savonnette et se savonna la tête, plusieurs fois d'affilée, se rinça et se savonna encore, répéta sans cesse l'opération jusqu'à ce que le savon ne ressorte plus rose de ses cheveux. Puis elle se frotta les bras, le corps et les jambes. Ses poils pubiens ressemblaient à une éponge, pleins de sang, il fallut les asperger sans relâche à grande eau ; enfin elle s'assit dans la baignoire, sous la douche qui l'arrosait comme de la pluie, et ne fit plus que laver, laver, laver. L'eau ne retrouverait-elle donc jamais sa pureté ?

Si, quand même. Elle se releva, maladroitement, à présent épuisée, faillit glisser sur le fond de la baignoire et passa sur le carrelage. Il y avait de grandes serviettes moelleuses beiges. Elle se sécha puis, à l'aide des serviettes, forma un chemin sur le sol de la chambre afin d'éviter de marcher encore dans le sang. Elle récupéra ainsi sa robe et son sac et les ramena dans la salle de bains où l'eau du lavabo continuait de couler. Elle nettoya la robe du mieux qu'elle put sans la tremper entièrement, puis frotta le sac avec un gant de toilette humide. Elle se passa la robe par-dessus la tête – les parties mouillées lui collèrent au corps –, se mit le sac en bandoulière autour du cou et suivit le chemin de linge jusqu'à ses chaussures. Elle les essuya avec une serviette, les enfila, se redressa et lança un coup d'œil à la poche de sang éclatée qui puait sur le lit. Le regard qu'elle posa sur l'homme était vide ; elle se souvenait déjà à peine de lui.

Ce dont elle se souvenait, c'était l'argent. Elle étala une autre serviette devant elle et s'approcha de la coiffeuse. Elle était sur le point de refermer le couvercle de l'attaché-case lorsqu'elle vit qu'en plus de l'argent il contenait un passeport. Elle s'en saisit, l'ouvrit, aperçut une photo de son micheton, l'air grincheux.

N'en veux pas, de ce passeport. Ne veux rien sur moi qui me rattache à ce Danois. Elle reposa le passeport sur la coiffeuse, ferma la mallette, la prit de la main gauche par la poignée et fit des yeux le tour de la chambre. Rien d'autre.

C'était si difficile de réfléchir, d'aller plus loin. Comme si une grande léthargie et une grande horreur se tapissaient juste à la limite de sa vision, à la limite de sa raison. J'arrête de travailler pour aujourd'hui, se dit-elle. Je rentre chez moi, je vais dormir. Je ne sais pas ce qui s'est passé ici. C'est trop dingue. Je me sentirai mieux demain.

Ananayel

Deux nouvelles expériences d'un coup : le sexe et la mort.

Quoique toutes deux passionnantes, captivantes, aucune n'a vraiment répondu à ce que j'en attendais. L'une n'était pas que plaisir, l'autre n'était pas que chagrin. Les émotions ont l'air de se mélanger chez les humains : un peu de peine vient entacher même le plus grand bonheur, et une sorte de satisfaction vient illuminer même la douleur la plus atroce.

Avec quelle intensité vivent ces créatures ! Mon espèce dure longtemps, brûle à feu réduit ; les humains brûlent d'une flamme vive, ardente, et ne durent pas. J'ai toujours estimé notre système supérieur, mais qu'en penseraient-ils, eux ? Si on leur donnait le choix, opteraient-ils pour notre longue sérénité, ou sont-ils plus heureux avec leurs passions qui les consument ?

Bah, le choix, ils ne l'ont pas. Et bientôt, conformément à Son plan, il n'y aura plus de choix du tout. J'ai mon équipe maintenant, mes représentants. Je les ai tous contactés, je les ai mis en branle. Grigor Basmyonov est en route pour New York afin d'y consulter un spécialiste du cancer ; Li Kwan fait la plonge dans le ventre grondant du *Star Voyager* de la Norse American Line ; Maria Elena Rodriguez achète une robe de mariée à Brasilia et lutte contre son sentiment de culpabilité d'avoir si facilement manipulé Jack Auston ; la campagne de Hodding Cabell Carson pour se débarrasser de l'explosif professeur Marlon Philpott ne va pas tarder à porter ses fruits ; et Frank Hillfen se trouve dans une prison centrale de l'Indiana pour infraction à sa liberté conditionnelle mais sera bientôt relâché.

Ce qui nous laisse Pami Njoroge. Son meurtre de Kjeld Ulrichslund et la soudaine apparition de l'attaché-case plein de billets devrait la faire bouger. Pas vrai ? Mais on dirait plutôt que ça la paralyse. Elle a bien caché l'argent, elle a bien enterré ses souvenirs, pourtant elle ne bouge pas. Il faut qu'ils bougent, tous ces gens-là.

Il nous faut stimuler la petite Pami.

9

Pami émergea brusquement du sommeil, dressée dans son lit, les yeux fixés sur la fenêtre, la terreur au cœur, un goût de vomi dans la bouche. La faible lueur ambrée d'un lointain réverbère délimitait le rectangle ouvert de la fenêtre sans carreaux, esquissait les formes du lit de camp en toile et du bureau métallique serrés dans le réduit qui lui servait de chambre, mais ce que voyait Pami, ce n'était pas ça. Ce qu'elle voyait, bien qu'elle fût éveillée et qu'elle eût les yeux ouverts, c'était le cauchemar.

Son bras droit lui faisait mal à force de frapper le requin de son rêve ; l'horreur des dents du squale plantées dans sa taille lui contractait le ventre. L'eau sombre, épaisse comme du sang, lui recouvrait le visage, la noyait, l'entraînait vers le fond. Son cœur battait la chamade, la bile lui remontait dans la gorge, ses nerfs vibraient, secoués comme après une électrocution.

Le rêve du requin n'était pas le seul fantasme violent à gâcher ses nuits depuis le meurtre du Danois, seulement celui qui revenait le plus souvent. Il y avait aussi celui où elle découpait les seins de sa mère et les mangeait, le nez plein de sang et de lait. Et celui où des fourmis voraces lui couvraient le corps, pénétraient dans ses narines, ses oreilles, par toutes ses ouvertures naturelles, des fourmis rouges qui mordaient, piquaient, suçaient le sang, une enveloppe grouillante de fourmis rouges qui la dévoraient pendant qu'elle courait…

L'air était immobile dans la nuit chaude. La chambre avait une odeur de sang, comme celle du Danois, à l'hôtel. Tremblante, avec des gestes excessifs, mal coordonnés, Pami repoussa son unique drap et se leva péniblement de son lit de camp pour se pencher à la fenêtre, en quête d'air. Mais de l'air, il n'y en avait pas. La nuit chaude de Nairobi lui collait à la figure comme l'eau sanglante du rêve, comme une présence palpable. Elle leva la tête vers le ciel noir sans étoiles, couvert et oppressant, puis la baissa sur la ruelle étroite et sale deux étages en dessous. Le réverbère se dressait au croisement de la route principale, à quatre bâtiments de là, et sa lumière peinait à percer les arbres. Rien n'avait l'air de bouger dans la ruelle.

Pami recula de la fenêtre, s'assit sur le lit de camp et s'efforça de se calmer. Les rêves avaient beau revenir souvent, les mêmes se répéter régulièrement, ils la terrifiaient toujours, leurs effets duraient toujours des heures, gâchaient toujours son sommeil. Ça ne peut pas durer, se dit-elle. Il faut que je dorme.

Elle regarda les lattes de bois du mur sous la fenêtre. Derrière, elle avait dissimulé l'attaché-case, il contenait encore tout l'argent, jusqu'au dernier billet. Elle ne l'avait jamais compté, s'était contentée de le ramener chez elle ce jour-là, avait retiré les lames de bois, fourré la mallette dans la cavité, remis les lames en place et repris son existence d'avant : racoler des michetons européens, gagner juste de quoi vivre, loger dans cet « hôtel résidentiel » au milieu des autres putes, de leurs maquereaux et aussi de quelques voleurs aux gros bras. Rien n'avait changé, en dehors des rêves.

Il faut que ça s'arrête, songea-t-elle, et elle ne supportait plus de respirer un air qui sentait toujours comme cette chambre d'hôtel sombre, horrible, aspergée de sang. Elle devait dormir mais ne pouvait pas. Je ne peux plus rester ici, se dit-elle.

Ses maigres vêtements étaient rangés dans le tiroir du haut de la commode. Elle choisit une robe – elle avait depuis longtemps jeté la vert pâle de *ce jour-là* –, mit ses chaussures puis sortit le marteau de sous le lit. Pour se protéger la nuit contre les indésirables, elle faisait comme beaucoup d'autres locataires de la « résidence » : chaque soir avant d'aller se coucher, elle clouait un tasseau de bois par terre contre la porte, ainsi ne pouvait-on pas l'ouvrir en poussant de l'extérieur. Cette fois elle se servit du marteau pour déclouer le tasseau en faisant levier, les remit l'un et l'autre sous le lit de camp et sortit dans le couloir sombre à l'odeur plus familière d'urine et de tambouille. Elle tira la porte dans son dos – elle n'avait ni loquet ni verrou – et enfila le couloir vers l'escalier où une faible lumière montait de l'entrée. Elle avait l'intention de descendre et de sortir dans la ruelle, mais à la dernière seconde elle changea d'avis et préféra monter les quatre escaliers aux marches raides et grinçantes jusqu'au dernier étage, puis enfin l'échelle métallique vissée au mur qui donnait accès au toit.

La trappe au sommet de l'échelle restait souvent ouverte et cette nuit ne faisait pas exception. Pami la franchit, posa ses paumes sur le papier goudronné du toit et sentit comme il avait gardé la chaleur du soleil. Elle marcha lentement vers l'avant du bâtiment, s'assit au bord sur le muret de brique qui lui arrivait aux genoux et regarda loin en dessous la ruelle à travers les arbres. La terre battue paraissait presque douce dans l'obscurité tout en bas, presque comme un coussin.

Je me demande pourquoi j'ai tué le Danois, songea-t-elle. Je me demande ce que je voulais. Tout ce que je veux maintenant, c'est dormir, ne plus avoir à revivre ces conneries. Aucune de ces conneries. Ne plus revoir tous ces clients qui ressemblent au Danois, ni cet immeuble de merde où il faut clouer sa porte, oublier cette maladie que j'ai dans le sang. Qu'est-ce qui va se passer quand les plaies vont commencer à se voir ? Personne ne voudra plus me donner vingt shillings. Personne ne voudra plus me baiser, même gratis. Je voulais quoi, ce jour-là ? Je veux quoi ?

Pami leva les yeux, souhaita qu'il y ait des étoiles. Elle avait la vue embuée et elle regardait le ciel dans l'espoir d'en apercevoir cette nuit. Elle se laissa aller, la tête renversée, se détendit, sans faire attention à rien…

« Tu vas sauter ? »

Pami tressaillit, scruta le toit autour d'elle, cligna des yeux pour se débarrasser des larmes. « Où vous êtes ? Qui vous êtes ? » C'était une voix de femme, mais elle venait d'où ?

« Je suis ici », fit la femme, et lorsqu'elle agita le bras au-dessus de sa tête, Pami vit qu'elle se tenait assise dans le coin de la façade du toit, adossée contre le L du muret. « Mais si tu sautes, poursuivit la femme, laisse-moi descendre d'abord.

– J'vais pas sauter », dit Pami. Elle se leva du

mur, vacilla un peu, perdit l'équilibre et le reprit avant de retomber sur le toit. « J'ai jamais voulu sauter, ajouta-t-elle d'un air renfrogné, se sentant épiée.

– Tu serais pas la première à le faire. De ce toit.

– Ben, moi, j'ai pas sauté. J'suis juste montée prendre l'air, v'là tout.

– Moi aussi. »

Pami s'approcha de la femme et vit alors qu'il ne s'agissait que d'une autre prostituée comme elle, d'une autre jeune femme à la peau sombre sans nulle part où aller. Pami se rassit sur le muret, plus près de la femme, mais cette fois sur le côté du bâtiment, où il n'y avait guère plus de deux mètres de dénivellation avec le toit de l'immeuble voisin.

« Je monte ici la nuit quand j'peux pas dormir, dit la femme, et je rêve.

– Moi, j'aime pas rêver.

– J'aime rêver éveillée. Je monte ici et je rêve à ce que je ferais si j'avais plein d'argent. »

Pami fut soudain sur le qui-vive. Plein d'argent ? Est-ce que c'était un signe, comme un présage ? « Tu ferais quoi ? voulut-elle savoir. Si t'avais plein d'argent, tu ferais quoi ?

– Ben, je partirais d'ici, pour commencer », fit la femme qui se mit à rire.

Pami rit avec elle en pensant à l'argent dans le mur. Elle n'était pas partie d'ici, pour commencer, elle. Elle n'avait rien fait du tout pour commencer. « T'irais où ? demanda-t-elle.

– En Amérique », répondit la femme.

Pami la regarda, surprise. « En Amérique ? Pourquoi ?

– Pourquoi pas ? C'est là que vivent les riches,

non ? Si j'avais plein d'argent, je voudrais être avec les riches. »

Je ferais quoi en Amérique ? s'interrogea Pami, et la question lui laissa une impression étrange.

La femme continuait, se calmait au son de sa propre voix, comme une berceuse. « Oh, j'irais en Amérique, j'irais là où vivent les Noirs en Amérique, et tout le monde me prendrait moi aussi pour une Américaine. Je parle anglais, tout comme eux. J'aurais de l'eau tout le temps, je me laverais, je boirais, je laverais mes vêtements. Parce que j'aurais plein de vêtements.

– Ça, sûrement, fit Pami pour se moquer d'elle.

– Non, mais j'veux dire, pour la police. »

Pami fronça les sourcils et se pencha vers la femme. « Des vêtements pour la police ? fit-elle. De quoi tu parles ?

– Ben, je voudrais pas qu'ils me renvoient. Tu comprends, admettons que j'aie tout cet argent.

– Okay.

– Telle que j'suis là, poursuivit la femme, si je me pointe au guichet, que je sors trente mille shillings et que je demande : “Donnez-moi un billet pour New York”, tu sais ce qu'ils vont penser ?

– Ils vont penser que t'es riche.

– Pas *moi*, non, fit la femme, amère et réaliste. Moi, il vont croire que je trafique de la drogue. Voilà une fille de rien, pas de valise, elle paye cash son billet d'avion, une pauvre fille des hautes terres qu'a jamais voyagé nulle part, qu'a un passeport tout neuf de la semaine passée… Ils vont prévenir la police de New York : “Surveillez donc cette fille qui va descendre de l'avion. Regardez-lui dans le con, vous allez sûrement trouver des ballons bourrés de cocaïne.”

– Mais y a pas de cocaïne, fit Pami qui se donna distraitement des tapes comme pour affirmer sa bonne foi.

– Non, mais ils vont te garder à l'œil. T'as pas envie que la police te garde à l'œil, parce qu'alors ils vont te traiter d'*indésirable*, te forcer à faire demi-tour et à reprendre le premier avion. Et t'as pas envie de revenir. Pas ici.

– Non, reconnut Pami.

– J'ai tout prévu, fit la femme. D'abord, je m'achète deux plus belles robes que celles que j'ai déjà. Après, je m'achète une valise. Puis je m'fais faire un passeport. Puis je vais dans une agence de voyage et je dis que mon petit ami vient de mourir ; il travaillait au gouvernement et il était riche, alors il m'a laissé tout cet argent liquide. J'achète un billet *aller-retour* et je paye l'agence d'ici, à Nairobi, pour qu'elle me réserve une chambre dans un hôtel de New York, un hôtel normal pour touristes, comme ça j'aurai l'air d'une touriste normale, et quand je monterai dans l'avion, personne aura de raisons de me surveiller.

– Aller-retour ? Pourquoi gaspiller de l'argent ?

– Ils te laissent pas entrer en Amérique s'ils croient que tu viens pour rester.

– T'as vraiment tout prévu, fit Pami, admirative.

– C'est ma façon de rêver, dit la femme. Un jour je m'envolerai d'ici. Si c'est pas par avion… – elle eut un geste du pouce par-dessus son épaule, en direction du muret dans son dos – ce sera par là. D'une façon ou d'une autre, un jour je m'envolerai. Je préfère rêver à la façon la plus agréable. »

Pami resta penchée en avant, ses coudes pointus sur ses jambes maigres. Elle regardait la femme et songeait aux différentes façons de s'envoler. Elle se taisait. Elle se sentait calme. Les mauvais rêves ne l'avaient pas suivie, ils étaient tous restés dans sa chambre plus bas.

La femme tourna la tête, regarda l'horizon à l'est. « Le jour, dit-elle. Ce vieux jour, toujours le même. »

Pami ne répondit rien.

10

Deux petits déjeuners le matin, ça ne valait rien au député Stephen Schlurn, il le savait bien, mais comment l'éviter ? Il y a tant d'heures dans la journée, une réélection tous les deux ans, et le premier souci d'un député, c'est de *garder le contact*. Un journal local a pour principe de citer chaque famille de la région au moins une fois par an, afin qu'aucune n'oublie qu'il s'agit de *son* journal, qu'elle doit le lire tout le temps ; la tâche d'un député n'est guère différente, sauf que la question du pouvoir intervient dans l'équation. On n'a pas aussi souvent besoin de passer la main dans le dos de monsieur Tout-le-monde ; alors qu'il faut constamment rassurer le puissant sur son importance.

D'où les matins à deux petits déjeuners, et souvent les midis à deux voire trois déjeuners, les soirées à deux dîners, sans oublier, en période de campagne, les affreux en-cas « ethniques » à longueur de journée. Jerry Seidelbaum, le premier assistant du député, gardait une ample provision de Pepto-Bismol en comprimés dans son attaché-case, mais le mal était quand même fait.

Le premier petit déjeuner de ce matin-là, à huit heures, il le prit dans une salle béton-jaune-éclairage-fluo-violent des Chevaliers de Colomb, en compagnie de tout un régiment d'entraîneurs de la ligue minime de base-ball, le genre d'hommes d'affaires locaux qui donnent de leur temps, de leurs efforts et de leur argent – de bonnes qualités, excellentes même – mais seulement pour des entreprises qu'ils jugent viriles.

Le député Schlurn avait un mal de chien à se montrer viril dès huit heures du matin, mais c'était le boulot, aussi lâcha-t-il des remarques dans le style faut-leur-rentrer-dans-le-lard de Harry Truman, mais édulcorées, parsemées de quelques blagues de base-ball un peu osées. Le repas se composait d'œufs brouillés pitoyables, gluants et froids, dont l'aspect rappelait les cheveux de la petite Annie et le goût du vomi de bébé, accompagnés de saucisses incinérées depuis plusieurs jours et de toasts noyés dans le beurre.

L'arrêt cardiaque garanti. Le député se contenta de juste ce qu'il fallait de café pour lui donner des brûlures d'estomac, sourit une heure durant et vida les lieux aussi vite qu'il put.

Dans la voiture – Lemuel, le chauffeur, conduisait pendant que Schlurn et Seidelbaum se partageaient l'arrière spacieux – le député mâchait d'un air morne un Pepto-Bismol en écoutant Jerry l'informer sur le petit déjeuner numéro deux. « On y mange sûrement mieux, en tout cas.

– Ça ne m'avance pas à grand-chose. Ce dont j'ai besoin, c'est ne pas manger du tout, si possible pendant une semaine. »

Seidelbaum savait qu'au lieu de répondre aux jérémiades de Schlurn il fallait simplement poursuivre : « Votre hôte, c'est Hodding Cabell Carson, recteur de l'université Grayling.

– Ah, Grayling, fit Schlurn en souriant dans un de ses rares moments de plaisir authentique. Ils m'ont donné un grade honoraire, non ?

– Deux fois. Il y a neuf ans et il y a trois ans.

– Une belle université. Des bâtiments couverts de lierre, de longues promenades dans la cour. C'est là que j'aurais dû aller. » Pour tout dire, Schlurn avait fréquenté l'université du Queens et celle de New York ; son diplôme en droit était du genre à déclencher des sourires condescendants chez les anciens des établissements de renom. Mais on évite les sourires condescendants à l'adresse d'un député, quel que soit son passé universitaire ; un avantage qui compensait les œufs brouillés.

« Outre Carson, reprit Jerry, il y aura Tony Potter, sous-directeur des laboratoires Unitronic.

– Défense ?

– Accessoirement seulement. Énergies propres, plutôt, énergies de substitution.

– Oh, bon Dieu, fit Schlurn. Des moulins à vent.

– Non, non, non, Steve, rien à voir avec Greenpeace. C'est une filiale des Pétroles anglo-hollandais. »

Ce qui rappela quelque chose à Schlurn. « J'ai déjà rencontré Tony Potter, dit-il. C'est un *British*.

– Un peu trop, commenta Jerry.

– C'est quoi, l'ordre du jour ?

– Le professeur Marlon Philpott. »

L'effort de réflexion plissa la figure ronde au teint terreux de Schlurn. « Pourquoi est-ce que je connais ce nom ?

– Un scientifique. Physicien. Parfois appelé comme expert à Washington.

– Il enseigne à Grayling, c'est ça ?
– C'est un de leurs fleurons, reconnut Jerry. Il est aussi subventionné par Unitronic.
– Il sera là ?
– Je ne crois pas.
– Alors quel est le but de notre joyeuse réunion ?
– J'imagine qu'on va nous l'apprendre à notre arrivée. »

Schlurn se souvint de Carson dès qu'il le revit : le type d'Anglo-Saxon blanc protestant prétentieux qui lui faisait mal aux dents, l'effet de mordre dans une feuille d'aluminium. En bon conservateur américain, Carson était un anglophile servile, aussi présenta-t-il Tony Potter comme s'il s'agissait au moins du second avènement du Messie. « Il nous vient de l'autre côté de la grande bleue, dit-il en exhibant son râtelier chevalin. Nous sommes heureux qu'il ait trouvé du temps à nous consacrer ce matin. Que vous en ayez trouvé tous les deux.
– Nous nous connaissons déjà », fit Tony Potter. Sa poignée de main était ferme sans être agressive. Un type fortement charpenté mais soigné, la quarantaine, au visage agréablement bosselé, au regard calme et assuré ; il aurait voisiné le mètre quatre-vingt-dix s'il ne s'était pas tenu aussi voûté, comme s'il avait la colonne vertébrale en caoutchouc. Qu'il se tînt voûté dénotait clairement une espèce de condescendance envers les inférieurs, mais c'était sans importance : Tony Potter n'avait aucun pouvoir sur la vie et la carrière de Stephen Schlurn. C'était Hodding Cabell Carson qui en avait, hélas.
Le cinquième membre du groupe était Wilcox

Harrison, le doyen de Grayling, issu du même milieu que Carson mais moins odieux. Les présentations faites, on bavarda une minute ou deux en l'air histoire de briser la glace dans le bureau impressionnant de Carson, lequel proposa enfin : « Bon, et si nous passions au petit déjeuner ?

– Parfait, répondit Tony Potter, et il sourit à Schlurn pour ajouter : Mon troisième de la matinée, à vrai dire.

– Mon deuxième seulement », fit Schlurn qui trouva soudain l'homme sympathique.

L'air un peu glacial, comme s'il n'aimait pas entendre parler des autres soupirants auprès de ses invités, Carson lança : « Eh bien, c'est sûrement le mien que vous préférerez. Nous y allons ? »

Ils allaient franchir en file la porte à panneaux sombres lorsque la secrétaire de Carson – jolie fille – arriva du bureau contigu, un papier blanc à la main. « Monsieur le député ? Votre bureau de Washington a appelé. Monsieur Metz ? »

Quoi encore ? Schlurn se montra aimable : « Oui ?

– Il veut que je vous remette ceci que vous ne devez pas oublier.

– Merci. » Schlurn prit le papier à la fille qui s'en alla tandis qu'il le retournait et lisait : *N'oubliez pas Green Meadow*. Il fronça les sourcils et montra le papier – un formulaire du type « en-votre-absence » – à Jerry. « Ce n'est pas avant jeudi, je me trompe ?

– Non, vous avez raison. » Jerry sourit. « Un peu de panique à la boutique quand le patron n'est pas là. »

Schlurn secoua la tête et fourra le papier dans sa

poche de veste ; puis ils passèrent dans la salle à manger voisine pour le petit déjeuner.

Du jus d'orange merveilleusement frais. Du melon glacé. Des tranches fines de saumon et du fromage blanc avec des toasts triangulaires. Du café velouté. Dans une salle aux murs ornés des portraits des anciens recteurs de Grayling et dont les fenêtres offraient des vues magnifiques sur le campus. Des serviteurs noirs silencieux. Comme si la salle des Chevaliers de Colomb et ses œufs brouillés n'avaient jamais existé.

Carson était en tout cas un gentleman ; il attendit qu'on ait débarrassé les assiettes et que ses invités soient confortablement installés devant leur dernière tasse de café et leurs petits chocolats pour aborder l'objet de la réunion. Il joignit les doigts en clocher au-dessus de sa tasse, se contempla les ongles pour ne pas croiser de regard et se lança : « Ce dont je voudrais discuter avec vous ce matin, Steve, Tony, c'est un petit problème que nous avons ici, à l'université, et que vous pourriez m'aider à résoudre. »

Tony gloussa et demanda : « Un *petit* problème, Chip ? »

Tandis que Schlurn songeait : Moi, jamais je ne l'appellerai Chip, Carson gloussa à son tour à l'adresse de Tony et répondit : « Petit avec votre aide, je pense.

– Et le nom de ce problème ? » voulut savoir Tony.

Carson soupira. « Le professeur Marlon Philpott. »

Aussitôt, l'expression de Tony se fit plus grave. « Femmes ? Alcool ? Détournement de fonds ? »

Mais Carson, au bord de la panique, agitait follement les mains devant son visage, comme harcelé par des moucherons. « Oh, non, non, non, s'écria-t-il, rien de tout cela. Seigneur ! je ne veux pas noircir la réputation de l'homme.

– Eh bien, vous me soulagez, fit Tony. Quel est son problème, alors ?

– Les explosions. »

Tous attendirent la suite, immobiles autour de la table, l'air de ceux qui n'ont pas bien compris la blague et le savent, mais Carson avait tout dit. Il sirota son café en silence et leur lança du regard un appel muet.

Vu que Tony avait jusqu'à présent fait les frais de la conversation, Schlurn ne voyait aucune raison d'intervenir en un moment aussi déroutant : renversé sur sa chaise, il tripotait l'anse de sa tasse – même un café velouté n'a rien d'agréable quand on souffre déjà de brûlures d'estomac. Tony finit par demander : Si je vous comprends bien, Chip, notre ami Marlon fait tout sauter ?

– Pas souvent, fit Carson. Je le reconnais, les explosions sont plutôt rares. Mais regardez ce cadre, messieurs ! s'écria-t-il d'une voix soudain passionnée en faisant de grands gestes en direction des fenêtres. Ce n'est pas un cadre pour des explosions ! Même pour des explosions occasionnelles, des explosions de rien du tout, sans gravité. Les étudiants ne payent pas vingt-deux mille dollars par an pour vivre au milieu d'explosions. »

Les souvenirs firent sourire Tony. « Elles pourraient être du goût de certains si je me rappelle bien mes propres années d'université, dit-il.

– Mais pas de celui des parents, répliqua Carson.
– Exact. Très juste. Et vous avez une suggestion pour résoudre ce problème, j'imagine ?
– Davantage une question, une requête, qu'une suggestion. Ce que je voudrais faire, avec votre aide, Tony, et la vôtre, Steve, c'est trouver au professeur Philpott un autre emplacement pour son laboratoire, pas très loin du campus. »

Tony fronça les sourcils ; visiblement il ne saisissait pas très bien. « Une espèce de bunker en béton dans un champ à l'écart, vous voulez dire ?
– Oh, non, rien de tel. » Carson jouait avec sa tasse à café pendant qu'il choisissait ses mots. « Le professeur Philpott n'a pas besoin d'une infrastructure sophistiquée pour ses travaux. Je songeais, pour être franc, à une installation déjà existante, je ne sais pas encore précisément laquelle, une installation qui pourrait accueillir le professeur selon ses exigences, mais qui serait en même temps plus… ouverte à la perspective d'une petite explosion sous contrôle de temps en temps.
– Je ne vois pas quelle sorte d'installation pourrait convenir, dit Tony.
– Eh bien, c'est là que Steve intervient », répondit Carson en souriant de ses grandes dents à Schlurn.

Je ne vais pas aimer ça, songea Schlurn. « Ah oui ? fit-il.
– Grâce à vos efforts judicieux, observa Carson, l'ensemble de la région dispose d'un certain nombre de bases militaires. »

Merde, c'est vrai. L'une des questions clés pour les électeurs dans n'importe quelle élection, c'est l'emploi, et une bonne base militaire reste la solution idéale pour les régions. Tous les députés se démènent pour obtenir plus que leur part de présence militaire dans leur district, et Schlurn avait assez d'ancienneté, d'influence et d'amis pour s'être bien débrouillé de ce côté-là.

Et après ? Avec prudence, le député reconnut : « Nous avons quelques bases militaires, oui, entre autres des bases aériennes. Un dépôt de matériel, aussi, et quelques autres bricoles.

– L'une d'elles, une base de l'armée de terre, disons, pourrait peut-être parfaitement convenir au professeur Philpott.

– Oh, attendez, fit Schlurn pour gagner du temps en se mettant une main en coupe devant la bouche (un geste coutumier mais inconscient, dans les situations épineuses), attendez, une minute, je ne suis pas sûr que l'armée apprécierait…

– Si les laboratoires Unitronic, à savoir Tony, l'interrompit Carson, devaient financer la construction pour le professeur Philpott d'un nouveau laboratoire aux normes militaires et garantissaient que les… incidents éventuels se produiraient à l'écart des quartiers fréquentés de la base…

– Je pense la chose possible, dit Tony, mais dans une base militaire ? Steve, vous croyez pouvoir arranger l'affaire ? »

Non, il ne le croyait pas. Schlurn imagina sa rencontre avec un général, un de ces cow-boys gratte-papier qu'ils ont là-bas au Pentagone, pour faire accepter des explosions dans une base militaire. Il n'avait pas du tout envie de s'y risquer, ni même de poser la question, pour essuyer le refus outragé qu'il prévoyait et qu'il savait mériter. Qu'on ne compte pas sur lui.

Comment se tirer de ce guêpier ? Comment refuser ne serait-ce que de présenter la demande ?

Ils le regardaient tous et attendaient. Conscient de la panique compatissante dans les yeux de Jerry Seidelbaum, il n'espérait pas de sa part un secours de dernière minute, aussi temporisa-t-il en sortant ce qui lui passa par la tête : « Eh bien, vous savez, euh… c'est une période difficile pour les bases…

– Raison de plus, fit l'implacable Carson, pour que les militaires se montrent arrangeants. »

Oh, bon Dieu. Que faire ? Schlurn se tourna vers Tony. « En quoi consistent exactement les recherches du professeur Philpott ? Il travaille sur de nouvelles sources d'énergie ?

– La matière étrange, fit Carson d'un ton sardonique, comme s'il parlait d'un inconnu présomptueux qui se serait présenté à la porte.

– Oui, c'est vrai, dit Tony à Schlurn. Nous épuisons les sources d'énergie les plus productives de la planète, alors il faudra, et plus tôt qu'on ne croit, explorer d'autres domaines pour trouver une énergie nouvelle. »

Schlurn, qui n'aimait pas ce qu'il venait d'entendre, répéta : « D'autres domaines ?

– Selon les scientifiques, répondit Tony, les deux nouvelles sources d'énergie les plus probables – une énergie presque infinie dans les deux cas – sont la matière étrange et les trous noirs.

– Les trous noirs, c'est dans l'espace, non ?

– Si. Des objets ponctuels extrêmement denses entre les étoiles, qui n'émettent aucun rayonnement. Une densité de cet ordre, pour peu qu'on puisse exploiter un trou noir, signifie de l'énergie à revendre pour l'humanité jusqu'à la fin de ses jours. » Tony eut un large sourire et secoua la tête. « Installer le câblage nécessaire, dit-il, long de plusieurs années-lumière, c'est un problème que nous n'avons pas encore résolu. Quant à prendre un trou noir au lasso pour le remorquer dans le système solaire, comme les Saoudiens quand ils ont ramené un iceberg au bout d'une corde jusque dans le golfe Persique, c'est une solution qui présente aussi quelques inconvénients et qu'il vaut mieux oublier. Reste la matière étrange.

– C'est-à-dire ? fit Schlurn.

– Eh bien, je ne sais pas trop, reconnut Tony. Quelque chose comme de l'antimatière, j'imagine. Mais très dense, comme les trous noirs, et donc une autre source intarissable d'énergie potentielle. Certains scientifiques, notre professeur Philpott entre autres, croient possible de créer de la matière étrange ici, sur terre, ce qui résoudrait les problèmes d'accès aux trous noirs. »

Schlurn hocha la tête, il réfléchissait dur. « Alors, le travail du professeur Philpott, dit-il, c'est de chercher une nouvelle source d'énergie extrêmement puissante.

– Voilà. »

Et c'est *ça*, songea Schlurn, le voisin sympathique que je suis censé vendre au Pentagone. Seigneur, épargnez-moi cette épreuve. Comment je me sors de là ?

Tout au fond de son désespoir moite, il se souvint alors du bout de papier dans sa poche de veste, le mot d'Al Metz que lui avait remis la secrétaire de Carson. Sa main abandonna sa bouche. Il releva la tête. Il redressa le dos. « Green Meadow », dit-il.

Ils posèrent tous sur lui le même regard vide. Finalement, ce fut le numéro deux de Carson, Harrison, qui demanda : « Quoi, Green Meadow ? »

Schlurn se tourna vers Tony Potter. « Unitronic est liée à l'Anglo-hollandaise, n'est-ce pas ? »

Tony sourit. « Nous sommes leur âme damnée.

– Et l'Anglo-Hollandaise n'est-elle pas partenaire dans le consortium qui possède Green Meadow ? »

Cette fois, ils comprirent et le fixèrent comme s'il avait complètement perdu la tête. Ce fut encore Harrison qui retrouva le premier l'usage de la parole. « Député, Green Meadow, c'est une *centrale nucléaire*.

– Évidemment, je le sais, je me suis assez démené pour que l'état modifie certains de ses règlements et accepte qu'on la construise. »

Harrison secoua la tête. « Vous suggérez d'installer un type qui provoque des explosions dans une centrale nucléaire ?

– Pourquoi pas ? » L'idée excitait Schlurn maintenant, et il l'aurait même défendue devant la Chambre des représentants au grand complet. « Dieu sait qu'on est *habitué* aux explosions à Green Meadow, c'est ça une centrale nucléaire, une suite ininterrompue d'explosions contrôlées qui nous fournissent l'énergie dont nous avons besoin. S'il est possible de construire au professeur Philpott un laboratoire qui supporterait toutes ses explosions, si vous prétendez qu'on pourrait l'installer dans une base militaire, alors pourquoi pas dans une centrale nucléaire ? Et les parties concernées sont liées : Unitronic, l'Anglo-Hollandaise. Beaucoup plus simple pour vous que s'il s'agissait d'une installation gouvernementale. »

Carson, le front plissé par le doute, se tourna vers Tony. « Qu'en pensez-vous, Tony ?

– À première vue, répondit l'interpellé en lançant un sourire d'excuse à Schlurn, l'idée paraît complètement dingue. Mais s'il est possible de bâtir un labo d'une sécurité à toute épreuve, alors pourquoi pas à Green Meadow ? Et notre ami Marlon serait dans son élément, au milieu de copains qui raisonnent comme lui.

– Exactement », fit Schlurn comme s'il avait lui-même songé à cet argument, ce qui n'était pas le cas.

L'espoir lissa le front de Carson. « Tony ? Vous croyez la chose possible ?

– Laissez-moi passer quelques coups de fil, répondit Tony. Pour faire circuler un peu l'idée. Installer notre principal chercheur dans l'une de nos exploitations... Oui, je vais voir ce qu'on peut faire. »

Carson sourit à ses invités. « Je me sens déjà plus tranquille », dit-il.

Ananayel

J'ai appris une chose sur les humains. Tout ce qu'ils font repose sur une mosaïque de raisons. Ils ne prennent presque jamais une décision simplement parce qu'elle est la plus sensée à un moment donné. Ils obéissent toujours à des raisons politiques, sociales, affectives, religieuses, financières, ou à des préjugés…

Bah, allez savoir. L'important, c'est qu'ils finissent en général par choisir la mauvaise solution, même quand le peu de raison qu'ils possèdent leur a fugitivement montré la bonne voie à suivre. L'homme qui écoute son bon sens pour sauter sans hésitation sur le mauvais cheval représente mal l'espèce, en définitive.

Moi ? J'étais la voix au téléphone. Je voulais que le député Schlurn garde Green Meadow en tête, alors je le lui ai mis dans la poche. Pour aider sa raison à choisir, comme d'habitude, la mauvaise solution.

11

Le personnel de cuisine n'avait pas accès au pont. Les Occidentaux qui payaient pour une croisière sur les mers du vaste monde ne devaient pas voir leurs vacances gâchées par la présence de racaille orientale.

Mais c'était pour une autre raison que Kwan n'avait pas le profil pour son travail. Il appartenait à la classe moyenne, il était cultivé, intelligent, sociable. En bas, dans les cuisines, autant dire dans le ventre du navire, entouré de paysans illettrés, sans éducation, avec lesquels il n'avait absolument rien d'autre en commun que la race, Kwan se sentait à bout, frustré, réduit au silence, prisonnier de lui-même. Il n'avait rien à raconter à ses collègues, et Dieu savait qu'eux non plus n'avaient rien à lui raconter.

Les cuisines se tenaient au pont immédiatement en dessous des salles à manger. Des serveurs montaient les plats aux passagers par des escaliers roulants, et pendant les premières semaines, jusqu'à ce qu'il se trouve un autre chemin bien à lui, Kwan avait souvent levé la tête de son récurage de casseroles pour contempler cet escalier qui se hissait, interminable, hors de son enfer enfumé pour accéder au paradis du rire facile, des bons repas, des conversations intelligentes et des jolies femmes. Les jolies femmes : c'était sans doute ce qui lui manquait le plus.

Le personnel logeait dans de petites cabines aveugles pour quatre au même niveau que les cuisines. De la sienne, Kwan pouvait enfiler la longue coursive étroite vers l'avant – du métal peint en jaune, des ampoules éblouissantes au plafond dans des cages grillagées comme des masques d'attrapeurs de base-ball – pour rejoindre la cambuse et la plonge profonde où il passait ses heures de travail six jours par semaine, sinon la suivre encore plus longtemps vers l'arrière et déboucher enfin par une lourde porte métallique de cloisonnement sur un petit pont ovale.

C'était la cour de récréation des employés de cuisine, mais ils y venaient rarement. On ne s'était pas donné beaucoup de mal pour la rendre un tant soit peu pratique ou agréable. Il s'agissait d'un espace nu, bordé d'une rambarde rouillée. Le pont métallique inégal était grossièrement peint en vert bouteille, lui aussi piqueté de rouille. On n'y entendait que les rugissements des moteurs et du vent saturé d'embruns, on n'y sentait que les relents d'huile mêlés à l'odeur vivifiante de la mer, et on n'y voyait que le grand horizon vide qui oscillait à des milles et des milles de distance sur l'océan souverain, indifférent.

Et il y avait une échelle.

Après coup, Kwan se dit qu'il avait mis bien trop longtemps, des semaines, à remarquer cette échelle, ces barreaux métalliques boulonnés au revêtement du *Star Voyager* et qui menaient au décrochement suivant, deux ponts au-dessus. Fixés à l'extrémité tribord du pont inférieur, les barreaux s'élevaient devant la fenêtre panoramique d'un bar de poupe jusqu'à un espace inimaginable réservé aux passagers. Kwan repéra donc cette échelle, enfin, et sut qu'il lui faudrait monter là-haut.

Pas par les escalators ; on n'admettait que les serveurs sur les escalators, et seulement pour leur travail. Pas par les ascenseurs ; les employés de cuisine n'avaient jamais le droit de les prendre, sauf pour les urgences médicales, auquel cas un officier les accompagnait. Mais cette échelle, c'était pour Kwan l'issue hors de l'enfer.

La première fois qu'il y avait grimpé, anxieux, les doigts crispés sur le métal froid et rugueux des barreaux, c'était un matin de grand vent, à une heure où peu de passagers risquaient d'être dehors et où le bar à la fenêtre panoramique n'était pas encore ouvert. Cette ascension n'avait eu qu'un but exploratoire, d'information. Une fois assez haut pour voir au-delà de l'échelle, pour jeter un coup d'œil discret par-dessus le niveau du pont supérieur, il s'était arrêté, le corps parcouru des vibrations du navire, et n'en avait pas perdu une miette.

Un promenoir pour les passagers qui décrivait une longue ellipse tout autour du bateau. Kwan avait été surpris de voir courir lourdement des joggers, malgré le temps. Le premier à passer à foulées mates, un type soigné, la trentaine, la mine dure et concentrée, lui avait fait très peur, mais Kwan avait alors compris que les joggers se préoccupaient tellement de ce qui se passait à l'intérieur de leur corps et de leur tête qu'ils avaient à peine conscience du monde extérieur. Une petite figure dans l'angle inférieur droit de leur vision périphérique les laissait totalement indifférents.

Ils ne vont pas courir la nuit, s'était dit Kwan, et il était redescendu.

Son jour de repos tombait le mardi. Le reste de la semaine il travaillait de huit à onze heures le matin, d'une à quatre heures l'après-midi et de sept à onze, voire plus tard, le soir. Il n'avait donc d'autre choix que le mardi pour emprunter sa voie d'accès inopinée vers ce qu'il estimait le monde réel.

Il portait encore les mêmes vêtements qu'à son arrivée à bord : un pantalon de treillis brun correct, un polo bordeaux, des mocassins marron. S'il se rasait plus soigneusement que ces derniers temps, s'il parlait anglais, s'il gardait son sang-froid, il avait toutes les chances d'être pris pour un passager ; on trouvait quelques Asiatiques éparpillés dans la majorité des Européens, là-haut, ainsi que des Américains, voire de rares Noirs. Il suffirait qu'il fasse beau temps le mardi suivant ; par grosse mer ou sous une pluie battante il n'arriverait pas à effectuer l'ascension.

Le mardi, il fit beau toute la journée, bien que Kwan n'eût aucun moyen de s'en assurer sans sortir sur le pont arrière. À neuf heures du soir, le ciel profond et noir se piqueta d'un million d'étoiles ; une demi-lune flottait à basse altitude vers l'est, vers l'avant du bateau : aucun risque qu'elle éclaire un grimpeur à l'échelle de poupe. Le seul point vraiment délicat, c'était le franchissement de la section devant la fenêtre panoramique, mais le bar était bondé de passagers en conversations animées qui savaient depuis longtemps qu'ils n'avaient pas grand-chose à voir la nuit par cette fenêtre en dehors de leurs propres reflets, aussi ne regardaient-ils pas de ce côté-là.

Accroché à la paroi de métal, Kwan s'éleva au-dessus de la baie vitrée, au-dessus des clients qui riaient, bavardaient et buvaient à l'intérieur, et continua de monter, de monter. Pour s'arrêter tout en haut et attendre, le temps qu'un couple d'amoureux enlacés passe à une lenteur horripilante devant l'endroit où il se tenait tapi. Un moment, il aurait pu avancer la main et saisir la cheville de la femme.

Enfin ils s'éloignèrent. S'aidant de la rambarde comme prise, il se coula sous la traverse la plus basse et roula sur le pont, puis il se releva, s'épousseta et s'en fut pour sa première balade à l'air libre.

Il restait encore du monde à cette heure dans la salle à manger, mais les dîneurs s'étaient aussi dispersés dans les salons, la demi-douzaine de bars et les deux casinos. Au détour d'un bar, Kwan attrapa un verre abandonné et l'emporta avec lui, plus dans un souci de mimétisme qu'autre chose. Il n'était pas buveur, ne l'avait jamais été et ne voyait pas l'intérêt de le devenir.

Mais il n'était pas possible de se promener comme ça avec son verre sans finir par boire au moins quelques gorgées. Le goût était âpre, pas très agréable, mais il continua de siroter tout en déambulant et, en un laps de temps étonnamment bref, il n'en resta presque plus.

Il se trouvait dans l'un des casinos lorsqu'il se rendit compte qu'il devait ou bien arrêter de boire ou bien errer bêtement, un verre vide à la main. L'ennui, c'est qu'il s'était surtout intéressé aux passagers et au plaisir simple de se mêler à des gens ordinaires sans assez faire attention à lui-même.

Les passagers. Ceux du bar étaient principalement des Européens, bronzés, jeunes et entre deux âges, visiblement riches. Les joueurs de cartes dans les salons étaient en majorité des Américains, déjà plus vieux et d'aspect moins prospères. Et les casinos attiraient manifestement une clientèle plus âgée encore.

Quoique pas vraiment. Ici et là dans les casinos Kwan aperçut aussi de jeunes et jolies femmes, comme la blonde très bronzée près de laquelle il se trouvait à cet instant pour suivre ce qui se passait à la table de craps. À première vue proche de la trentaine, elle était grande, mince, affichait une mine blasée et regardait les dés et les joueurs d'un œil désapprobateur. Kwan finit par la remarquer, l'observa un moment à la dérobée puis risqua un : « Excusez-moi. »

Elle tourna la tête, haussa un sourcil sceptique. « Oui ? »

Il fit un geste en direction de la table. « Vous comprenez les règles du jeu ? »

Elle savait, bien entendu, qu'il essayait de la draguer, mais elle ne s'était pas attendue à ça. Elle lâcha de surprise un petit rire étranglé. « J'en ai peur, oui, répondit-elle.

– Vous en avez peur ? répéta Kwan en écho, et il agita vaguement son verre. Pardon, mon anglais…

– Est aussi bon que le mien, le rassura-t-elle. D'où êtes-vous ?

– Hong-Kong.

– Moi, je suis de Francfort, lui dit-elle en hochant la tête en direction de la table. C'est mon mari qui a les dés. Vous voyez ? Tenez, il les jette. Il essaye de sortir un nombre donné. Parfois il gagne, parfois il perd.

– Vous jouez, vous ? demanda Kwan.

– Oh, non. » Elle haussa les épaules. « Je pourrais, mais ça ne m'intéresse pas. Kurt passe ses vacances à jouer, et moi à regarder.

– Eh bien, au moins ce sont des vacances. »

À nouveau elle le considéra, mais avec plus de curiosité. « Vous n'êtes pas en vacances ? Vous êtes du bateau ?

– Oh, non, pas du bateau, répondit-il avant de se lancer dans le baratin qu'il avait préparé en attendant cette journée du mardi. J'étudie la vie en mer, je fais une thèse sur les paquebots de croisière, la compagnie m'a aimablement permis de monter à bord.

– Une thèse ? Sur les bateaux ?

– Eh bien, ils n'ont pas vraiment pour fonction le transport. Personne n'est ici pour se rendre à une destination.

– Non, bien sûr que non, reconnut-elle. Ce sont des vacances.

– Alors la concurrence, fit remarquer Kwan, ce ne sont pas les avions, mais les îles. »

Elle éclata de rire. « Oui, j'imagine que c'est vrai.

– Je fais donc ma thèse, poursuivit Kwan qui commençait presque à croire à son histoire, sur les raisons qui poussent les gens à choisir ce genre de vacances-là. »

Elle montra du doigt la table de craps. « La réponse, la voilà. Les casinos. Aucune loi n'interdit le jeu en haute mer. »

Il sourit. « Il va me falloir une réponse plus longue pour remplir mes pages.

– Oui, j'imagine. Je m'appelle Helga.

– Kwan.

– Enchantée. »

Sa main était sèche, fraîche et forte. Elle le

regarda d'un air entendu. « N'est-ce pas le moment de m'offrir un verre ? »

Sincèrement confus, de bonne foi, Kwan répondit : « Oh, j'aimerais bien, je regrette, je…

– Étudiant pauvre ? Vraiment ?

– Eh oui. » En présence d'une jolie femme, Kwan se métamorphosait toujours en menteur et baratineur effronté. Il lui montra son verre. « Je ne m'en autorise qu'un par soir.

– Dans ce cas, c'est moi qui vais vous l'offrir. C'est du scotch ? »

Il considéra le fond de son verre. « Oui », répondit-il au hasard.

Il s'était trompé. Une fois qu'ils se furent installés dans un tout petit box d'un des bars les plus tranquilles – mais quand même animé – et qu'il eut pris une gorgée du grand scotch et soda que le serveur en veste rouge venait de placer devant lui, il découvrit un goût différent. Impossible de dire ce qu'il avait bu la première fois.

Aucune importance, d'ailleurs. Il était assis sur une banquette confortable, au milieu du bourdonnement joyeux d'un bar, près d'une belle femme qui n'arrêtait pas de lui sourire en buvant et de le couver d'un œil intrigué, il parlait anglais, flirtait, heureux, jouait enfin à être lui-même (beaucoup plus lui-même que la bonniche à laquelle il jouait tous les jours dans les cuisines en bas), buvait même un deuxième scotch malgré son manque d'habitude et la tête qui commençait déjà à lui tourner. Mais quel défoulement !

Elle se pencha plus près, baissa la voix en s'arrangeant quand même pour qu'il l'entende. « Le casino ferme à deux heures. Kurt ne part jamais avant la fermeture, et je ne peux pas rester ici tout ce temps-là. Voulez-vous me reconduire à ma cabine ?

– Oui », répondit-il.

Elle le réveilla en le secouant sèchement de ses longs doigts. « Nous nous sommes endormis ! »

Ahuri, il leva les yeux sur la femme nue penchée au-dessus de lui dans la lumière ambrée, vit les seins petits et fermes sous son nez, puis le visage anguleux qui exprimait l'urgence et le rejet. « Il faut que tu t'en ailles, il est presque deux heures ! »

Il se souvint. Il se souvint de ce corps qui lui était apparu mince et musclé, marqué de traces de maillot de bain, de sa force et sa beauté qui n'avaient appartenu qu'à lui seul, qui l'avaient investi puis englouti. Il avait été si longtemps privé de femmes que cette vision lui avait fait l'effet brutal d'une drogue, lui avait donné une impression soudaine de creux à l'estomac, comme si elle le vidait, le consumait et le laissait tremblant mais pur. La toucher, la sentir, la pénétrer…

Hélas, plus maintenant. « Réveille-toi ! Ne gâche pas tout !

– Je suis réveillé, je suis réveillé. » Il se redressa péniblement, aux cent coups, et chercha des yeux ses vêtements dans la petite cabine.

Debout au-dessus de lui, elle se lavait les mains. « Je regrette, Kwan. Je ne t'en veux pas, nous nous sommes tous les deux endormis, mais il faut que tu te dépêches.

– Oui. Oui. » Il avait pris un autre verre avec elle dans cette chambre, puis peut-être dormi une heure ; cerveau et mains étaient tout aussi engourdis, lourds, mal assurés. Mais il enfila ses vêtements, risqua un regard dans le couloir par la porte entrebâillée. « Ça va », dit-il.

Ils s'enlacèrent un court instant dans l'encadrement de la porte ; elle était toujours nue, et les mains de Kwan glissèrent le long de la courbe merveilleuse de son dos. Ce corps…

Elle lut le désir dans son regard et y répondit, les yeux luisants, la bouche amollie. Puis elle fit non de la tête. « Je te verrai demain soir, murmura-t-elle.

– À bientôt », souffla-t-il en sachant qu'il ne la reverrait jamais. Il dut se mordre la joue pour refouler ses larmes. Il ne s'était jamais senti aussi floué, aussi déprimé, aussi piteux de toute sa vie. Voilà ce à quoi il avait droit : une existence facile et de jolies femmes auxquelles lui donnaient droit sa classe, son éducation, son physique et son intelligence. Elle le poussa doucement dehors et referma la porte.

Qu'ai-je sacrifié pour devenir un instrument de la politique ? Mais en même temps il n'ignorait pas – comme en cet instant précis – qu'il était bel et bien un instrument de la politique et que tout le reste ne serait rien d'autre qu'un plaisir passager, que son dévouement à la cause démocratique était aussi fort que son désir du corps de Helga mais plus durable, qu'on ne s'imposait pas un sacrifice pour prouver sa valeur mais qu'on le subissait comme une conséquence inévitable de son engagement. Il en trouverait d'autres, des Helga, il en trouverait toujours. Trouverait-il une autre occasion de contribuer à briser le joug des vieux criminels ?

Alors qu'il suivait en trébuchant les couloirs interminables – mais plus larges à ce niveau et mieux éclairés –, Kwan s'aperçut qu'il était ivre, perdu et sans doute dans un sale pétrin. S'il n'arrivait pas à redescendre, s'il n'était pas à son poste devant sa plonge à huit heures du matin, il aurait fait la bêtise du siècle : attirer l'attention sur lui. Les officiers du bateau auraient lieu d'examiner ses papiers, d'étudier son cas, d'obtenir des renseignements à son sujet, de décider soit de le réexpédier dans le régime des vieux criminels, soit de le virer tout bonnement du bord dans un autre coin du monde guère plus plaisant.

« Dehors », se dit-il. S'il parvenait à sortir, l'air frais lui éclaircirait les idées, il trouverait alors le bon pont, le promenoir, l'échelle. L'échelle vers les enfers, mais ce n'était pas important ; l'important, c'était de la retrouver et de la descendre.

Il ne tarda pas à passer en trébuchant une porte de cloisonnement qui donnait sur l'extérieur, mais il s'était trompé en s'imaginant que l'air du large le dessoûlerait ; en fait, il se sentit encore plus ivre. Il tituba jusqu'à la rambarde, s'y accrocha quelques instants tandis que le monde dansait et pirouettait autour de lui, se demanda s'il n'allait pas vomir.

Non ; pas vraiment. Il put enfin se relever, regarder à la ronde et décider de quel côté se trouvait la poupe. Il partit dans cette direction d'un pas chancelant, seul sur le pont, sous la lune maintenant haute dans le ciel, devant à gauche, qui allongeait dans son dos une ombre en diagonale étroite.

Il était déjà sur la promenade, il le découvrit en tombant enfin sur la poupe arrondie, et là, en contrebas, se trouvait son pont ovale et désert qui luisait faiblement au clair de lune. Entre les deux ponts s'étageaient les barreaux de l'échelle ; ils miroitaient et donnaient l'impression de bouger dans la clarté lunaire éclatante mais incertaine.

Il fallait qu'il franchisse la rambarde. Il fallait qu'il arrive à s'accrocher, d'abord des pieds, ensuite des mains, à ces échelons métalliques humides, puis à les descendre alors qu'ils oscillaient d'avant en arrière au rythme de la marche du bateau, dans un clair-obscur trompeur, la tête cotonneuse, les jambes et les bras aussi inconsistants que des jouets de peluche. Mais il fallait qu'il le fasse ; pas le choix.

Il se décida. La vue tantôt nette tantôt brouillée, les doigts comme du bois, il se penchait pour passer de l'autre côté de la rambarde lorsqu'une voix outrée l'interrompit en parfait mandarin : « Dites donc ! Qu'est-ce que vous faites là ? »

Tellement saisi qu'il manqua passer par-dessus bord, Kwan réussit quand même à tomber du bon côté, atterrit douloureusement la hanche la première sur le pont et leva les yeux sur un petit Chinois chauve et maigre en tenue de steward qui pointa le doigt par-dessus la rambarde et dit d'un ton sévère : « Tu veux descendre par là ? Tu n'y arriveras jamais. »

Étonné d'entendre du mandarin en un tel lieu à un moment pareil, mais assez soûl pour répondre du tac au tac, Kwan fit : « Il le faut.

– Tu es d'où, des cuisines ? Tu es monté en douce, hein ? » Le steward eut un petit sourire narquois ; Kwan comprit qu'il le prenait pour un garnement mais ne lui en voulait pas trop. « Eh bien, tu ne descendras jamais par là, dit-il. Crois-moi, tu vas rater un barreau, passer par-dessus bord, te noyer dans la mer ; personne ne te verra tomber.

– Vous me verrez, vous, objecta Kwan avec une clairvoyance d'ivrogne.

– Ne t'occupe pas de moi, fit le steward d'un ton

à nouveau sévère. Tu es trop important pour disparaître comme ça. »

Kwan le fixa, presque dégrisé par la surprise. « Vous m'avez reconnu ?

– Oui, évidemment. » Le steward tendit la main pour attraper le bras de Kwan et le relever d'un coup sec ; il était étonnamment fort pour une aussi petite taille. « Tu as un rôle à jouer, dit-il. Suis-moi.

– Où ça ?

– Par un chemin plus sûr, répondit le petit homme qui entraîna Kwan à l'intérieur, lui fit descendre une volée de marches moquettées et suivre un autre couloir jusqu'à une autre porte. « Tu ne pourras plus repasser par là, prévint-il. Normalement, elle est fermée.

– Merci, fit Kwan. Merci. » Parce que son cerveau embrumé comprenait que le petit homme lui avait sauvé la vie.

« Oui, oui, dit le steward en lui faisant signe de franchir la porte. Fais seulement davantage attention maintenant », ajouta-t-il avec irritation, comme s'il était personnellement responsable de lui.

Chancelant mais sain et sauf, Kwan dégringola l'escalier raide qui menait aux cuisines, puis suivit la coursive jaune jusqu'à sa chambre et sa couchette.

Le lendemain, à la plonge, il paya ses fredaines de la nuit.

12

L'excitation qui bouillait en elle était si grande, dès qu'elle eut posé pour de bon le pied à bord de l'avion, qu'elle vacilla dans ses chaussures neuves et sourit comme une jeune imbécile des hautes terres à l'hôtesse, laquelle garda un sourire plus professionnel le temps de prendre la carte d'embarquement de Pami ; de l'étudier ; de la retourner. « Suivez le couloir, quatrième compartiment. »

– Merci. » Elle n'émit qu'un murmure. Sa gorge nouée par l'émotion avait du mal à proférer le moindre mot. Mais aucune importance ; l'hôtesse s'intéressait déjà au passager suivant.

Chacun a sa place attitrée. Ça, Pami l'avait compris, mais elle ne savait pas exactement comment la trouver, cette place attitrée. Elle s'engagea lentement dans le couloir sans lâcher son grand sac à main neuf en plastique, croisa d'autres passagers qui rangeaient des bagages, retiraient leurs manteaux, se déplaçaient vers l'avant et vers l'arrière ; lorsqu'elle tomba sur une nouvelle hôtesse en uniforme, elle lui tendit sans un mot sa carte d'embarquement. « Prochain compartiment, dit la femme en pointant le doigt. Sur votre droite. »

Rien d'autre à faire que continuer d'avancer. Elle passa une cloison – sans doute dans le « compartiment » suivant – le cœur palpitant, les yeux paniqués à l'idée de ne pas trouver son siège mais la bouche toujours figée dans un sourire béat irrépressible qui découvrait ses pauvres dents. Une fois dans le bon compartiment, elle resta debout dans le couloir étroit, son sac dans une main et la carte d'embarquement dans l'autre, et attendit. Des gens la poussaient pour passer, irrésistiblement attirés vers leurs sièges ; elle se mit à espérer qu'il n'en resterait finalement plus qu'un de libre à droite, et ce serait le sien.

Je m'en vais, songea-t-elle, et elle sourit encore davantage, si fort qu'elle en eut mal aux joues. Je m'en vais. Je prends l'avion.

La deuxième hôtesse réapparut, regarda Pami, jugea de la situation et demanda d'une voix apaisante : « Vous avez du mal à trouver votre place ? Puis-je voir votre carte d'embarquement ? »

Pami la montra. Elle se faisait l'impression d'une petite fille tendant une fleur à sa maman.

« Oh, oui, vous êtes par ici, dit l'hôtesse qui rendit la carte à Pami, lui toucha doucement le coude pour la faire avancer dans l'allée. Le siège du milieu, là, près de ce monsieur. »

Le cœur de Pami bondit dans sa poitrine à la vue de l'homme blond qui occupait le siège côté couloir. Il ressemblait tellement au Danois ! Mais bien sûr ce n'était pas lui, impossible, et lorsqu'il leva la tête elle s'aperçut qu'il avait sûrement vingt ans de moins et une bien meilleure condition physique.

Oh, et s'il s'agissait de son fils ? Ce serait si affreux, si affreux…

Mais l'homme sourit alors et se mit debout. « C'est votre place ? » demanda-t-il. Pas de doute, un Américain. D'ailleurs, il n'avait vraiment rien de commun avec le Danois. Sauf les cheveux blonds et le visage blanc et lisse, c'était tout, peut-être aussi la taille et la carrure.

Pami s'installa entre l'Américain blond côté couloir et un petit basané en turban côté hublot, puis l'hôtesse s'en fut, satisfaite. Pami ne bougea plus, les genoux serrés, son sac en plastique coincé dans les bras, le regard braqué droit devant elle. Au bout d'une minute, son voisin blond lui dit : « Excusez-moi, mais ils vont vous demander d'attacher votre ceinture.

– Quoi ? »

Il répéta sa phrase, puis lui montra comment procéder, déboucla et reboucla sa propre ceinture pour les besoins de la démonstration. Elle regarda attentivement, trouva les extrémités des deux courroies quelque part sous elle et les assembla dans un claquement. Mais visiblement quelqu'un de très gros avait précédemment occupé son siège ; en riant, l'homme blond lui montra comment resserrer la ceinture. « Je ne suis encore jamais montée en avion, avoua-t-elle tandis qu'elle la réglait.

– Ne vous inquiétez pas, votre rôle est facile, la rassura-t-il. C'est le pilote qui a le boulot le plus dur. »

Il était si gentil et si calme qu'elle commença elle aussi à se calmer. Elle ne se formalisa même pas trop lorsque l'hôtesse repassa et l'informa qu'elle ne pouvait pas garder son sac sur les genoux pendant le décollage mais qu'elle devait le poser par terre sous le siège devant elle. Elle s'exécuta parce qu'il le fallait, mais elle garda l'œil et le pied sur son bien, car il contenait soixante dollars en billets verts américains et huit cents en chèques de voyage, tout ce qui restait de l'argent du Danois.

Les trois semaines écoulées depuis la discussion sur le toit avaient été des semaines d'effroi, de confusion, de griserie. À chaque étape, elle s'était demandée, terrorisée, ce qui allait lui arriver. N'allait-elle pas se faire prendre pour une raison ou une autre ? En se servant de l'argent du Danois au lieu de le garder comme une espèce de fétiche, un souvenir magique, n'allait-elle pas attirer l'attention de la justice qui découvrirait le pot aux roses et la jetterait soudain en prison pour meurtre ? La peur ne l'avait pas quittée, pour chacune de ses démarches, mais après la discussion sur le toit elle avait su qu'il fallait essayer, qu'elle ne pouvait plus vivre comme avant.

Je ne veux pas me tuer, s'était-elle dit durant toute cette période. Je sais bien qu'il ne me reste plus beaucoup d'années devant moi, mais j'y tiens, à ces années-là, je tiens à chacun des jours qui m'attendent. Je ne veux pas d'une existence de plus en plus pitoyable qui me donnera envie de mourir.

Elle devait donc tenter le coup. Il fallait au moins essayer. D'ailleurs, partout où elle s'était rendue – magasin de vêtements, marchand de bagages, banque ou l'ambassade américaine dans la rue Wabera – elle était tombée sur une personne obligeante, qui connaissait les ficelles, en mesure de lui donner des conseils et de lui éviter des erreurs bêtes des hautes terres. Comme si quelqu'un veillait sur elle, lui tenait la main pendant ses déplacements. Elle croyait aux esprits de l'air, de l'eau, des arbres, et l'un de ces esprits devait l'accompagner, la protéger, voilà tout. Peut-être que le Danois avait été un homme très mauvais, qu'elle avait fait plaisir à un esprit en le tuant et que l'esprit la récompensait. Ou peut-être qu'un parent de chez elle venait de mourir, qu'il était devenu un esprit et voyait le monde à travers ses yeux. *Quelque chose* ne la quittait pas désormais durant son voyage dans la vie, quelque chose qui n'avait jamais été là avant. Elle le sentait.

Lorsque l'avion se mit à rouler, elle devint extrêmement nerveuse et eut l'impression qu'il lui fallait se soulager tout de suite, mais elle était encadrée par l'Américain blond et l'homme au turban, la ceinture la retenait à la taille, personne ne devait se mettre debout dans l'avion à cet instant-là, et elle craignait encore d'attirer l'attention. Elle contracta ses muscles, garda tout en elle ; l'avion avança, s'arrêta, avança, s'arrêta, avança, prit de la vitesse et *décolla* ! La bouche ouverte, les yeux écarquillés, elle regarda par-delà l'homme enturbanné à l'air maussade la terre ocre s'enfoncer, puis elle ne vit plus que le ciel. « Ohhhh », fit-elle, puis sa nervosité se dissipa et elle ne se sentit plus le besoin de se soulager.

Au bout d'un moment, on distribua un repas merveilleux, un plateau individuel par passager. Beaucoup trop à manger pour Pami ; elle fit de son mieux puis ramassa dans son sac le gâteau enveloppé dans du plastique transparent. Ensuite elle fit une petite sieste, se détendit de trois semaines d'anxiété, et lorsqu'elle se réveilla, un peu raide et à l'étroit, un film allait commencer sur la cloison avant du compartiment. Il s'intitulait *Des anges inattendus*, et on pouvait acheter des écouteurs pour entendre le son, mais Pami n'avait pas besoin de l'entendre. Elle regarda les personnages s'agiter sur l'écran, sommeilla et sentit le Kenya disparaître derrière elle. L'avion allait survoler l'Afrique, franchir à haute altitude la mer Méditerranée, filer au-dessus de la France, planer, virer et atterrir à l'aéroport d'Heathrow, à Londres, en Angleterre. Là, elle prendrait un autre avion qui l'emmènerait par-delà l'océan Atlantique jusqu'à New York. Des bonds formidables au-dessus du monde !

Le film se termina, elle dormit encore un peu et s'éveilla : quelque chose ne tournait pas rond. Elle sentait une tension dans l'air, non loin d'elle. Elle regarda, un mauvais goût dans la bouche ; à côté d'elle, l'Américain blond fronçait les sourcils, agrippait les bras de son siège, l'air surpris et en colère. « Alors c'est ça », dit-il.

Pami leva les yeux sur lui comme une souris qui sort la tête d'un sac de grain. « Quoi ? Monsieur ? »

Il ne répondit pas ; il attendait quelque chose. Elle attendit aussi, et soudain, vers l'avant de l'appareil, s'éleva un concert de cris, des cris d'hommes et de femmes. Les yeux ronds, Pami se tassa sur son siège. Les cris cessèrent brusquement, comme si on avait actionné un commutateur, puis une voix sortit du haut-parleur.

« Mesdames et messieurs, c'est à nouveau le capitaine Cathcart qui vous parle. On me charge de vous informer que cet appareil est désormais aux mains de représentants de la Ligue internationale des Opprimés. On me charge de vous informer que tous les passagers doivent rester calmement à leur place et qu'il ne leur sera fait aucun mal. »

La voix du pilote se déversait, plate, totalement dépourvue de la moindre émotion, et Pami vit l'homme arriver à grands pas dans l'allée. Un foulard à motifs noirs et vert olive lui enveloppait la tête et le visage, et il portait en outre des lunettes de soleil sombres. Vêtu d'un blue-jean, d'une chemise noire, d'une veste en cuir marron et de bottes, il était armé d'un pistolet-mitrailleur. Il ressemblait exactement aux photos de terroristes qui font les couvertures de magazines.

Le pilote prononça encore deux ou trois phrases sur ce qu'on l'avait chargé de dire, pendant que le terroriste s'approchait dans l'allée et s'arrêtait près de l'Américain blond. Le canon de sa mitraillette pointé vers le haut, il désigna Pami de sa main libre et ordonna : « Vous, suivez-moi. »

Pami se recroquevilla sur son siège, se fit toute petite. L'Américain blond lança d'une voix forte : « Tu ne l'auras pas. »

Le terroriste posa sur lui un regard méprisant. « Tu sais qui je suis ?

– Je sais ce que tu es », répondit le blond.

X

Je n'ai pas à m'expliquer.

Dès l'instant où je l'ai vu assis avec la femme, j'ai su ce qu'il était. Il empestait l'odeur fétide de dieu, une odeur de racines séchées, de pommes mises en réserve. Il riait ! Un larbin.

Je ne suis pas un larbin, moi. Nous ne sommes pas des larbins. Celui-que-nous-servons n'est pas notre maître, mais notre protecteur aimant. Nous agissons de notre propre chef uniquement. Cette… chose pourrait-elle en dire autant ? Ou n'importe lequel de ses congénères amateurs de plongeons en piqué, gardiens et porteurs de messages ?

Et son maître croit-il vraiment pouvoir balayer ce tas de compost à l'insu de Celui-que-nous-servons ? On l'aime, nous, ce monde ! Ça bouillonne, ça se débat, ça hurle de douleur ; quelles couleurs dans ses souffrances ! La race humaine, c'est notre plus grande joie. Pas question de la voir disparaître comme les pièces d'un jeu qu'on retire de la table en fin de journée, pour la simple raison qu'*il* en a marre.

Pas de panique, la vermine. On va vous sauver.

Ananayel

Il existe un langage qui n'en est pas un, que nous, de l'empyrée, nous comprenons et dont ces créatures déchues se souviennent encore. Pendant que ma bouche humaine parlait et que parlait aussi la sienne, nous discutions.

« Tu n'as pas ta place ici », lui ai-je dit, ce qui n'était que la pure vérité.

Il a grondé. On a du mal à croire qu'eux aussi étaient autrefois des anges ; ils ont complètement oublié leur grâce d'antan. « J'y ai davantage ma place que toi, a-t-il dit. Moi, je ne suis pas ici pour détruire. »

Ainsi, le maître de cette créature savait ce qui allait se passer, hein ? Il n'avait pas encore compris après des millénaires la futilité de vouloir s'opposer aux désirs de Dieu et avait envoyé une fois de plus ses laquais sur le terrain, pour se battre contre les commandements divins. Je me suis levé et j'ai demandé : « Ne sais-tu pas que les triomphes du Malin sont toujours éphémères ? La Volonté de Dieu sera faite.

– Pas aujourd'hui, a-t-il répondu. On veut la femme.

– Vous l'avez déjà, ai-je fait en baissant les yeux sur la pauvre garce malveillante. Mais tu ne peux pas encore l'emmener avec toi.

– Je la veux tout de suite. Je l'emmène tout de suite. »

Il serait évidemment possible de repartir à zéro, de former une autre équipe, avec peut-être le français comme langue commune cette fois, de déplacer l'action principale de New York à Lyon, mais j'ai rejeté cette solution. On ne devait pas permettre à cette créature ni à son maître ne serait-ce qu'un succès passager. J'ai donc résisté. Je me suis penché plus près de lui, j'ai scruté à travers ses lunettes opaques l'abîme rougeoyant de ses yeux d'emprunt et j'ai demandé : « Tu veux vraiment un affrontement de miracles, ici, dans un Bœing 747 ? Tu veux vraiment donner à ces humains une série d'anomalies à expliquer ?

– Tout ce que je veux, c'est la femme. » Il essayait de se montrer inflexible avec moi. Avec moi !

« Elle fait partie du plan.

– C'est pour ça que je la veux.

– C'est pour ça que tu ne peux pas l'avoir. »

Il a tourné les yeux vers la femme, des yeux de feu et de fumée, et lui a parlé en langage humain. « Debout.

– Dieu Tout-Puissant, ai-je prié, accorde-moi une miette de Ton pouvoir. »

La réponse m'a soulevé doucement en l'air, décollé légèrement les pieds de la moquette industrielle, deux ou trois centimètres, pas plus. Il a reporté son attention de la femme sur moi, ses yeux ont exprimé de l'inquiétude, puis ont compris. Il a levé une main…

J'ai arrêté le temps.

Tout. Tout s'est arrêté. L'ensemble de l'univers physique s'est rigidifié, immobile, insensible, comme de la pierre. L'énergie ne s'échangeait plus, la matière ne se corrompait plus. Plus de dynamique, que de l'inerte. Dans cette vaste immobilité silencieuse, terne, morte, dépourvue du moindre écho, seuls ce démon et moi, dans cet avion grossier suspendu dans un espace figé au-dessus d'une terre qui ne tournait plus, continuions de nous mouvoir, d'agir, de penser, de lutter.

Sa main levée était pointée sur moi, et des organismes lépreux m'ont envahi le corps, des cataractes m'ont voilé les yeux, des plaies ouvertes m'ont obstrué la gorge. Des crapauds ont bondi de ma bouche. Chacun de mes sens était abusé, chacune de mes pensées saisie d'aberration, tous les maux et malheurs à ses ordres m'assaillaient, pour m'agripper et me garrotter, altérer mes pouvoirs, détourner mes intentions, fixer mon esprit sur ma propre défense pendant qu'il poursuivait son entreprise arrogante.

J'ai résisté. J'ai balayé tout ce qu'il lançait sur moi, j'ai tué, consumé, nettoyé, purifié aussi vite qu'il souillait. Est venu le moment où j'ai eu fini de repousser ses assauts. Alors je l'ai regardé. Je l'ai regardé de mes *vrais* yeux.

Ce corps qui l'habillait s'est racorni comme une chips. Il a été réduit en cendres, les cendres en molécules dans l'atmosphère ambiante, et il n'est plus rien resté qu'une toute petite mouche noire bourdonnante de fureur, une traînée sombre, une tache, une bavure qui allait et venait à toute vitesse devant moi en poussant des cris de défi. J'étais prêt à détruire aussi cette manifestation démoniaque, mais elle s'est enfuie vers la classe affaires, et je me sentais moi-même au bout de mon pouvoir d'emprunt. Il fallait que je rétablisse la situation telle qu'auparavant.

J'ai reconstruit le corps dont s'était servi le démon, ou un fac-similé assez proche de l'original, et m'y suis introduit. J'ai fait soigneusement redescendre mon corps précédent jusqu'à ce que ses chaussures reprennent contact avec la moquette, puis je lui ai laissé des instructions rudimentaires pour le faire tenir en attendant que je revienne.

J'ai libéré le temps.

La femme qui regardait mon ancienne enveloppe charnelle, comme pour lui demander aide et secours, a battu des paupières, troublée. Nul doute que le corps de l'Américain lui avait paru s'élever, se brouiller, puis soudain revenir en place. Mais elle se dirait que ses yeux lui avaient joué des tours – peut-être un symptôme de la terreur, ou de sa maladie. Son regard passait déjà de mon ancien corps au nouveau, effrayé à la fois d'obéir à mon ordre et d'y désobéir.

« Bon, restez », ai-je dit à la fille. Cette voix-ci était plus gutturale, ce corps-ci moins confortable. J'ai considéré – presque avec envie – mon ancien moi, plus spacieux. « Rassieds-toi », lui ai-je ordonné.

Il s'est assis. Son visage gardait une expression sévère. Ses mouvements n'étaient que légèrement absents, ne donnaient qu'une vague impression de lourdeur.

« Vous deux, attendez ici, ai-je ordonné en agitant le pistolet-mitrailleur en un geste évident de menace. Je vais revenir. On va voir ce qu'on va voir. » Et je les ai quittés pour me diriger vers l'avant de l'appareil, pour m'occuper des autres pirates de l'air. C'étaient des humains, il n'y aurait pas de problème.

13

Pami regarda s'éloigner le terroriste qui franchit les cloisons de séparation et disparut. Que se passait-il là-bas ? Sa vue se brouilla un bref instant, elle avait l'estomac et les intestins tout flasques et retournés, la bouche aussi sèche que le désert où elle avait grandi, des spasmes lui agitaient les bras et les jambes.

Mais il ne l'avait pas emmenée avec lui. L'Américain blond s'était levé, il avait répondu au terroriste, argumenté, il ne fallait pas s'en prendre aux femmes, il valait mieux l'emmener, lui, et patati et patata. Le terroriste avait grondé, discuté. Pourquoi aurait-il fait attention à ce genre de baratin ? Puis il était parti.

Pami jeta un regard en coin – un regard de respect, de crainte et de soulagement – vers son sauveur. L'homme blond ne bougeait pas, les mains mollement posées sur les bras de son siège, les pieds bien à plat par terre, le regard fixé droit devant lui, vers où le terroriste avait disparu. « Il va revenir ? chuchota Pami.

– Nous allons attendre », répondit-il. La tension se devinait dans son maintien raide, dans sa façon de parler inexpressive et sur son visage toujours tourné vers l'avant, même quand il s'adressait à elle. « Nous n'allons pas bouger, nous n'allons pas attirer l'attention sur nous.

– Oh, non. »

Elle osa tendre le bras et lui toucher le dos de la main l'espace d'un instant ; elle la trouva étonnamment froide. Quel effort il lui avait fallu pour se lever et défier un terroriste armé !

C'était le seul homme dans toute l'existence de Pami envers qui elle avait une raison d'éprouver de la reconnaissance. Elle ne savait pas quoi faire de ce sentiment, de cette dette. Elle n'avait aucun moyen de le remercier, rien à lui donner, à lui proposer. Quelle ingratitude ce serait, de lui transmettre le maigriot ! Un léger sourire passa sur son visage menu, secret et tordu, et elle tourna la tête de l'autre côté, vers l'homme au turban tassé sur son siège, les yeux hermétiquement fermés, qui égrenait un rang de perles de bois entre ses doigts tremblants. Ses grosses lèvres remuaient sans émettre le moindre son. Il devait s'agir d'une religion.

Des coups de feu éclatèrent soudain à l'avant de l'avion, des détonations rapprochées, nombreuses, et d'autres cris s'élevèrent. Ensuite le silence.

L'homme au turban se serra les épaules plus haut sur les oreilles, pressa les perles plus fort entre le bout de ses doigts, et ses lèvres remuèrent de plus en plus vite au-dessus de son menton rond agité de soubresauts. Tous les passagers du compartiment attendaient, osaient à peine respirer, et le silence durait, durait.

Puis, tout d'un coup, l'Américain blond bougea, parut se détendre et hocha la tête. Il se tourna vers Pami, qui remarqua pour la première fois la puissance de son regard. « Et voilà », dit-il.

X

Calmes. On reste calmes. On ne cède pas à la colère tant qu'on n'en a pas l'emploi. Mais *à ce moment-là... À ce moment-là !...*

Il a gagné la première reprise, oui, il l'a gagnée, ce serf blafard, cet esprit sans esprit, golem de dieu. Oui. Il leur arrive parfois de gagner, mais il faut bien s'y attendre ; après tout, nous sommes de force égale. On était comme eux, que Satan nous protège, avant de gagner notre liberté.

Quant à la croyance largement répandue qu'ils gagnent *à tous les coups*, eh bien, c'est de la foutaise, non ? Évidemment, que c'est de la foutaise. S'ils gagnaient à tous les coups, on ne serait plus là, pas vrai ? Et on est là.

Tout comme vous, espèces de poux scrofuleux. Et maintenant, il en a aussi après vous, hein ? Maintenant, vous allez savoir ce qu'il en est d'endurer sa mauvaise humeur. Mais ne vous découragez pas. On peut lui tenir tête, nous en sommes la preuve. Il n'a jamais été qu'un maître précurseur de la propagande, voilà tout.

Mais comment on va faire pour vous sauver, espèces de puces bilieuses, de l'ennui de votre créateur ? D'abord savoir ce qu'il mijote. Il mijote toujours quelque chose, ça va de soi : il met Job et Isaac à l'épreuve, tente Thomas et Judas, et ainsi de suite. Les mains inactives sont la boutique de Celui-que-nous-servons, dit-on ?

Celui-que-nous-servons se baladait sur terre, ici et là, selon son habitude, lorsqu'il est tombé sur un des massacres les plus sanglants de Danois depuis le bon vieux temps d'Elseneur. Mais le Danois *n'existait pas*. Il a couché avec la femme Njoroge, elle l'a haché menu comme chair à pâté, il est mort, et pourtant il n'avait aucune existence. Une fois la femme barrée avec le paquet de fric, le corps a disparu. Le sang s'est nettoyé tout seul. Le matelas n'était plus lacéré. Les serviettes ont repris leur place dans la salle de bains, lavées et pliées. Bref, il ne s'était rien passé.

L'intermède sentait à plein nez le doigt farfelu de dieu, parce que nous, on n'y était pour rien. Pami Njoroge n'est pas une créature qu'on a besoin de corrompre. Celui-que-nous-servons entretient des contacts dans le camp adverse, il y rend même à l'occasion des visites, il n'a donc pas mis longtemps à comprendre ce qui s'était réellement passé dans cette chambre d'hôtel de Nairobi. Fait révélateur, dieu n'a pas expédié un larbin familier des humains, un de ses lèche-bottes habituels genre Michel, Gabriel ou Raphaël. Aussi mous que les autres, ils auraient pu finir par éprouver de la sympathie pour cette engeance humaine au cours de leurs précédents contacts. Il a donc préféré choisir Ananayel, un opportuniste, un médiocre, aussi insignifiant qu'un parapluie aux objets trouvés.

Mais à quoi il joue, l'Ananayel ? Qu'est-ce qu'il manigance, le laquais ? Il torture une pute bantoue, d'accord, recourt à des stratagèmes compliqués pour la tirer de son bourbier, direction un autre tas de fumier de même acabit mais très loin, du nom de New York, tout en titillant chez elle des sentiments de culpabilité et de désespoir. Mais qu'est-ce qu'elle devra faire, cette mouche à viande, une fois à New York ? Comment une malheureuse punaise comme Pami Njoroge peut-elle jouer le moindre rôle dans le nettoyage de la race humaine ? Elle a encore moins de savoir et de pouvoir que la moyenne de son espèce.

Il y en a donc forcément d'autres de prévus. Ce sycophante décoloré d'Ananayel les ramène de quelque part, n'est-ce pas ? Il les envoie à New York, il les regroupe et leur laisse faire le boulot tout seuls. C'est bien dans le style de dieu, non ? Toujours en dehors du coup. « Ce sont eux les responsables », il dira de son air suffisant, la gueule enfarinée.

Eh bien, on est en état d'alerte désormais. On est sur l'affaire. Mes compagnons se sont éparpillés à travers le monde pour chercher la trace du passage d'Ananayel. Tous les humains qu'il a touchés, choisis, modifiés, déplacés, on va se les écraser comme des poux entre les doigts d'un chimpanzé.

Pour que vous surviviez. Vous, mes petits chéris.

Le plus grand bien pour le plus grand nombre. Hah !

Antithèse

14

Le poste de directeur de la communication dans une centrale nucléaire située à moins de cent cinquante kilomètres d'une zone urbaine comme New York n'est pas, dans le meilleur des cas, de tout repos, mais Joshua Hardwick persévérait avec cœur, ne perdait presque jamais courage. Âgé de trente-trois ans, rondouillard, le visage ouvert, optimiste invétéré et transfuge d'une agence de publicité de la ville, Hardwick était capable de chanter les louanges du nucléaire aussi bien que les autres, d'en minimiser les inconvénients et de brosser le tableau d'un avenir riche d'énergie, paisible, heureux et sans risque, dans lequel une petite fille en robe de crinoline rose jouerait au ballon sur une pelouse verte et luxuriante. Comme Hans Brinker lui-même, il avait assez d'aplomb pour faire au besoin de la corde raide avec des questions délicates comme la sécurité des centrales ou l'évacuation des déchets contaminés, auquel cas la grâce et l'assurance de ses évolutions funambulesques procuraient frissons et divertissement à la populace admirative.

Mais cette fois c'était trop. Ce matin-là, alors qu'il arrivait à la centrale nucléaire Green

Meadow III, après son agréable trajet bucolique de vingt minutes en voiture depuis sa maison dans le Connecticut, Joshua fut surpris de voir des *manifestants* marcher en rond sur l'asphalte de la route de campagne devant l'entrée.

Oh, bon Dieu. Les derniers manifestants remontaient à l'ouverture de la centrale, à l'époque du bras de fer pour obtenir le permis d'exploitation. Ce coin de campagne désert, paisible, tranquille, décourageait sans doute la plupart des opposants, comme s'ils avaient besoin de la foule et des pavés bien durs pour croire à leurs propres discours creux.

Il s'agissait là d'une toute petite manifestation : moins d'une douzaine de protestataires, auxquels s'ajoutait, garée à quelque distance, une voiture de police de l'état qu'occupaient deux flics blasés. Mais est-ce que ça ne présageait pas quelque chose de pire ? Les yeux plissés, penché sur le volant de sa Honda pour regarder au-delà du pare-brise, Joshua s'efforça de lire les panneaux que portaient les manifestants.

« Le non-nucléaire, c'est le bon nucléaire. » Bon, d'accord, celui-là, on connaît. *« Pas d'expériences avec nos vies ! »* Hmm, celui-là, il est nouveau, mais il veut dire quoi exactement ? Voilà l'ennui avec les slogans, ils sont parfois un peu trop obscurs pour être efficaces.

« Pas de Philpott le Dingue près des réacteurs ! » Celui-là, il était plutôt direct, quoique pas beaucoup plus clair que du jus de boudin. Philpott le Dingue. Un type ? Qui donc ?

L'un des manifestants n'avait-il pas un halo ? Joshua cligna des yeux et regarda mieux : bien sûr que non. Un effet de lumière, rien d'autre.

Comme d'habitude, Joshua montra sa figure et

son badge d'accès au garde à la porte ; le garde avait l'air plus sévère ce matin que les autres jours mais il lui fit une fois encore signe d'entrer. Joshua lui répondit d'un geste, monta la pente douce qui masquait les bâtiments principaux aux regards indolents – ou insistants, en l'occurrence – de la populace sur la route et repensa au dernier écriteau tout en conduisant.

« Pas de Philpott le Dingue près des réacteurs ! » N'y avait-il pas un Philpott, un scientifique, une espèce de machine à penser, une grosse tête, là-bas, à Grayling, pas très loin ? Philpott, Philpott ; Joshua n'arrivait pas à retrouver le prénom. On démarrait la construction d'un nouveau bâtiment sur la droite, à l'écart des autres, mais Joshua, plongé dans ses pensées, le remarqua à peine. Philpott ; Philpott. Un savant, un expérimentateur.

« Pas d'expériences avec nos vies ! »

Oh, non. Ici ? Ici ? Dans sa Honda, tandis qu'il roulait vers sa place de parking réservée, Joshua avait l'air atterré. Ils ne feraient pas ça !...

Et pourtant, si.

« Je ne sais pas comment la nouvelle a filtré si vite, s'étonna Gar Chambers.

– La fuite ne vient pas de moi, à l'évidence, elle ne vient pas du *porte-parole* de la maison », répondit Joshua sans se soucier de cacher son irritation.

Ils étaient tous les deux assis dans le bureau de Gar, chef d'exploitation de la centrale et supérieur immédiat de Joshua, et si Joshua ne se souciait pas de cacher son irritation, c'est qu'ils savaient l'un comme l'autre qu'il pouvait se permettre de ficher le camp et trouver un autre poste tout aussi intéressant avant la fin de la journée. Comme porte-parole, pour n'importe quoi, on ne faisait guère mieux que Joshua.

Quatre ans plus tôt, lorsque Green Meadow III avait ouvert et qu'il avait fallu pourvoir le poste de dircom, Joshua et son épouse Jennifer, qui achevaient leur première année de week-ends dans leur maison de campagne, venaient de comprendre qu'ils n'aimaient plus leurs navettes avec New York, ni le travail à New York, ni même la vie à New York, aussi Joshua avait-il abandonné la métropole et, de chef comptable dans une entreprise ingrate, s'était mué en gentilhomme campagnard qui de temps en temps faisait un brin de causette en faveur de l'industrie nucléaire. Personnellement, il n'avait aucune opinion sur le nucléaire, ni pour ni contre, pas plus qu'il n'en avait sur la pâtée pour chat, le rouge à lèvres ou les couches pour adultes, articles qu'il avait autrefois vendus. Alors, si son boulot devait devenir désagréable – des manifestants devant la porte et des secrets qu'on lui cachait derrière –, autant faire dircom pour l'office de tourisme de l'état de New York.

Tout ça, Gar le savait aussi bien que Joshua. « Nous comptions terminer l'installation avant de l'annoncer au public. Un fait accompli est beaucoup plus facile à gérer, vous le savez bien.

– Alors, moi, on m'a tenu en dehors du coup.

– J'en suis navré. Je croyais vraiment qu'on pouvait mener notre affaire discrètement.

– Un physicien de renommée mondiale va venir de l'université Grayling pour effectuer des expériences sur de nouvelles formes d'énergie, et vous avez cru pouvoir garder l'affaire secrète. La moitié des secrétaires doivent déjà le savoir, mais moi, je n'étais pas au courant.

– C'est sans doute le chantier qui leur a mis la puce à l'oreille, dit Gar.

– Le chantier. Oh, oui, j'ai vu quelque chose en venant. C'est quoi ?

– Un nouveau laboratoire pour notre hôte de marque. Loin des réacteurs, loin des réservoirs de déchets. Sécurité absolue garantie, pas de problème possible avec qui que ce soit.

– Il n'a pas déjà un labo à Grayling ?

– Eh bien, oui », reconnut Gar.

Joshua flaira le poisson pourri. « Alors, pourquoi il ne reste pas là-bas ? »

Gar eut l'air déprimé, voire un peu mal en point. « Il fait parfois sauter des bricoles. Ils ont dû se dire qu'un campus universitaire n'était pas l'endroit idéal pour ça.

– Mais une centrale nucléaire, si. »

Gar écarta les mains. « Joshua, la décision s'est prise bien au-dessus de vous, moi. Loin au-dessus.

– Okay, nos maîtres ont donc quelque chose à y gagner. Et nous ? »

Gar s'efforça de paraître confiant. « Le prestige ? Une bonne place dans la course aux énergies nouvelles ?

– Plutôt maigre, fit Joshua, mais je tâcherai de m'en contenter. Quelque temps, en tout cas. »

Gar leva vivement une tête inquiète, comme s'il venait d'entendre un coup de feu dans le couloir. « Quelque temps ?

– Je ne sais pas, Gar, c'est plutôt décourageant. Qu'on ne me mette pas dans la confidence, alors que je devrais être au courant.

– Ça ne se reproduira plus, promis.

– Ça s'est produit une fois.

– Joshua, j'ai besoin de vous maintenant. L'idée n'est pas de moi, de faire venir ce foutu génie chez nous, mais il est ici ou le sera sous peu, et il va falloir le vendre au public. On ne peut pas laisser le professeur Philpott servir de prétexte à une nouvelle série de manifestations antinucléaires.

– C'est déjà fait.

– J'ai besoin de vous, répéta Gar. Ne lâchez pas l'équipe, Joshua.

– Est-ce que l'équipe ne m'a pas lâché ?

– Elle ne vous lâchera pas, non. N'abandonnez pas le navire maintenant, pas en pleine crise. Défendez notre point de vue, Joshua. S'il vous plaît. »

Radouci et conscient que l'office du tourisme ne le paierait qu'un peu mieux pour un trajet beaucoup plus long, Joshua se leva. « Gar, c'est bien pour vous. Uniquement pour vous. Je vais voir ce que je peux faire. »

Gar se leva à son tour. « Merci, Joshua », dit-il.

Dans les semaines qui suivirent, en particulier après l'installation du professeur Philpott dans son nouveau laboratoire, les manifestations devant l'entrée principale de Green Meadow III devinrent de jour en jour plus massives et plus houleuses.

15

Dans la nuit chaude et noire de la nouvelle lune, Kwan grimpa par-dessus la rambarde et descendit rapidement les barreaux de l'échelle jusqu'au pont du personnel de cuisine. Il était presque trois heures du matin, et tout le monde à ce niveau devait dormir, épuisé par les efforts de la journée. Li Kwan, après un effort d'un genre beaucoup plus plaisant et un petit somme charmant entre les bras d'une étudiante italienne du nom de Stefania, n'avait pas du tout envie de dormir, lui, aussi resta-t-il un moment sur le pont inférieur, les avant-bras appuyés sur la rambarde parcourue de vibrations, pour contempler le sillage phosphorescent du bateau, indifférent aux relents d'huile de moteur dans l'air marin.

Le mardi arrangeait bien les choses. Kwan arrivait désormais à endurer son exil, sa fuite, son anonymat forcé, mais seulement grâce au mardi. Une même femme restait rarement à bord deux mardis de suite, mais dans ces cas-là il ne demandait pas mieux que de la retrouver. Il avait appris à éviter l'alcool et à dormir un moment les mardis après-midi en prévision de la nuit. Sa vie était devenue, au moins un jour par semaine, plus que supportable ; elle était agréable, voire somptueuse.

Peut-être trop somptueuse ? C'était trop facile, dans ces circonstances, d'oublier qui il était vraiment. Davantage qu'un marmiton effronté qui remontait l'équivalent d'un tuyau d'écoulement pour coucher avec les femmes des classes et ponts supérieurs, il participait à un grand mouvement humain contre la tyrannie et l'oppression, rouage minuscule mais inspiré dans une campagne pour libérer un quart de l'humanité de l'esclavage des vieux criminels.

Je ne dois pas laisser ce luxe me ramollir, se disait Kwan. Je ne dois pas laisser mon amour des femmes me détourner de l'amour de la liberté.

De faibles lumières apparaissaient de temps en temps, loin à tribord. Une quelconque ville d'Afrique ; ils remontaient maintenant la côte africaine de l'Atlantique, prochaine escale Barcelone, puis Rotterdam, Southampton et ainsi de suite. Enfin ils toucheraient le continent nord-américain, quelque part, et à ce moment-là il lui faudrait trouver un moyen de quitter le navire.

Une Américaine ? Pourrait-il persuader une Américaine de le faire passer en douce avec elle ? Pourrait-il se mêler aux visiteurs qui envahissaient le bord à chaque escale pour accompagner leurs amis ?

L'occasion se présenterait d'elle-même, Kwan en était sûr. Comme s'il avait à ses côtés un ange gardien – en forme de statue de la Liberté, peut-être, comme celle de la place T'ien an Men – il avait confiance : il ne céderait pas à la facilité, ne perdrait pas courage, ne connaîtrait pas l'échec. La route s'ouvrirait devant lui.

Souriant, satisfait de son aventure de la nuit, de son adaptation à cet univers temporaire, de sa confiance et de sa jeunesse, Kwan regardait le sillage scintillant du *Star Voyager* disparaître dans les ténèbres absolues du vaste océan. Un sillage tellement sûr de lui.

16

Ce qui frappait surtout Susan, c'était le prosaïsme de Grigor. Il se comportait comme si son courage était la chose la plus naturelle du monde, pas plus étonnante qu'avoir les yeux bleus ou être gaucher. Rien de commun avec le flegme anglais, ni avec une mauvaise imitation américaine d'Humphrey Bogart ou d'Indiana Jones. Il ne s'agissait sans doute même pas d'un trait de caractère russe, mais tout bonnement de la personnalité de Grigor : laconique, conscient mais serein, il regardait sa propre vie se dérouler avec intérêt mais sans passion. Il avait dû faire un pompier formidable, se dit Susan, avant qu'on ne le détruise.

Elle avait vingt minutes de retard aujourd'hui, parce que des manifestants opposés à des recherches mystérieuses sur le site de la centrale nucléaire près de la sortie de l'autoroute Taconic avaient bloqué le chemin. Grigor n'était pas dans sa chambre, mais l'infirmière prénommée Jane, assise à son bureau dans le hall, la salua d'un sourire. « Il envoie un fax, dit-elle.

– Merci. »

Plus personne ne trouvait bizarre qu'un patient

d'un hôpital de recherche sur le cancer dans le nord de l'état de New York – à moins de quinze kilomètres d'une centrale nucléaire, s'il vous plaît – faxe des blagues à Moscou. Et en russe. Susan avait passé des jours à fouiller New York au printemps dernier pour finir par dénicher un marchand de machines à écrire du nom de Tytell qui lui avait procuré un modèle à caractères cyrilliques, une occasion récupérée des années plus tôt auprès de la mission soviétique aux Nations unies. Grigor pouvait donc à présent taper ses gags à deux doigts et ne pas infliger à une secrétaire moscovite indulgente sa calligraphie franchement désastreuse.

À la vérité, Susan ne trouvait pas les blagues de Grigor particulièrement drôles, mais à son avis elle n'était pas le public qu'il visait. Les responsables de la télévision russe à l'autre bout du télécopieur avaient l'air contents, et c'était le principal.

Le principal aussi, c'était de garder le moral de Grigor à peu près à niveau. Susan ne pouvait remonter en voiture de New York que le week-end, et elle avait maintenant l'impression qu'il déclinait d'une semaine sur l'autre, qu'il maigrissait, qu'il se faisait plus lent, plus faible. Il avait désormais les yeux caves, cernés de gris. Les gencives lui découvraient inexorablement les dents, si bien qu'il ressemblait de plus en plus à une tête de mort, surtout quand il riait. Il s'en était aperçu et depuis quelque temps ne riait plus que les lèvres fermées ou la main sur la bouche. Susan en avait le cœur brisé quand il se cachait derrière cette main d'un air gêné, qu'il la regardait de ses yeux égarés tandis qu'il gloussait sous cape ; le rire faisait tellement partie de sa vie que cette contrainte paraissait inutilement cruelle.

Le télécopieur se trouvait dans une petite pièce aveugle – un grand placard, en réalité – encombrée de l'attirail de la bureaucratie : une grosse photocopieuse, un distributeur à café, un massicot, plusieurs agrafeuses et une grande armoire pleine d'articles de bureau. Assis sur l'unique chaise de dactylo du réduit, le dos à la porte, Grigor composait le numéro d'appel de son index osseux. Les omoplates lui saillaient nettement sous la chemise, comme des ailes d'ange courtaudes. Elle aurait voulu le prendre dans ses bras mais ne l'avait jamais fait.

Sentant un mouvement, Grigor se retourna, vit Susan et sourit, les lèvres pincées, comme un homme efféminé qui boirait à une paille. « Remarquable, cette machine, dit-il en manière de bonjour. J'ai juste à pianoter quelques chiffres et en un rien de temps j'entends la tonalité "occupé" dix-huit mille kilomètres plus loin. »

Sans rien lui montrer d'autre que le sourire qu'elle lui rendit, Susan demanda : « C'est une des blagues que vous envoyez ?

– Une des blagues que je n'envoie pas, répondit-il avant de composer une fois de plus le numéro. Non, le fax n'est pas encore assez répandu en Union soviétique. J'ai envoyé un gag… Ah, toujours la même tonalité. » Il coupa la communication, se retourna vers Susan. « J'en ai envoyé un : "La liaison directe Moscou-Washington se fait maintenant par fax. Le seul ennui, c'est que le KGB nous a fait relier le nôtre à une déchiqueteuse." Boris Boris n'a pas aimé. » Il jeta un coup d'œil perçant à la jeune femme. « Vous non plus.

– Essayez encore », dit-elle gentiment en faisant un geste en direction de la machine.

Il revint à l'appareil. « Il faudrait relier ce fax-là à

un yacht, dit-il en composant le numéro. Ça ferait une bonne ancre. Ah, oui, occupé. Le seul signe d'activité économique dans tout Moscou, le télécopieur des studios de la télévision soviétique rue Korolyov. »

Au bout de trois autres essais, l'appel passa enfin ; Grigor introduisit ses deux pages de blagues, d'apartés et de suggestions dans la machine, puis ramena les originaux dans sa chambre et consacra un moment à prendre ses médicaments. Enfin ils purent partir se promener en voiture à la campagne.

C'était sans doute le dernier cycle de saisons que verrait Grigor. Le cousin de Susan, Chuck Woodbury, le chercheur sur le sida, avait envoyé le Russe dès son arrivée aux États-Unis chez d'autres docteurs, spécialistes de ce genre de cancer dû à des radiations. Ils avaient tenté diverses combinaisons chimiothérapiques ; la maladie s'était légèrement calmée pendant de courtes périodes, mais elle progressait quand même inexorablement et peu à peu s'accélérait.

Grigor était arrivé à la fin mai dans cette région montagneuse, à moins de cent cinquante kilomètres au nord de New York, et il avait jusqu'ici vu les derniers bourgeonnements verts du printemps et la luxuriance florale de l'été. Maintenant il voyait se déployer la grande palette des frondaisons de l'automne ; chaque jour, davantage de ramures viraient au roux, au rubis et à l'or. Il verrait probablement le changement s'opérer jusqu'au bout, jusqu'aux arbres dénudés et noirs sur fond de ciel blanc, dressés au milieu de monceaux de feuilles couleur de rouille ; il verrait sans doute tomber les premières neiges, mais verrait-il la fin de l'hiver ? Peu de chances.

La campagne défilait, riche de grenats et de jaunes que rehaussait le vert sombre des pins. Susan traversa des petites villes de pierre grise et des zones industrielles plus récentes en bardeaux et aluminium. Grigor parlait des panoramas magnifiques de ce nouveau pays qu'il n'avait jamais imaginé visiter ; de temps en temps il évoquait aussi ceux de la Russie tout en sachant, sans rien en dire, qu'il ne les reverrait jamais.

La voiture finit par le fatiguer. « Ça m'embête de rentrer, dit-il, mais…

– Il reste encore demain », lui rappela-t-elle. Elle passait presque toujours la nuit du samedi dans un motel près de l'hôpital, ainsi avaient-ils les deux jours du week-end pour être ensemble. Il n'était jamais allé au motel avec elle, et aucun des deux n'en avait suggéré la possibilité.

C'était un domaine tabou, décision prise d'un commun accord. Susan se demandait parfois si ses sentiments pour Grigor ne se réduisaient pas à de l'auto-défense, si elle ne se protégeait pas tout bonnement d'une relation réelle, adulte, dangereuse avec un homme en se consacrant exclusivement à quelqu'un incapable d'offrir un engagement à long terme. Mais ses sentiments pour Grigor avaient l'air tellement plus forts que ça, plus profonds. Elle avait même parfois songé à porter son enfant, pour qu'il laisse un écho, un rappel de lui-même dans ce monde. Elle ne lui avait jamais parlé de cette idée, sachant instinctivement qu'au lieu de lui plaire, la perspective d'engendrer un enfant qu'il ne verrait jamais, qui ne naîtrait pas de son vivant, l'épouvanterait et l'attristerait.

Était-il même capable de faire l'amour ? Affaibli, tout son organisme diminué et déficient, le pouvait-il encore ? Susan répugnait à se poser la question, gênée quand elle se surprenait à y penser.

Elle avait oublié la manifestation antinucléaire. Leur petite balade sans but en voiture sous des averses de feuilles mortes les faisait revenir par une autre route vers l'hôpital, et soudain, alors qu'ils arrivaient au sommet d'une colline basse, dans un décor de bouleaux, de hêtres, d'ormes jaunissants et de pins vert sombre, elle leur apparut devant eux, à la fois frénétique et dense comme une scène de film. Ce qu'elle était en un sens : presque toutes les manifestations sont conçues pour les reportages des actualités télévisées. C'était donc de la manière habituelle que le ménage à trois des manifestants, de la police et des techniciens télé bouillonnait furieusement en bas de la côte, comme prisonnier d'une casserole invisible ; à la limite de la portée des caméras régnait une paix pastorale.

« Je crois qu'on peut passer », dit Susan qui agrippa le volant tandis qu'elle freinait pour descendre la pente à vitesse réduite.

Le côté gauche de la route était ici bordé d'une haute clôture grillagée surmontée d'un fil coupant. Derrière, les bois étaient, si possible, plus touffus que partout ailleurs dans le voisinage car la centrale avait planté d'autres arbres, essentiellement des pins, pour dissimuler les bâtiments tapis dans les replis du terrain. Seule la route d'accès, avec son portail électrique, son poste de garde et son panneau discret, donnait une idée de ce qui se passait à l'intérieur.

La manifestation se concentrait sur cette entrée de l'usine. Elle se répandait pour occuper toute la route ; les protestataires zigzaguaient sur une ellipse irrégulière, agitaient leurs pancartes, criaient leurs slogans tandis que la police locale aidée des gardes privés les contenait et que l'équipe de télévision se déplaçait autour du périmètre comme une bande de requins autour d'un bateau naufragé. Des bagarres éclataient dans le feu de l'action, attirant davantage de curieux et de participants, mais s'arrêtaient vite d'elles-mêmes ; personne n'avait intérêt à laisser la confrontation dégénérer, à dépasser un niveau d'hostilité jugé d'avance acceptable. Aucune des parties en présence ne tenait à salir sa réputation à Washington, Albany et Wall Street où se prendraient les véritables décisions.

À droite, le terrain était plus sauvage, plus broussailleux, on y voyait davantage de branches mortes et de souches d'arbres. La compagnie possédait également ce terrain-là, pour se protéger, mais ne prenait pas la peine de l'entretenir. L'accotement, en face de l'entrée de l'usine, était large et envahi de mauvaises herbes, creusé d'un fossé peu profond. Susan se dit qu'elle pouvait quitter le bitume et contourner la manifestation sans s'y empêtrer. L'autre solution, c'était un détour de vingt-cinq kilomètres, et Grigor se sentait déjà très fatigué. Elle allait tenter le coup.

De près, le spectacle et le vacarme étaient abominables. La passion et la vertu tordaient les visages des manifestants, une rage animale muselée figeait ceux des policiers et des gardes, tandis que le personnel de la télé affichait la beauté placide, insensible et démoniaque de Dorian Gray. Malgré les vitres de la voiture remontées, Susan percevait clairement l'envie de carnage dans toutes ces voix fortes, comme une tribu primitive qui se chauffe avant d'attaquer un autre village. En clignant des yeux, elle roula lentement et régulièrement ; la voiture pencha dans le fossé à droite, tressauta sur le sol inégal.

« Ils ont raison », dit Grigor qui regardait à travers le pare-brise. Sa voix n'était pas comme d'habitude, il avait l'air amer, en colère, abattu.

Ils étaient presque sortis d'affaire lorsqu'une nouvelle éruption de violence se déclencha, juste devant eux à gauche : une libération de pression, un bouillonnement de rage, comme des bulles dans de la lave. Des bâtons de policiers volèrent, des percées de manifestants se déplacèrent et vacillèrent, et un cameraman de la télé en quête d'un meilleur angle recula tout droit sur le chemin de Susan, la forçant à s'arrêter.

Elle avait peur de klaxonner, elle ne voulait attirer l'attention d'aucun des participants, et pendant qu'elle attendait, de plus en plus inquiète, deux personnes titubèrent hors de la mêlée, un homme et une femme, en se soutenant mutuellement. Ou plutôt, l'homme soutenait la femme, le bras autour de sa taille, tandis qu'elle s'appuyait de la main sur son épaule. Il leva les yeux, vit la voiture, et lorsqu'il dressa son bras libre en un geste implorant, Susan songea : Ben ! Qu'est-ce qu'il fait ici ?

Mais bien sûr ce n'était pas Ben Margolin, qu'elle n'avait pas revu depuis l'université, qu'elle avait follement aimé le temps d'un semestre (et d'une partie d'un second). Pourtant, ce bref instant d'erreur sur la personne la prédisposa en sa faveur, aussi hocha-t-elle la tête en croisant son regard et leur fit-elle signe de venir à la voiture. La femme, vit-elle, avait une courte entaille en diagonale sur le front, une ligne de sang rouge sombre, droite dans sa partie supérieure, en zigzag en dessous, comme un trait de graffiti tracé à la bombe.

Le cameraman se rapprocha de l'action, libéra la voie à Susan au moment où l'homme qui n'était pas Ben Margolin ouvrait la portière arrière de la voiture, aidait la femme à monter et s'entassait à sa suite. Susan accéléra aussitôt, le pied au plancher ; la voiture bondit et ses roues arrière tournèrent dans le vide avant de mordre sur l'accotement.

Grigor avait sorti le paquet de Kleenex de la boîte à gants et s'était contorsionné pour l'offrir à la femme qui lui jeta un regard déconcerté, puis eut un sourire hésitant et prit deux mouchoirs. Brune, elle avait la trentaine, un charme exotique, des rondeurs.

L'homme qui l'accompagnait ne ressemblait pas vraiment à Ben, sauf qu'il était grand, blond, fortement charpenté. Mais il avait le visage complètement différent, plus ouvert, insouciant, amical que celui de Ben. (Ben : un intellectuel torturé.) « Merci de nous avoir tirés de là, dit-il à Susan. Je crois que ça va mal tourner.

– Ç'a déjà mal tourné », répondit Susan. Elle se dégagea de la manifestation, remonta sur la route et put regarder dans le rétroviseur la femme qui se tamponnait l'estafilade du front avec les mouchoirs.

« Ça va être pire, fit l'homme. Bien pire. J'en ai vu beaucoup, de ces affaires-là, je connais.

– Vous manifestez souvent ? » Susan ne pouvait se défaire d'un ton glacial. Elle se fichait du bien-fondé de telle ou telle revendication ; elle ne savait qu'une chose : ceux qui tombaient dans la laideur, la méchanceté et la violence avaient tort, même pour défendre une juste cause.

« J'*observe* beaucoup les manifs, répondit l'homme. Je suis sociologue à Columbia. J'étais venu en spectateur, et puis cette dame a reçu un coup de pancarte de manifestant…

– C'était un accident », dit la femme. Elle avait un accent, rude mais pas désagréable.

L'homme lui sourit, parfaitement à l'aise. « Je sais, dit-il. Vous avez reçu un coup de votre propre camp. Mais vous avez quand même reçu un coup. Il était quand même temps de partir. » Il sourit alors à Susan dans le rétroviseur et ajouta : « Une chance que vous passiez par là. Une chance pour nous, je veux dire.

– Ravie de rendre service », fit Susan. Quelque chose chez cet homme l'attirait, mais autre chose – peut-être la même chose ? – lui donnait de l'inquiétude.

L'homme se pencha en avant, l'avant-bras sur le dossier derrière la tête de Susan. « Je m'appelle Andy Messenger, dit-il.

– Susan Carrigan. Et voici Grigor Basmyonov. » Elle n'avait plus trop de mal maintenant à prononcer le nom de famille de Grigor.

Ils échangèrent des salutations, puis portèrent tous leur attention sur la femme qui arrêta de se tamponner le front et leva les yeux. « Oh, oui, excusez-moi, dit-elle. Je suis Maria Elena Auston. » Sa voix était fatiguée, triste même.

17

Ça n'allait pas. Rien n'allait. Rien ne marchait comme il fallait. Maria Elena avait des élancements dans la tête, là où la pancarte l'avait écorchée. Assise à l'arrière d'une voiture en compagnie de trois étrangers, seule dans un pays qu'elle ne comprendrait jamais, elle se sentait malade, épuisée, désespérée. Elle n'était même pas capable de participer à une manifestation antinucléaire sans se faire cogner dessus par un de ses camarades.

Elle ne savait rien faire correctement. Elle n'avait même pas su garder son mari.

D'abord, tout avait été parfait. Jack Auston et elle, ensemble. À Brasilia, quand elle travaillait tous les jours avec lui, qu'elle couchait toutes les nuits avec lui, qu'elle avait découvert chez lui, avec une surprise ravie, un goût prononcé pour les choses du sexe, étonnée qu'un homme aussi tranquille soit aussi vorace au lit.

Un jour, les papiers nécessaires avaient été signés au bureau du secrétaire de mairie et avec l'ambassade américaine, puis un autre jour ils s'étaient rendus à l'état civil, s'étaient mariés au cours d'une cérémonie intime, étaient retournés à l'appartement de Jack – elle y avait emménagé peu de temps auparavant – et ils avaient refait l'amour, avec douceur. Leur lune de miel.

Il restait ensuite à Jack deux mois de contrat avec l'OMS, et cette période avait été la plus agréable dans la vie de Maria Elena. Elle avait oublié son premier mariage malheureux avec Paco, presque oublié ses enfants morts, ne pensait plus avec regret à sa carrière perdue de chanteuse, avait enfoui son dégoût d'elle-même si profond sous sa nouvelle assurance qu'elle avait l'impression d'être une tout autre personne. Et elle allait en Amérique du Nord.

Son bonheur était alors si grand qu'elle ne pensait quasiment plus à la raison première pour laquelle elle voulait y aller, pour laquelle elle avait incité – excité – John Auston à l'épouser. De temps en temps la mémoire lui revenait, surtout quand ils étaient à pied d'œuvre sur un site particulièrement affreux, mais les projets et les espoirs l'avaient plus ou moins abandonnée, son rêve était redevenu le caprice d'enfant qu'il était à l'origine.

Les cinq ou six premières semaines aux États-Unis avaient été éblouissantes, étourdissantes, la ville de Stockbridge dans le Massachusetts aussi étrangère pour elle qu'une autre planète dans un autre système solaire ; oui, même le soleil paraissait différent. Apprendre à faire les courses dans les magasins nord-américains, à conduire sur les routes nord-américaines, à vivre dans sa maison nord-américaine, tout était si grisant et vertigineux, tout demandait une telle concentration qu'elle ne pouvait même pas qualifier cette période-là d'heureuse ; elle était alors trop occupée pour être heureuse. Et trop occupée pour remarquer avant un moment qu'elle avait perdu Jack.

Elle savait maintenant ce qui s'était passé. Au Brésil, l'appétit sexuel de Jack avait occulté toutes les autres facettes de sa personnalité, comme un brouilleur radio. Mais ce genre d'appétit, aiguisé par l'exotisme et l'inconnu, avait inévitablement disparu dès son retour dans son monde banal et familier. À Stockbridge, son désir insatiable pour le corps de sa femme l'avait fui à la vitesse et avec l'irréversibilité de l'eau qui s'échappe d'une piscine fissurée. Le désir une fois parti, il ne restait plus rien.

Jack se fichait pas mal d'elle, semblait-il, n'avait rien en commun avec elle, ne l'aimait pas plus qu'il ne la détestait, restait complètement indifférent à sa présence. Ils ne couchaient plus du tout ensemble, et les quelques efforts qu'elle avait tentés pour ranimer sa passion avaient abouti à des échecs tellement humiliants – avec quelles douceur et gentillesse il s'était excusé de ne pouvoir répondre à son attente ! – qu'elle avait vite renoncé, mais elle se trouvait à présent dépourvue de tout moyen pour essayer de le corrompre. Il avait repris un ancien poste de chercheur au laboratoire médical du Massachusetts, et il n'y avait plus que ses collègues et ses travaux qui présentaient de l'intérêt pour lui. Il ne désapprouvait pas franchement sous son toit la présence de Maria Elena qui lui préparait ses repas et lavait son linge, mais si elle était partie il aurait aussitôt engagé une autre bonne. En fait, il aurait sans doute été moins embêtant pour lui d'employer une bonne qui n'investirait pas inexplicablement sa chambre tous les soirs.

En un sens, la situation aurait été plus simple à comprendre et à supporter si Jack s'était trouvé une autre femme, mais ce n'était pas le cas et ce ne le serait peut-être jamais. C'était un homme aimable et gentil, mais il n'existait pas vraiment physiquement. Son travail accaparait toutes ses pensées. Ses discussions au laboratoire avec ses collègues, voilà toutes les mondanités dont il avait apparemment besoin. Ses bouffées de désir sexuel devaient être terriblement rares, surprenantes et vivifiantes le temps qu'elles duraient, mais ensuite oubliées sans un regret.

C'était ça le pire ; il ne semblait même pas se rappeler ce qui lui avait plu en elle. Et elle savait maintenant que seule cette indifférence polie et viscérale avait fait accepter à Jack de la prendre pour femme et lui avait permis, à elle, d'arriver à ses fins. Oh, elle pouvait se vanter d'avoir bien manœuvré !

Si seulement elle arrivait à parler à sa première femme, cette épouse mystérieuse de Portland, à cinq mille kilomètres dans l'Oregon ! Avait-elle vécu la même chose ? Est-ce que Jack avait soudain remarqué son corps, avait été pris d'une frénésie qu'il avait assouvie en elle avant de retrouver son naturel flegmatique ? (Sauf, évidemment, que cette fois-là il en était résulté un enfant.) Et cette femme avait-elle fini par ne plus pouvoir endurer un instant de plus cette indifférence froide et polie ?

Comment réagirait une Américaine du Nord à l'existence qu'elle menait ? Maria Elena se sentait complètement perdue. Rien dans son passé ne lui disait comment s'y prendre avec un homme sans passion. Dans son monde à elle, la passion était un élément essentiel, pour le meilleur et pour le pire. Sa rencontre avec Paco avait ressemblé à la collision de deux fronts orageux au-dessus d'une jungle, et à leur séparation les orages avaient redoublé de violence. Le sang avait coulé, au propre comme au figuré, et si Maria Elena avait fini par comprendre, à force de coups, que Paco ne supportait plus de la voir, c'était quand même la conséquence d'une *guerre*, pas d'une glaciation qui aurait recouvert la terre.

Et à l'époque où elle chantait et où le public répondait, là encore c'était de la passion. Elle avait été un temps la dernière représentante d'une tradition d'artistes sud-américains fougueux, comme un croisement entre l'intensité émotionnelle d'une Édith Piaf et celle spectaculaire d'une Liza Minnelli, mais qu'animait une sensibilité tumultueuse purement hispanique. Avec quelle force elle avait alors chanté la douleur et le deuil, avant de les connaître à son tour ! Le chant était bien loin à présent.

Elle avait apporté avec elle du Brésil les souvenirs de cette carrière : disques, affiches roulées, articles de magazines, photos, le tout entassé dans deux cartons remisés dans le grenier de Stockbridge. Elle y repensait parfois, songeait à se repasser l'un de ses trente centimètres – *En public à São Paulo*, par exemple, avec les réactions tonitruantes, presque terrifiantes, du public – mais ne l'avait jamais fait.

Frustrée, humiliée, seule, Maria Elena avait fini par se raccrocher aux vestiges de l'idée qui l'avait initialement poussée à s'unir à John Auston. Il fallait qu'elle arrive à débusquer les propriétaires des usines, ceux qui restaient indifférents ou qui ignoraient les horreurs dont ils se rendaient coupables auprès de gens plus modestes, dans des régions moins prospères du globe. Il fallait qu'elle arrive à les joindre et à les convaincre de changer leurs méthodes, de faire volte-face, d'arrêter le massacre. Mais qui étaient-ils ? Comment les trouver ? Comment entrer en contact avec eux ? Comment rendre ses arguments convaincants ?

En fin de compte, elle n'avait d'autre choix que d'en revenir à sa phase d'engagement politique antérieure, au Brésil : rallier les rangs des manifestants. Ce qui lui donnait l'occasion d'occuper ses journées dans un exutoire à sa passion refoulée, et lui donnait aussi l'illusion, du moins par instants, de réaliser son projet. Elle ne faisait pas ce qu'il fallait, mais elle faisait quelque chose quand même.

Mais là non plus, elle ne trouvait guère de satisfaction. Ses notions d'anglais, honnêtes en d'autres circonstances, étaient trop incertaines pour maîtriser les nuances fuyantes du discours politique. Même cette manifestation… Une manifestation qui n'avait pas l'air de s'opposer à la centrale nucléaire en tant que telle, mais à des espèces de recherches qu'on y menait. Qu'est-ce que Maria Elena connaissait de la science ? Rien ; sinon ce qu'elle laissait derrière elle. Pourtant elle persistait, parce qu'agir, c'est mieux que se tourner les pouces, parce qu'elle oubliait ainsi le vide de son existence et parce qu'elle apportait peut-être du bien. Peut-être.

Mais ça ne marchait pas vraiment, ça ne lui procurait pas franchement l'oubli et ça ne la comblait certainement pas davantage. Elle participait à des piquets de grève devant les Nations unies, signait des pétitions pour le *New York Times* (qu'on ne publiait généralement pas), faisait des dons aux campagnes sur l'environnement, répondait présente pour grossir les rangs des manifestants, se rendait à Washington dans des cars loués par des groupes d'action ; et elle était toujours seule, toujours un peu à l'écart du groupe, un peu perdue, un peu déphasée.

Et pour couronner le tout, sa honte d'aujourd'hui. Le bouquet : se faire blesser devant des caméras de télévision, fournir à ces salauds des médias exactement le genre d'incident violent mensonger dont ils raffolaient, dont ils pouvaient se servir pour éluder et occulter la vérité. Après, toujours étourdie du coup qu'on lui avait donné par mégarde sur la tête, elle s'était laissé retirer de l'action, là où était sa place, pour se retrouver assise dans cette voiture pleine d'étrangers.

« Je suis Maria Elena Auston, dit-elle. Et je vous remercie, mais je ne devrais pas abandonner mes amis. Ils vont s'inquiéter pour moi. » Détail complètement faux, mais elle l'ignora résolument. « Si vous pouviez m'arrêter là, poursuivit-elle, je vais y retourner à pied. »

Ils s'y opposèrent tous : le beau jeune homme qui l'avait sortie de la mêlée, la jolie jeune femme au volant, l'homme très maigre à l'avant. Ils protestèrent qu'elle avait une coupure à la tête, qu'elle saignait encore, qu'il fallait qu'on la soigne. « On n'est qu'à trois, quatre kilomètres de l'hôpital », dit la jeune femme. Et l'homme maigre ajouta : « C'est tout à fait vrai.

– Je ne veux pas vous obliger à faire un détour. S'il vous plaît, je vais descendre… »

L'homme maigre se mit à rire, puis toussa et se tourna pour lui sourire. « On ne fait pas de détour. Je vis à l'hôpital, j'en ai peur. »

Elle le regarda et l'écouta alors vraiment pour la première fois. Il parlait anglais avec un accent, peut-être même plus prononcé que le sien mais complètement différent. Polonais ? Et il était si maigre, on lui voyait distinctement la forme du crâne à travers la peau gris-bleu translucide de son visage. Sachant de quoi il retournait, elle demanda malgré tout : « Vous êtes docteur ?

– Beaucoup plus important que ça, répondit-il en souriant encore. Je suis un patient vedette.

– Je suis désolée, fit Maria Elena qui se sentit soudain embarrassée.

– Il ne faut pas, lui dit-il. Laissez-moi me désoler pour nous deux. » C'était étrange de voir une silhouette aussi squelettique avec des manières de lutin. Mais son expression se fit alors plus grave, et il regarda au-delà d'elle par la vitre arrière de la voiture. « Si j'en avais la force, dit-il, je défilerais avec vous.

Elle fit tout de suite le rapprochement : « Vous voulez dire, l'industrie nucléaire, c'est à cause de ça que vous êtes malade ?

– L'industrie nucléaire », répéta-t-il en écho comme si les mots exprimaient une blague que lui seul comprenait.

La jeune femme au volant expliqua d'une voix blanche : « Grigor était à Tchernobyl. »

Quelque chose serra la gorge de Maria Elena. Incapable de parler, incertaine même du nom à donner à l'émotion qui l'avait brusquement envahie, elle avança le bras et sa paume étreignit une épaule osseuse. Tellement osseuse.

Il lui sourit par-dessus sa main. Doucement, pour la réconforter, elle, il lui dit : « J'ai eu le temps de m'y habituer. »

18

Trois quarts d'heure plus tard, Susan était seule dans la voiture avec Andy Messenger et roulait vers le sud sur la Taconic pour rentrer à New York. Elle ne comprenait toujours pas comment tout ça s'était produit.

Grigor avait pris en charge madame Auston à l'hôpital, lequel était un centre de recherches, pas du tout un hôpital normal, donc dépourvu de service des urgences. Le docteur que Grigor avait fini par réquisitionner pour examiner la blessure de madame Auston puis la bander était largement surqualifié pour une broutille pareille, mais il s'était exécuté de bon cœur. Rien de surprenant : tout le personnel de l'hôpital aimait bien Grigor, le soutenait et lui passait ses caprices.

Pendant ce temps, un autre docteur avait pris Susan à l'écart pour lui dire que la sortie du lendemain était impossible. « Grigor ne le sait pas encore, avait dit ce docteur, mais on va essayer une nouvelle thérapie dans la matinée, et ça risque de ne pas être très agréable pour lui pendant plusieurs jours. Il devrait se sentir en meilleure forme la semaine prochaine, mais demain il sera plutôt souffrant.

– Oh, pauvre Grigor.

– Vous connaissez maintenant le système, Susan. On le rend très malade de temps en temps parce que sinon, il meurt.

– Vous ne voulez pas que je lui dise, pour demain ?

– Pourquoi lui gâcher sa nuit ? »

Elle lui avait donc menti : « À demain ! – À demain ! » Elle trouvait ça ignoble mais savait que c'était la meilleure solution. Ensuite, alors qu'elle se dirigeait vers la sortie, Andy Messenger était apparu et lui avait demandé si elle retournait en ville aujourd'hui et, dans l'affirmative, si elle pouvait l'emmener car il ne se sentait pas l'envie de rejoindre la manifestation, il en avait assez vu. Impossible de refuser, et pour tout dire Susan n'avait pas vraiment envie de refuser. Elle se sentait triste, et les deux heures de route jusqu'à New York risquaient d'être longues.

Et puis il y avait eu madame Auston. Tout ce qu'elle demandait, elle, c'était retrouver les manifestants, alors Susan l'avait prise aussi à bord. Tous trois avaient quitté l'hôpital ensemble pour repasser devant l'entrée de la centrale nucléaire, désormais beaucoup plus calme depuis le départ de toutes les équipes télé, même si la manifestation se poursuivait. Madame Auston, une femme bizarre, égocentrique, était descendue de voiture avec un minimum de remerciements envers ses sauveurs, après quoi Susan et Andy Messenger avaient repris la route jusqu'à la bretelle de la Taconic et filé vers le sud.

Une fois sur l'autoroute, tandis qu'ils roulaient vers la ville lointaine dans une circulation fluide et que le soleil de la fin d'après-midi rougeoyait devant à droite, Andy Messenger interrompit les pensées tourmentées de Susan à propos de Grigor pour lui demander : « Susan ? Ça vous ennuie si je vous interviewe ?

– Quoi ? » Elle ne comprit tout d'abord pas le sens des mots ; elle se tourna vers lui, les sourcils froncés, sans plus se soucier de la circulation, et eut du mal à bien distinguer son visage dans la lumière orangée du soleil. « Pardon ? Quoi ? »

Il sourit, l'air dégagé, amical, il ne représentait pas une menace. « Je travaille toujours, s'excusa-t-il. C'est plus fort que moi. Et j'ai remarqué, quand madame Auston et moi, nous sommes montés dans la voiture, quand vous m'avez pris pour un manifestant, que vous me désapprouviez. »

Sentant le rouge de la confusion lui monter aux joues, Susan refit face à la route et regarda obstinément à travers le pare-brise. « Que je vous désapprouvais ? C'est drôle, ça. Je n'ai rien dit de tel.

– Vous n'avez rien dit, mais votre expression et le ton de votre voix, si. » Messenger lui adressa un grand sourire. « Je n'essaye pas de vous mettre en colère, Susan. C'est mon côté professionnel, rien d'autre. Vous êtes très amie avec ce Russe. Vu sa maladie, je vous aurais crue du côté des manifestants.

– Jusqu'à ce qu'ils fassent du vilain », répliqua Susan, aussitôt chagrinée qu'on l'ait poussée à réagir.

Parce que, bien sûr, il enfonça un peu plus le clou. « Du vilain ? J'imagine qu'ils en font quelquefois. Mais n'est-ce pas parce qu'ils se sentent impuissants ? Ils cherchent à se faire entendre. Ce n'est pas facile.

– Non, je le sais, répondit Susan, gênée d'avoir à défendre un point de vue qui lui paraissait même à elle bégueule, borné, hors de propos. Et je suis bien d'accord avec eux. C'est... c'est quand il y a de la violence, là je ne supporte pas. Quand on se livre à des actes violents, on se donne tort soi-même, même si au départ on a raison.

– Et s'il n'y a pas d'autre moyen ? demanda-t-il doucement.

– Il y a toujours un autre moyen », insista Susan, mais elle n'en était pas vraiment sûre. Puis elle trouva un argument pour étayer ses dires. « Gandhi, lui, trouvait toujours un autre moyen. »

Il eut un gloussement moqueur. « Gandhi était un saint, dit-il.

– Alors on devrait tous être des saints. »

Sa réponse eut l'air de le séduire d'une manière qu'elle ne comprit pas. Il la regarda plus franchement, se mit de guingois pour s'appuyer l'omoplate droite contre la portière et mieux lui faire face. « Vous n'arrêtez pas de me surprendre, Susan, dit-il. Vraiment. »

S'il essaye de me draguer, songea-t-elle, il a une méthode très spéciale. Elle lui lança un regard bref, s'efforça de lire sous ce visage ouvert et amical, et lorsqu'elle détourna les yeux de son sourire impénétrable pour s'intéresser à nouveau à la route, elle se dit qu'il lui rappelait quelqu'un ou quelque chose. Qui ? Quoi ?

Mikhail. Elle ne retrouvait pas son nom, Mikhail quelque chose, l'économiste affable de la soirée à Moscou, quand elle avait rencontré Grigor ; là où tout avait commencé.

Comme s'il lisait dans ses pensées, il reprit : « Votre ami russe... Grigor, c'est ça ?

– Oui, Grigor.

– Vous croyez qu'il est d'accord avec vous, lui ? Au sujet des manifestants. Qu'ils ne devraient pas faire tout leur possible.

– Ce n'est pas ce que j'ai dit ! Ne pas faire tout leur possible, qu'est-ce que vous entendez par là ? » Il commençait vraiment à l'agacer, à déformer ses paroles comme ça.

« Pardon, dit-il, et il essaya d'effacer l'offense d'un sourire. Excusez-moi, je me suis mal exprimé. Ce que je voulais demander, en fait, c'était si vous croyez que Grigor désapprouverait les manifestants s'ils recouraient à la violence ? »

À contre-cœur, mais il fallait être honnête, Susan répondit : « Non, je ne crois pas. Je crois qu'il approuverait. C'est même ce qu'il disait, avant que vous ne montiez dans la voiture. Quand on est arrivés devant la manifestation, il a dit : « Ils ont raison. » Elle se tourna encore vers lui, lut à présent la compréhension et la sympathie sur son visage. « Grigor n'est presque jamais amer, vous savez, dit-elle à ce visage. C'est quand même étonnant. Il aurait tant de raisons de l'être.

– La vie est injuste », suggéra-t-il.

Elle ignora la froideur dans ses paroles. « Elle ne devrait pas », dit-elle.

Il éclata de rire, reprit sa position face à la route. « Mais comment avez-vous fait sa connaissance ? C'est tellement incroyable.

– Plus incroyable que vous ne pensez.

– Ah oui ? » Amusé, il ne demandait qu'à en savoir plus. « Comment ça ? »

Elle lui raconta donc le concours de la vodka, le voyage à Moscou, le cocktail complètement inattendu offert par une association dont elle ne savait toujours rien, l'étrange petit homme abandonné qui était arrivé pour discuter avec elle ; puis les coups de téléphone à l'autre bout du monde à son cousin du CHU de New York, l'obtention d'un passeport pour Grigor, son autorisation de sortir de Russie, son travail original d'humoriste depuis que Tchernobyl l'avait tué ; un travail qu'il poursuivait, pour lequel il continuait de faxer des blagues d'actualité qui n'avaient rien de drôle au Johnny Carson russe, alors même que la maladie lui grignotait le corps comme un enfant qui lèche un cornet de glace.

Andy Messenger posait des questions ici et là, se montrait intéressé, l'encourageait à en dire plus, et l'histoire de Susan prit la moitié du trajet. Mais elle finit par n'avoir plus rien à raconter, plus sur ce sujet, et après un instant de silence il lâcha d'un air songeur : « Ce n'est pas que de la pitié, je me trompe ? Ce que vous éprouvez pour lui ? »

De la pitié ? Par moments cet homme donnait l'impression d'une grande intuition, d'une grande sensibilité, et à d'autres il se trompait carrément, faisait presque preuve de cruauté – « la vie est injuste » ; « ce n'est pas que de la pitié » – au point qu'il était impossible de savoir comment réagir. Ne se rendait-il pas compte du détachement qu'il manifestait, comme si la vie et l'émotion ne comptaient pas ?

Elle ne savait vraiment pas comment lui répondre, et le silence s'étira entre eux ; elle avait bizarrement conscience de sa propre respiration. Puis il reprit, avec beaucoup plus de douceur : « Je sais de quoi il retourne, Susan. Vous l'aimez. Et vous regrettez de l'aimer. Et, ça vous fait horreur de le regretter. »

Revoilà donc Andy Messenger le sensible. Et il

avait mis le doigt sur le problème, ça oui ; elle savait qu'elle ne devait pas écouter ses sentiments envers Grigor, qu'elle ne devait pas s'attacher si fort à un homme condamné à mourir dans l'année. Mais du coup elle culpabilisait, comme si elle ne se pardonnait pas de manquer à ce point de passion, ne se sentait pas le droit de voir le gouffre dans lequel elle tombait. « Je ne peux pas en parler », murmura-t-elle, et elle fit un effort pour se concentrer sur la conduite, pour ne pas fermer les yeux et laisser les événements l'emporter.

« Arrêtez la voiture, dit Messenger.

– Quoi ? » Elle avait serré le volant si fort que les mains lui faisaient mal et qu'elle n'arrivait plus à les ouvrir.

« Rangez-vous sur le bas-côté, coupez le moteur, fit-il avec la voix calme, autoritaire d'un docteur dans un cabinet de consultation. Le temps de vous détendre un peu. Allez, Susan. »

Elle obéit, obligea sa jambe dure comme du bois à passer de l'accélérateur à la pédale de frein. La voiture tressauta – Susan n'en était plus tout à fait maîtresse – mais ralentit lorsqu'elle quitta la chaussée pour l'accotement inégal de terre battue. Elle s'arrêta enfin ; Susan engagea le levier sur la position parking, puis se mit à trembler de tout son corps, les yeux pourtant secs. Le regard désespérément fixé sur le capot, aussi consciente des sifflements de la circulation sur sa gauche que de l'homme qui l'écoutait sur sa droite, tous ses sens douloureusement en alerte, elle avoua : « C'est si atroce, et ça ne s'arrête pas. Je monte le voir toutes les semaines, et toutes les semaines ça empire. Jusqu'où ça va empirer ? Il est de plus en plus maigre, il... » Elle secoua la tête et leva ses mains endolories du volant pour esquisser un vague geste de détresse.

« Il ne meurt pas, termina Messenger.

– Oh, mon Dieu. » Elle n'en avait encore jamais parlé à personne, ni même beaucoup à elle-même ; peut-être fallait-il un étranger, quelqu'un avec qui elle n'entretenait pas déjà de relations dans le réseau habituel tissé par l'histoire, la culture, les opinions et l'expérience communes. « Je ne veux pas qu'il meure », dit-elle. Elle avait mal à la gorge, comme si elle couvait une grippe carabinée. « C'est la vérité. S'il pouvait vivre pour toujours, s'il pouvait... enfin, pas pour toujours, personne ne vit pour toujours, mais vous comprenez ce que je veux dire.

– Une durée de vie normale.

– Oui. Normale. Comme ça, je pourrais... » Il n'y avait même pas moyen de concevoir cette dernière pensée, encore moins de l'exprimer.

Mais Andy Messenger comprit quand même ce qu'elle était incapable de formuler. « Comme ça vous pourriez décider toute seule, dit-il doucement, si oui ou non vous aimeriez partager cette vie normale avec lui.

– Oh, j'imagine, oui. » Un soupir s'échappa de sa gorge irritée. « Pouvoir agir normalement, laisser les événements suivre un cours normal au lieu de... au lieu de subir cette torture à petit feu. J'ai honte de lui en vouloir, à lui, mais c'est comme ça, je ne peux pas m'en empêcher, alors je ne me supporte plus, et après je n'ai même plus envie de venir le voir, plus envie d'endurer encore tout ça. On se sent pris au piège. Et puis je me dis : “Bah, il n'y en a plus pour très longtemps”, et ça me *réconforte*.

– C'est vrai, dit-il, que ça ne va plus traîner très

longtemps, quoi que vous fassiez, quoi que vous éprouviez pour lui, que vous vous sentiez coupable ou non. Tout ça n'a aucune importance.

– Ce qui ne m'avance à rien, fit-elle sèchement, en réponse à sa froideur qui lui était revenue. Ça ne m'avance à rien parce que je ne vais pas hausser les épaules et m'en désintéresser, comme si je roulais dans une de ces voitures, là, qu'il y avait un accident, mais de quelqu'un que je ne connais pas, et que je refusais de m'arrêter.

– Bien sûr que non. Mais vous ne pouvez pas endosser la responsabilité de ce qui va mal dans la vie des autres. Tout le monde voudrait une vie de lait et de mel, mais la vie, ce n'est pas ça, pas tout le temps, il y a forcément… »

Elle le regarda, les sourcils froncés, l'air éperdue. « Quoi ? De lait, de quoi ? »

Il se troubla l'espace d'une seconde : il essayait visiblement de se rappeler ce qu'il venait de dire. « De lait, de miel, se reprit-il enfin. J'ai dit que tout le monde voudrait une vie uniquement de lait, de miel, mais il y a forcément de l'acide de temps en temps.

– C'est ce que vous avez… ? » Elle plissa le front, s'efforça de retrouver sa phrase. « Ça n'était pas exactement "miel".

– Bah, je ne sais pas, moi, j'ai dû mal prononcer, fit-il en commençant à s'énerver. C'est naturel que vous vouliez en finir avec les soucis que vous endurez, voilà ce que je disais, et ce n'est pas pour ça que vous trahissez Grigor ou que vous vous désintéressez de lui quand vous pensez de cette façon-là. Vous le savez bien, au fond de vous, mais vos émotions refusent d'écouter. »

Elle ne put que sourire au fil de ce verbiage et

hocher la tête ; elle le regarda enfin. Les larmes lui venaient maintenant, après la crise, mais elle était en mesure de les retenir. Elle les refoula de ses yeux et répondit : « Les émotions n'écoutent jamais, c'est comme ça.

– Alors on fait un effort, d'accord ? » Il lui adressa un sourire chaleureux et inquiet. « Et on essaye de penser à autre chose qu'à Grigor.

– Oui, docteur.

– Et on ne culpabilise pas quand on y parvient.

– Ça, dit-elle, c'est le plus dur.

– Je sais. » Il changea de position sur son siège, prêt visiblement à passer à un autre sujet. « Avez-vous la moindre idée des bienfaits de la cuisine italienne quand on a le moral à zéro ? »

Cette fois, elle ne put s'empêcher de rire. « À vrai dire, oui, répondit-elle. C'est un miracle que je ne pèse pas quatre cents kilos.

– Je connais un restaurant excellent dans le Village. Je vous y emmène. »

Indécise, alarmée, elle reprit ses distances. « Oh, je ne sais pas, dit-elle, je ne crois pas. Je ne suis pas…

– Sortie avec quelqu'un ? » Il lui fit un large sourire. « Je ne vous sors pas, je vous offre à dîner. Croyez-moi, Susan, je ne vais pas essayer de lutter contre un héros de tragédie. »

Ananayel

Quel imbécile ! Quel imbécile ! Du *mel* ! On ne dit plus *mel* aujourd'hui, plus depuis des centaines d'années, plus depuis les Romains. On dit *miel* maintenant, je le sais comme tout le monde.

J'avais l'esprit ailleurs, je devais m'occuper de ma petite brebis galeuse, c'est tout ; l'espace d'une seconde la situation et le *temps* m'ont échappé, et j'ai commis cette erreur. Le problème, c'est que je ne vis pas dans le temps comme les humains, je n'ai donc pas le même rapport temporel avec leurs langues. J'ai en tête et à ma disposition l'ensemble des langues anciennes et modernes. Je possède par exemple toute la langue anglaise, depuis ses premiers pas gutturaux au ve siècle lorsque les envahisseurs qui parlaient l'anglo-frison ont franchi pour la première fois les eaux tumultueuses sans nom entre le continent européen et les îles britanniques où ils se sont établis et où leur dialecte a commencé à diverger de ses cousins hollandais, frison et bas-allemand de la famille plattdeutsch, jusqu'à aujourd'hui en passant par toutes les étapes intermédiaires. (Je connais même l'évolution que cette langue aurait dû subir, jusqu'à sa fusion finale avec le panmandarin.)

Mel est le mot latin issu du grec μεαλ, et à une époque la langue abondait en termes dérivés dont seuls quelques-uns subsistent aujourd'hui. *Melliflue*, dont le sens était à l'origine « qui distille du miel », a vite qualifié un discours doucereux, comme dans le vers de Shakespeare, dans la *Nuit des rois* : *« Une voix melliflue, foi de chevalier. »* La *mélianthe* est ce que les Anglo-Saxons appellent la fleur à miel, un oiseau *mellivore* se nourrit de miel et la *mélasse* est un résidu sirupeux. En médecine, on qualifie de *mélicerique* une croûte jaunâtre qui rappelle le miel, et dans certaines spécialités techniques *mellagineux* désigne encore tout ce qui ressemble à du miel.

Mais c'est dans les mots désormais inusités que *mel* était le plus savoureux. Ces mots évoquent une douceur pastorale et médiévale à la Breughel, comme un monde meilleur, perdu, oublié, que remplace l'actuel, intolérable. La *mellation* était l'époque du ramassage du miel, la *melliturgie* son processus de fabrication, et dans tout ce qui était sucré comme du miel on retrouvait la même racine. Je citerai le *mélicrat*, une boisson de miel et d'eau, et le *mellitisme*, un mélange de miel et de vin. Le *mellite* ou *miel rosat* était une panacée de miel, d'alcool et de feuilles de rose pulvérisées dont se servaient les docteurs du XVIIIe siècle.

Je fais étalage de cette érudition, bien sûr, parce que je me sens gêné de mon lapsus. Je me rends compte que le contact avec les humains me rend davantage comme eux.

Bah, c'était un petit lapsus, Susan l'a vite oublié, et notre discussion a atteint son objectif. À savoir sortir au jour sa confusion de sentiments envers Grigor Basmyonov, afin qu'elle puisse les analyser, reconnaître leur futilité et finir par prendre ses distances, d'abord avec ses sentiments proprement dits puis avec Grigor. Car comment amener Grigor au désespoir voulu, s'il est aimé de Susan ?

Voilà l'objectif.

Nous avons repris la route pour la ville ; j'ai dirigé la conversation vers des eaux moins profondes et plus sûres, sachant très bien qu'elle reviendrait aux grands fonds plus tard, quand elle serait seule. Nous avons dîné dans le restaurant italien que j'avais recommandé, nous avons marché dans les rues afin de profiter de la soirée exceptionnelle pour le début de l'automne, et je l'ai enfin raccompagnée jusqu'à son immeuble où je n'ai même pas essayé de l'embrasser avant de la quitter mais lui ai demandé de venir avec moi au cinéma le lendemain soir. Elle a hésité, mais je l'ai encore assurée que je n'offrais (ou ne demandais) que de l'amitié, et elle a fini par accepter.

Parce qu'il ne suffit pas de l'obliger à comprendre que son amour pour Grigor Basmyonov est sans espoir. Elle éprouve un besoin maladif de s'attacher sentimentalement, tout en craignant de s'attacher physiquement (ce qui rend sa relation avec Grigor idéale à ce moment de son existence, évidemment, une vérité que nous avons réussi à éluder), alors, tant qu'on ne lui proposera pas un autre objet sur lequel reporter ses sentiments, elle n'abandonnera pas Grigor, aussi pénible que devienne la situation. Andy Messenger présente bien, il fascine, il est d'une compagnie agréable et parfaitement inoffensif. Tant qu'elle ne se sera pas détachée de Grigor, Andy devra rester une présence dans sa vie.

Ce qui n'est pas du tout ce que j'avais escompté. Je n'ai pas prévu de grand rôle à Susan Carrigan, elle n'était qu'un moyen rapide d'amener Grigor Basmyonov aux États-Unis. Il faudrait qu'elle largue les amarres à présent, qu'elle s'en aille vivre ce qui lui reste de vie, je n'aurais plus à m'en occuper. Mais je ne suis pas aussi habitué aux humains que je le devrais ; ils font usage de leur libre arbitre avec une telle frénésie qu'il est difficile de monter des projets où ils interviennent tous. Que Susan se lie aussi farouchement au sort d'un étranger condamné m'a pris au dépourvu, je le reconnais. L'isolement, l'expatriation, le désespoir, une fermeture progressive à la vie, tout ça devrait maintenant travailler Grigor, l'amener dans la bonne direction. La présence de Susan, son amour, tiennent son désespoir à distance ; il faut détourner cet amour.

Et puis j'ai mes autres grands rôles. Pami Njoroge se livre en rechignant à des activités sexuelles sur le bitume dur des parkings près du tunnel Lincoln de Manhattan, dans l'ombre du palais des congrès Jacob Javits, sans même se douter de l'identité de son maquereau. (Ha-ha, non, ce n'est pas moi, la blague est bien meilleure que ça !) Maria Elena Rodriguez Auston contemple le numéro de téléphone que Grigor lui a donné avant qu'elle quitte l'hôpital et se demande si elle doit appeler. (Oui !) Frank Hillfen vit tout seul dans une chambre meublée d'East St. Louis, dans l'Illinois, où il commet de petits cambriolages, trop effrayé de se faire repincer pour se procurer davantage que ce dont il a besoin pour vivre – il n'a même jamais assez volé d'un coup pour se payer le voyage jusqu'à New York, son but, et de toutes façons je ne suis pas prêt à l'y accueillir –, et où il entretient son sentiment grandissant d'une persécution injuste. (Tout le monde palpe ; pourquoi on ne lui fiche pas la paix, à lui, Frank ?) Le professeur Marlon Philpott, dans son nouveau laboratoire sans fenêtres de Green Meadow III, oublieux des manifestants devant l'entrée de la centrale, poursuit sa quête aléatoire d'une matière étrange.

Et Li Kwan arrive à New York ; enchaîné.

19

Kwan ne vit pas l'entrée du *Star Voyager* dans le célèbre port de New York parce qu'on l'avait bouclé au centre du navire, sur un pont inférieur, dans une cabine dont toutes les parois transmettaient les vibrations des moteurs sans donner pour autant l'impression de bouger ni d'avancer, petit cube de métal peint de couleur crème, meublé d'un lit de camp, d'un évier et d'une cuvette de W-C, éclairé par une lumière fluorescente depuis un renfoncement dans le plafond protégé par un treillis métallique. C'était la cellule du *Star Voyager*, du moins ce qu'un bâtiment aussi frivole pouvait offrir de plus approchant. Durant la plupart des traversées, lui avait dit le père Mackenzie, elle restait vide, sauf quand on y mettait au frais un homme d'équipage soûl perdu, mais dans le cas où il fallait garder un individu avant de le remettre aux autorités de l'escale suivante, c'était le local adéquat.

Les autorités. L'escale suivante. New York.

États-Unis d'Amérique. « J'ai entendu dire, lui avait confié la veille le père Mackenzie, la mine grave, que Hong-Kong a déjà entamé les formalités d'extradition, avant même que vous soyez arrivé.

– Ils veulent régler l'affaire avant que les médias en fassent toute une histoire, avait répondu Kwan.

– Évidemment. Personne n'a besoin de savoir que Li Kwan est venu en Amérique.

– Et vous n'allez pas m'aider, mon père ? Vous n'allez pas appeler le *New York Times* ? »

Mais le prêtre avait eu un sourire triste et secoué la tête. « Je ne peux pas. Je n'ai pas le droit de compromettre les relations de mon ordre avec l'armateur. Je suis ici comme invité de la Norse American. Je ne voudrais rien faire qui lui donnerait un motif pour retirer tous les directeurs de conscience de ses paquebots. »

Tout le monde a ses raisons. Kwan le comprenait maintenant, avec de plus en plus d'amertume. Même Dat devait avoir les siennes.

Dat n'avait intégré l'équipage qu'à Rotterdam, trois escales plus tôt dans la circumnavigation sans fin ni but du *Star Voyager* autour du globe ; Rotterdam, puis Southampton, Hamilton dans les Bermudes, et aujourd'hui New York. Et c'est seulement après les Bermudes que Dat avait commencé à s'insinuer dans la vie de Kwan.

Depuis le début, des siècles plus tôt à Hong-Kong, Kwan avait compris qu'il n'était pas le seul du personnel des ponts inférieurs dont les papiers et le curriculum n'auraient pu résister à un examen poussé. Pas mal de ses collègues décidaient eux aussi de ne pas descendre à terre aux escales nombreuses, préférant le calme des quartiers aux yeux de fouine inquisiteurs des fonctionnaires de l'immigration.

Dès son arrivée Dat avait fait partie de ceux qui restaient à bord, et Kwan l'avait remarqué, durant la halte à Southampton, qui lisait des bandes dessinées et buvait du thé dans la coquerie du personnel de cuisine, mais ils ne s'étaient pas parlé, vu que Kwan se satisfaisait de sa propre compagnie, tout comme Dat semblait-il. La quarantaine, petit, les épaules tombantes, le visage étroit, les lèvres épaisses et de grosses poches sous les yeux, Dat avait sûrement des ancêtres quelque part dans la péninsule indochinoise, Kwan ignorait où exactement. Il parlait chinois avec une espèce d'accent confus, il avait quelques notions de japonais, ne connaissait apparemment aucune langue européenne et discutait parfois avec d'autres membres d'équipage indochinois dans un idiome inconnu de Kwan mais dont la musique était indéniablement asiatique.

C'était aux Bermudes, l'avant-veille, que l'homme l'avait accosté. Debout contre le garde-corps du petit pont ovale réservé au personnel des cuisines à l'arrière du bateau, Kwan regardait les conteneurs de marchandises qu'on chargeait à bord depuis le quai, lorsque Dat était apparu près de lui, avait fait un geste en direction des immenses boîtes d'aluminium brillantes treuillées par l'ouverture du bastingage en dessous. « Voilà comment le quitter », avait-il dit avec un mauvais accent.

Kwan s'était tourné vers lui, les sourcils froncés. « Le quitter ?

– Le bateau, avait expliqué Dat. Je quitte le bateau à New York.

– Ah bon ?

– J'ai mon plan. » Dat avait encore hoché la tête en direction des conteneurs.

Kwan espérait lui aussi quitter le bateau à New York mais n'avait toujours pas trouvé cette Américaine mythique qui le débarquerait en douce. En fait, les Américaines étaient les plus dures à draguer durant ses escapades du mardi soir au pont supérieur ; comme si elles avaient une conscience tribale plus forte que les autres, qu'elles tenaient davantage à rester en compagnie de leurs congénères.

Intrigué, Kwan se demandait si Dat avait quelques idées utiles (mais déjà il se méfiait un peu, même si ce n'était pas assez). « En se servant des conteneurs, tu veux dire ? Comment ?

– À l'intérieur. Ils arrivent pleins, avait expliqué Dat. Les vivres, les boissons, tous les articles des boutiques, les tee-shirts, tout ça, et les machins de pharmacie, tout vient dans ces conteneurs. Et quand ils sont vides, ils repartent. Il y en a beaucoup qui vont repartir quand on sera à New York. »

Kwan avait baissé les yeux sur les conteneurs avec un intérêt nouveau. « Pourquoi me le dire, à moi ? avait-il demandé.

– Pourquoi pas ? » Dat avait haussé les épaules, sorti une cigarette froissée de sa poche de tee-shirt et, sans l'allumer, avait regardé ses doigts la tourner, la lisser et la redresser tandis qu'il ajoutait :

« Tu n'as aucune raison de me trahir. Et faut qu'un homme parle, des fois, qu'il entende ses pensées pour savoir qu'il n'est pas fou. »

Kwan avait tout de suite compati. C'était vrai, l'isolement au milieu de centaines de gens était peut-être la pire des solitudes, comme il en avait fait l'expérience avant que ne le sauvent les échelons métalliques fixés à la paroi derrière lui. Les autres se rassemblaient au sein de groupes de même intérêt, se soutenaient, s'expliquaient et se justifiaient entre eux, traversaient la vie au gré d'alliances à court ou long terme, analysaient constamment leurs idées et conclusions au fil des conversations. Le solitaire se parle tout seul, s'écoute tout seul, juge tout seul s'il se conduit sagement ou non. Si Dat projetait un acte dangereux, un acte désespéré, le besoin de se confier à un autre être humain, d'obtenir une réponse, n'importe laquelle, risquait d'être très fort.

Kwan lui donna donc une réponse, une réponse honnête. « Tu n'es pas fou. C'est une bonne idée. »

Dat lui lança un bref sourire satisfait qui lutta vainement contre ses traits mornes, ses lèvres épaisses et ses valises sous les yeux. « J'ai bien fait attention à Southampton, et j'ai bien fait attention ici, dit-il. Personne ne regarde dans les conteneurs vides. Parce que toute la réserve en bas est fermée. Peu de gens ont le droit d'y aller.

– C'est vrai, reconnut Kwan.

– Toi, tu peux », fit Dat qui le regarda en coin.

Ah, c'était donc ça. (Ou ce qu'il avait cru alors.) Kwan, qui avait pris un peu d'ancienneté, même dans le monde des larbins de cuisine, avait bénéficié d'un « avancement » quelques semaines plus tôt, il n'officiait plus à la grosse plonge remplie de pots et de casseroles sales. Son travail désormais était un peu plus facile, il s'agissait rien moins que de balayer, frotter, porter des seaux, ce qui l'obligeait à garder un trousseau de clés accroché à un passant de son pantalon : celles du réduit des produits de nettoyage, de la chambre froide, des placards d'uniformes et de lingerie, et puis celle de la grande réserve sonore où s'entreposaient les conteneurs de marchandises qu'on vidait petit à petit. À la fin de son tour de service, Kwan devait rendre les clés à son chef, un Équatorien tatillon et méfiant prénommé Julio ; il n'avait jamais donné son nom de famille.

En théorie, donc, Kwan pouvait profiter de son dernier service avant l'arrivée à New York pour ouvrir la porte de la réserve des conteneurs et permettre à Dat de s'y faufiler. Mais pourquoi le ferait-il ? « Ça serait très dangereux pour moi, dit-il. Si tu te faisais prendre…

– Alors c'est pour moi que ça serait dangereux, le coupa Dat. Pas pour toi.

– Ils voudraient savoir qui t'a fait entrer, remarqua Kwan. Ils te promettraient de te ménager si tu parlais, parce que celui qui t'aurait fait entrer là-dedans les inquiéterait beaucoup plus qu'un gars qui cherche seulement à déserter le navire.

– Je ne parlerais pas, dit Dat.

– Pourquoi tu ne parlerais pas ? »

Dat fronça les sourcils, toute sa figure se mit au

diapason de ses yeux pochés et de sa bouche molle. Ses doigts tripotaient la cigarette fatiguée, la tournaient et la retournaient, si bien qu'elle lui échappa soudain et tomba – plana, presque – vers les conteneurs d'aluminium brillants qui glissaient lentement en dessous, mais les manqua pour atterrir sur le bitume sale. « Ah, ma cigarette », fit Dat avec un fatalisme quasiment dénué d'émotion. Il la regarda descendre, puis garda la tête penchée vers le bas, l'œil triste, comme un basset, l'air comique.

« Oh, c'est bête », avait fait Kwan qui trouvait Dat déjà plus original et humain, mais pas plus sympathique.

Dat lui avait alors adressé un autre regard en coin et un petit sourire. « Évidemment que je te moucharderais. T'en ferais autant pour moi.

– Possible, avait admis Kwan, surpris par la franchise brusque de Dat.

– Mais si on partait *ensemble* ? Comme ça, on s'aide mutuellement, on dépend l'un de l'autre, et si on est pris, on l'est tous les deux. » Soudain plus animé, il s'était tourné face à Kwan, un coude maigre appuyé sur le bastingage près de lui, et avait ajouté : « Je veux dire, tu me fais entrer pendant ton service. Après, tu rends les clés, puis quand tout le monde est parti tu frappes à la porte, et moi, je t'ouvre. À moins que tu n'aies pas envie de te tirer de ce bateau ? »

Dat avait dit ça avec une assurance tellement absolue, avec une telle conviction de connaître d'avance la réponse, que Kwan n'avait même pas pris la peine de nier. « Bien sûr que si, je veux me tirer du bateau à New York, avait-il répondu. À condition de ne pas me faire prendre. Mais à l'intérieur d'une de ces boîtes ? On ne sait pas ce qu'elles deviennent une fois sorties.

– Si, on le sait. » Dat avait pointé le doigt loin vers la droite, où des dizaines de conteneurs s'entassaient, scintillants, au soleil. « Ils sont mis de côté en attendant qu'ils resservent. On s'échappe dans la boîte, on sent quand ça s'arrête de bouger, puis on attend le soir, on sort et on est en Amérique.

– Pas plus difficile que ça ?

– Faut essayer pour le savoir », avait répondu Dat avec un sourire de travers. Il avait tendu une main aux doigts décharnés. « Li, n'est-ce pas ? Marché conclu ? »

Kwan avait gardé son nom ; il était assez commun pour passer pour un pseudonyme. « Oui, Li. » Après une courte pause il avait pris la main de Dat. « Et marché conclu. »

L'intérieur du conteneur était froid, il sentait légèrement le vieux carton et n'était pas parfaitement hermétique à l'air ni à la lumière ; des traits gris-jaune lumineux soulignaient les bords du panneau d'ouverture avant par où était entré Kwan. Il n'avait emporté rien d'autre avec lui qu'un petit sac marin contenant des vêtements de rechange, son carnet et des crayons ; assis dessus, il avait attendu. Il était seul ; Dat avait expliqué que leur poids à tous deux dans un seul conteneur attirerait l'attention lorsqu'on les treuillerait à terre, aussi était-il allé se cacher dans un autre. Mais Kwan s'en fichait ; d'ailleurs, c'était mieux. Il n'avait aucun intérêt à devenir l'associé ou l'ami de Dat une fois sorti du bateau, en admettant qu'ils parviennent à passer les gardes, portes ou verrous qu'il pourrait y avoir entre le quai et le monde libre.

Le Monde libre.

Kwan était dans le conteneur depuis moins d'une heure, assis sur son petit sac marin, adossé contre la paroi latérale d'aluminium froid à l'air peu solide, et il commençait à s'ennuyer, à s'endormir, malgré l'espèce de satisfaction sourde qu'il ressentait, lorsque des bruits l'avaient alerté. On avait ouvert la porte de la réserve. Des pas décidés avaient résonné sur le sol métallique. Puis plus rien. Puis une voix :

« Li Kwan ! »

Kwan s'était figé dans sa boîte, silencieux, respirant à peine. Dans sa poitrine son cœur était un poing très fort serré.

« Li Kwan ! On sait que tu es là ! Allez, sors ! Merde, nous oblige pas à fouiller tous ces putains de conteneurs ! »

La voix était irascible, lasse, mais pas franchement hostile ni en colère. Celle d'un officier du bateau chargé d'une corvée. Ils savent qu'on est là, s'était dit Kwan, qui n'avait pas encore remarqué un détail important : l'officier n'avait cité que son nom. Mais à quoi bon vouloir se cacher plus longtemps ? Avec un soupir, en se demandant dans quel pétrin il s'était fourré, Kwan s'était levé, avait ramassé son sac et ouvert le panneau avant du conteneur qu'il avait laissé retomber à l'extérieur sur ses charnières. « Me voilà », avait-il dit aux trois Caucasiens agacés en uniforme qui s'étaient tournés vers lui avec le même froncement de sourcils exaspéré.

Dat l'avait trahi, l'avait livré, pas de doute là-dessus. Mieux encore, il avait d'abord préparé le terrain, lui avait parlé de son projet, l'y avait entraîné, et *après* l'avait trahi. Kwan avait eu tout le temps d'y réfléchir dans la petite cellule couleur crème du *Star Voyager*. Ce qui restait à éclaircir, c'étaient les raisons de Dat.

Kwan en avait discuté avec le père Mackenzie, lorsque le prêtre était venu le voir peu après l'arrestation, qu'il s'était présenté pour demander s'il y avait quelque chose qu'il pouvait faire. « Parlez-moi », avait répondu Kwan, et le père Mackenzie s'était exécuté avec plaisir – il n'avait apparemment guère à s'occuper sur le bateau, sauf quand on l'appelait pour administrer les derniers sacrements à des passagers catholiques romains victimes d'apoplexies ou de crises cardiaques durant l'un ou l'autre des neuf repas proposés chaque jour – et lorsque la conversation en était arrivée à la trahison de Dat, le prêtre avait émis une idée qui risquait fort d'être la vérité. « C'était peut-être un agent du gouvernement chinois, avait-il suggéré. Je ne dis pas que c'est sûr, mais c'est possible. Envoyé pour vous empêcher d'embarrasser publiquement la Chine.

– Mais je peux toujours le faire, mon père, si quelqu'un appelle le *New York Times* dès qu'on arrivera. Si vous, vous... »

Mais non. Le père Mackenzie ne pouvait pas ou bien ne voulait pas. Le courage et l'action lui étaient impossibles. Il n'était qu'un brave type, qui faisait de son mieux.

Aaaaaaaahhhhhh, tous des braves types.

Peu après le départ du père Mackenzie, les vibrations du moteur cessèrent. On y est, songea amèrement Kwan. Le monde libre.

Mais ensuite il ne se passa rien pendant une heure. Kwan faisait les cent pas dans son réduit, de plus en plus nerveux. Est-ce que ça allait vraiment être la fin ? Le prêtre avait dit que Hong-Kong demandait déjà l'extradition. Hong-Kong, pas la Chine. Ce serait difficile pour la Chine de l'enlever à la juridiction américaine, mais pas pour Hong-Kong. Suffisait de rassembler quelques inculpations criminelles inventées de toutes pièces – rien de politique, rien de tel – et les Américains ne verraient aucune objection à renvoyer chez lui un petit voleur – ou un pyromane, ou un maître chanteur – dans une autre démocratie pour y être équitablement jugé.

De plus en plus amer et lugubre, Kwan arpentait la cellule étroite, se frottait les mains, se passait les doigts dans ses cheveux épais en se mordant la lèvre. Il pensait sans cesse à sa propre mort, on le tuerait comme un chien, une mort autant par humiliation que par balle. Tout ça pour en arriver là.

Il s'arrêta en entendant les grincements de la porte qu'on déverrouillait. Il se trouvait face au battant lorsqu'elle s'ouvrit sur trois hommes d'équipage en uniforme ; leurs visages froids de Caucasiens n'exprimaient rien. « Votre escorte est là, dit l'un d'eux. Il est temps d'y aller. »

Le sac marin de Kwan était sur le lit. Il s'en saisit et lança aux hommes : « Vous savez, il fut un temps où nous avons ému la conscience du monde.

– C'est vrai ? » dit l'homme qui s'en fichait. Il fit du regard le tour de la cabine. « Vous avez toutes vos affaires ? demanda-t-il.

– Mais pour tout dire, fit Kwan, le monde n'a pas beaucoup de conscience. » Puis il les accompagna.

Ananayel

Qu'est-ce qui se passe avec Susan Carrigan ? Je n'ai plus besoin de cette femme, et me voici avec elle. J'ai analysé mes actes, mes motivations, les raisons pour lesquelles je continue de la voir alors que son rôle est terminé, et j'ai abouti à une conclusion. Il me semble que la qualité chez elle qui m'attire, c'est qu'elle *ne fait pas de mal*.

Je connais surtout les autres, bien sûr, ceux qui grognent et qui mordent, ceux dont les sales petits combats minables m'ont valu ma mission présente. Ceux-là, je les connais si parfaitement que Susan me surprend de plus en plus. J'ai voulu juger par moi-même pourquoi Il s'est lassé de ces créatures, mais ce n'est qu'après avoir côtoyé Susan que j'ai commencé à comprendre pourquoi Il les avait d'abord créées.

Ça ne veut rien dire, bien sûr. Sa Volonté sera faite. Il me semble seulement que je devrais me faire une idée plus claire des humains tant qu'ils existent encore, que je devrais les voir à la fois sous leur pire et leur meilleur jour. Je les connaissais si peu, je les comprenais si peu quand j'ai commencé.

Susan m'a dévoilé des facettes que je n'avais pas soupçonnées.

Nous nous retrouvons trois ou quatre fois par semaine. Nous allons au cinéma, au théâtre, au restaurant. De temps en temps, je passe une soirée dans son appartement devant telle émission particulière à la télévision. Elle se sent à l'aise avec moi maintenant et je pourrais donner un tour sexuel à notre relation, mais je me suis abstenu. (Je ne suis pas précisément télépathe, mais j'ai conscience de ses niveaux d'émotion et du sens général de ses pensées, et je suis pratiquement sûr que des avances de ma part ne seraient pas repoussées.) Mon unique expérience personnelle, je l'ai eue avec Pami : désagréable et bestiale, quoique pas très brève. Chez les humains, le sexe, c'est le point de rencontre de la réalité et de l'imaginaire, où le physique et l'affectif se justifient l'un l'autre ; il vaudrait peut-être mieux pour moi ne pas en apprendre davantage.

Pour ce qui est de Susan, j'apprécie sa compagnie. Ses réactions au monde qui l'entoure et ses idées sont si proches des miennes que parfois je la trouve étrangement angélique. Ce n'est pas le cas, bien entendu. Elle est humaine, aussi le temps que je passerai auprès d'elle restera extrêmement court. (Encore plus que dans des circonstances normales.) Je suis quand même ravi de l'occasion qui m'est donnée, aussi brève soit-elle.

En attendant, c'est quoi, ça ? Qu'est-ce que mijote Frank Hillfen, là-bas dans l'Illinois ?

Il se fourre dans le pétrin tout seul, sans que je l'y pousse.

20

« Pas de souci à s'faire », dit Joey.

Frank n'était pas de cet avis. Il y avait *toujours* du souci à se faire. La vie se résumait à ça : du souci. « Explique-moi le coup », demanda-t-il.

Joey était un gros plouc qui sentait en permanence la sauce tomate. Il bossait plus ou moins comme camionneur à Scott Field, l'immense base aérienne militaire à quelques kilomètres d'East St. Louis, mais il servait surtout de gros bras pour certains des manitous du coin. Il n'appartenait pas à un gang, ce n'était pas un caïd, seulement un gorille qu'on appelait parfois lorsqu'il fallait casser quelques os ou faire une petite démonstration de force dans la rue. Sinon, Joey se débrouillait comme monte-en-l'air à la petite semaine, tout comme Frank, sauf qu'il répugnait moins à la violence.

En temps normal, Frank aurait évité un type comme Joey. Ceux qui voyaient dans la violence un autre outil de la profession lui faisaient toujours un peu peur, parce qu'il estimait difficile de la maîtriser parfaitement : elle a tendance à déborder, comme une soupe de poivrot.

Mais Frank était coincé dans cette ville minable depuis maintenant des semaines, ses casses lui rapportaient tout juste de quoi se nourrir et se loger, et le moment était venu de réaliser un gros coup. Il avait connu Joey chez Mindle, le bar à un bloc et demi de la petite chambre meublée merdique où il logeait. Deux ou trois fois, Joey avait laissé entendre devant une bière qu'il avait peut-être un coup dans lequel il aimerait mettre Frank, mais Frank avait toujours joué les imbéciles, s'abstenant de saisir les allusions. Maintenant, ça suffisait ; il était bloqué dans cette ville depuis trop longtemps. East St. Louis ! Bon Dieu !

« Explique-moi le coup », dit-il.

Ils se trouvaient dans un box latéral de chez Mindle ; il était trois heures de l'après-midi, Ralph était derrière son bar et quelques solitaires consommaient au comptoir pendant que la circulation défilait derrière les vitres poussiéreuses donnant sur la rue. Joey avait payé une tournée de bières, tellement il tenait à ce que son coup se fasse. Il se pencha par-dessus la table, le verre serré entre ses deux grosses mains couturées ; ses lèvres grasses remuèrent à peine et son haleine à la sauce tomate emballa chacun de ses mots qui flottèrent comme de petits fantômes au-dessus de la table en formica noir. « C'est un courrier. »

Frank ne savait pas parler aussi discrètement ; il s'appuya la joue contre sa main gauche pour se cacher la bouche et diriger ses paroles vers Joey, afin que les clients du bar ne les entendent pas. « Quel courrier ? »

Les lèvres de Joey se tordirent. « Ganolese. » Le nom flotta jusque dans l'oreille de Frank.

Qui laissa retomber sa main et fixa Joey. « T'es dingue ? »

Leo Ganolese était un des chefs de la mafia locale, peut-être *le* chef. Il laissait tous les autres se prendre la tête avec leurs affaires de drogue et de femmes, pendant que lui restait dans le domaine qu'il connaissait. Leo Ganolese était dans le jeu, il y était depuis quarante ans et n'en bougerait jamais. De l'autre côté du fleuve, dans le Missouri, et ici dans le sud-ouest de l'Illinois, c'était lui le patron, si bien établi que les fédéraux n'essayaient même pas d'engager des poursuites contre lui.

Et personne n'était assez bête ni assez fêlé pour vouloir lui piquer son argent. « Oublie ça, dit Frank. Faut que j'aie perdu la tête pour rester même assis avec toi.

– Attends un peu », lui répliqua Joey. Il parlait toujours à sa façon discrète. « J'ai tout combiné. Que j't'essplique. »

Frank buvait la bière de Joey ; il allait laisser l'autre « s'esspliquer » le temps qu'elle durerait. Ensuite il s'en irait et n'aurait plus rien à faire avec cet imbécile. « Vas-y.

– Le courrier, c'est un vieux, lui souffla Joey. C'est comme qui dirait un boulot pour sa retraite. Tous les matins il fait sa tournée en bagnole, il ramasse le liquide rentré pendant la nuit. Tout seul. À midi, il a fini et il le ramène à l'Evanston Social

Club. Ça tourne en général autour de quatre-vingt mille dollars tous les jours, des fois plus.

– Non, fit Frank, sa main à nouveau contre sa joue. C'est ridicule. Un vieux tout seul dans une voiture ? Quatre-vingt mille tous les jours ?

– C'est une espèce de cousin de Leo Ganolese, expliqua Joey. Le courrier le plus sûr qui soit. Tout le monde sait qu'il faut pas y toucher.

– Toi et moi compris, Joey.

– Tu sais pourquoi c'est du tout cuit ? » Joey s'excitait, il parlait plus fort, ses mots se solidifiaient presque dans l'air. « C'est du tout cuit parce que de l'autre côté, à St. Louis, en ce moment, y a une grande course de chevaux.

– Et alors ?

– Et alors la ville est pleine de petits voyous qui débarquent de partout dans le pays. Ils suivent les chevaux. Ils respectent pas les usages locaux comme les gars du coin. On se fait le courrier, on le laisse pas voir nos figures, et tout le monde saura que ça peut pas être un coup des gars de par ici. Leo Ganolese sera certain que c'est un voyou de l'extérieur qui vient d'arriver à St. Louis.

– Moi, je viens d'arriver à St. Louis. À East St. Louis.

– Nan, fit Joey. Ça fait déjà un moment que t'es dans le coin maintenant, t'es comme un gars du pays, Frank, crois-moi. »

Frank le croyait. Là-dessus, il le croyait. Lui, Frank Hillfen, il devenait un autochtone. *Ici*. Il s'en rendait compte, ce qui lui fit dire : « Je vais me renseigner sur ce type. Je ne te promets rien.

– Bien sûr, Frank ! On va le filer, et…

– Non ! » Frank ne comprenait pas pourquoi il acceptait de s'associer avec un gus aussi demeuré. « Suffit qu'on nous voie rôder derrière notre bonhomme, ils s'en souviendront plus tard. Indique-moi deux ou trois points de ramassage, on ira y jeter un œil.

– Bien sûr, Frank. Comme tu veux. » L'excitation faisait bondir Joey sur sa banquette, ses gros doigts serrés sur son verre de bière. « J'vais te choisir deux ou trois de ses arrêts, mais sans le suivre. D'accord, Frank ? »

Il m'admire, songea Frank. Il m'estime, ce connard, il me respecte. Voilà à quoi j'en suis réduit, me faire refiler une combine par un minable qui ne devrait même pas avoir le droit de me parler. Faut que je me tire de cette ville. Faut que j'aille là où les combines sont raisonnables, où les minables ne me connaissent pas et où je ne ressemble pas aux gars du coin. « On va étudier le coup, Joey », dit-il judicieusement, comme un politicien à la retraite prodigue de ses conseils.

Évidemment, ce n'était pas aussi simple que le croyait Joey ; ç'aurait été trop beau. Le vieux existait bien, oui, il effectuait ses ramassages tous les jours, il suivait son itinéraire tout seul dans sa voiture, mais il n'était pas sans protection, loin de là. Il y avait toujours une autre voiture à traîner derrière, avec deux costauds à bord. Pas toujours la même voiture d'un jour sur l'autre, pas toujours les mêmes passagers, mais toujours là, plus loin dans la rue, à environ un bloc de distance, et qui se garait à proximité dès que le vieux s'arrêtait.

Le vieux en question, il avait quoi ? soixante-dix ? quatre-vingts ans ? mais il était alerte. Un vieux maigrichon, toujours vêtu d'un pardessus gris et coiffé d'un feutre assorti joliment enformé, quel que soit le temps. Il roulait à une allure normale, voire prudente, et il marchait tout le temps d'un air digne, comme s'il se prenait pour le messager du roi ; ce qu'il était, en un sens. Il s'arrêtait dans des bowlings, des charcuteries, des bars, chez des particuliers ; partout où opéraient les bookmakers, les loteries ou les tables de Leo Ganolese. À chaque arrêt, le vieux descendait de voiture (l'autre voiture se rangeait discrètement un peu plus haut ou plus bas dans la rue), entrait dans le local d'un pas calme et mesuré et ressortait quelques minutes plus tard flanqué généralement de deux ou trois autres gars. (Une protection supplémentaire, ça.) L'un d'eux portait un paquet quelconque : sac en papier, boîte à chaussures ou n'importe quoi d'aussi passe-partout. Les gars restaient debout et jetaient des coups d'œil de droite et de gauche pendant que le vieux ouvrait son coffre pour y déposer son paquet avec tous les autres. Ensuite le vieux serrait la main à un ou deux des types, remontait au volant et repartait. Les gars de la maison restaient sur le trottoir jusqu'à ce qu'il se soit éloigné de deux blocs et que la seconde voiture l'ait repris en chasse.

« Pas facile », dit Frank, revenu à la table de chez Mindle. Il avait froid au creux de l'estomac. Il y avait des coups à faire et d'autres qu'il était risqué de tenter. Celui-là commençait à lui sembler risqué.

Joey, bien entendu, ne comprenait pas. « Tout ce qu'on a à faire, c'est éliminer la bagnole de soutien, dit-il. Écoute, Frank, entre Belleville et Millstadt y a un long trajet, peut-être dix minutes, ça nous laisse des tas d'occasions de nous en débarrasser. Après, c'est facile.

– Tu veux dire quoi par : s'en débarrasser ?

– L'éliminer, dit Joey qui régla la question d'un haussement d'épaules. Écoute, j'connais un gars dans le Missouri, à Branson, on peut se procurer des grenades, sans blague. On roule à côté, on en balance une dans la voiture, on…

– Salut », fit Frank qui se leva et sortit du bar.

Il avait parcouru un demi-bloc en direction de son meublé lorsque Joey le rattrapa, l'air ahuri voire un peu contrarié. « Qu'esse j'ai fait ? Qu'esse j'ai fait ? »

Frank continua de marcher, flanqué d'un Joey en sueur. « Moi, j'évite la violence, dit-il. Toujours. Si tu commences à lancer des grenades…

– Alors on descend le chauffeur, fit Joey en haussant les épaules, dans un effort pour proposer un compromis correct à ses yeux.

– Non. »

Joey saisit soudain le bras de Frank et l'arrêta dans la rue. Joey était un gros plouc, mais un gros plouc musclé ; les doigts qui le retenaient firent mal à Frank. Et il y avait un accent différent dans la voix de Joey lorsqu'il dit : « Minute, Frank. » Un accent mauvais, un accent dangereux.

Frank s'arrêta, parce qu'il était obligé, et fixa les petits yeux furieux de Joey. « Qu'est-ce qui se passe, Joey ?

– Voilà ce qui s'passe, monsieur la Grosse Tête, dit Joey. Quand je regarde les gars du quartier, j'en vois pas beaucoup qui voudraient être des anges et des saints, toi compris. Me raconte pas de conneries, Frank. Je t'ai proposé une affaire, on l'a étudiée, y aurait pas trop de problème. Et tout d'un coup, t'es trop bien pour moi. Tu veux pas de violence. » Joey tenait toujours le bras de Frank ; il serra un peu, insista davantage. « Eh ben, moi, j'en veux, dit-il. Moi, j'en ai pas peur, d'la violence, Frank. Si toi, t'en as peur, tant pis. Tu m'suis ? »

Ce salaud devient méchant, se dit Frank. J'ai fait l'erreur de me mettre en cheville avec lui, et maintenant il m'en veut, son petit cerveau de cochon va voir en moi son ennemi. Faut que je me sorte de cette merde. « Joey, dit-il, que tu fauches une journée de recettes de Leo Ganolese, ça ne lui fera guère de mal. Il cherchera les gars qu'ont fait le coup, évidemment, parce que personne n'est censé s'en tirer après une connerie pareille. Mais t'as raison, il croira sûrement que c'est un voyou qu'est venu dans le coin pour le concours hippique.

– J'te l'ai dit », approuva Joey qui donna une petite secousse au bras de Frank.

Frank l'ignora. « Mais, fit-il, si tu te mets à lui buter ses gars, à te comporter comme s'il ne méritait pas le respect, là, il va te *trouver*. Alors tu peux me serrer le bras tant que tu veux, je préfère encore t'avoir, toi, en face de moi, plutôt que Leo Ganolese. »

Joey s'absorba dans ses réflexions. Finalement, à contrecœur, il lâcha le bras de Frank qui réfréna l'envie de le frotter là où ça faisait mal. Inutile de faire plaisir au plouc.

« Okay, on est associés, dit Joey sur ces entrefaites, on se respecte l'un l'autre. Tu veux qu'on s'y prenne autrement, moi, ça me va.

– Alors laisse-moi y réfléchir », dit Frank qui songea : Peut-être que je vais quitter la ville ce soir, me trouver un coup en route, de quoi me pousser jusqu'à Indianapolis, un coin comme ça.

Mais Joey objecta : « Frank, le concours, c'est en ce moment. Si on fait le coup à ma manière, j'peux avoir la grenade demain, on peut y arriver. »

Pas moyen de s'en sortir, se dit Frank. Pourtant, quelque part, je ne sais pas où, faut que je me protège. Joey, c'est un sale fouteur de merde. Je ne devrais pas me trouver ici avec lui, mais je m'y trouve. « Va falloir qu'on fasse le trajet en voiture, dit-il. Pour voir où on peut braquer le vieux.

– Okay, Frank. Et moi, j'vais quand même m'occuper de la grenade. Au cas où. »

En définitive, ils se servirent de la grenade, mais pas comme l'avait prévu Joey. Ils s'en servirent, mais sans violence.

Du côté de Smithton et de Floraville, secteur où le vieux parcourait un long trajet désert entre deux ramassages, il y avait un stop à un croisement en pleine campagne. C'est là qu'ils le braquèrent : ils surgirent en courant des deux côtés de la route lorsqu'il marqua l'arrêt, tirèrent leurs cagoules de ski sur leurs figures, et Frank ouvrit la porte du chauffeur pendant que Joey se précipitait dans la voiture côté passager, posait les mains sur le vieux et le tirait d'un coup sec de derrière le volant. Le vieux hurla, Frank empoigna le volant, le pied droit sur l'accélérateur, et la voiture franchit d'un bond le croisement dans une forte embardée à droite.

Le vieux braillait – qu'est-ce que vous faites ? vous êtes fous, vous ne savez à qui est cette voiture, ce genre de conneries – et Joey lui flanqua une calotte sur la tête pour le faire taire. Ils étaient tous trois serrés sur le siège avant. Frank ne regarda pas dans le rétroviseur, il préférait ignorer si l'autre voiture était loin ou non ; ils l'avaient aux fesses, aucun doute là-dessus, et elle devait rouler à toute vitesse.

L'étroit chemin de ferme s'ouvrit à leur droite. Frank était tellement tendu, tellement nerveux quant à cette partie de l'opération qu'il prit le virage un peu trop vite et percuta un arbre. Mais il se ressaisit, les pneus mordirent dans le revêtement huileux de gravier et projetèrent des cailloux dans tous les sens tandis qu'il repartait en cahotant sur le chemin désert ; lorsqu'il osa regarder dans le rétro, l'autre voiture, une Toyota grise, se trouvait au diable vauvert derrière eux, beaucoup plus loin qu'il n'aurait cru. Parfait.

Le petit pont se trouvait à un kilomètre et demi de là, au-dessus d'un ruisseau rapide, peu profond et jonché de pierraille ; Frank freina à mort, et la voiture s'arrêta sur le pont dans un soubresaut. Le vieux, terrifié, appuya ses paumes sur le tableau de bord pour ne pas voler à travers le pare-brise. Frank lança un regard noir à Joey qui glandouillait avec la grenade, de l'autre côté du kidnappé : « Lâche ta putain de grenade, Joey !

– Oui ! Oui ! » Joey laissa tomber la grenade par la vitre et jeta la goupille à sa suite. Frank accéléra et vit dans le rétroviseur la route éclater derrière eux en un bouquet de flammes rouges et jaunes à feuilles de fumée noires. La Toyota poursuivante vira en catastrophe, trépida et stoppa dans un crissement de freins, juste avant l'explosion. La route béait au-dessus du cours d'eau. Aucune autre bagnole ne passerait par là aujourd'hui.

La vieille camionnette déglinguée que Frank avait volée dans la matinée se trouvait toujours derrière la carcasse calcinée d'une ancienne ferme. Frank se rangea auprès, retira la clé du contact et sauta de la voiture. Il n'avait rien pris aujourd'hui, pas même une bière, mais il était remonté à bloc, l'adrénaline courait dans ses veines. Il avait l'impression, s'il devait ouvrir la bouche, qu'il parlerait avec la voix aiguë et bizarre d'un gars qui vient de renifler de l'hélium. Il ne tenait pas en place, il lui fallut aller toucher la camionnette, puis revenir d'un bond à la voiture d'où Joey s'extirpait, le regard fixé sur le vieux à l'intérieur. « Merde », fit Joey.

Frank n'y prêta pas attention. Il était excité comme ça parce qu'il avait conduit à toute allure.

S'il tenait une ampoule électrique, elle s'allumerait sûrement. « Il n'a qu'à rester là-dedans, dit-il à Joey par-dessus le toit de la voiture. Il n'a qu'à rester jusqu'à ce qu'on soit partis.

– Pour ça, oui, il va rester là, fit Joey. Putain, tu l'as dit, il va y rester. »

Quelque chose dans la voix de Joey finit par mettre la puce à l'oreille de Frank ; il se pencha à la portière ouverte du chauffeur pour regarder le vieux, lequel, toujours assis, légèrement penché sur la gauche à présent, ne quittait pas le pare-brise des yeux comme s'ils fonçaient encore à cent trente sur le chemin de ferme. « Ah, nom de Dieu », lâcha Frank à la vue du regard fixe du bonhomme, de sa bouche ouverte, de ses mains crispées sur ses genoux, de son immobilité. Il se redressa, l'air anéanti, et s'adressa encore à Joey par-dessus le toit de la voiture. « L'a eu une crise cardiaque, un truc comme ça. »

Pour toute réponse, Joey leva la main, retira sa cagoule de ski et la jeta par terre pour découvrir sa grosse figure toute luisante de sueur. « Un problème de réglé, dit-il. Ouvre le coffre, Frank. »

Un problème de réglé. Quelle ordure ! Laisse tomber ce salaud, se dit Frank, laisse-le tomber à la première occasion.

Il ôta sa propre cagoule, gagna l'arrière de la voiture et déverrouilla le coffre à l'aide de la clé qu'il avait encore à la main et dont il laissa le trousseau pendre à la serrure tandis qu'il soulevait le capot et regardait à l'intérieur.

Des sacs, des boîtes. En vrac avec un parapluie,

un bidon d'huile, des cochonneries diverses et la roue de secours. Des sacs, des boîtes. Du fric.

« Bon, voilà », dit Frank, l'esprit préoccupé à cause du vieux. Alors qu'il plongeait la main vers une boîte à chaussures, il lança un coup d'œil à Joey, et Joey lui braquait dessus une petite saloperie de .22. « Oh, espèce de fumier ! » s'écria Frank qui jeta la boîte à chaussures au moment où Joey tirait, et la balle alla se perdre dans la nature avec un vrombissement d'abeille.

Cet enculé va me buter, songea Frank, écœuré, affolé et fatigué par toutes ces conneries, tandis qu'il se penchait et courait le long de la voiture en sachant que Joey contournait le coffre derrière lui. Je n'ai rien, le temps me manque, je n'ai nulle part où aller, et il peut me descendre quand il veut avec son putain de flingue.

Le vieux. Frank passa le bras dans la voiture, donna une secousse au cadavre, le tira dehors et le releva devant lui comme on essaye un vêtement pour vérifier s'il est à la bonne taille. Tandis qu'il le maintenait, qu'il le pressait tout contre lui, le bras gauche autour de sa poitrine, l'avant-bras à la verticale et la main autour de son cou ridé, il lui fouillait les poches de sa main droite. Joey surgit alors à l'arrière, le .22 brandi. Il eut l'air en colère et embêté lorsqu'il vit Frank qui se servait du vieux comme bouclier. « Bordel, qu'esse tu branles, Frank ? Lâche-moi ce vieux !

– Va te faire foutre, Joey. »

Frank recula lentement, de peur de trébucher sur un obstacle, sans cesser de tapoter les vêtements du vieux. Il sentit un objet dans la poche droite du manteau. Pourvu qu'il ne s'agisse pas d'un rouleau de pièces de vingt-cinq cents, d'accord, Dieu ?

Joey voulut tirer à la tête de Frank, mais il n'en voyait pas assez. Frustré, furieux, il s'avança et lâcha deux coups dans le cadavre, mais un .22 ne cause pas de gros dégâts. Il aurait dû amener un .45 ; la balle aurait traversé le bonhomme, Frank et l'arbre encore derrière. Le .22 fit seulement sursauter le mort contre Frank, comme s'il avait le hoquet.

La main de Frank plongea vers la poche alors que Joey se ramenait au petit trot pour le descendre de près sans plus s'occuper du vieux. La main de Frank fut dans la poche, se referma sur l'objet et le sortit : un revolver Smith & Wesson Chief's Special. Il tendit le bras et visa la figure étonnée de Joey, comme pour dire : C'est moi qui t'ai eu, Joey ! Et il lui mit la cervelle en compote de deux coups tirés dans sa tronche pleine de graisse.

Intervertir les plaques d'immatriculation de la camionnette et de la voiture du vieux. Jeter tous les sacs et cartons dans la cabine de la camionnette, sur le plancher et sur le siège du passager. Rouler à fond de train, ne pas réfléchir, jusqu'après Terre Haute, dans l'Indiana. Y piquer une Honda dans la rue, transvaser ces putains de sacs et de boîtes sur le siège arrière, prendre la direction d'Indianapolis. Soudain, en cours de route, la tremblote, terrible. Se garer en dehors de la route, passer derrière des buissons, vomir, être pris de diarrhée, de sueurs froides, de tremblements irrépressibles, d'un mal de tête dingue. Se nettoyer un peu, revenir à quatre pattes à la Honda, s'asseoir au volant, aussi faible qu'un chaton, repartir enfin, reprendre la route d'Indianapolis, suivre la direction de l'aéroport Weir Cook. Choisir le parking longue durée, prendre un ticket à l'entrée, trouver une belle Chevrolet Celebrity sans poussière sur le pare-brise – donc elle n'est pas là depuis longtemps, dans le parking longue durée –, se ranger à côté, passer sacs et cartons sur le siège arrière de la Chevy, ressortir du parking (boniment au préposé : erreur de stationnement), filer sur Indianapolis et y acheter une grande valise ordinaire. Puis traverser de nuit l'Indiana à bord de la Chevrolet, garder le pied au plancher jusqu'au panneau BIENVENUE EN OHIO. Cinq cents kilomètres et deux états plus loin. Trouver un motel au nord-ouest de Dayton, fourrer tous les sacs et cartons dans la grande valise neuve et la coltiner dans la chambre. Prendre une bonne douche. Rester longtemps sous le jet d'eau chaude en repensant à l'enfance ; des conneries qui reviennent pour la première fois depuis des années. Y repenser encore et encore, se rappeler toutes sortes de détails, tout ce qui a disparu, à jamais perdu. Pleurer un peu sous la douche, la figure toute morveuse. Se cogner un peu la tête contre le carrelage. Mais à quoi bon ? Rien à y faire, pas vrai ? On en est là, voilà.

Frank ferma le robinet et sortit de la douche. La vie continue.

Les sous-vêtements de Frank pendaient au radiateur, ses chaussettes étaient posées sur un abat-jour afin de sécher à la chaleur de l'ampoule, et sa chemise flottait au cordon de la lampe suspendue au-dessus de la table ronde en placage imitation bois. Une serviette du motel autour des reins, il appela plusieurs établissements qui prétendaient dans l'annuaire local livrer des repas vingt-quatre heures sur vingt-quatre. Trois ne répondirent pas, un autre trouva le motel trop loin, enfin un marchand de pizzas accepta, mais il en coûterait à Frank dix dollars pour le déplacement et trois quarts d'heure d'attente au moins. « Ça me va, dit Frank. Chambre 129. »

Il n'était même pas sûr de pouvoir manger. L'estomac lui faisait mal, d'accord, mais pas comme lorsqu'on a normalement faim, et pourtant il n'avait rien avalé depuis peut-être quatorze heures. Mais tôt ou tard il faudrait bien que sa réaction à l'incident avec Joey et le vieux s'estompe, et alors il aurait faim.

En attendant, il ouvrit les boîtes et les sacs, empila l'argent sur la table ronde, le compta et obtint un total de 57 820 dollars. Moins que les 80 000 garantis, mais plus que la moitié qui aurait été sa part si Joey n'avait pas joué les pourris finis.

Il en préleva deux cents pour ses frais immédiats et, quand il les rangea dans son portefeuille, il remarqua la carte de visite de l'avocate du Nebraska. Mary Ann Kelleny. Bah, elle ne lui serait pas d'une grande utilité dans l'Ohio – ni dans l'Illinois, d'ailleurs – mais il tenait quand même à garder la carte. Il l'avait trouvée bien, Mary Ann Kelleny. Son seul bon moment depuis sa dernière libération.

Il se rappela son conseil : pas de petits coups, mais un gros et basta. D'accord, Mary Ann, j'ai fait un gros coup, mais pas si gros que ça, d'accord ? Évidemment, ce n'est pas cinq millions, mais je peux rester peinard un moment en tout cas, avec 57 000 dollars. C'était ça ton idée, Mary Ann ?

Le sourire aux lèvres en imaginant la réaction de l'avocate si elle apprenait qu'il avait suivi son conseil à la lettre, Frank remit le reste de l'argent en piles dans la valise. Il prenait à présent moitié moins de place que dans tous ses emballages précédents.

Le vieux devait sûrement avoir des petits-enfants. Il devait sûrement trimballer des bonbons dans d'autres poches.

Sûrement. En tout cas, il trimballait un revolver, on pouvait au moins dire ça. Redevenu sérieux, Frank mit l'arme avec l'argent et referma la valise qu'il rangea par terre dans le placard dépourvu de porte.

Il ne savait pas très bien pourquoi il gardait le revolver. Il ne croyait toujours pas à la violence, encore moins qu'avant, mais maintenant il en avait usé, et par certains côtés ça changeait tout. Évidemment, il avait baigné dans la violence toute sa vie, au pénitencier et dans la rue, mais jamais de cette façon horrible et personnelle. Elle était restée extérieure à lui, il ne s'était jamais trouvé au milieu, ne l'avait jamais employée ni subie, n'avait jamais senti le choc sourd des balles dans la tête d'un mort, ne s'était jamais servi d'un cadavre comme ça. Un simple cambrioleur, qui entre en douce, sort en douce, comme un raton laveur dans un grenier ; voilà ce qu'il était, il n'avait jamais rien voulu d'autre. Mais désormais c'était différent. Il y avait du changement. Il évoluait aujourd'hui dans un paysage modifié, un paysage qu'il ne connaissait pas encore, et le revolver était son talisman.

Le motel avait le câble ; on y proposait un porno soft dans lequel un gamin rentrait de l'université chez lui à Beverly Hills et ne trouvait personne dans la maison en dehors de la nouvelle bonne suédoise. Ben tiens. « Je te file 57 000 dollars, dit Frank à l'écran, pour chaque fois où ça s'est passé dans la réalité. »

Un moment donné, il s'endormit, et lorsqu'il se réveilla parce qu'on frappait à la porte du motel, la télé diffusait à présent un film de guerre en noir et blanc. Il l'éteignit, se rajusta la serviette autour des reins et fit entrer un jeune Noir coiffé d'une casquette au nom du magasin qui portait la pizza dans une boîte. Il paya au livreur un prix exorbitant pour une pizza minable, et lorsqu'il ouvrit la boîte il trouva l'odeur trop forte. Il la referma, retourna au lit et resta allongé sans dormir, à réfléchir.

Le schéma avait changé. Voilà ce qui était arrivé aujourd'hui, il était passé de l'autre côté du miroir comme Alice, et le schéma n'avait plus rien à voir.

L'avocate lui avait parlé du schéma, de l'élastique attaché dans son dos dont l'autre bout était encore dans sa cellule, et il savait bien qu'elle avait raison. Il savait que ça recommencerait. Quelque temps dehors, puis une connerie et le retour en taule, le même vieux schéma, encore et toujours, un monde sans fin, amen.

Plus maintenant. Un monde *avec* fin. La loi trouverait sûrement un moyen de le relier au vol du vieux et au meurtre de ce gros plouc de Joey. Il ne savait pas exactement lequel – empreintes, salive, fils de sa veste ou un truc de merde – mais quelque chose lui collerait ce vol suivi de meurtre sur le dos.

Frank témoignait un respect quasi religieux pour les médecins légistes qui travaillaient avec les autorités. Il les voyait omniscients, omnipotents et pratiquement omniprésents. Ce qui voulait dire, si la justice remettait la main sur Frank Hillfen, qu'on lui passerait le vol et le meurtre autour du cou, et terminé pour lui.

Je ne peux pas revenir en arrière, se dit-il. Pas cette fois. Voilà ce qui a changé, voilà la différence à présent. Désormais, je ne peux pas revenir en arrière.

Il me faut le coup à cinq millions de Mary Ann Kelleny. Le gros coup.

Presque sans y penser, Frank se leva et mangea la moitié de la pizza qu'il fit passer avec de l'eau froide du lavabo. Le coup à cinq millions. Ça ressemblerait à quoi ?

Ananayel

Fantastique ! Il a fait tout ça tout seul ! Je n'ai aucunement influé sur le cours des événements, je n'ai même pas eu de contact avec Frank Hillfen depuis que Mary Ann Kelleny l'a conduit à Omaha. (N'est-ce pas touchant qu'il ait conservé sa carte de visite ? Il y a chez Frank de la tendresse et de la vulnérabilité. Un penchant très net pour l'autodestruction, évidemment – évidemment ! – mais il est attachant, comme un chien infesté de puces.)

Il s'est sûrement rappelé ce que Mary Ann Kelleny lui a dit, non ? Et il a tout bousillé absolument seul, sans mon aide. Il s'est préparé si vite que je n'ai même pas encore mis les autres en place.

Susan continue de voir Grigor Basmyonov de temps en temps, quoique moins souvent. Mais elle lui téléphone toujours durant la semaine quand Andy Messenger lui monopolise le week-end. Je crains qu'un amour de légume ne suffise pas à la détourner complètement du Russe. Je crains qu'il ne faille approfondir nos rapports mutuels.

Mais pourquoi cette péripétie me perturbe-t-elle autant ? Quand je flotte, que je suis sous ma forme normale, je reste moi-même, calme et obéissant, mais quand je passe dans le corps d'Andy, je me trouve de plus en plus nerveux, dans l'expectative, craintif. Comme si j'avais des choses à apprendre. Des choses à apprendre ? De Susan Carrigan ?

21

Il y avait une émission spéciale annoncée pour le soir sur PBS, la chaîne publique, consacrée aux efforts déployés pour préserver l'héritage artistique de la civilisation, à la lutte menée contre tous les fléaux, des pluies acides aux pillages imbéciles, et un petit baratin dans le journal signalait que l'Association internationale pour la sauvegarde de la culture tiendrait un rôle important dans le sujet. Depuis la banque, dans la matinée, Susan appela Andy à Columbia – il y enseignait la sociologie – et laissa un message à la secrétaire de la faculté, comme elle l'avait déjà fait plusieurs fois. Il la rappela une demi-heure plus tard, et elle l'invita à venir voir l'émission chez elle.

« L'association dont ils parlent, c'est celle du cocktail où j'ai rencontré Grigor, à Moscou. Je t'en ai parlé, tu te souviens ?

– Bien sûr. À quelle heure ça passe ?

– Neuf heures. Je ferai le dîner, on mangera avant.

– Blanc ou rouge ? »

Il voulait parler du vin qu'il apporterait. « Tu décides, dit-elle. Je ferai du poulet. »

Alors qu'elle achetait le poulet, les pommes de terre nouvelles, les petits pois extra-fins et trois sortes de salades en rentrant chez elle après son travail à la banque, Susan se prit à parier qu'Andy apporterait du vin blanc, tant qu'à choisir. Parce que c'était moins ardent.

Aussitôt, elle rejeta cette idée et s'en voulut. Elle ne devait pas réagir ainsi, dénigrer autant, elle devait au contraire se réjouir d'avoir trouvé un homme heureux de lui tenir compagnie sans manifester d'exigences, mais parfois elle ne pouvait s'empêcher de se demander en quoi la présence d'une personne qui n'a jamais d'exigences était intéressante. Peut-être qu'elle avait envie d'exigences, elle. Peut-être qu'elle devrait exiger des exigences.

Elle sourit toute seule au-dessus des bacs à salades ; un type, l'air narquois, lui lança : « Vous êtes jolie quand vous souriez », et elle lui tourna le dos pour prendre la direction de la caisse.

Andy arriva juste après sept heures et demie ; il serrait un sac en papier brun contre son flanc gauche et se servit du bras droit pour attirer Susan à lui et l'embrasser sur la joue. Il est superbe, songea-t-elle. Sa beauté la surprenait toujours, comme si son apparence s'altérait légèrement dès qu'ils étaient séparés.

« Un extra pour ce soir », dit-il. Il plongea la main dans le sac et sortit une bouteille de vin rouge français ; du bon, à première vue. « Pour le dîner », précisa-t-il tandis qu'elle prenait la bouteille.

Elle s'était donc trompée. « Génial, fit-elle en regardant l'étiquette.

– Et ça, ajouta-t-il en se contenant difficilement, c'est pour *maintenant* ! » Et du sac il ramena une bouteille de champagne.

« Dis donc, Andy ! Là, tu me surprends ! »

Le sourire d'Andy débordait de plaisir. « J'espère bien », dit-il.

C'est un moment particulier, quand on sait qu'on va le faire mais qu'on ne l'a pas encore fait, quand ni l'un ni l'autre n'a encore risqué un geste ni une allusion et que les deux savent que ça va arriver, que cette fois c'est la bonne ; ils ont quelque chose de délicieux, ces derniers instants qui précèdent celui où l'on se tombe mutuellement dans les bras.

Susan ne se souvenait pas de la seconde précise où elle avait su – était-ce lorsqu'il avait sorti la bouteille de vin rouge, ou seulement lorsqu'il lui avait montré le champagne ? – mais elle avait soudain compris qu'il s'était décidé. Et qu'elle était d'accord.

Comment va-t-il s'y prendre ? se demandait-elle. Il a toujours l'air si sûr de lui, mais nous nous connaissons depuis un bout de temps maintenant sans qu'aucun n'ait fait d'avances à l'autre, alors qu'est-ce que ça veut dire ?

Et moi, comment je vais m'y prendre ? Faut pas que je sois empotée. Elle se souvint de deux ou trois occasions où elle s'était montrée empotée, ce qui n'était pas fait pour la détendre, mais toute tendue qu'elle fût, elle le savait : ça allait vraiment arriver.

Et ce soir Andy n'eut aucun moment d'absence comme parfois quand ils regardaient la télé ou un film au cinéma, quand il était avec elle et qu'il donnait l'impression de se couvrir comme d'un enduit, que ses yeux se ternissaient, que son visage se figeait. Comme s'il faisait une sieste, qu'il dormait les yeux ouverts, mais avec autre chose en plus. Une fois, dans un cinéma, elle lui avait touché le dos de la main pendant qu'il était dans cet état-là, et elle l'avait trouvée si froide qu'elle avait eu peur. Mais il avait aussitôt réagi à son contact – il réagissait toujours très vite quand il était ailleurs et qu'on réclamait son attention – et lorsqu'il s'était servi de la même main une minute plus tard pour lui tapoter à son tour la sienne, elle n'était plus froide. Avait-elle imaginé le froid ? Elle ne le croyait pas mais n'avait pas trop envie de savoir. Depuis, quand elle le voyait décrocher comme ça, elle lui parlait sans le toucher.

Mais ce soir il ne décrocha pas une seconde. Il resta tout le temps avec elle, s'extasia sur le dîner qu'elle avait préparé à la va-vite (elle regrettait maintenant de ne pas y avoir apporté plus de soin) et l'écouta même avec intérêt répéter l'épisode du cocktail à Moscou et insister cette fois sur l'Association internationale pour la sauvegarde de la culture plutôt que sur sa rencontre avec Grigor.

Ils s'assirent ensemble sur le canapé pour regarder l'émission ; tout naturellement il passa le bras autour d'elle, et elle se nicha au creux de son épaule où elle sentit les battements réguliers de son cœur. Ils suivirent l'émission une vingtaine de minutes en silence, puis, pendant un passage ennuyeux – des hélicoptères au-dessus de forêts tropicales en péril, un commentaire pompeux –, il lui souleva le menton et lui embrassa les lèvres. Une langueur profonde passa de la bouche de l'homme dans celle de la jeune femme, une douceur envahissante, une conscience aiguë de sa propre personnalité physique. La main d'Andy caressa tendrement son corps et il murmura contre ses lèvres : « Tu es si étonnante. »

Il s'épancha en elle comme s'il avait un corps liquide, onctueux et fluide, comme si elle était un petit lac de montagne, dissimulé, inconnu, et qu'elle se transformait en nectar à son contact. Elle remuait en de lents mouvements, les bras comme des rubans cotonneux autour de lui tandis qu'il fouaillait son corps qui le retenait et le relâchait en longues houles moelleuses d'une grande marée chaude ; plaisir et désir entremêlés s'enroulaient autour d'elle en une spirale étroite et irrésistible de chair dont elle occupait le centre comme un foyer électrique. Elle se sentit soudain si mélancolique qu'elle se crut en train de mourir, se dit qu'il devait s'agir du grand dénouement triste du trépas, mais elle s'en moqua. Elle enlaça la tristesse, le sel des larmes, la naissance et la mort, le temps se contracta jusqu'à ce foyer d'énergie qu'elle était, tout se contracta dans ce point infinitésimal du monde, elle-même, qui implosa pour ne plus rien laisser.

Ils se sourirent avec solennité, s'étirèrent ensemble sur le lit, leurs corps encore tout chauds. Il dit alors deux phrases surprenantes. Non, ce qu'elle trouva surprenant, ce ne fut pas les phrases mais sa façon de les dire.

« Je ne veux pas te perdre. »

Et : « Je ne savais rien de tout ça. »

Ananayel

Je ne savais rien de tout ça.

J'aime bien être Andy Messenger. J'ai fait de lui un homme en bonne santé, attirant et raisonnablement fort. (J'ai déjà essayé un certain nombre de types humains et je préfère le confort.) Et il est bel et bien humain. C'est moi qui l'ai bâti, à partir de mes propres molécules, il est donc à la fois moi-même et humain, et j'apprends sans arrêt à son contact ; mais je ne savais rien de tout ça.

L'expérience que j'ai vécue avec Susan ne ressemblait à rien d'imaginable. Pas du tout à cette épreuve avec Pami, à cette gymnastique brutale. C'était… c'était comme le meilleur de l'empyrée, son essence. Comment les humains peuvent-ils passer leur temps à faire autre chose ?

Évidemment, l'effet était d'autant plus fort pour moi que je perçois en outre les sentiments et les réactions de Susan. Les émois et sensations du couple, tout se mélange dans mon cerveau semi-humain ; quel cocktail explosif !

Je suis si heureux, j'ai la chance de mieux connaître les humains… avant la fin.

22

Trois heures et demie du matin. Pami ne s'était fait que deux cent vingt-cinq dollars cette nuit, mais il ne se passait plus rien dans la rue à cette heure. La plupart des autres prostituées étaient déjà parties. À trois heures et demie, un mardi matin, la circulation plus loin dans la Onzième Avenue, vers le tunnel Lincoln, se réduisait à deux ou trois plongeurs et joueurs d'accordéons fatigués ; pas des clients, ça.

Pami devait se décider tout de suite : rentrer ou espérer une dernière passe à vingt-cinq dollars. De la corde raide. Rush n'aimait pas qu'elle rentre beaucoup plus tard que trois heures en semaine – parce qu'il fallait qu'il entende tout ce qu'elle avait fait avant d'aller se coucher – mais il pouvait devenir mauvais si elle ramenait moins de quatre cents dollars.

Bah, ça ne serait pas le cas aujourd'hui. Plus de clients pour cette nuit. Pami Njoroge, la petite pute à vingt-cinq dollars, quitta son trottoir de la

Onzième Avenue et marcha jusqu'au carrefour de la 34e Rue et de la Huitième Avenue pour prendre le métro vers le nord. Pour attendre le métro, plutôt ; il fallait parfois poireauter un bon moment à une heure aussi tardive.

Et là, sur le quai du métro, se tenait un autre client : un Espagnol à moitié soûl qui ne songea d'abord qu'à l'enquiquiner, mais se fendit ensuite d'un sourire ravi lorsqu'elle lui lança de son accent kenyan mécanique, en avalant les mots : « Tu donnes vingt-cinq dollars, je taille une pipe. Ou alors tu t'en vas. »

Tout au bout du quai il y avait une boîte métallique orange d'un mètre cinquante de haut qui servait de poubelle. Ils passèrent derrière, quand bien même on ne voyait personne sur le quai, et elle lui rendit le service pour lequel il payait. À la fin elle vit qu'il songeait à la cogner sur la tête pour lui piquer son fric – Rush lui foutrait vraiment la raclée, si jamais ça arrivait – alors elle lui montra le petit couteau à cran d'arrêt dans son minuscule sac en bandoulière et lui demanda : « T'as envie que ce soit la dernière pipe de ta vie ? »

D'un coup, l'anglais du type le lâcha. Il recula, ses yeux marron écarquillés, et protesta en bafouillant de son innocence, qu'elle se faisait des idées, tout ça en espagnol latino – qu'elle ne comprenait d'ailleurs pas, ce dont elle se fichait éperdument –, puis il se dépêcha de gagner le milieu du quai où il savait que le voyait l'employé dans sa cabine.

Dix minutes plus tard une bande d'ados noirs bourrés firent leur entrée, bruyants et agités ; Pami se tendit, mais ils ne lui prêtèrent aucune attention et peu après la rame arriva. Elle monta dans une voiture presque vide et resta assise, seule avec ses pensées, tout le temps de son long trajet vers le nord.

L'appartement était à Rush, dans la 121e Rue près de Morningside Park. Le grand et vieil immeuble à la façade en pierre grise n'appartenait à personne – peut-être à la Ville – et la moitié des logements étaient vides, dans un état lamentable, les lavabos, les toilettes, l'installation électrique et les moulures de bois tout arrachés. Parfois on trouvait de vieilles mezouzoth par terre – elles ressemblaient à des tourniquets d'eau, sauf qu'elles ne bougeaient pas – et à l'intérieur il n'y avait plus de parchemin, tombé en poussière. Ceux qui dévalisaient les appartements, des gens simples et superstitieux, savaient que les mezouzoth étaient des fétiches religieux puissants de la tribu qui avait anciennement habité les lieux, alors ils extrayaient les petits tubes de métal des montants de porte avec des tournevis avant d'embarquer le bois. Ils n'avaient pas envie que la poisse les suive hors de l'immeuble.

Aucun des locataires actuels ne connaissait le langage ni même l'alphabet des bouts de papier-parchemin pliés dans les mezouzoth. Personne ne savait que le mot *Shaddai* écrit dessus était l'un des nombreux noms de Dieu, ni que les toutes petites inscriptions à l'intérieur étaient tirées de la Bible des Hébreux (que d'autres appellent aussi l'Ancien Testament), du Deutéronome 6 et 11 :

Écoute, Israël : Yahvé notre Dieu est le seul Yahvé. Tu aimeras Yahvé ton Dieu de tout ton cœur, de toute ton âme et de tout ton pouvoir. Que ces paroles que je te dicte aujourd'hui restent dans ton cœur ! Tu les répéteras à tes fils, tu les leur diras aussi bien assis dans ta maison que marchant sur la route, couché aussi bien que debout ; tu les attacheras à ta main comme un signe, sur ton front comme un bandeau ; tu les écriras sur les poteaux de ta maison et sur tes portes.

Et :

Assurément, si vous obéissez vraiment à mes commandements que je vous prescris aujourd'hui, aimant Yahvé votre Dieu et le servant de tout votre cœur et de toute votre âme, je donnerai à votre pays la pluie en son temps, pluie d'automne et pluie de printemps, et tu pourras récolter ton froment, ton vin nouveau et ton huile, je donnerai à ton bétail de l'herbe dans la campagne, et tu mangeras et te rassasieras. Gardez-vous de laisser séduire votre cœur : vous vous fourvoieriez, vous serviriez d'autres dieux et vous prosterneriez devant eux ; et la colère de Yahvé s'enflammerait contre vous, il fermerait les cieux, il n'y aurait plus de pluie, la terre ne donnerait plus son fruit et vous péririez bientôt en cet heureux pays que Yahvé vous donne. Ces paroles que je vous dis, mettez-les dans votre cœur et dans votre âme, attachez-les à votre main comme un signe, à votre front comme un bandeau. Enseignez-les à vos fils et répétez-les leur, aussi bien assis dans ta maison que marchant sur la route, couché aussi bien que debout. Tu les écriras sur les poteaux de ta maison et sur tes portes, afin d'avoir de nombreux jours, vous et vos fils, sur la terre que Yahvé a juré à vos pères de leur donner, aussi longtemps que les cieux demeureront au-dessus de la terre.

Ceux qui avaient enfoncé les petits clous dans le bois tendre de châtaignier, de chêne ou de pin pour fixer les paroles divines aux poteaux de leurs maisons ainsi qu'il leur avait été ordonné, ceux-là étaient partis depuis longtemps. Les derniers propriétaires de l'immeuble, qui connaissaient eux aussi la loi et la langue mais les avaient en grande partie ignorées voire oubliées, avaient disparu à leur tour. Il ne restait désormais plus personne pour s'inquiéter de la venue de la pluie ou de la récolte du froment, et ça faisait belle lurette que l'herbe de par ici n'était plus pour le bétail. Il ne restait même plus personne, de quelque langue que ce fût, pour réfléchir à l'avertissement que donnaient ces bouts de papier décomposés depuis des lustres : la colère qui s'enflamme, les cieux qui se ferment, tout le monde qui périt bientôt.

Pami sortit à la station de la 125e et suivit des rues sombres où des sans-abri dormaient par terre ; mais ils étaient en meilleure santé que leurs semblables de Nairobi. Parfois plus dangereux aussi ; Pami savait qu'il fallait marcher vite, garder son petit cran d'arrêt à la main, regarder uniquement droit devant elle. Ses talons claquaient sèchement sur le vieux trottoir fissuré.

L'immeuble où elle vivait avec frère Rush – il

aimait se faire appeler « frère » parfois, quand il essayait de monter une de ses arnaques politiques ou religieuses – se trouvait au milieu du bloc ; d'un côté il offrait de petits logements, de l'autre des décombres parsemés de briques à la place de ceux qui avaient existé là. L'entrée était toujours ouverte, la porte proprement dite avait disparu depuis une éternité. Les appartements toujours occupés s'entassaient pour la plupart verticalement dans les angles arrière de la bâtisse, là où subsistaient les anciennes cheminées et gaines d'évacuation, et où les conduites d'eau n'avaient pas gelé grâce à l'immeuble habité et chauffé du bloc voisin, mitoyen par l'arrière. Il y avait de l'eau dans le bâtiment – personne ne savait exactement pourquoi – mais bien sûr pas de chauffage, aussi les locataires brûlaient-ils en hiver tout ce qui leur tombait sous la main dans les vieilles cheminées peu profondes, originellement conçues pour le charbon.

Pami et Rush occupaient deux pièces à l'arrière d'un appartement du premier étage, la première meublée d'un matelas pour dormir, de quelques cartons pour le rangement et de lampes à pétrole pour éclairer et chauffer, la seconde d'une table, de quelques chaises et de casiers à lait en plastique pour s'asseoir, et pourvue de l'électricité par le truchement d'une rallonge (d'une série de rallonges gros modèle) qui serpentait le long d'une conduite d'aération depuis un autre immeuble où un type que connaissait Rush s'était branché sur l'alimentation générale, en échange de deux doses (toutes deux fortement coupées).

Rush vivait surtout dans la pièce avec la table et les chaises. Ce n'était pas un gros trafiquant, mais tout ce qui lui passait entre les mains, il le vendait à cette table. C'était à cette table qu'il discutait interminablement de ses combines et arnaques avec ses copains camés (pour aboutir nulle part). Il y mangeait et buvait, il y comptait les recettes de Pami toutes les nuits. Et ils s'y installaient pour qu'elle lui raconte tout ce qui s'était passé depuis qu'ils s'étaient quittés.

Pami ne comprenait pas à quoi rimait ce rituel. Elle avait connu des types qui prenaient leur pied à écouter leurs femmes raconter les coups qu'elles tiraient avec d'autres hommes, mais apparemment ce n'était pas son cas, à lui. (D'ailleurs, Rush se foutait à peu près de tirer des coups, ce qui arrangeait bien Pami.) C'était comme s'il voulait entendre quelque chose, un événement sortant de l'ordinaire, la tête légèrement penchée, ses yeux rougis rêveurs, les poings à moitié serrés sur le bois entaillé de la table. Il ne réagissait jamais à ses paroles, ne lâchait jamais plus qu'un grognement quand elle avait terminé ; ensuite ils pouvaient aller se coucher.

Il l'attendait comme d'habitude ce soir-là, assis à la table, tout seul dans la pièce, éclairé par une lampe de bureau à l'abat-jour sale posée par terre près de la plaque chauffante, un emballage vide de Kentucky Fried Chicken abandonné à ses pieds. Il l'attendait comme d'habitude, mais lui, il n'était pas comme d'habitude, et elle s'en rendit compte aussitôt. (Elle était toujours sensible à ce qui l'entourait, très sensible à tout ce qui pouvait représenter une menace dans le voisinage.)

« T'es en retard, baby », dit-il de sa grosse voix rauque qui donnait toujours l'impression de vouloir se casser définitivement. Mais Pami n'y sentit pas tout à fait la même menace qu'à l'ordinaire ; quelque chose, elle ignorait quoi, détournait l'attention de l'homme, l'empêchait de reporter toute sa méchanceté sur elle.

Elle n'en joua pas moins son rôle : « Une nuit calme, Rush, dit-elle. Très calme. Je m'suis fait que deux cent cinquante, mais y a personne dans les rues et j'voulais pas rentrer trop tard. »

Elle ne put se retenir de prendre un ton cajoleur pour les derniers mots – quand Rush était mauvais, ça n'était pas pour rire – mais ce soir il n'eut même pas l'air de le remarquer. « 'sieds-toi, dit-il. Raconte.

– Okay, Rush. »

Elle s'attabla en face de lui, posa son petit sac devant elle, et pendant qu'elle en extirpait ses liasses de billets et remettait son couteau à l'intérieur, il l'écouta sans bouger ; parfois il se contentait de remuer ses lèvres épaisses, il les rentrait et les sortait comme s'il goûtait un plat à la fraîcheur suspecte. Elle lui parla des clients, des autres tapineuses, des passants, de toutes ses rencontres de la nuit, de l'Espagnol, des ados bourrés, du peu de monde dans le métro et des rues du quartier désertes en dehors des sans-abri endormis.

Il l'écouta sans cesser de lisser les billets, de les compter et de les empiler avant de les ranger dans sa poche de pantalon. Elle termina son compte rendu et se redressa, dans l'attente qu'il lui permette d'un signe de tête de se lever, de passer dans l'autre pièce et de se préparer à se coucher, comme il faisait toujours, mais cette nuit il en alla autrement. Cette nuit, Rush la fixa de ses yeux sombres bordés de rouge, immobile et silencieux, pendant une longue minute. Elle se sentit gagnée par une nervosité et une inquiétude grandissantes et se demanda ce qu'elle avait fait de mal. Puis il lui lança : « J'vais te donner un nom. Tu vas m'dire s'il te rappelle quelque chose. »

Pami n'avait aucune idée de quoi il retournait. « Okay, Rush », fit-elle.

Rush hocha la tête. On aurait presque cru qu'il s'endormait. Puis, très lentement, en articulant beaucoup plus distinctement qu'à son ordinaire, il dit : « Susan Carrigan. »

Pami cilla tout doucement et réfléchit. Susan Carrigan.

Les doigts calleux de Rush tapotèrent la table. « Alors ? Pami ? Susan Carrigan. Alors ?

– J'sais pas, Rush, dit-elle. Ça m'rappelle rien.

– Vaudrait mieux que ça t'rappelle quelque chose. Et j'te demande quoi. »

Sous l'effet de la crainte et du désespoir, Pami s'agita à la table. Des masses d'ombres investirent la pièce, répercutèrent chacun de leurs mouvements à tous deux. « J'sais pas, moi, Rush. C'est pas un nom que j'connais. C'est qui ? Une assistante sociale ? Quelqu'un comme ça ? » Puis, croyant deviner une partie du problème, elle demanda :

« Rush ? On t'a raconté que j'disais du mal de toi à une assistante sociale ? C'est pas vrai. Je cause à personne d'autre que toi, tu l'sais. »

Rush restait de marbre. « Y a forcément un lien, dit-il d'un air songeur, comme pour lui-même. Il se sert de toi. Il se sert d'elle. Mais qu'est-ce qu'il prépare ? Si vous vous connaissez pas…

– Rush ? Qui ça ? Personne se sert de moi, Rush. J'travaille seulement avec toi, moi. »

Rush ne lui prêtait aucune attention, tout à ses pensées. « Et si… » fit-il avant de se remettre à ruminer en tambourinant des doigts sur la table. Il jeta un coup d'œil à Pami, l'air de ne pas la reconnaître, de ne pas savoir ce qu'elle fichait là, de ne pas même la voir. Puis il sortit de sa torpeur, se redressa, prit une profonde inspiration et fronça durement les sourcils en direction de la jeune femme, comme s'il lui venait une idée et qu'il ne l'aimait pas. « Et si, recommença-t-il, et si t'étais rien du tout ? Et si t'étais une fausse piste, s'il m'avait dirigé sur toi pendant qu'il monte son coup avec d'autres ?

– Rush ? J'sais pas de quoi tu parles.

– Et c'est bon signe pour toi, d'ailleurs. Ça veut dire que tu peux continuer à vivre.

– Rush ?

– Pour l'instant, en tout cas. Comment ça va, les plaies ?

– À peu près pareil », répondit-elle, agressive, en baissant les yeux sur la table. Elle n'aimait pas ça, quand il parlait de ses plaies ; elle-même évitait d'y penser.

Les plaies étaient apparues durant les dernières semaines, autour de la taille et dans le dos, sous les omoplates ; petites mais humides. Elle appliquait dessus des pommades pour éviter qu'elles se voient à travers ses vêtements, mais sinon elle les ignorait, du moins elle essayait. N'importe comment, pour tapiner sur la Onzième Avenue elle n'avait pas besoin de se déshabiller, alors les clients ne se doutaient de rien.

« D'accord, baby, fit Rush d'un air fatigué avant d'ajouter, presque tendrement venant de lui : Va te coucher.

– Okay, Rush », dit-elle en dissimulant son soulagement sous des dehors impassibles. Elle se leva, gagna l'autre pièce et retira ses vêtements en faisant très attention là où le tissu collait aux plaies.

Dans cette chambre s'ouvrait une petite salle de bains sans installation. Ils bénéficiaient toujours de l'eau froide, et ils avaient une bassine et une bouteille de scotch pour la récupérer. Le trou qui marquait l'emplacement de l'ancienne cuvette des W.-C. empestait si fort qu'ils le recouvraient d'un vieux morceau de placoplâtre, mais ils s'en servaient quand même, ce que fit d'ailleurs Pami : elle retint son souffle, repoussa le placo, s'accroupit au-dessus du trou, s'essuya avec les serviettes en papier du Kentucky Fried Chicken, remit le placo en place une fois qu'elle eut terminé et lâcha sa respiration longtemps contenue avec un *« ouuuch »*. Mais l'odeur persista pendant encore dix minutes, un quart d'heure, rien à faire.

Pami remplissait la bouteille de scotch et la vidait

dans la bassine lorsque Rush entra dans la chambre et grimaça de dégoût. « Merde, fit-il. Va falloir que je pique du Clorox pour en verser là-dedans.

– C'est une bonne idée, Rush. »

La bassine pleine, Pami se lava d'abord la figure, puis les aisselles, puis s'accroupit au-dessus. Rush fronça les sourcils à la vue des ses plaies. « Tu vas pas travailler encore très longtemps, ma fille.

– J'ai le temps, lui dit Pami qui s'efforçait d'ignorer à quel point elle avait peur. J'ai tout le temps, Rush. »

Il ignora sa réponse. « Je sors un moment. Laisse pas allumé, j'sais pas quand je vais rentrer.

– Où tu vas, Rush ? »

Il lui lança un regard, comme pour lui dire qu'elle avait de la chance de ne pas se faire casser un bras pour une question pareille, et sortit.

Pami entendit grincer la porte de l'appartement. Elle ne se fermait jamais complètement, mais qu'est-ce qu'un cambrioleur viendrait faire ici ? Puis, une minute plus tard, elle entendit à nouveau grincer la porte ; peut-être que Rush avait changé d'avis.

D'habitude elle dormait toujours nue, mais à cause de ses plaies elle portait maintenant un tee-shirt trop grand pour elle qu'elle devait laver dans la bassine tous les matins. Il était encore un peu humide lorsqu'elle l'enfila, mais il sécherait vite au contact de sa peau. Elle passa dans l'autre pièce pour éteindre la lumière et tomba sur un homme, debout près de la table.

Flic. Ça crevait les yeux. Un grand costaud

rouspéteur en pardessus gris, costume sombre et cravate. Il la considéra d'un air dégoûté et lâcha : « Tu veux retourner en Afrique avec ce tee-shirt sur le dos ? »

Elle le fixa d'un regard horrifié. Retourner ? Elle n'y avait jamais songé – ç'avait été si facile de venir ici, d'y rester. Quand une pute à vingt shillings de Nairobi se démène autant qu'une pute à vingt-cinq dollars de New York, elle s'en sort nettement moins bien ; par certains côtés la vie était beaucoup plus facile ici. Si elle se faisait arrêter maintenant, si elle se faisait déporter, à tous les coups on trouverait les plaies, on l'examinerait, on saurait la vérité. On l'enfermerait quelque part, on la laisserait mourir. Tremblante, muette par peur de passer pour une étrangère – j'suis américaine ! une Américaine noire ! – elle ramena ses mains frémissantes contre son tee-shirt, sentit son ventre durci par la peur.

L'homme eut l'air encore plus dégoûté. « Va t'habiller, ordonna-t-il. Et dis à Rush de venir. »

Il savait tout, ce flic-là. Mais à présent, il lui fallait parler. Bien articuler les mots, se dit-elle, les articuler à la façon du quartier. « Il est pas là, monsieur.

– Oh, ne me fais pas perdre mon temps. Il ne peut pas sortir par derrière, il ne peut pas aller loin. Envoie-le moi et va t'habiller.

– Monsieur… » Est-ce qu'une Américaine dirait « monsieur » ? Oh, je suis foutue, songea-t-elle. Le désespoir lui glaçait la gorge. « Monsieur, c'est vrai. Il est pas là. »

Le flic la regarda, les sourcils froncés, puis

regarda la porte et leva la tête comme s'il flairait la piste de Rush. Comme un chien. Il parut un peu troublé. Il fit signe à Pami de passer devant lui, et tous deux franchirent la porte pour pénétrer dans la deuxième chambre obscure où il y avait juste assez de lumière en provenance de la première pour que Pami trouve son chemin parmi les cartons et les matelas. Mais elle connaissait les lieux.

Le flic pointa un doigt. « C'est quoi, ça ?

– Une lampe à pétrole, monsieur.

– Allume-la. »

La peur rendait les mains de Pami maladroites. Elle batailla avec la lampe, s'accroupit à côté, sa figure menue toute ridée par la concentration. La lumière jaillit enfin, elle tourna la molette pour descendre la mèche et abaissa le verre. La chambre en désordre s'anima d'une lumière ambrée.

« Ramasse-la », dit le flic ; Pami s'exécuta, et toutes les ombres se mirent à danser comme un corps de ballet. Le flic pointa encore un doigt. « Et là, les chiottes ?

– Oui, monsieur. »

Il n'y avait pas de porte pour la salle de bains, bien entendu. Le flic fit signe à Pami d'approcher la lampe et d'éclairer la petite pièce délabrée. Il la suivit, debout dans l'encadrement, et plissa le nez. « Comment tu fais pour vivre comme ça ?

– J'sais pas, monsieur.

– Ressors de là. » Toujours armée de sa lampe à pétrole, Pami suivit le flic dans la première pièce où il s'assit à la table – sur sa chaise à elle, pas sur celle de Rush – et s'y vautra, les jambes écartées, les pouces accrochés dans sa ceinture.

« Où il est passé, *frère* Rush ?

– J'sais vraiment pas, monsieur. » Pami avait renoncé à vouloir singer l'accent américain ; advienne que pourra.

« Sale petite conne, fit le flic, mais sans émotion, juste un peu de lassitude. Tu ne comprends donc pas que je peux t'aider, si je veux ? »

La mâchoire de Pami se contracta. Il lui offrait le salut – un salut à court terme, c'est vrai, mais elle ne pouvait pas espérer mieux –, il lui montrait une porte ouverte et elle ne pouvait pas la franchir. « J'sais pas, gémit-elle. J'sais pas où il est, Rush ! Faut que j'retourne en Afrique à cause de *ça* ? Rush m'a rien dit… On m'a jamais rien dit de toute ma vie ! Pourquoi vous êtes assez bête pour venir me poser des questions ? J'sais rien de rien ! »

Le flic ne fut pas impressionné. L'œil torve, il lui répondit : « Je suis sûr que tu sais ce qui va t'arriver si tu élèves encore la voix devant moi. »

Elle battit des paupières. Le verre de lampe grelotta au bout de son bras. Elle se tut.

Le flic fit un signe de tête. « Pose la lampe sur cette table, dit-il, sinon tu vas prendre feu.

– Oui, monsieur. » Elle posa la lampe. Plus calme à cause du ton tranquille de l'homme, elle se mit enfin à réfléchir. « Peut-être… fit-elle, peut-être qu'il est parti voir l'autre femme. »

Le flic haussa un sourcil. « L'autre femme ? Tu veux dire qu'il s'est trouvé une autre pute ?

– Non, monsieur. J'sais pas, moi, monsieur. Pas un nom comme ça, monsieur.

– Pas un *nom* comme ça ? » Le flic lui jeta un regard noir, furieux parce qu'elle l'embrouillait. « Qu'est-ce que tu veux dire par là ? Pas un nom comme ça ? Quel nom ? »

Elle céda encore à la panique. Elle ne retrouvait pas le nom ! Ses deux poings fermés et tremblants devant elle, elle essaya désespérément de réfléchir. « Oh ! C'est... c'est... Oh, s'il vous plaît, oh, attendez, c'est... Susan ! »

Les pouces du flic bondirent hors de sa ceinture. Il se pencha en avant, ses grosses mains claquèrent sur la table. « Susan ? Susan quoi ?

– J'sais pas ! Il a juste dit ça, après il est parti, et j'connais pas ces noms de par ici !

– D'accord, d'accord », dit le flic, moins agité, et il leva la main pour la faire taire. Il la fixa d'un regard pénétrant. « Le nom de famille, ce n'était pas Carrigan ? »

C'était ça ! « Oui, monsieur ! s'écria-t-elle, toute soulagée. Vous connaissez son nom, alors ! Vous êtes au courant !

– Moi ? » Le flic se renversa sur son siège. Une main tomba mollement sur ses genoux, l'autre monta à son menton et le frotta. Il réfléchissait. « Okay, Pami, dit-il enfin. Va t'habiller. »

Elle le regarda, les yeux ronds. « Pourquoi ?

– Parce que je t'emmène en ville, qu'est-ce que tu crois ?

– J'vous ai aidé !

– Pas beaucoup, Pami. » Il haussa les épaules. « N'aggrave pas ton cas. Allez, va t'habiller. »

Elle sut ce qu'elle allait faire avant même de s'en rendre compte. Elle montra la lampe du doigt. « Je peux emmener ça ?

– Bien sûr. »

Il était à nouveau affalé de l'autre côté de la table. Elle avança, ramassa la lampe à pétrole et la lui balança à la figure. Les mains de l'homme se levèrent dans un sursaut, mais trop tard. Le verre se brisa, du feu liquide l'éclaboussa sur tout le devant, puis Pami se précipita vers la porte et s'enfuit.

Alors qu'elle dévalait l'escalier, elle revit le flic dans sa tête ; toujours assis, il n'avait même pas bougé pendant que le pétrole lui brûlait le visage et la poitrine. Presque comme s'il savait qu'elle allait le faire. Qu'il le savait au moment où elle le faisait. Qu'il le savait sans s'en rendre compte, tout comme elle.

Pieds nus, vêtue d'un tee-shirt, sans ses vêtements ni son sac, ni son argent, ni son cran d'arrêt, Pami fila à toutes jambes dans la 121e Rue tandis que le feu se propageait derrière elle.

Ananayel

Susan !

Tandis que le feu consume ce corps, cette table, ce plancher, je reste assis à la même place, je cherche à comprendre ce que ça veut dire. Je passe tellement de temps avec Susan qu'un congénère démoniaque de cette créature a dû me retrouver et le signaler. Et maintenant il est parti voir ce qu'il peut apprendre de mes plans auprès de Susan.

Que va-t-il faire ? Il n'a pas fait de mal à Pami, il s'est contenté de rester près d'elle, d'attendre que j'aie besoin d'elle. Aura-t-il la même attitude envers Susan ? Ou va-t-il décider qu'il est temps de passer à l'action ?

Il ne faut pas que je perde de vue la situation. Susan n'a rien à faire dans le plan. Susan n'était que l'appât pour mettre Grigor Basmyonov en branle. Si l'appât sert deux fois, tant mieux, évidemment. Évidemment. Si Susan distrait maintenant ce démon de la partie, si elle détourne son attention pendant que je poursuis ma tâche, tant mieux. Évidemment.

Il ne faut pas que je perde de vue la situation. Susan Carrigan ne vivra pas plus longtemps qu'un long soupir de ma part, dans le meilleur des cas, ce qui n'est pas un cas fameux pour elle. Son espérance de vie est désormais celle de la planète : des semaines, tout au plus. Quelle importance si sa vie est encore plus brève ? Quelle importance qu'elle soit plus ou moins brève ?

Il ne faut pas que je perde de vue la situation, tandis que le feu dévore le plancher, que les créatures dans cette carcasse embrasée fuient pour sauver leurs vies éphémères, que mon corps chute avec la table et la chaise à travers les lames pourries du parquet brûlant et un étage d'air chaud enfumé, et que les sirènes des pompiers déchirent la nuit.

Il ne faut pas que je perde de vue la situation.

X

Elle dort. Je suis assis sur sa poitrine, presque en état d'apesanteur, je gratte mes genoux relevés de mes griffes, je renifle les odeurs de son souffle et de sa peau. Elle a fait l'amour, elle se sent bien dans son corps, dans son lit et dans sa tête. Mes pensées effleurent ses rêves, et elle gémit. Elle a conscience de mon contact, conscience de mon poids de plume sur sa poitrine et elle a peur.

Rien à voir avec Pami. Celle-ci, je vais me la découper en lanières, et elle me dira tout ce qu'elle sait. Tout. Et l'autre, là, l'autre fiente de dieu, ne s'en servira plus.

Mes orteils lui pétrissent la poitrine. Elle ouvre les yeux. Elle me voit. Elle hurle.

23

J'aurais dû rester dans le New Jersey, songea Frank. La voiture de police était toujours là, dans son rétroviseur, elle le filait, elle ne faisait encore rien, elle se contentait de le filer.

Je n'aurais pas dû entrer en ville à cinq heures du matin, se dit Frank. J'aurais dû attendre l'heure de pointe et me fondre dans la foule.

Mais il avait bêtement décidé d'*éviter* l'heure de pointe. Toujours au volant de la Chevrolet de l'aéroport Weir Cook d'Indianapolis, pendant qu'il roulait dans le New Jersey en pleine nuit, il s'était dit qu'il en avait marre, qu'il voulait en finir avec ce voyage, il allait pousser jusqu'à New York, abandonner aussitôt la bagnole, prendre une chambre d'hôtel et démarrer la journée du lendemain frais comme un gardon.

Il avait donc traversé tout le New Jersey, puis le type au péage du pont George Washington l'avait regardé bizarrement ; il l'avait tout de suite compris, tout de suite senti. Un détail chez Frank, dans la voiture ou ailleurs avait mis la puce à l'oreille du gars. Frank l'avait compris. Il avait passé sa vie à comprendre ce genre de trucs.

Ensuite, à Manhattan, alors qu'il descendait presque tout seul l'autoroute Henry Hudson, côté ouest, une bagnole de flics avait débouché de la voie d'accès de la 158ᵉ Rue. Il avait levé le pied jusqu'à ne plus dépasser la vitesse limite que de cinq kilomètres à l'heure, et la bagnole bleue et blanche de la police avait adopté la même allure que lui, à six longueurs de voiture derrière, voilà.

Le type du péage m'a repéré, se dit Frank. Il a senti que quelque chose clochait, il m'a balancé aux flics de New York, et en ce moment les gars que j'ai aux fesses sont en train de vérifier mon numéro sur leur ordinateur auprès du service des immatriculations. Le vol de la voiture a-t-il été déjà déclaré ? Est-ce que son propriétaire d'Indianapolis est revenu et a pris la navette gratuite pour rejoindre le parking où il avait garé sa voiture ?

Et même, même s'il n'est pas revenu, au cas où les flics derrière décideraient malgré tout de contrôler ce conducteur en Chevrolet, par principe et parce que c'est une nuit calme, Frank n'a pas de papiers ; pas de papiers personnels, ni surtout de papiers pour la voiture. « À quel nom est cette voiture ? – John Smith, m'sieur l'agent. »

125ᵉ Rue ; prochaine sortie. En douceur, sans s'énerver, l'air désinvolte – personne pourtant ne pouvait voir son visage à cet instant –, Frank obliqua vers la sortie, descendit tranquillement le virage de la bretelle, et *la voiture de flics le suivit.*

Merde ! Merde, merde, merde ! Le premier feu qui se présenta était vert, Frank fila tout droit, les flics dans son sillage à un demi-bloc derrière. Le deuxième feu passait à l'orange ; il appuya sur l'accélérateur et le franchit en flèche avant de lever à nouveau le pied. La minute de vérité ; soit la voiture de police marque l'arrêt, soit les clignotants bleus et blancs s'allument, se mettent à tourner, et les flics traversent le croisement pour lui coller au tuyau d'échappement.

Faudra que j'essaye de les distancer, songea-t-il, conscient qu'il aurait peu de chances de réussir mais aussi qu'il n'avait pas le choix. Tourner à gauche, à droite, revenir sur ses pas dans toutes ces rues, s'efforcer de les semer. Il ne quittait pas le rétroviseur des yeux, sans respirer, la bouche ouverte de peur, et là-bas, derrière, la voiture de flics... *s'arrêta*.

Feu vert devant. Frank tourna à droite, puis à gauche dans la rue suivante, puis encore à droite. Il coupait et zigzaguait pour les perdre de toutes les façons possibles. Il n'arrêtait pas de revenir sur ses pas, encore et encore, dans des artères vides, à l'heure la plus noire de la nuit, celle qui précède l'aube. Aucune circulation, aucun piéton. Éviter l'autoroute, c'était ça le truc, gagner le bas de Manhattan, trouver une planque...

Des sirènes, au loin. Ils me cherchent !

Une petite Noire maigrichonne dans un immense tee-shirt rouge sang surgit en courant de nulle part dans la lumière de ses phares, agita les bras dans sa direction, la figure terrifiée, sillonnée de larmes.

Elle était pieds nus, et il crut d'abord qu'elle avait dix ans, une gamine, qu'on l'avait attaquée, qu'une bande l'avait violée, n'importe quoi, et il appuya instinctivement sur la pédale de frein mais sans s'arrêter complètement.

Elle attrapa la portière passager par la poignée au moment où la voiture passait devant elle à dix kilomètres à l'heure, l'ouvrit d'une saccade et bondit tête la première à l'intérieur pendant que la portière lui cognait violemment dans les jambes. Frank, ahuri, rappuya sur le champignon. La fille finit d'entrer et se redressa, à genoux sur le plancher, les bras sur le siège, sa figure implorante aux grands yeux et à la mâchoire brisée levée vers lui ; la portière mal fermée ferrailla lorsqu'il accéléra, un court instant inquiet d'être tombé dans une embuscade, et il vit qu'elle n'était pas ce qu'il avait cru. C'est une adulte, s'aperçut-il, les yeux baissés sur elle, je n'ai jamais rien vu d'aussi laid.

« Monsieur, emmenez-moi loin d'ici ! » s'écria-t-elle avec une espèce d'accent articulé ; pas du tout comme une négresse ; pas comme ces *frères* qu'il avait connus en taule et qui ont de la bouillie dans la bouche. « J'ferai tout ce que vous voudrez, suppliat-elle, mais emmenez-moi loin d'ici ! »

24

Susan s'éveilla d'un cauchemar pour en découvrir un autre pire encore, assis sur sa poitrine, dont les griffes lui piquaient les seins, dont les yeux rouges luirent lorsqu'elle se mit à hurler. L'être ouvrit son bec crochu couleur moutarde et lâcha une haleine si fétide que, même en proie à la terreur, Susan dut faire un effort conscient pour ne pas se sentir malade.

« Susan », fit le monstre dans un croassement rauque, comme un chien qui aurait appris à parler. Sa langue étroite, à l'extrémité fourchue, jaillit avant de rentrer aussitôt, l'air de déjà goûter son sang.

Je rêve ! Mais elle savait que non.

Une patte avant se tendit, une serre gris-vert lui toucha le nez comme pour jouer, et à son contact elle sentit un feu la parcourir. Elle cria, la respiration aussi chaude que du soufre dans ses poumons.

« Suuuu-san », répéta-t-il d'une voix doucereuse. Il accentua brutalement son poids ; puis redevint aussi léger qu'une plume. « Qui as-tu rencontré ces derniers temps, Suuuuu-san ? » et ses yeux rouges étincelèrent comme s'il espérait qu'elle allait refuser de répondre. Qu'elle allait d'abord refuser de répondre. Qu'elle allait refuser aussi longtemps que possible. « Qui as-tu rencontré ? Que faites-vous ensemble ? »

Andy ! songea-t-elle, mais elle se tut et songea encore : C'est un rêve. La chose alors leva la tête, l'air étonnée, et des éclairs de lumière blanche lui jaillirent des yeux.

Non ; *dans* les yeux. De partout, de nulle part, la lumière blanche formait deux cônes effilés, deux stylets, deux lames étroites qui plongeaient dans le démon par ses yeux ouverts, qui l'emplissaient comme du lait ; la lueur blanche à l'intérieur de son corps battait à travers ses écailles et sa fourrure, le gonflait, sa gueule s'ouvrit toute grande, sa mâchoire se décrocha, sa langue bifide battit frénétiquement dans le vide comme si, prise au collet, elle essayait désespérément d'échapper à cette gueule, à ce corps.

La lumière blanche consumait le monstre de l'intérieur, elle le brûlait et le rongeait ; il se tordit de douleur furieuse, prit appui sur le corps de Susan et bondit en l'air. D'immenses ailes gris-noir lui poussèrent, emplirent la chambre, s'agitèrent sauvagement, arrachèrent des murs les tableaux et le miroir, lequel miroir ne réfléchissait aucune image ; le démon se ramassa sur lui-même au milieu de ses ailes battantes, chercha à se mordre pour se débarrasser de cette lumière insupportable qui lui fouaillait et détruisait les entrailles.

Le comte Dracula, placidement assis dans le fauteuil de bois près de la fenêtre, la jambe droite passée sur la gauche, les mains tranquillement croisées sur les cuisses, regardait la bataille faire rage au milieu de la chambre. Susan, le visage tordu de terreur et de douleur, se redressa à demi, du sang suintant des longues griffures sur ses seins, et fixa cette nouvelle horreur.

Dracula tourna la tête – de petites étincelles d'électricité statique jaillirent lorsqu'il bougea – et sourit à Susan, découvrant ses crocs maculés de sang. « Tu lui es donc si importante que ça, dit-il d'une voix aimable et sans accent. Tu es la clé de voûte de son plan. »

Les mots n'avaient aucun sens, c'était comme s'ils participaient du supplice. Susan regarda son tortionnaire sous son nouveau déguisement, tandis qu'il reportait son attention sur la folie dont les airs étaient le théâtre : le battement furieux des ailes s'était ralenti, l'issue du combat ne laissait plus de doute. Le démon s'affaissa entre ses ailes qui s'agitaient par à-coups et grinçaient comme du vieux cuir.

Non, pas le démon ; l'enveloppe du démon. Susan le comprit tout de suite ; le démon, lui, avait fui le champ de bataille et, tranquillement assis, suivait maintenant la scène depuis les coulisses et s'amusait tout seul.

Mais c'est aussi ce que comprit son adversaire, quel ou quoi qu'il fût. Brusquement, la poitrine du griffon-goule se déchira et la lumière inonda la chambre, aveuglant Susan qui, alors qu'elle se plaquait les mains sur la figure, vit disparaître le comte Dracula. Évanoui.

Dans la pénombre derrière ses paumes, les yeux hermétiquement fermés, ce qui ne l'empêchait pas de distinguer à travers ses paupières et ses mains – elle apercevait les *os* de ses mains – tant la lumière était intense, Susan sentit s'opérer un changement radical. Une immense tendresse la submergea. La lumière perdit de son incandescence terrifiante, s'adoucit, calma la jeune femme, la détendit et la rassura dans son lit, effaça la peur et la douleur, caressa ses pensées. Et Susan plongea dans un sommeil lourd, sans rêves.

Le réveil sonna. Elle ouvrit les yeux d'un coup. Quel cauchemar affreux ! Mais tellement réel !

Elle se redressa dans son lit, incapable de se prononcer : rêve ou réalité ? Elle n'avait aucune blessure aux seins. Les tableaux et le miroir étaient toujours aux murs. Une légère odeur, comme du pneu brûlé, flottait dans la chambre.

25

Juridiction, c'était le mot qu'ils employaient. Ils discutaient, par-dessus la tête de Li Kwan ou à côté de ses oreilles, comme s'il ne parlait pas l'anglais, comme s'ils se fichaient qu'il le parle ou non. Ils employaient le mot *juridiction* et ils souriaient, se léchaient les babines, se défiaient du menton, comme s'il était un steak bien juteux qu'un seul pouvait avoir dans son assiette.

Depuis quatre jours ils le trimbalaient d'une juridiction à une autre. L'équipage du *Star Voyager* l'avait livré à des employés en uniforme du service d'immigration et de naturalisation des États-Unis, lesquels l'avaient conduit en voiture à travers New York – un New York si familier par toutes les photos et tous les films qu'il connaissait, mais si désespérément étranger – jusqu'à un immeuble administratif où ils l'avaient fait monter puis entrer dans une grande salle pourvue d'une cage grillagée. Ils l'avaient enfermé dans la cage, lui avaient servi un repas, à la suite de quoi des agents de police municipaux étaient arrivés, l'avaient emmené dans une vraie prison et jeté dans une cellule d'isolement où il avait passé la nuit. Le lendemain matin, le FBI s'en était mêlé – une autre cellule, ailleurs –, puis les services secrets, puis à nouveau la police de New York. Et retour à l'immigration. Et de temps en temps de brèves comparutions incompréhensibles devant des juges qui marmonnaient à l'intention des fonctionnaires sans lui accorder la moindre attention. Et ainsi de suite.

Les deux premiers jours, Kwan s'était acharné à expliquer son cas, l'expliquer à quelqu'un, n'importe qui, mais personne n'écoutait, tout le monde s'en fichait : les juges, les employés en uniforme qui le conduisaient d'un immeuble à un autre, tout le monde. Des types en costume fripé se présentaient parfois, ils portaient des attaché-cases bien astiqués, se prétendaient avocats et affirmaient qu'on les avait désignés pour le « représenter » ; il avait essayé de leur expliquer, à eux, mais aucun n'était intéressé. Le problème était là, en fin de compte, si problème il y avait : personne au monde n'était même intéressé.

Un avocat, le plus honnête de tous – le seul honnête –, n'avait pas mâché ses mots : « N'y pensez plus, Kwan. Vous n'êtes pas politique, alors oubliez tout ça. Votre affaire serait sacrément trop délicate si vous étiez politique, donc vous ne l'êtes pas. Vous êtes… voyons, vous êtes… – il avait examiné les papiers qu'il venait de sortir de son attaché-case rutilant – vous êtes un passager clandestin, un immigrant illégal, inculpé de vol…

– De vol ! Qui m'accuse de vol ?

– Vous allez passer au tribunal, Kwan. C'est votre nom, n'est-ce pas ? Li Kwan ? Votre nom de famille, c'est Kwan ?

– Mon nom de famille, c'est Li. Kwan, c'est mon prénom.

– Oh. » L'homme avait souri, il venait soudain de comprendre. « J'y suis ! Vous faites ça à l'envers ! C'est la coutume chinoise ou seulement la vôtre ?

– Chinoise.

– Alors vous êtes monsieur Li, c'est ça ?

– Oui.

– Comme le gars à qui je donne mes chemises. » L'homme avait eu un autre sourire amical à l'eau de rose. « Je suis ici pour vous aider de mon mieux, monsieur Kwan. Monsieur *Li*. Je vais m'y faire. Et je vais vous aider de mon mieux. » Kwan ne l'avait jamais revu.

Mais le pire, c'était les femmes. Plusieurs des fonctionnaires entre les mains desquels Kwan avait circulé comme un grain de chapelet étaient des femmes, et il ne comptait tout bonnement pas pour elles. Elles portaient des uniformes ou des vêtements sévères et leurs yeux étaient tantôt froids, indifférents ou affolés. La plupart avaient des paquets de muscles sous leurs bouches mesquines. Elles rencontraient Kwan dans de petites pièces nues aux meubles métalliques, serraient leurs attaché-cases ou leurs chemises de supermarché, appuyaient avec un déclic sur le poussoir de leur stylo-bille ; elles le voyaient seules ou se faisaient accompagner, et à aucun moment elles ne s'étaient souciées de lui.

Il avait d'abord essayé d'attirer leur attention de la manière habituelle, en jouant le jeune homme agréable, intéressant, inoffensif mais sexuellement fascinant, et pas une seule fois elles n'avaient eu la moindre réaction.

Il n'espérait évidemment pas se livrer à des ébats sexuels sur un des bureaux métalliques, il n'attendait rien de tel, mais il voulait simplement établir une forme de contact qu'il connaissait, une reconnaissance de leur humanité commune, d'un monde ouvert qu'ils partageaient, hors des chambres privées d'air où ils se retrouvaient. Par leur refus d'assumer leur sexe, elle le lui refusaient aussi ; en s'asexuant, elles asexuaient Kwan.

Il ne comprenait pas les choses aussi explicitement, il savait seulement qu'à sa frustration exaspérante et bien naturelle de se faire réduire au silence, étouffer par ces automates impassibles, s'ajoutaient une dépression croissante, une perte de confiance en soi, une conviction de plus en plus chancelante de gagner un jour. Les gouvernements l'avaient privé de ses motivations parfaitement morales, les bureaucrates dépouillé de ses droits et de ses recours, mais les femmes l'avaient vidé de sa personnalité.

Onze jours durant, elles avaient joué avec lui comme un chat avec une souris. Aucune ne l'écoutait, aucune ne l'écouterait jamais. Il n'était que le volant dans leur partie de badminton. Il ne pouvait pas participer au jeu, il n'avait donc aucun moyen de gagner le match.

Au bout de onze jours, il avait décidé, pour cesser d'être un zéro, d'en devenir un. Il avait saisi le tube de dentifrice dont sa cellule provisoire était pourvue, en avait ôté le capuchon avant de se l'enfoncer aussi loin que possible dans la gorge et de s'envoyer autant de pâte dans l'organisme que ses mains tremblantes pouvaient en presser ; les lumières s'étaient mises à tournoyer, la douleur avait envahi son corps et il s'était évanoui.

S'il n'avait pas fait de bruit en tombant, il aurait pu mourir.

Ce fut un mauvais moment lorsqu'il reprit conscience à l'hôpital. Le premier jour et la première nuit il se désintéressa de ce qui l'entourait, voulut faire croire qu'il était quand même mort. Il ne pouvait pas parler, de toutes façons, il pouvait d'ailleurs à peine bouger. Des tuyaux lui entraient dans le nez et par un nouvel orifice dans la gorge. Des seringues lui injectaient du liquide dans les bras. On lui avait attaché les poignets et les jambes. Des hommes et des femmes en blanc ne firent que passer, ne s'occupèrent pas de sa personne, ne se soucièrent que de son corps ; il les ignora autant qu'ils l'ignorèrent. Par le rectangle clair d'une fenêtre à gauche, il vit que le ciel changeait de teinte ; il s'en fichait.

L'après-midi du deuxième jour, un type ébouriffé en vêtements de tweed et nœud papillon approcha une chaise de son lit, du côté opposé à la fenêtre. « Je vous croyais patients, vous autres les Orientaux », dit-il.

La réflexion était si désobligeante qu'elle tira aussitôt Kwan de sa léthargie, et il tourna la tête pour jeter un regard noir à l'homme. Une figure ronde, des yeux ronds derrière des lunettes rondes à monture d'écaille, une épaisse moustache brune qui avait l'air postiche. Un nœud papillon ridicule bleu nuit avec des flocons blancs ; ridicule de porter une chose pareille. Si seulement il pouvait le dire.

L'homme lui sourit. « Vous n'êtes pas non plus particulièrement impénétrable, Kwan, dit-il. Je peux vous appeler Kwan ? Monsieur Li, ça fait tellement cérémonieux. Si vous pouviez parler, vous pourriez m'appeler Bob. Comme vous l'avez sans doute deviné, je suis psychiatre. »

Kwan ferma les yeux et détourna la tête. Honte, dégoût, ennui, rage. Bob : un nom ridicule, comme un bruit que lâcherait un yéti.

Bob se mit à rire et s'adressa aux yeux, visage et esprit fermés de Kwan. « Voilà un sort pire que la mort, n'est-ce pas ? C'est ça l'ennui avec le suicide. Quand on le rate, il faut parler à un psychiatre. »

Kwan ouvrit posément les yeux et fixa l'homme, s'efforçant d'avoir l'air aussi froid et mort que possible. Il savait ce que mijotait ce psychiatre ; son petit jeu était tellement évident, ç'en était insultant. Il voulait qu'ils deviennent copains, des potes, il voulait forcer Kwan à l'accepter comme un frère humain bienveillant. Si jamais il acceptait l'humanité de Bob, on en déduirait que Bob – et donc l'humanité en général – acceptait pareillement Kwan. Ce qui était faux.

« Okay, Kwan, fit Bob. Pour l'instant, seuls les faits vous intéressent. D'accord. Vous vous êtes bien arrangé l'intérieur, vous avez mis assez de pagaïe pour qu'on vous amène ici, au CHU de New York, où ils ont des spécialistes et du matériel de pointe pour vous remettre sur pied. Vous n'êtes donc plus en prison, mais il y a un flic devant la porte vingt-quatre heures sur vingt-quatre. Ils voulaient le poster dans la chambre, mais nous avons été plusieurs à les en dissuader. »

Il sourit devant le regard interrogateur de Kwan, malgré les efforts du jeune Chinois pour rester impassible, et ajouta : « Nous nous sommes dit que c'est ça, un monde rempli de flics, qui vous a conduit à votre situation actuelle. Nous voudrions que vous sachiez qu'il peut en être autrement. Croyez-moi, Kwan, si seulement vous aviez attendu un peu plus longtemps, tous ces gens anonymes qui vous harcelaient auraient disparu, et quelqu'un serait venu vous écouter. » Il sourit, l'air d'un entraîneur qui motive son poulain. « Bon, heureusement, il n'est pas trop tard. Dans une semaine ou deux vous aurez récupéré votre voix, et nous commencerons à réfléchir à ce qui est le mieux pour vous. Et nous trouverons. Kwan ? » Le visage ouvert et enjoué au-dessus du nœud papillon ridicule se pencha vers lui. « M'accorderez-vous au moins le bénéfice du doute ? »

Non. Et je ne veux pas récupérer ma voix. Je ne veux rien récupérer.

C'est Sam Mortimer, songea Kwan. Il me rappelle Sam Mortimer, le journaliste de Hong-Kong qui m'a trahi. De la cordialité, de la sympathie, de la sollicitude réelle, mais rien en dessous. Un intérêt tout professionnel. Il considéra le professionnel, décidé à garder un visage inexpressif.

Bob attendit, puis il se redressa et haussa les épaules. « Nous avons le temps, dit-il, apparemment inconscient du froid que jetait une réflexion pareille. Vous savez, Kwan, rien ne vous force à rester attaché comme ça. C'était uniquement pour vous empêcher de vous faire mal, d'arracher vos tuyaux, des choses comme ça. Je veux dire, vous savez, vous ne pouvez absolument pas vous tuer dans cette chambre, mais vous arriveriez sûrement à vous causer des dégâts, et personne n'en a envie. Alors, si je garantis aux docteurs et au flic dehors que vous ne tenterez rien contre vous-même, je suis à peu près certain de vous faire détacher ; vous pourrez même vous asseoir et regarder le fleuve par la fenêtre. Ou je pourrais vous trouver de la lecture. Chinois ou anglais ? Ça vous dirait, de la lecture ? »

Kwan ferma les yeux. Les larmes sur ses joues le piquaient comme de l'acide. Il n'y avait aucun moyen de gagner. Ils étaient des légions et ils avaient des soldats pour toutes les campagnes. Et lui gisait sur son lit, impuissant. Seul, impuissant, désespéré, trahi, et on lui refusait même le droit de tout arrêter.

« Des magazines ? Chinois ? »

Kwan, derrière ses yeux clos, hocha la tête ; une défaite de plus.

Assis, il avait vue à gauche sur l'East River et sur un secteur industriel du Queens de l'autre côté du large fleuve. Le trafic fluvial était clairsemé et presque uniquement commercial : péniches, remorqueurs, parfois un petit cargo. De temps en temps un petit hydravion décollait ou se posait. La rive de ce côté-ci, à peine visible au bas de la fenêtre, grouillait des voitures qui roulaient à vive allure sur l'avenue Franklin Delano Roosevelt ; toute cette agitation entraperçue sur la route faisait paraître le fleuve encore plus désert, mais pas paisible pour autant. Tandis qu'il le contemplait, qu'il observait les ombres grises et changeantes à sa surface, Kwan se rappela sa traversée à la rame du continent chinois jusqu'à Hong-Kong. Il était alors un tout autre homme. Avec quel espoir il avait tiré sur les avirons et regardé se rapprocher les lumières de la ville !

À droite, il avait vue sur la porte, par laquelle passaient de temps à autre les docteurs, les infirmières et Bob. Chaque fois qu'elle s'ouvrait, Kwan jetait un coup d'œil et voyait un agent en uniforme, différent selon les tours de garde, assis dans un fauteuil de bureau à bras métalliques contre le mur d'en face, en général plongé dans la lecture d'un journal, parfois désœuvré, les bras croisés, les pieds plantés large, le regard fixe, égaré dans l'enfilade du vaste couloir, sans doute pour suivre, admiratif, le postérieur d'une infirmière. En une occasion, ce fut une agente qui monta la garde ; elle lisait un magazine.

Kwan aussi. Sur la table métallique blanche près de son lit se trouvaient ceux que Bob lui avait procurés, plus un crayon et un bloc au cas où il voudrait demander quoi que ce soit ou donner un avis quelconque. Il n'avait rien à dire, aucune raison de se servir du crayon ni du bloc, mais il lisait les magazines, en chinois et en anglais, et malgré ses efforts pour l'empêcher d'entrer, le monde forçait sa porte en masse pour lui apporter son désespoir et sa perfidie.

À d'autres moments, il dormait. Il prenait ses médicaments, se soumettait aux examens, suivait les séances de rééducation. À cause des lésions qu'il s'était infligées à la gorge et à l'œsophage, il ne pouvait ni manger ni boire le moindre liquide, ni parler, mais l'intraveineuse enfoncée dans la partie charnue de son avant-bras gauche se chargeait des deux premiers problèmes, et il n'avait pas besoin qu'on se charge du troisième.

Comme il dormait d'un sommeil léger depuis qu'il n'était plus utile de lui donner des calmants, il entendit la porte s'entrebâiller et se tourna pour regarder au moment où le battant achevait de s'ouvrir, si bien que la personne qui entrait dans sa chambre obscure – les stores vénitiens étaient tirés sur le spectacle nocturne du fleuve – se silhouetta sur le fond du couloir éclairé. Puis l'intrus referma la porte et s'avança doucement, mais dans la tête de

Kwan s'était inscrite l'image du couloir et du fauteuil vide contre le mur d'en face.

Le policier ? Pour quelle raison entrait-il dans sa chambre ?

Non. La silhouette rapidement entrevue à contre-jour lui avait laissé une impression de longue veste blanche comme en portent les docteurs, pas du tout d'un uniforme de policier. Mais quand les membres du personnel médical venaient la nuit dans sa chambre, ils appuyaient toujours du pied sur la petite tige métallique coiffée de caoutchouc fixée à la porte pour la maintenir ouverte, afin de bénéficier de la lumière du couloir pour y voir plus clair – en plus de leurs petites lampes électriques – et de ne pas le déranger en allumant le plafonnier et le reste.

Kwan, déjà habitué à l'obscurité, distinguait au moins les formes. L'intrus, qui arrivait de la lumière vive du couloir, avait à l'évidence du mal à trouver le chemin du lit dans le noir ; Kwan entendit des raclements de pieds de chaise quand il cogna dedans.

Et soudain il sut. Kwan essaya de se relever en position assise, gêné par la planchette qui maintenait rigide son bras sous perfusion et par les tuyaux toujours fichés dans son nez et l'orifice de sa gorge. Il gargouilla des sons effrayés, rauques et hachés, les premiers qu'il émettait depuis son réveil à l'hôpital. Ils lui causèrent une douleur atroce mais firent aussi s'arrêter l'ombre sournoise qui resta immobile un instant avant de chuchoter, en cantonais doucereux et cultivé : « Vous êtes réveillé, n'est-ce pas, Li ? Je suis venu vous aider. » Et elle s'approcha de nouveau à pas feutrés.

Kwan savait quel genre d'aide ce salaud mielleux venait lui offrir. Il avait voulu se tuer, pour des raisons à lui, pour atteindre des objectifs personnels, mais bien sûr ses désirs s'accordaient à merveille avec les leurs. Elle les arrangeait bien, son envie de les débarrasser tout seul de sa présence, d'éliminer toute gêne éventuelle future. Mais il avait raté son suicide – il ratait tout, il s'en rendait compte à présent –, alors ils avaient décidé de lui donner un coup de pouce, avaient envoyé ce sous-secrétaire, chauffeur ou attaché militaire de leur ambassade ou de leur délégation aux Nations unies pour veiller à ce qu'il ne se rate pas une deuxième fois.

Pas comme ça ! songea Kwan qui résistait d'instinct, qui s'accrochait à la vie aussi machinalement qu'il avait voulu s'en défaire. Il poussa un autre croassement rauque, tant pis pour la douleur, mais pas assez puissant pour qu'on l'entende à travers la porte fermée.

Et où était le policier ? Le chuchotement bienveillant lui répondit tranquillement : « Détendez-vous, Li, personne ne va venir nous déranger. Nous avons payé pour semer un peu de confusion dans les emplois du temps – ils s'imaginent, les pauvres, avoir échappé à un photographe du *New York Post* –, nous sommes donc seuls. Vous voulez dormir, Li, je le sais, et je suis ici pour vous assurer le sommeil. Un sommeil long et sans rêves. »

La silhouette était au bord du lit. Kwan, qui essayait toujours de se redresser, sentit l'homme passer une main près de lui pour saisir un oreiller. Il se laissa retomber en arrière, appuya sa paume à plat sur la poitrine de l'autre et poussa aussi fort qu'il put, mais il était trop faible et des muscles durs tapissaient le torse de son adversaire.

L'oreiller se plaqua sur son visage, arracha le tuyau de son cou, écrasa l'autre dans son nez. Les dommages qu'il avait déjà infligés à sa gorge s'aggravèrent, s'aggravèrent terriblement. Kwan résistait, non pour sauver sa vie mais pour échapper à la douleur. Il battit vainement l'air de son bras libre tandis que l'homme pesait de tout son poids, accentuant du même coup la souffrance atroce qui s'irradiait en lui.

La main de Kwan glissa sur l'épaule et le long du bras de l'homme, s'agita dans un sens puis dans l'autre, fit un écart brusque, cogna durement des phalanges contre la table métallique blanche, chercha dessus à tâtons comme une araignée, découvrit un objet, s'en servit pour porter un coup vers le haut.

« Nnn... »

Bien ; une réaction. Alors que des planètes et des satellites embrasés lui tournoyaient contre les paupières, que sa tête et sa poitrine se soulevaient en quête d'oxygène, Kwan frappa une seconde fois, puis une troisième, une quatrième, et la chose qu'il serrait dans sa main se brisa à l'instant même où se relâchait d'un coup la pression sur l'oreiller. Kwan repoussa celui-ci, hoqueta et vit son poing refermé sur une moitié du crayon qu'on avait laissé sur la table avec le bloc et dont il ne s'était pas servi.

La silhouette reculait en chancelant et s'étreignait le visage des deux mains. Kwan bondit du lit en manquant tomber ; la douleur de la seringue intraveineuse qui s'arrachait de son bras passa presque inaperçue parmi toutes les autres qui le rappelaient à l'ordre. Il franchit la chambre d'un pas flageolant, son bras valide tendu en avant, il chercha la porte, trouva le bouton, l'ouvrit avec si peu de forces que le battant parut venir vers lui comme à travers de l'eau.

Il jeta un bref regard en arrière et vit son agresseur, un Oriental grand et noueux, vêtu comme un docteur, les yeux écarquillés d'horreur et de rage, la bouche ouverte, une main tremblante agrippée au crayon qui lui sortait de la joue, n'osant pas le retirer. L'homme aperçut Kwan dans l'encadrement de la porte, sur le point de s'échapper. Il le fixa, puis poussa un petit cri et tira d'un coup sec le crayon qu'il balança à travers la chambre. Du sang gicla de sa joue, et Kwan prit la fuite.

Ananayel

Ils se déplacent toujours plus tôt que prévu. D'abord Frank, et maintenant Kwan.

Je n'avais pas imaginé qu'un quelconque bureaucrate entreprenant au sein du tentaculaire gouvernement chinois déciderait d'ordonner l'exécution de Kwan. C'était moins une. Kwan a sauvé sa vie tout seul, heureusement, sinon il m'aurait fallu tout recommencer et laisser ce premier groupe de pions suivre d'eux-mêmes leurs destinées abrégées.

Je suis quand même parvenu à aider Kwan, quoique tardivement. Lorsque la porte de sa chambre s'est refermée derrière lui et qu'il est parti en courant dans le couloir sur ses jambes vacillantes, son ange gardien l'accompagnait une fois encore. J'ai permis à l'assassin, toujours dans la chambre, à nouveau dans le noir et sérieusement ébranlé, de trébucher sur une chaise que j'avais placée sur son chemin, ce qui a donné à Kwan quelques secondes de plus pour gagner la porte à deux battants, la passer et trouver la cage d'escalier.

Sa faiblesse aurait causé sa perte, mais je lui ai communiqué un peu de mon énergie, suffisamment pour qu'il descende les marches jusqu'au rez-de-chaussée et tombe sur une porte verrouillée une seconde avant qu'il ne la touchât et une seconde après qu'il l'eut franchie. Quelques employés du CHU – trois infirmières et un docteur – ont été légèrement détournés de leurs trajets pour permettre à Kwan de circuler sans se faire voir. Il a ensuite ouvert un placard qui contenait – mais seulement quand il l'a ouvert – un pardessus déchiré à peu près à sa taille qui dissimulerait la majeure partie de son pyjama d'hôpital. Par terre, il y avait une paire de bottines noires en caoutchouc, un peu trop grandes pour lui. Il a fourré les jambes de pyjama dans les bottines avant de repartir.

Un garde en uniforme d'une entreprise de sécurité privée aurait dû se tenir à la sortie, mais un coup de téléphone l'avait éloigné et il venait de découvrir que son correspondant avait raccroché. (Du travail grossier et maladroit, mais que faire faute de temps pour me retourner ?)

Kwan a émergé dans une nuit froide et sans nuages. Il était un peu plus de cinq heures du matin. La Première Avenue se trouvait à sa gauche, avec une circulation réduite en dehors de quelques taxis en maraude. L'avenue Franklin Delano Roosevelt, elle, était à sa droite, des voitures y roulaient à vive allure, et le fleuve s'étalait au-delà.

Kwan est parti vers la droite, il a débouché sur une bretelle d'accès à l'avenue Roosevelt mais a préféré suivre une rue étroite qui courait entre l'avenue et l'arrière de bâtiments du complexe hospitalier. Il est tombé sur un groupe de trois personnes emmitouflées endormies sur une grille d'air chaud contre un haut mur de brique et s'est joint à elles. Une fois allongé, tout de suite inconscient, alors que les blessures de son cou et de son bras gauche commençaient à se cicatriser, il est aussitôt devenu invisible, autre sans-abri parmi les milliers à dormir dans les rues de New York.

Je l'ai laissé là et suis retourné un court instant auprès de Susan, dans le seul but de m'assurer que le démon n'avait pas lancé une nouvelle attaque contre elle – il ne s'y était pas risqué, il se terrait toujours quelque part et léchait ses blessures – et j'ai porté mon attention sur mes autres acteurs vedettes.

Ils se débrouillent tout seuls à présent. Je n'ai rien à faire. Surtout Maria Elena, et aussi Grigor. J'ai mis les toupies en mouvement, mais maintenant tout se déroule sans autre impulsion de ma part. Je n'apparais même plus.

Et ils se déplacent si vite. Comme s'ils étaient au courant et qu'ils avaient hâte d'en finir.

26

À dix heures et demie, le séchoir fit entendre sa sonnerie et Maria Elena monta les draps. Elle regarda par la fenêtre de la chambre, et comme de bien entendu la Plymouth grise était toujours là, en face, de l'autre côté de Wilton Road, à deux maisons sur la droite. Hier, elle stationnait une maison plus loin, et avant-hier deux, mais à gauche et de ce côté-ci de la rue. Toujours orientée vers chez elle.

La prenaient-ils pour une imbécile ? Ou faisaient-ils exprès de se montrer dans l'espoir de l'intimider ? Quelle ironie, non ? Avoir coupé les ponts avec les dissidents pour se voir maintenant contrainte par le gouvernement – le FBI, la police d'état, quiconque la surveillait – à faire ce qu'elle avait déjà fait la mort dans l'âme.

Il y avait toujours si peu de voitures à stationner dehors le long de ce virage de la banlieue de Stockbridge, dans le Massachusetts, qu'un véhicule sortant de l'ordinaire attirait forcément l'attention.

Croyaient-ils, sous prétexte que l'unique occupant était une femme – une femme qui fumait comme un pompier –, que Maria Elena ne comprendrait pas ce qui se passait ? La voiture grise banale, les autocollants vaguement progressistes (mais inoffensifs) – J'❤ LA TERRE ; SAUVEZ LES BALEINES – ne suffisaient pas à la maquiller, pas dans un quartier pareil.

Tout en faisant les lits – Jack et elle faisaient désormais chambre à part – Maria Elena engagea une conversation silencieuse et rageuse avec la femme de la voiture. Mais ces échanges fictifs avaient perdu de leur pouvoir calmant. Ses diatribes imaginaires à l'encontre des riches, des puissants, des rapaces et des sans-cœur ne résolvaient en rien ses problèmes actuels, n'avaient jamais abouti qu'à soulager sa mélancolie nerveuse et fragile. Et maintenant elles n'y parvenaient même plus.

Le comble, c'est que si quelqu'un devait aujourd'hui aller voir les autorités, c'était bien elle, elle avait des motifs de se plaindre, mais elle n'arrivait pas à se décider. Elle était pourtant à peu près sûre à présent qu'Andras lui avait volé son passé.

Andras Herrmuil, le soi-disant producteur de disques, l'homme de toutes les promesses qui avait disparu. Avec les disques, les affiches, les photos, les coupures de presse de Maria Elena.

Moins de deux mois plus tôt, il avait téléphoné de sa voix de baryton enthousiaste. « Maria Elena ? C'est bien la Maria Elena ? »

Même ici ? s'était-elle émerveillée, mais malgré tout le plaisir que lui procurait la question, elle avait répondu machinalement : « Non, je regrette, je ne vois pas de qui vous parlez.

– C'est bien vous ! Je reconnais votre voix ! » Et il avait poursuivi dans le portugais de son Brésil natal : « Quand vous chantiez, je vivais encore au pays, j'étais jeune. J'étais l'un de vos fervents admirateurs, j'allais partout où vous passiez.

– Je regrette, répéta-t-elle en lui répondant inconsciemment en portugais, vous me prenez pour…

– Mais non. Vous savez combien de fois vous avez chanté à Belem ? » Une ville à l'extrême nord du Brésil.

« Quoi ? fit Maria Elena. Non, je…

– Trois ! annonça-t-il, triomphant. Et je suis allé vous écouter à chaque fois, pourtant j'habitais à São Paulo. Maria Elena, vous vous souvenez de votre album *En public à São Paulo* ? Je suis dedans ! J'y hurle à tue-tête !

– S'il vous plaît, vous…

– Pardonnez-moi, fit la voix insistante, je m'emballe. Je m'appelle Andras Herrmuil, je suis en ce moment "A.R." chez Hemispheric Records, et mon coup de téléphone, croyez-le ou non, est purement professionnel. »

Il avait dit « A.R. » en anglais ; ce qui attira l'attention de Maria Elena. « Vous êtes quoi ? fit-elle. A.R. ? Je regrette, je ne comprends pas ce que ça veut dire. »

À nouveau en anglais, il répondit : « Artistes et Répertoire. » Puis en portugais : « Ça veut dire que j'aide à décider quels disques on produit. Je ne sais pas si vous connaissez Hemispheric…

– Non, je ne connais pas.

– Nous diffusons aux États-Unis de la musique des autres pays américains. Canada, Mexique, Amérique centrale, Amérique du Sud. Inscrire Maria Elena à notre catalogue, ce serait tellement…

– Non, non, s'il vous plaît, je…

– Il ne faut pas qu'on vous oublie ! Quand vous chantiez, vous étiez la meilleure ! La seule dans votre genre avec Elis Regina ! »

L'une des plus grandes vedettes du Brésil avant qu'elle ne se suicide. « Oh, non, protesta Maria Elena qui se sentit rougir, jamais, je n'aurais jamais pu…

– Ah, alors vous reconnaissez qui vous êtes ! Maria Elena, est-ce que je peux passer vous voir ? »

Comment refuser ? Il était donc venu chez elle. D'une beauté mystérieuse, dans les trente-cinq ans, il avait flirté avec elle (mais sans dépasser la mesure) et brossé des tableaux enthousiastes de sa carrière relancée dans ce monde froid et sec du Nord. Il lui avait remis sa carte, et de son côté elle lui avait confié les deux cartons représentant tout ce qui restait de son passé artistique.

Après avoir promis de téléphoner vite et d'envoyer un contrat, Andras était parti, et pendant les semaines suivantes Maria Elena avait nagé dans une brume de bonheur, fantasmé sur sa nouvelle carrière. Était-ce possible ? Pourrait-elle vraiment rechanter ? Elle regrettait de n'avoir pas conservé au moins un album, histoire de réentendre à quoi ressemblait sa voix. Y arriverait-elle maintenant ? Les Nord-Américains, si froids, l'accepteraient-ils ?

Mais pas de coup de téléphone d'Andras ni de contrat au courrier. Maria Elena se tourmentait, elle dormait moins bien. Il ne fallait pas qu'elle l'appelle, elle devait attendre, il y avait toujours du retard dans les affaires commerciales.

Finalement, la veille, elle avait sorti la carte de visite d'Andras, composé le numéro de téléphone indiqué, à New York, et une voix enregistrée lui avait répondu que le numéro n'était plus en service. Les renseignements de New York lui avaient ensuite appris qu'il n'existait pas de société en ville du nom d'Hemispheric Records.

Oh, Andras. Qu'avez-vous fait et pourquoi ? N'étiez-vous qu'un admirateur, un admirateur cruel ? Était-ce là tout ce que vous vouliez, me voler mes souvenirs pour vous seul ?

On peut s'habituer à vivre sans espoir. Mais se le voir soudain offrir, comme un supplice de Tantale, commencer à croire une fois de plus à ce spectre miroitant, puis en être dépossédé, c'est insupportable. Maria Elena rongea son frein cette nuit-là, éveillée, seule dans son lit à ruminer les pensées les plus noires de sa vie.

Et ce matin, pour enfoncer le clou, la surveillance, la femme dans la voiture grise.

Pas encore onze heures, et il n'y avait plus rien à faire dans cette maison, plus aucun moyen de se changer les idées. Cette sale baraque n'avait guère besoin qu'on s'occupe d'elle avec tous ses « appareils ménagers ». Il restait toujours du ménage à faire, bien sûr, mais on gagnait du temps ; du temps pour quoi ?

Maria Elena descendit au rez-de-chaussée et tourna fermement le dos au salon et à son poste de télévision. Les feuilletons à l'eau de rose qui passaient dans la journée étaient trop attrayants avec leurs histoires sans fin où se mêlaient inextricablement à chaque instant grande passion et absurdité totale. Les personnages étaient profondément, terriblement préoccupés, comme l'avait été Maria Elena, comme elle voulait toujours l'être et qu'elle ne le pouvait plus, mais ce qui les préoccupait si fort, c'était invariablement des inepties. Rien de ce qui pouvait vraiment avoir de l'importance pour un être humain ne se produisait jamais dans leurs vies inventées de toutes pièces, voilà pourquoi ils séduisaient autant ; devenez un spectateur régulier, un mordu quotidien de ces marionnettes aux couleurs vives, laissez-les vivre vos passions à votre place. Tout bénéfice, indolore. Une drogue légale, aussi efficace que les illicites.

La fierté de Maria Elena l'empêchait de recourir à la drogue. Quelle qu'elle soit.

Tournant donc le dos au salon, elle erra sans but jusqu'à la salle à manger. Cette maison propre et sophistiquée avait une salle à manger à part, impeccablement cirée et entretenue, qui ne servait à rien. Quand Jack et elle prenaient un repas ensemble, ce qui n'était pas fréquent, ils s'installaient dans la cuisine à la table du petit déjeuner.

Maria Elena s'arrêta dans la salle à manger, sans savoir où aller ni que faire de ses mains. Ses doigts effleurèrent le plateau astiqué de la table en acajou. Douze places. Qu'allait-elle faire du restant de la journée ?

Elle songea à Grigor Basmyonov, mais elle lui avait encore rendu visite l'avant-veille seulement. Et elle lui avait parlé – avec quel espoir ! – d'Andras Herrmuil, d'Hemispheric Records et de la seconde carrière qui s'offrait brusquement à elle. Il avait été si content pour elle, si encourageant ; comment passer le revoir avec les dernières nouvelles ?

Mais une autre raison la retenait. Elle avait peur d'*utiliser* Grigor, d'en faire une espèce de feuilleton de chair et de sang pour elle toute seule, un drame sur lequel se lamenter sans risque personnel et donner libre cours à ses émotions sans conséquence.

Mais les jours où elle ne prenait pas la voiture pour traverser l'ouest du Massachusetts et rendre visite à Grigor dans l'état de New York, qu'y avait-il à faire ? Quel but poursuivre ? Elle regarda vers les baies vitrées de la salle à manger qui donnaient sur Wilton Road et vit les premières traînées de pluie glisser en diagonale sur les carreaux, comme si Dieu s'était secoué la barbe après sa douche. La pluie. Conduire serait donc plus difficile, rester enfermée à la maison encore plus angoissant.

Maria Elena s'avança pour jeter un coup d'œil au ciel, savoir s'il fallait s'attendre à un gros orage ou non, et fut surprise de voir la Plymouth grise tourner dans l'allée. Se ranger près de la maison.

Une arrestation ! se dit-elle, et elle ne put se dissimuler un frisson, la sensation qu'un événement intéressant, palpitant, allait peut-être enfin se produire. D'un pied léger, le cœur soudain léger lui aussi, elle se tourna vers la porte d'entrée.

La sonnette tardait à retentir. Maria Elena, immobile dans le vestibule à un pas de la porte, s'efforçait de ne pas avoir l'air impatiente, s'efforçait d'oublier combien elle l'était, impatiente. Que faisait donc la femme de la Plymouth ? Pourquoi traînait-elle ?

Ding-dong. Le bruit résonna très fort, parce que la sonnette était prévue pour qu'on l'entende partout dans cette grande maison et que Maria Elena se tenait juste en dessous. Elle sursauta, et pourtant elle s'y attendait, puis s'avança et ouvrit la porte. Elle resterait calme, digne, impassible et silencieuse.

D'abord elle crut à de l'eau de pluie sur le visage de la femme, mais il ne pleuvait que quelques gouttes et les joues de l'inconnue étaient toutes mouillées, son maquillage coulait, l'émotion lui déformait les traits. Des larmes ! Préparée à une arrestation, Maria Elena se sentit complètement perdue. La femme détestait-elle tant son travail pour le gouvernement qu'elle en pleurait ?

« Madame Auston ?

– Oui ?

– Je suis Kate Monroe, il faut que je vous parle.

– À quel sujet ?

– Au sujet de John. »

Le nom ne lui disait rien. Un membre du groupe antinucléaire ? « John ?

– Votre mari ! s'écria la femme. Vous ne vous souvenez donc pas que vous avez un mari ?

– Oh, mon Dieu, fit Maria Elena qui recula. Entrez, entrez. »

Elles étaient assises dans le salon, Maria Elena sur le divan moelleux, Kate Monroe sur le fauteuil décoratif inconfortable aux bras de bois ; c'est elle qui l'avait choisi. Elle avait la trentaine, quelques kilos en trop, était habillée de plusieurs couches de tissus farfelus aux couleurs vives comme si elle jouait un rôle de fée dans une production hippie du *Songe d'une nuit d'été*. Elle avait les cheveux blond cendré, coupés plutôt court, pour l'heure emmêlés et ébouriffés. Son visage rond devait être joli quand il n'était pas bouffi et rouge d'émotion. Des larmes roulaient périodiquement sur ses joues rebondies.

Tandis qu'elles discutaient, Kate Monroe n'arrêtait pas d'utiliser et de mettre en lambeaux les mouchoirs en papier tirés de la boîte que lui avait donnée Maria Elena. « Je l'aime, et il m'aime ! Vous ne pouvez pas retenir un homme qui ne vous aime pas !

– Je sais.

– Il faut que vous le laissiez partir ! »

Maria Elena écarta les mains, embarrassée. « Oui, s'il le désire. C'est la loi américaine.

– C'est ridicule, poursuivit de sa voix criarde Kate Monroe qui n'écoutait pas un mot de ce que disait Maria Elena, c'est ridicule de vous accrocher à lui s'il ne vous aime plus ! On a droit nous aussi à notre chance de bonheur ! »

Maria Elena leva la tête, soudain furieuse envers cette femme ignorante et larmoyante débarquée chez elle. « Le droit ? Pourquoi vous auriez droit au bonheur, vous ? Qu'est-ce que vous avez fait pour y avoir droit ?

– Vous *devez* le laisser partir ! »

Mais Maria Elena ne se laissa pas distraire. « Vous avez dit que vous aviez droit au bonheur. Mais pourquoi ? Pourquoi auriez-vous droit à quoi que ce soit ? Pourquoi vous ? »

Cette fois, Kate Monroe entendit la question. Elle battit des paupières et parut un court instant incertaine. « J'ai dit une *chance* », se décida-t-elle. Elle retrouva son assurance et s'écria : « Vous avez eu votre chance, vous !

– Oui, c'est vrai », reconnut Maria Elena.

Kate Monroe comprit de travers. Vous et John, vous avez perdu ce que…

– Oh, pas Jack, la coupa Maria Elena. Non. Ma chance d'être heureuse remonte à bien avant. »

Kate Monroe n'arrivait pas à suivre la conservation, et ça l'énervait. Elle était venue dans cette maison pour exprimer une vérité claire et simple, mais à présent tout se compliquait et s'obscurcissait. Maria Elena, elle, comprenait ce qui s'était passé, sympathisait presque avec cette femme ; voilà ce qu'il en est quand on veut réaliser ses rêves.

Kate Monroe tenta de reprendre l'initiative et jeta d'une voix forte, mauvaise et brutale : « Si, c'est comme ça, si vous n'avez jamais rien éprouvé pour

John, si tout ce que vous cherchiez, c'est un billet d'entrée pour les États-Unis...

– Oui, c'est vrai. »

Kate Monroe la fixa, ahurie. « Vous l'admettez ?

– Pourquoi pas ?

– Alors pourquoi vous ne le laissez pas partir ?

– Parce qu'il ne me l'a pas demandé.

– Vous mentez !

– Je n'ai jamais entendu parler de vous, mademoiselle Monroe, dit Maria Elena. Jack et moi, nous ne discutons pas beaucoup. Mais bien sûr, il peut partir s'il le veut.

– Il vous l'a demandé, insista Kate Monroe, agrippée aux bras du fauteuil. Vous avez refusé. »

Maria Elena se leva. « John va revenir dans six ou sept heures. Pourquoi vous ne faites pas le tour de la maison, histoire de vous y habituer ? Quand il rentrera, vous discuterez de tout ça avec lui. Vous pourrez lui dire que je ne veux pas me mettre en travers de votre route. Que vous m'avez vous-même demandé si je le laisserais partir et que j'ai répondu oui. »

Kate Monroe commençait à avoir peur à présent. La base solide de son univers lui glissait sous les pieds. Elle leva les yeux vers Maria Elena. « Vous allez où ? fit-elle.

– J'ai un ami à voir à l'hôpital. Je serai sans doute absente plusieurs heures. » Maria Elena montra le poste de télévision. « Vous pouvez regarder la télé en attendant Jack. Il y a plusieurs drames passionnants au programme dans la journée.

J'espère que votre voiture ne bloque pas la sortie du garage.

– Non, je l'ai garée sur… *Pourquoi ?* Pourquoi vous ne restez pas discuter avec moi ?

– Parce que tout a été dit », répliqua Maria Elena. En imaginant l'avenir de Kate Monroe, elle ne put retenir un sourire. « Vous allez l'avoir, votre chance, dit-elle à la pauvre femme. Votre chance de bonheur. »

27

De plus en plus souvent ces derniers temps, Grigor n'arrivait même pas à se lever. Il avait un bouton de commande à portée de main près du lit et pouvait se remonter en position assise ; il restait comme ça toute la journée, parfois il lisait, mais le plus souvent – quand les livres étaient trop lourds à tenir, même les formats de poche – il regardait la télévision. Les chaînes ne manquaient pas, et il finissait toujours par dénicher un magazine d'actualités ou un documentaire quelque part. Grigor regardait ces programmes-là parce qu'il continuait à se dire qu'ils apportaient de l'eau à son moulin, qu'il y trouvait matière à d'autres blagues pour Boris Boris. Mais la vérité, c'était qu'il n'avait même pas faxé le moindre semblant de blague au studio de Moscou depuis des semaines.

Il savait où était le problème, bien sûr. Un problème évident, inévitable, pour lequel il n'existait pas de remède, comme pour sa maladie : il était parti depuis trop longtemps. Il ne connaissait plus la

Russie aussi naturellement qu'avant, aussi automatiquement qu'il se connaissait lui-même. Quels changements s'étaient produits au pays que pourrait commenter Boris Boris ? Quel était le sujet de conversation de la semaine à Moscou ? Grigor l'ignorait. Il ne le saurait jamais.

Le seul point de lumière, pour ainsi dire, dans son monde de plus en plus sombre et réduit, c'était Maria Elena Auston, cette drôle de femme qu'ils avaient prise à bord de la voiture à la manifestation. Ce n'était pas exactement quelqu'un de joyeux, pas aussi charmante que Susan, par exemple, mais Susan avait sa vie personnelle, un homme à elle désormais – pas une espèce de coquille d'homme clouée au lit – et n'effectuait que rarement le trajet de New York pour venir le voir. Maria Elena, elle, lui rendait visite en général deux fois par semaine, et il y avait quelque chose dans sa gravité, dans sa conscience de garder en permanence enfouie une tristesse intérieure, qui faisait d'elle une compagne réconfortante pour l'homme qu'était devenu Grigor.

La vie nous a tous les deux marqués, songeait-il. Nous nous comprenons d'une manière que les gens intacts ne soupçonnent pas.

Vous parlez d'un point commun ; il faudrait pondre une blague là-dessus.

Lorsque Maria Elena entra, c'était sa troisième visite de la semaine, record battu, et elle était de meilleure humeur que jamais. « La centrale est en grève ! » annonça-t-elle.

Grigor venait de se morfondre sur le peu qu'il savait du monde ces temps-ci, et voilà que Maria Elena lui en apportait la confirmation. Incapable de dissimuler l'irritation et l'impatience dans sa voix, il lança : « La centrale ? Quelle centrale ?

– Green Meadow ! La centrale nucléaire !

– Oh, oui. Là où nous nous sommes rencontrés. Mais vous avez dit que vous n'y alliez plus.

– Je suis passée devant en voiture. »

Maria Elena tira la chaise en plastique vert près du lit et s'assit ; ce qui ressemblait à du bonheur transformait son visage robuste. C'était en vérité une belle femme, dans le genre ténébreux et fort.

Ça ne tient pas seulement à la centrale en grève, se dit Grigor, mais il n'en savait pas assez sur la vie privée de Maria Elena pour deviner ce qui l'avait changée. Un nouvel amant ? Quelque chose, en tout cas.

Quelque chose qui l'écarterait de lui, comme pour Susan ?

Maria Elena poursuivait : « C'est la route la plus rapide, alors je la prends de temps en temps, et aujourd'hui il y avait beaucoup plus de manifestants ; certains portaient des pancartes disant qu'ils étaient en grève. Les employés sont en grève parce qu'ils savent que les expériences qu'on y fait sont trop dangereuses. Un car d'école voulait entrer, et les manifestants essayaient de l'en empêcher, alors j'ai dû attendre, et l'un des grévistes m'a dit que le car était plein de cadres et de membres du conseil d'administration !

– Mais la centrale fonctionne toujours ?

– Oh, oui. Et ils continuent leurs expériences. Mais vous les connaissez, ils se fichent du danger, tout ce qui compte pour eux, c'est qu'on ne mette pas en question leur autorité. »

Grigor regarda la fenêtre. « C'est tout près d'ici.

– Treize kilomètres.

– Trop près. » Il eut un sourire amer. « Est-ce que je vais subir les attaques de deux centrales nucléaires en une seule vie ? » demanda-t-il.

Maria Elena eut successivement l'air ahurie, effrayée puis incrédule. « Ils ne permettraient pas ça !

– Non, bien sûr que non. » Grigor hocha la tête. « Pas plus que les responsables de Tchernobyl n'auraient permis une chose aussi inconcevable. » Il se remit à ruminer, les yeux tournés vers la fenêtre ; il réfléchissait aux bâtiments à treize kilomètres. « J'aimerais bien y pénétrer, dit-il. Tout seul. Un petit moment seulement. »

Comme à bout de souffle, Maria Elena demanda : « Pour quoi faire ? »

Grigor tourna la tête vers elle. Lorsqu'il sourit, il découvrit des gencives grises qui désertaient les racines de ses dents décolorées. « Pour faire une bonne blague », répondit-il.

X

Qu'est-ce qu'il prépare ?

Je rôde sur terre, je laboure le sol de dépit, j'embrase les rochers et flagelle les pierres tombales. Qu'est-ce que ce larbin cauteleux mijote ?

Je ne peux pas l'attaquer de face, c'est ça le plus agaçant. Après deux rencontres, je dois maintenant le reconnaître : il est trop fort pour que je l'affronte directement.

Bon, et après ? Les attaques de front n'ont jamais été notre spécialité, à nous autres. Il a un dos ; je finirai par le trouver, son dos, et j'y plongerai une épée.

En attendant, j'observe la femme. Susan Carrigan. Aussi ennuyeuse qu'une église, aussi prévisible que la famine. Elle ne fait rien pour mettre ne serait-ce que sa propre personne en danger, encore moins l'espèce ou la planète. La mite d'albâtre de dieu tourne autour d'elle, parfois sous son déguisement de pain blanc enrichi – Andy

Messenger ! Quel humour ! – alors je ne veux rien tenter contre elle, pas encore.

Mais c'est quoi, son plan ? Qu'est-elle censée faire, cette bonne femme ? C'est agaçant, c'est insupportable ! Oh, je vais prendre une de ces revanches quand il n'y aura plus de risques !

Quant à l'autre, ma petite Pami, elle a disparu, elle aussi. Ça, c'est moins important.

Je n'ose pas échouer. Je n'ose même pas demander du renfort. *Je n'ose pas*. Qu'est-ce qui m'arriverait…

Non. Ne pensons même pas à ce qui pourrait m'arriver.

28

Le docteur prit Frank à part tandis que Pami s'habillait. « Est-ce que vous avez eu des rapports sexuels avec cette jeune femme ?

– Pas moi, répondit Frank. J'veux même pas lui serrer la main. Je suis ici comme ami, c'est tout. »

Le toubib était un type plutôt sympathique ; la quarantaine, maigrelet, il perdait ses cheveux. Difficile de dire s'il s'inquiétait à propos de Pami ou s'il avait toujours cet air soucieux. Vu qu'il était spécialiste du sida, c'était sans doute la seconde hypothèse la bonne. « J'ai dans l'idée que c'est une étrangère en situation irrégulière », dit-il.

Frank lui lança un regard prudent. « L'autre toubib, fit-il.

– Murphy. Celui qui vous a adressé à moi.

– Ouais, celui-là. Il était d'accord, on avait un marché, on restait sur le plan médical. Parce qu'on tient pas à ce qu'elle répande son truc, ça va ? »

Le docteur eut un léger sourire mais garda son air soucieux. « Pas d'inquiétude, monsieur Smith, je ne vais pas appeler les services de l'immigration. Ce que je veux faire remarquer, c'est que Pami va avoir besoin de se faire hospitaliser très vite, je ne suis pas sûr qu'elle soit couverte par une assurance.

– Alors, ils vont faire quoi ? La laisser à la rue ? »

Le docteur haussa les épaules, mal à l'aise. « Ils pourraient.

– Des gens charmants, fit Frank. Combien de temps il lui reste ?

– Un mois ou deux avant qu'elle ait besoin d'entrer à l'hôpital. Ensuite… moins d'un an, sûrement. Moins d'une semaine, peut-être.

– Et vous pouvez faire quoi pour elle, d'ici là ?

– On va vous exécuter ces ordonnances, dit le docteur. L'onguent calmera l'irritation des plaies. Les autres médicaments soulageront ses symptômes, lui rendront la vie plus supportable. C'est tout ce qu'on peut faire, en dehors de l'hospitalisation. »

Pami ressortit, rhabillée dans les vêtements que Frank lui avait achetés. Elle ne savait pas encore bien les porter, ils pendaient sur elle comme s'ils n'étaient pas à sa taille, mais en fait ils lui allaient. Elle gratifia le docteur de son sourire tordu. « Merci.

– Je vous en prie », fit-il. Il lui rendit son sourire.

Le docteur appréciait la jeune femme ; Frank le voyait bien. Elle était comme ça, Pami : quand elle ne jouait pas les dures à cuire, elle avait la douceur d'une gamine. Comme un petit animal de compagnie doué de la parole. Frank la gardait avec lui, se disait-il, parce qu'elle lui donnait un intérêt dans la vie, maintenant qu'il se retrouvait en semi-retraite avec son butin en liquide d'East St. Louis. De toute façon, il est bon de connaître quelqu'un en pire situation que soi, d'avoir quelqu'un à plaindre.

Le docteur désigna sa réceptionniste. « Vous réglerez à madame Rubinstein, dit-il à Frank.

– D'accord.

– Vous payez comment, aujourd'hui, monsieur Smith ? demanda madame Rubinstein.

– En liquide », répondit Frank en sortant une liasse de sa poche de pantalon.

Le docteur, sur le point de s'en aller, jeta un regard en arrière et sourit à Frank d'un sourire aussi tordu que celui de Pami. « Monsieur Smith, fit-il, vous êtes une énigme pour moi, ça va m'empêcher de dormir la nuit. J'imagine que ça ne vous dit rien de satisfaire ma curiosité, même un peu.

– Nan », répondit Frank.

Lorsqu'ils revinrent à pied derrière le CHU où ils avaient laissé la dernière voiture en date de Frank – une Toyota bleue volée dans le New Jersey qui arborait désormais des fausses plaques de New York –, ils découvrirent une espèce de clodo allongé par terre contre la roue arrière, côté trottoir. On aurait dit un type soûl ou défoncé qui s'était écroulé sans pouvoir se relever. Une autre voiture coinçait la Toyota à l'avant, Frank n'arriverait à se dégager qu'en reculant, manœuvre impossible avec ce clochard affalé contre sa roue, aussi poussa-t-il légèrement le gars du bout du pied. « Allez, mon vieux, debout là-dedans. Va faire l'amour à un autre pneu, d'accord ? »

Le clochard bougea, eut quelques soubresauts qui ne l'avancèrent à rien. Bourré au mauvais porto, sûrement. Frank se pencha et saisit le bras de l'homme à travers la manche de son pardessus râpé, mais lorsqu'il tira, l'autre se retourna sur le dos et le pardessus s'ouvrit pour dévoiler le pyjama rayé qu'il portait dessous. « Putain, lâcha Frank d'un air dégoûté, il a même pas de fringues, ce gus.

– Oh ! regarde, dit Pami, regarde son cou. »

Le type avait une espèce de blessure au cou, masquée par du sang séché. Il avait encore du sang autour du nez. C'était un Japonais ou un Chinois, quelque chose comme ça ; il n'était qu'à moitié conscient.

« Ha, fait chier, dit Frank. J'veux même pas le toucher. » Et il songea qu'il n'avait que ça autour de lui, des gens qu'il ne voulait pas toucher.

Pami s'accroupit près du poivrot japonais blessé, le regarda dans les yeux. « Il vient de l'hôpital.

– Tu crois ? Bon, j'vais aller chercher quelqu'un qui le ramènera. »

C'est alors que le Jap parut se réveiller, sa tête tressauta soudain de part et d'autre, fit lourdement non comme si elle lui tournait ; on aurait dit qu'il avait un homard coincé dans le nez.

Frank le fixa, les sourcils froncés. « T'es de l'hôpital ? Pourquoi tu veux pas y retourner ? »

Le Jap était quasiment sur le dos à présent, étendu sur l'asphalte entre les voitures en stationnement. Il tendit les bras vers Frank, les poignets pressés l'un contre l'autre, et posa sur lui un regard muet.

« Des menottes, traduisit Frank. Ils vont t'arrêter ? »

Cette fois le Jap opina à coups aussi vigoureux et saccadés que tout à l'heure.

Frank le considéra sans aménité. « T'as quelque chose de contagieux ? »

Non de la tête.

Frank lui fit un sourire aigre. « Ben, ça va nous changer. Viens, dit-il à Pami, on va le balancer à l'arrière et foutre le camp d'ici. »

Il râlait tandis qu'ils faisaient leurs bagages. « J'vois pas pourquoi on garde ce type avec nous, grommela-t-il en fourrant ses nouvelles chemises cent pour cent coton dans son nouveau sac cent pour cent cuir. Un crétin de Japonais, il arrive même pas à parler, sûrement un cinglé. »

Pami ne lui prêtait aucune attention. Elle n'avait pas beaucoup de vêtements à emporter, mais ça lui prenait du temps parce qu'elle les caressait, les repliait et souriait devant chacun d'eux.

« À cause de lui, on peut même pas rester où on est », ronchonna-t-il.

Le problème, c'est qu'à New York on ne peut accéder à aucune chambre d'hôtel sans passer devant la réception, et Frank n'arriverait jamais à transporter son malade japonais dans un hall et à le monter à l'étage sans se faire arrêter. Ce qu'il leur fallait, c'était un motel quelque part en bordure de route : Frank passerait au bureau, paierait d'avance puis reprendrait la voiture et se garerait devant la chambre. Comme ça, personne ne verrait le Jap.

« J'sais pas combien de temps on va pouvoir se le trimballer comme ça, dit-il.

– Peut-être qu'il va se rétablir », fit Pami. Elle haussa les épaules et parut plus amère qu'elle ne l'avait été depuis plusieurs jours. « Peut-être qu'il va se rétablir, lui. »

Ils l'avaient laissé sur le siège arrière de la Toyota, affalé comme un paquet de linge sale en route pour la laverie automatique, et lorsqu'ils passèrent l'angle de la Dixième Avenue, à leur retour de l'hôtel où ils avaient logé, il s'y trouvait toujours. Endormi ou mort. Il remua un peu, dérangé, quand ils montèrent à bord, donc il n'était pas mort.

Frank attendit au feu du carrefour, tourna à droite et remonta la Dixième Avenue vers le nord. Il se méfiait toujours des autoroutes après l'aventure de son arrivée à New York, il allait donc les éviter. Il allait prendre les rues de la ville et ensuite les routes de campagne. Rouler vers le nord, sans destination précise. S'arrêter dans un coin chouette ; avec un motel.

Les yeux qui le surveillaient sans cesse, qui le jugeaient à tout instant, se réjouirent de sa sollicitude envers Pami et l'Asiatique.

29

Pami ne comprenait pas ce gars-là, Frank. Il ne voulait pas la baiser, il ne voulait pas la coller sur le trottoir, il n'avait pas l'air de vouloir se servir d'elle du tout. Il l'avait emmenée voir un docteur, lui avait donné de quoi manger et s'habiller, l'avait baladée en voiture et ne voulait rien en échange.

Je suis peut-être morte, se disait parfois Pami. Je suis peut-être morte dans cet incendie avec le flic, et ça se passe comme ça dans l'autre monde, on fait un beau rêve qui compense toutes les saletés qu'on a connues avant. Mais elle n'y croyait guère. Aucun rêve ne s'encombrerait de ce Jap dégoûtant. Et si Pami ne comprenait déjà pas ce que Frank attendait d'elle, elle ne risquait sûrement pas de comprendre ce qu'il attendait du Jap.

Mais ça changeait quoi ? Elle préférait de loin rester avec Frank qu'avec Rush, c'était tout ce qui comptait. Qu'est-ce qu'elle en avait à faire si ça n'avait pas de sens ? La vie avait-elle jamais eu un sens pour elle ?

Ils roulèrent, roulèrent, remontèrent Manhattan par le milieu, passant les trois quarts de leur temps arrêtés à des feux. À l'un d'eux, le Jap revint à lui et se démena pour se redresser en position assise. Il avait sale allure, pas lavé, maculé de sang séché, et une petite barbe rare d'Oriental commençait à lui pousser. Il sourit et s'inclina, fit une courbette de la tête sur le siège arrière pour les remercier de l'avoir secouru, et Frank lui dit que ça allait comme ça en le regardant dans le rétroviseur, puis il ajouta qu'ils aimaient la compagnie, qu'ils allaient sortir de la ville et rouler un moment. L'idée plut au Jap.

Un coup de klaxon derrière signala que le feu était au vert. Frank fit bondir sans douceur la voiture en avant. « Cause-lui, bon sang, dit-il à Pami. Essaie de savoir s'il a faim. »

Qu'est-ce qu'elle en avait à faire, que le Jap ait faim ou non ? Mais elle se contorsionna pour se tourner, regarda l'Asiatique et lui demanda : « T'as faim ? »

L'autre hocha tristement la tête.

Pami hocha la tête à son tour. « Il dit que oui, informa-t-elle Frank. Il a faim.

– On va peut-être s'arrêter prendre une pizza. Comme ça, on mangera en route. »

Mais le Jap se lançait dans toutes sortes de gestes, montrait sa gorge du doigt, secouait la tête de gauche à droite et faisait semblant de manger avec des mines dégoûtées. Pami suivit son manège quelques secondes puis demanda : « T'as mal à la gorge ? »

Gros oui de la tête.

« Peux pas manger ? »

Non désolé de la tête.

Pami fit à nouveau face à la route. « Il dit qu'il peut pas manger », annonça-t-elle avant de se remettre à regarder les gens sur les trottoirs. Tiens, une pute ; celle-là, là-bas.

« Du liquide », dit Frank.

Ils se trouvaient alors tout en haut de Manhattan, quartier des immigrés de Porto Rico et d'Amérique centrale, aussi Frank s'arrêta-t-il devant une *bodega* où il entra, laissant Pami et le Jap dans la voiture. Les clodos qui glandaient devant l'épicerie, leurs grosses moustaches mexicaines pleines de bière, lorgnèrent la jeune femme mais ne s'approchèrent pas. « Ça me plairait de vous le refiler à tous », marmonna-t-elle tout bas.

Frank ressortit de la *bodega* et remonta dans la voiture avec un sac en plastique plein de petites boîtes de jus de pomme, plus des petits pains, du fromage et de la bière pour Pami et lui. « File-lui du jus de fruit, dit-il, et fais-nous deux sandwiches. »

Elle s'exécuta. Au feu rouge suivant le Jap aspira prudemment une gorgée de jus de pomme et fit une horrible grimace comme s'il avait affreusement mal. Mais il réussit à en avaler un peu – le reste lui dégoulina aux coins des lèvres – et il eut l'air reconnaissant.

Pami lui jetait parfois des coups d'œil, curieuse de voir comment il s'en sortait ; le temps qu'ils traversent le Bronx et passent dans le comté de Westchester, le Jap vida lentement deux petites boîtes de jus de fruit, douloureusement, gorgée après gorgée. Puis il se laissa retomber en arrière sur le siège, les yeux vitreux, le souffle rauque, la mâchoire pendante.

Alors qu'il roulait derrière une camionnette particulièrement peu pressée, attendant une occasion de la dépasser, Frank demanda : « Comment il va ? »

Pami se retourna pour vérifier. « Mieux, répondit-elle. Il a l'air mieux. » Et elle se remit face à la route. De la verdure, par ici, de grandes maisons. Comme certaines collines au nord de Nairobi, là où vivaient les riches, mais en plus vert.

Frank dépassa la camionnette puis regarda le Jap dans le rétroviseur. « Mieux, hein ? fit-il. Il a l'air d'un clébard qu'est tombé d'un avion. » Il secoua la tête. « Au premier coup à peu près correct que je réussis, commenta-t-il à l'adresse du pare-brise, voilà que j'me lance dans l'action sociale. »

Pami contemplait les gros types qui tondaient leurs pelouses sur leurs petits tracteurs.

30

Les docteurs avaient autorisé sans problème Grigor à passer une nuit hors de l'hôpital – la première depuis son arrivée aux États-Unis – pour la simple raison que les jeux étaient faits, et tout le monde le savait, y compris Grigor, y compris Maria Elena. Mais même si tout espoir était perdu, il fallait effectuer des tas de préparatifs embêtants : des médicaments à emporter, le fauteuil roulant pliant à ranger dans le coffre de la voiture, des consignes que Maria Elena dut noter et garder sur elle.

Grigor approuvait l'expédition tout bonnement parce qu'il voulait continuer à voir et connaître le monde le plus longtemps possible et qu'il s'en savait le temps de plus en plus compté. Maria Elena, elle, en avait envie parce que, d'une certaine façon simple et douloureuse qu'elle ne comprenait pas elle-même, elle voulait que Grigor connaisse sa vie, qu'il en ait fait le tour avant que ne s'achève la sienne. Qu'il voie ce qu'elle avait gâché.

Elle le conduirait à Stockbridge, dans la maison

que Jack avait désormais quittée – après lui avoir pardonné d'un air triste son attitude cruelle envers la pauvre Kate Monroe, avec laquelle il n'habiterait pas –, et elle lui préparerait un dîner, en tenant compte autant que possible de ses restrictions alimentaires, véritable champ de mines où il fallait s'avancer sur la pointe des pieds. Cette nuit, il dormirait sur le canapé du salon – il serait incapable de monter l'escalier – et demain elle le ramènerait. Fatigant, futile et plus pénible que réjouissant, mais quand même facile.

Jusqu'à la crevaison.

« Quoi, encore ? » lança Frank en voyant la femme lui faire signe de la main. Juste derrière elle, une voiture stationnait sur le bas-côté de la route, avec quelqu'un à l'intérieur. L'arrière droit du véhicule s'affaissait jusqu'à presque toucher le sol envahi de mauvaises herbes. Quelques kilomètres plus tôt ils avaient été ralentis par une espèce de manifestation devant une centrale nucléaire – les trois occupants de la voiture avaient évité de montrer leurs visages aux flics de l'état tout autour – et maintenant ce truc-là.

« Des crétins, fit Pami.

– Bon Dieu, va encore falloir que je change une roue, dit Frank qui se rangea un peu après la femme et sa voiture.

– Encore ? s'étonna Pami.

– C'est ma vie qu'est comme ça », lui répondit Frank. Il coupa le contact, ouvrit sa portière et ajouta : « Bah, peut-être que celle-là aussi me donnera de bons conseils. »

Maria Elena était trop affolée pour remarquer l'étrangeté du trio à bord de la voiture qui venait à sa rescousse. Elle savait seulement que cette route était peu fréquentée, loin des grandes artères et de la Taconic où tout le monde roulait à toute vitesse. Elle avait la responsabilité de Grigor, et elle ignorait complètement comment changer sa roue à plat.

« Excusez-moi de vous demander de l'aide, dit-elle lorsque l'homme à l'air rude s'extirpa de la Toyota et s'approcha.

– Y a pas de mal », répondit Frank. Il était de mauvais poil : ça allait lui rapporter quoi ? Les remerciements chaleureux d'une gonzesse qu'il ne connaissait pas et dont il se fichait. Jolie, dans le genre exotique et costaud, et alors ? Il avait déjà Pami et le Jap sur les bras, il n'allait pas tomber une fille en détresse au bord d'une route. Il allait une fois de plus se saloper les mains et les vêtements, voilà tout. Et la miss exotique ne lui faisait pas l'impression d'avoir l'esprit pratique ; elle n'aurait pas de serviettes en papier humides, elle. « Vous voulez ouvrir le coffre ? demanda-t-il.

– Oh, oui. »

Pami émergea de la Toyota pour se dégourdir les jambes. Elle était aussi curieuse de voir l'autre passager de la voiture en panne. Si c'était un homme, pourquoi ne changeait-il pas la roue lui-même ? Pourquoi ne sortait-il même pas ? Elle s'avança sans se presser.

Kwan s'éveilla d'un petit somme. Il se mit sur son séant et subit à nouveau la douleur cuisante dans sa gorge. Il avait eu tant de mal à faire descendre le jus de pomme ! Il avait très faim, mais comment manger ? Ces gens sur qui il était tombé ne pourraient pas l'alimenter par intraveineuse. Devait-il renoncer, suivre à nouveau son destin ? Ou tenter une fois encore de se suicider ? Il regarda Frank ouvrir le coffre de la voiture et en tirer un fauteuil roulant. Il ferma les yeux. Je ne crois pas pouvoir continuer, songea-t-il.

Frank reposa le fauteuil à côté de la voiture et replongea dans le coffre pour prendre la roue de secours tandis que Pami passait nonchalamment auprès de lui. Grigor, assis à la place du passager avant, vit par la vitre ouverte s'avancer la fille noire toute maigre dans le rétroviseur latéral. Il prépara un pauvre sourire, sans exposer l'intérieur de sa bouche en mauvais état, et leva la tête lorsqu'elle arriva à sa hauteur pour jeter un coup d'œil dans l'habitacle. « Salut, fit-il.

– Oui, salut », répondit Pami qui le parcourut du regard et comprit pourquoi il n'avait pas bondi pour changer la roue. Par simple curiosité, elle demanda : « Vous avez le maigriot ?

– Quoi ?

– Non, c'est pas comme ça, rectifia Pami. Ici, on dit le sida. »

Grigor sourit encore en se souvenant de garder les lèvres serrées. « Non, pas moi », dit-il. Puis il la considéra plus attentivement, nota la structure osseuse visible sous la peau du visage, les ombres sous les yeux, la maigreur des épaules. « Mais c'est ce que vous avez, vous, n'est-ce pas ?

– Oh, ouais, fit Pami qui haussa ses épaules maigres. Tout le monde s'en rend compte, maintenant. Plus de travail pour moi. »

Grigor regarda encore dans le rétroviseur de portière Frank qui s'accroupissait près de la roue arrière et calait le cric en dessous. « C'est votre docteur ? »

Pami se mit à rire. « Et comment ! Il guérit tout le monde.

– Pas moi, fit Grigor.

– Pourquoi ? Vous avez quoi ?

– Tchernobyl.

– C'est quoi ? »

Pendant que Grigor expliquait à Pami ce qui lui était arrivé, Maria Elena disait à Frank : « Je me sentais complètement perdue avant que vous arriviez.

– Oh, ouais ?

– Quand le pneu a crevé comme ça, je me suis dit que tout ce que je touchais ratait forcément. »

Les boulons de roue donnaient du mal à Frank. « J'connais ça, fit-il.

– Mon mari m'a quittée, reprit-elle. Mon ami dans la voiture est en train de mourir. Tout ce que je fais échoue. Je voulais que tout aille mieux, mais je n'ai pas réussi. »

Frank s'arrêta dans sa tâche pour lever les yeux sur elle. Ce fut comme si un couvercle se détachait d'une casserole d'eau bouillante dans son cerveau. « Je suis un ex-taulard, dit-il, un perdant-né, j'ai pas respecté ma conditionnelle, j'ai commis mille petits cambriolages. J'ai jamais fait de mal à personne, mais j'me suis mis en cheville avec un autre type, et un vieux est mort. C'est ça, le fric que je claque. J'en rêve encore, de ce vieux. »

Maria Elena lança un regard à Kwan, à peine visible sur le siège de la Toyota. Puis elle le reporta sur Pami qui parlait avec Grigor. « Vous allez où, tous ? demanda-t-elle à Frank.

– Faire les cons, répondit Frank, et il dégagea la roue endommagée.

– Vous allez avoir les mains toutes sales, fit Maria Elena.

– Ouais, je sais.

– Quand vous aurez fini, venez chez moi. »

Ananayel

Voilà ! Mes cinq détonateurs sont enfin réunis. Maintenant, tout ce qui leur reste à faire, c'est de trouver le chemin que je leur ai tracé, et la partie sera terminée.

Je les regretterai, j'en ai peur, je regretterai tout : la terre, les humains et même ma joute contre ce démon. Ma longue vie léthargique à venir aura le même agrément que par le passé, je le sais, et la joie de Le servir restera intacte. Mais quand même, quand je regarderai en arrière, à des éons de distance, ce battement de cils dans mon existence, cette poussière de temps, ce bref instant de couleur vive et d'émotion intense, je m'en souviendrai avec tendresse.

Susan Carrigan.

Bon, oui. Je me suis penché sur ce problème tandis que mes joueurs ricochaient les uns à la rencontre des autres, et j'ai démontré à ma grande satisfaction que Susan Carrigan n'a *rien de spécial.* Il existe des millions de jeunes femmes dans son genre disséminées à la surface du globe, encore célibataires, qui occupent leurs petites mains bien propres à de petites choses, dans des banques comme Susan, ou des fabriques de vêtements, des cabinets juridiques, des usines d'assemblage d'ordinateurs, et *elles se ressemblent toutes*.

C'est bien de cela qu'il s'agit. Les différences minimes dans le physique de ces jeunes femmes comptent autant que pour un humain celles entre deux colleys. Les nuances et gradations dans leur caractère, qu'elles expriment dans leur nature fondamentale de servantes zélées, importent encore moins. Rien ne les distingue les unes des autres.

Les humains mâles, bien entendu, consacrent la majeure partie de leur existence à découvrir les menus détails susceptibles de caractériser ces jeunes femmes et font des choix définitifs à partir de ces différences hautement émotionnelles et éphémères qu'ils affirment percevoir. Mais je ne suis pas un humain mâle, même si j'ai pris plaisir à jouer ce rôle.

Susan Carrigan a été la première que j'ai connue, c'est tout. Rien de plus.

Je repasserai peut-être la voir, une fois ou deux, pendant que les conspirateurs mettent au point la destruction de la planète dans la maison de Stockbridge, mais surtout parce que j'aime bien être Andy. Oh, bon, je regretterai tout, et je la regretterai aussi. C'est bien ce que je disais.

N'importe comment, il n'y en plus pour longtemps, maintenant.

Synthèse

X

Pami !

Je l'ai trouvé, non ? le nœud de la machination, le nid de cafards de ce brouillard obséquieux, les cancres de dieu regroupés dans un même trou. Et quelle fine équipe !

Nous l'avons tenu à l'œil, l'instrument blafard, le flagorneur avili. Mes alliés ailés, mes collègues esprits de l'air, ont discrètement surveillé le lèche-bottes durant ses allées et venues. Et pourquoi a-t-il provoqué un incident de la circulation sur une route secondaire de l'état de New York ? Une crevaison, plutôt mal goupillée ; ce n'est pas un artiste, hein, l'empêcheur de tourner en rond qui ne sait rien faire de ses dix doigts ? Non, mais la vérité n'a pas besoin du talent de l'artiste, à ce qu'il paraît. (L'éternel leitmotiv du maladroit.)

Je n'étais jamais loin de Susan Carrigan, autant dire que je n'étais jamais loin de sombrer dans un ennui mortel. Mais lorsque j'ai appris que le laquais céleste s'était manifesté dans le nord de l'état par un incident banal, je l'ai fuie – soulagement ! – pour aller observer les deux passagers de la voiture en panne. J'en aurais tiré un plaisir esthétique, évidemment – tant de courage devant tant de douleur ! hah ! – mais lui, qu'attendait-il d'eux ? Puis la deuxième voiture est arrivée, et *Pami était dedans !*

Oh, HA HA HA ! Je les tiens, maintenant ! Je peux les détruire quand je veux, oui, quand je veux. Et dès que j'aurai découvert le rôle de Susan Carrigan dans l'Armageddon, je les détruirai. Pas aussi lentement qu'ils le méritent, j'en ai peur, mais je ferai de mon mieux. Je leur consacrerai toute l'attention dont je serai capable.

Mais pas tout de suite. Susan Carrigan est certainement un pion important, seulement elle est absente de cette galerie de tourmentés. Pourquoi ? Quel est son rôle ? Tant que je n'aurai pas compris sa fonction, je ne comprendrai pas la machination de l'autre luciole vaporeuse. Il faut que je sache ce qu'il prépare avant d'être sûr que son projet aura été définitivement noyé et piétiné comme un feu de camp dans une pinède par temps sec.

Je vous l'ai dit, vous pouvez me faire confiance. Je vous l'ai dit, je vais vous sauver.

31

Frank porta Grigor dans la maison et l'installa dans un fauteuil confortable du salon où son champ de vision allait du poste de télé à gauche à la baie vitrée et Wilton Road à droite. Kwan entra tout seul et s'écroula sur le canapé où il se mit à respirer la bouche ouverte.

Maria Elena entraîna Pami dans la cuisine afin qu'elle l'aide à préparer un semblant de dîner pour tout le monde, mais Pami ne connaissait rien aux cuisines ni à la cuisine ; toutes deux se sentirent gênées. Aussi la Kenyane sortit-elle bientôt pour regagner le salon.

Lorsque Frank revint de la salle de bains du rez-de-chaussée après s'être lavé les mains de la saleté récoltée en changeant la roue, Pami et Grigor étaient plongés dans une conversation médicale et Kwan avait l'air de dormir ; il se rendit donc à la cuisine où il trouva une bière dans le frigo, puis s'assit à la table et regarda travailler Maria Elena.

Sur l'argent d'East St. Louis, il lui restait à peu près quarante mille dollars ; déjà presque un tiers de claqué, rien qu'en bricoles. Mais il vivait à l'aise, sans anxiété, il n'avait pas à trimer sans arrêt, il ne vivotait pas. Frank n'avait cambriolé ni maison ni magasin depuis maintenant presque un mois, et ça ne lui manquait aucunement.

Le conseil de Mary Ann Kelleny lui revint : évitez les petits coups répétés qui vous font tout le temps courir des risques, et ramassez le gros paquet en une seule fois. Le coup à cinq millions de dollars. Cinquante-sept mille dollars, ça n'était pas exactement cinq millions, mais c'était la preuve que le principe avait du bon.

Assis à la table de la cuisine, tandis qu'il regardait Maria Elena se livrer à ses tâches ménagères, Frank avait l'impression de se trouver à un moment décisif de sa vie. Il le comprenait déjà, c'était dans cette maison qu'il allait redevenir un solitaire ; Maria Elena serait heureuse de le décharger de Pami et de Kwan. Elle aimait bien se faire du mauvais sang pour les malades dans la merde, ça se voyait. Ensuite, d'ici, seul, Frank pourrait peut-être monter à Boston, se planquer quelque part, essayer de réfléchir à ce coup de cinq millions de dollars.

Au cinéma, des gars en montent à tout bout de champ, des coups pareils, non ? Alors comment ils s'y prennent ? C'est quoi, leurs cibles ? Braquer Fort Knox. Arraisonner un casino flottant et demander une rançon. Des opérations fantaisistes exécutées par des bataillons de potes aussi bien entraînés que les bérets verts.

C'est à ça que doit ressembler un coup de cinq millions de dollars ? Alors autant l'oublier, ce n'est pas réaliste. Sauf si un farfelu laisse traîner un tel magot dans une pièce où un type seul peut pénétrer, se remplir les poches et ressortir, un coup à cinq millions n'existe pas. Non, ça n'existe pas.

Alors, qu'est-ce qui est réaliste ? Quand un gars

en a marre de courir des risques cent fois par an pour des clopinettes, que peut-il faire ? Où trouver ne serait-ce qu'un coup à cinquante-sept mille dollars trois ou quatre fois par an ? (Sans vieux au cœur fragile, merci.) Le fric, le plus souvent, ne circule plus sous forme d'espèces, mais par impulsions électroniques entre banques, cartes de crédit, bouts de papier et coups de téléphone.

Frank laissait le soin à la nouvelle génération de trouver comment arnaquer ces systèmes-là ; ce qu'il lui fallait, à lui, c'était du palpable. Des billets, ou à défaut des bijoux. Et plus les billets ou les bijoux étaient concentrés dans un même endroit, mieux ils étaient gardés.

Maria Elena interrompit le cours de ses pensées en posant une jatte de carottes sur la table. « Excusez-moi, dit-elle. Vous pourriez vous occuper des carottes ? »

Frank les regarda qui débordaient de la jatte, encore pourvues de leurs longues feuilles vertes comme de la fougère au-dessus d'un gros corps épais et poilu. Il n'avait aucune idée de ce qu'elle attendait de lui. « M'occuper… ? »

Elle déposa devant lui un billot de bois, un petit couteau pointu et un épluche-légumes. « Coupez-les à chaque bout, dit-elle, ensuite épluchez la peau.

– Bon, j'vais essayer. »

Il l'amusait, mais sans plus, comme si elle ignorait qu'on puisse encore l'amuser. Elle regagna l'évier et lui lança : « Vous n'avez jamais eu de femme pour vous demander ce genre de service ?

– Jamais. Et dans les restaus, ce sont eux qui font l'boulot.

– C'est très facile à apprendre, lui assura-t-elle.

– J'vais essayer un coup », dit Frank. Ce qu'il fit en décapitant une carotte. C'était un bon couteau bien affûté. Il sectionna l'autre bout, le petit, se sentant à la hauteur de sa tâche, puis eut un mal de chien à se servir de l'épluche-légumes. L'ustensile n'arrêtait pas de lui tourner dans la main, raclait la peau de la carotte sans le moindre résultat. « Bugs Bunny, il les mange avec la peau », fit-il remarquer, mais elle l'ignora.

Une fois qu'il eut compris le maniement de l'engin, Frank en termina avec les carottes sans encombre, après quoi Maria Elena lui donna une jatte de pommes de terre sur lesquelles exercer ses talents d'éplucheur. « Va me falloir une autre bière si ça continue comme ça », se plaignit-il, et elle lui en apporta une.

Drôle de décor. Des voix et de la musique lui parvenaient du salon où Pami et Grigor avaient allumé la télé. Ça commençait à sentir très bon dans la cuisine, et il y faisait chaud. Frank, assis à la table, épluchait les pommes de terre en sirotant sa bière. Le coup à cinq millions, songeait-il. Où il est, le coup à cinq millions ?

La table de la salle à manger était prévue pour douze couverts ; ils avaient de la place pour s'étaler. Ils mangèrent de l'agneau rôti, deux sortes de saucisses, des pommes de terre bouillies, trois sortes de légumes et une salade.

Enfin, ils en mangèrent tous sauf Kwan. Vu qu'il était incapable d'avaler le moindre aliment solide, Maria Elena lui avait préparé des boissons variées au mixeur ainsi qu'un mélange de miel et d'eau chaude (connu autrefois sous le nom de mélicrat) pour lui soulager le larynx entre les gorgées des divers liquides.

Comme Kwan s'était attablé avec les autres, parce qu'ils avaient insisté, mais qu'il ne pouvait pas manger, Maria Elena lui avait donné un crayon, un bloc de papier jaune, et l'avait poussé à se présenter à tous. Le désespoir de Kwan était tel (il se demandait comment mourir sans qu'interviennent toutes ces bonnes âmes invraisemblables) qu'elle dut insister beaucoup, mais il finit par céder et donna un aperçu de sa brève histoire en aussi peu de mots que possible.

Ainsi Frank apprit-il qu'il n'était pas un Jap en fin de compte, mais un Chinois du nom de Li Kwan. Et Grigor, qui lisait à voix haute les notes sur le bloc, le reconnut soudain lorsqu'il mentionna la place T'ien an Men. « J'ai vu votre photo. Avec le… le… » Frustré, Grigor se mit la main en coupe devant la bouche.

Mégaphone, écrivit Kwan qui termina sa biographie et partit s'asseoir au salon où les autres ne pouvaient plus l'interroger.

Ils le rejoignirent plus tard, mais pas pour le harceler. Tout le monde avait envie de regarder les nouvelles d'onze heures. Maria Elena tira les rideaux devant les baies vitrées du salon et les éventuels regards indiscrets des voisins, ils trouvèrent tous à s'asseoir, et la télé leur servit les grands titres, des petits bouts d'événements faciles à digérer : un bout de Russie, un bout de Washington, un bout d'Alaska, un bout de Berlin.

Le bout qui suivit la pause publicitaire montrait la grève et la manifestation à la centrale nucléaire de Green Meadow III. Les piquets de grève et la police se pressaient en une mêlée confuse tandis qu'un car d'école jaune tournait avec difficulté et passait la porte. À travers les vitres on voyait des hommes et des femmes entre deux âges à l'air embarrassé. Puis la voix neutre, lobotomisée, castrée du commentateur informa les téléspectateurs que les cadres et responsables maintenaient l'activité de la centrale, qu'ils y gardaient une équipe réduite vingt-quatre heures sur vingt-quatre pour faire fonctionner les installations presque entièrement automatisées. Les recherches contestées se poursuivaient, en toute sécurité. Les citoyens des comtés de Dutchess et de Columbia avaient l'assurance qu'il n'y aurait pas de panne de secteur.

« Panne de secteur, fit Grigor. Tu parles.

– Ils sont très forts, les fonctionnaires, dit Maria Elena, pour trouver les mots qui endorment les gens.

– Les gens veulent dormir, dit Grigor à qui Kwan adressa un grand signe approbateur de la tête.

– Toutes ces histoires, je m'en fous, dit Frank, confirmant par là même la réflexion de Grigor. Tout ce que j'veux, c'est vivre ma vie, à moi.

– Moi aussi », fit Pami.

Grigor désigna du menton le poste de télé – on montrait à présent une manifestation antiraciste à Brooklyn au cours de laquelle on avait arrêté quatre pickpockets – et répéta à Maria Elena ce qu'il avait déjà dit un peu plus tôt : « J'aimerais bien entrer dans cette centrale, rien qu'une journée. »

Frank le regarda. « Pourquoi ?

– Pour faire une blague, répondit Grigor avec le même sourire glacial qu'il avait eu à l'adresse de Maria Elena.

– La belle affaire », dit Frank qui ne comprenait pas vraiment. Il désigna à son tour du menton la télé. « Facile d'entrer là-dedans, si c'est ce que vous voulez. »

Grigor secoua la tête. « Comment ça pourrait être facile ? Ils prennent tellement de mesures de sécurité ! Vous avez bien vu, là. Des clôtures, des gardes, des caméras de surveillance. Et ça ne doit pas être tout. »

Frank sourit ; ils parlaient maintenant de ce qu'il connaissait. « Grigor, fit-il, entrer chez les gens, c'est ma spécialité. Ça, c'est pas de la sécurité, c'est du gruyère.

– Ce n'est pas l'impression que ça me fait, à moi, dit Maria Elena.

– Il y a une dizaine de façons d'entrer, répliqua Frank. Vous avez vu le car scolaire ? »

Ils l'avaient tous vu.

« Le premier jour, expliqua Frank, vous suivez le car dans sa tournée. Il ramasse les cadres et je ne sais qui chez eux pour les conduire à la centrale. Vous prenez l'équipe de nuit, à minuit, n'importe, et vous le filez. Le deuxième jour, vous vous pointez à la dernière maison et vous attendez. Quand le car arrive, vous montez, vous montrez à tout le monde vos MAC-11, vous…

– Pardon, vos quoi ? le coupa Maria Elena.

– C'est une arme à feu, lui dit Frank. Pas mon style, je m'sers pas d'armes, juste un exemple. Donc, exemple, vous montez dans le car, vous montrez vos flingues, vous dites à tout le monde de rester assis et de s'tenir tranquille. Vous arrivez à votre centrale, les gardes à la porte vous font signe de passer. Ils *protègent* votre entrée. » Frank eut un grand sourire. « Ma sécurité à moi », ajouta-t-il. Puis il secoua la tête. « Mais où est l'intérêt ? demanda-t-il à Grigor. Vous êtes à l'intérieur. Vous,

vous pouvez faire votre blague, sans que je sache en quoi ça consiste. Mais nous, on y gagne quoi ? Y a rien là-dedans.

– Du plutonium, dit Grigor.

– Ouais ? Un fourgue me donnera quoi, pour ça ?

– Rien, j'en ai peur. » Puis Grigor sourit. « Et faut bien reconnaître, dit-il, que même avec une arme à la main, j'ai peu de chances d'intimider les passagers de ce car scolaire.

– Et voilà, fit Frank. Alors, trouvez-moi donc plutôt une bijouterie où vous avez envie de faire une blague, et on verra. »

La fatigue s'abattit sur Grigor, Pami et Kwan après les informations. Grigor dormirait sur le canapé du salon, comme prévu, et Kwan par terre sur les coussins des fauteuils. Pami s'installerait à l'étage sur le canapé du boudoir. Maria Elena coucherait dans son propre lit, et Frank dans celui de Jack, dans la chambre voisine.

Mais pas tout de suite. Ni Maria Elena ni Frank n'étaient encore fatigués ; pour différentes raisons, tous deux se sentaient surexcités, il leur fallait d'abord davantage de temps pour se détendre. Ils allèrent dans la cuisine, fermèrent la porte battante et s'attelèrent ensemble à la vaisselle ; Maria Elena parla de ses antécédents au Brésil, et Frank fit un résumé succinct de son existence vaine et répétitive. Il lui raconta aussi avec plus de détails son braquage d'East St. Louis et le changement qu'il avait amené dans sa vie. « Maintenant, j'peux plus me laisser prendre. Plus de petits coups, plus de petits risques, trois à cinq ans de trou et je ressors. Cette fois, si j'y retourne, j'suis foutu.

– Alors il faut vous corriger », dit-elle comme par plaisanterie. Elle ne savait pas vraiment pourquoi la biographie de Frank la laissait aussi indifférente moralement, mais le truand lui faisait davantage l'effet d'un brave gars en marge de la loi que d'un sale type. Il n'avait jamais, par exemple, empoisonné des enfants.

Frank était étonné d'en raconter autant à cette femme et il finit par le lui dire. « J'ai jamais ouvert ma gueule comme ça. J'sais pas ce qui me prend, ce soir, je mets ma vie entre vos mains et j'vous connais même pas. Un coup de fil, et vous pourriez m'envoyer au trou.

– Pourquoi je ferais ça ?

– J'sais pas, moi. Pourquoi les gens font toutes leurs conneries ? »

Ils en avaient fini à la cuisine et restaient debout, elle adossée les bras croisés contre l'évier, lui appuyé de guingois contre le réfrigérateur. « Je ne voudrais pas vous faire de mal, Frank », dit Maria Elena.

Il haussa les épaules et sourit, comme si elle blaguait. « J'imagine qu'il faut bien vous croire », dit-il.

Elle décroisa les bras et les écarta. « Vous êtes la première personne à me parler en cinq ans », dit-elle.

Le sourire de Frank s'élargit. « Ça fait encore plus longtemps pour moi. Dites, vous voulez danser ?

– Il n'y a pas de musique, objecta-t-elle, surprise.

– Vous l'entendez pas ? »

Elle leva son visage et finit par lui rendre un sourire triste. « Maintenant, si », dit-elle.

Il s'écarta du frigo, et elle vint dans ses bras. Il était piètre danseur, il le savait, aussi entraîna-t-il la jeune femme dans une petite évolution circulaire à pas lents et glissés autour de la table. Il la trouva plus forte, plus solide qu'il n'avait cru ; mais ça lui plaisait. Ce n'était pas une fille, c'était une femme. Ses cheveux sentaient le propre, elle avait la gorge soyeuse et musquée. Le bras autour de sa taille, tout en la faisant tourner doucement, il s'éclaircit la voix, s'arma de courage et, après deux malheureux faux départs, murmura enfin : « Est-ce qu'on pourrait… euh… euh… ?

– Oui, Frank. » Elle lui tapota l'épaule et l'embrassa sur le cou.

32

Le lendemain matin, Kwan était plus faible. Il resta sur sa couche de coussins par terre dans le salon, s'asseyant par deux fois pour se forcer à ingurgiter de petites portions de purées que lui avait préparées Maria Elena. Il avait même du mal désormais à avaler le mélicrat (rime avec Hippocrate, bureaucrate, technocrate) et passa la majeure partie de la journée à dormir.

Mais dans ses périodes d'éveil, Kwan brûlait d'un désir nouveau. Il était passé par le désespoir, il était allé au-delà. Il voulait toujours mourir, il voulait toujours oublier cette vie ratée, mais aujourd'hui, d'une façon ou d'une autre, oui, il voulait que le monde le sache. Les gouvernements, les bureaucrates, tous les indifférents et les aveugles qui avaient rendu la chose possible, il voulait que tous le sachent.

Grigor resta lui aussi surtout dans le salon, assis sur le canapé où il avait dormi, à regarder la route de banlieue déserte après que Maria Elena eut ouvert les rideaux. Elle devait le remmener à dix heures et demie afin d'arriver à l'hôpital avant le déjeuner, mais lorsqu'elle vint lui annoncer que c'était l'heure, il reconnut, avec hésitation et maladresse, qu'il n'avait pas envie de partir. « Il n'y a rien pour moi là-bas, dit-il à voixbasse parce que Kwan s'était rendormi à l'autre bout du salon. Il n'y a plus rien. Ils ne peuvent rien faire pour moi. Je veux être... quelque part. Maria Elena ? Est-ce que je peux rester ?

– Je ne crois pas que l'hôpital acceptera, dit-elle prudemment en s'asseyant près de lui.

– Si vous ne voulez pas de moi...

– Grigor, bien sûr que je veux de vous !

– Ce serait pour quelques jours seulement. »

Il faisait de grands efforts pour ne pas supplier, pour garder sa dignité. Elle s'en rendit compte et réagit. « Je pourrais appeler l'hôpital, demander si c'est...

– Non », l'interrompit Grigor. L'hypocrisie ne lui était pas coutumière, l'air sournois allait mal à son visage. « Maria Elena, ils ne savent pas où vous habitez. Ils ne savent même pas dans quel état.

– Mais si vous disparaissez, ils vont appeler la police, ils vont s'inquiéter...

– Alors, c'est moi qui vais téléphoner.

– Oui, c'est une bonne idée », fit-elle en se disant que les docteurs le ramèneraient à la raison. Ça ne la gênait pas du tout d'avoir Grigor chez elle, mais... et ses médicaments ? Et ses soins quotidiens ? Survivrait-il tout seul, et pendant combien de temps ?

« Je voudrais le faire en privé, dit-il. Il y a un téléphone dans la cuisine ?

– Oui. »

Il s'y rendit, en partie soutenu par Maria Elena qui veilla à ce qu'il soit à peu près installé sans risque sur le haut tabouret près du téléphone mural avant de le laisser et de refermer la porte battante derrière elle.

Dans le vestibule, Frank et Pami s'apprêtaient à sortir. D'abord, Maria Elena crut qu'ils avaient l'intention de partir définitivement, et quelque chose qui ressemblait à de la panique la parcourut, fit trembler nerveusement ses bras. « Frank, demanda-t-elle d'une voix chevrotante, vous partez ? »

Il lui sourit. « On se débarrasse pas aussi facilement de moi. J'vais faire quelques courses avec Pami. On t'a plus ou moins dévalisée hier soir, non ? »

C'était vrai. Avec trois invités imprévus en plus de Grigor, il ne restait plus grand-chose à manger dans la maison. « Oh, très bien », dit-elle, soudain soulagée de savoir qu'il ne comptait pas s'en aller après tout, du moins pas tout de suite, pas encore. « Je vais faire une liste, proposa-t-elle. J'irais bien avec vous, mais Grigor…

– Non, ça va, dit Frank, on s'en sortira. C'est une bonne idée, fais donc une liste. Et indique-nous comment nous rendre au magasin. »

Elle s'exécuta, il l'embrassa en guise d'au revoir, sans faire d'embarras devant Pami, puis ils partirent. Maria Elena resta debout dans le salon près de Kwan endormi et regarda par la fenêtre Frank et Pami monter dans la Toyota et s'éloigner.

C'était tout de même extraordinaire d'avoir brusquement la maison pleine d'étrangers. Passer d'une vie solitaire avec Jack – sans Jack, à vrai dire – à l'isolement complet, puis d'un coup à *ça*. À la place de la perfection distante de Jack, ces êtres imparfaits, malades, criminels, mourants. Mais des mourants auprès desquels elle vivait davantage qu'auprès de Jack.

Je ne veux pas qu'ils s'en aillent, songea-t-elle, mais elle savait que la mort ne tarderait pas à en emporter quelques-uns, quoi qu'on fasse.

Elle entendit vaguement la voix de Grigor appeler et elle se hâta vers la cuisine, un peu inquiète : et s'il était tombé, s'il avait mal, s'il avait une crise et qu'elle sache que faire ? Mais il était toujours perché sur son tabouret, appuyé sur le comptoir. Il tendit le téléphone. « Ils veulent vous parler, fit-il. Je leur ai dit que je ne voulais pas rentrer avant au moins une semaine. »

Au moment où elle prenait le combiné, il plaqua la main sur le microphone et chuchota : « Ne leur donnez pas votre adresse, ni votre numéro de téléphone, ni rien.

– D'accord. Puis dans le combiné : Allô ? »

C'était le docteur Fitch, l'un des membres du personnel médical qu'elle connaissait ; un homme âgé, calme et professionnel, à la barbe orange et grise. « Madame Auston ? fit-il.

– Oui, docteur Fitch, bonjour.

– Vous êtes de mèche, alors ?

– Ma foi, je crois que oui.

– Grigor est à côté de vous ?

– Oui.

– Bon, d'accord, fit-il de sa voix professionnelle. Vous n'avez pas besoin de dire quoi que ce soit, c'est moi qui vais parler. En dehors du fait que nous pourrions lui assurer un plus grand confort physique que vous, Grigor a raison de penser que l'hôpital ne peut plus rien pour lui. Madame Auston, il n'a aucune raison d'être encore en vie. Il va durer peut-être une semaine, peut-être un mois.

S'il reste chez vous, il risque fort d'y mourir. Serez-vous capable de faire face ?

– Je crois, répondit-elle, fermement agrippée au combiné.

– Je veux que vous notiez des numéros de téléphone, dit-il. Si vous avez besoin d'aide, n'importe quand, pour n'importe quoi, appelez.

– Merci, je n'y manquerai pas. »

Elle inscrivit sur le bloc près de l'appareil les numéros qu'il lui donna et le nom des médicaments en vente libre susceptibles de soulager Grigor si son état se mettait à empirer d'une façon ou d'une autre. Il la poussa ensuite à persuader Grigor de réfléchir encore. « Il va peut-être tenir deux jours sans problèmes sérieux, mais sûrement pas plus longtemps. Sous peu, la situation va devenir très désagréable pour vous deux.

– Je comprends. »

Grigor, assis sur son tabouret, souriait les lèvres serrées tandis qu'elle terminait sa conversation téléphonique. « Nous allons faire comme si vous m'aviez dit tout ce qu'il vous a demandé de me dire, fit-il ensuite.

– Bon.

– Cet après-midi, nous allons nous promener en voiture. Vous me ferez visiter.

– Avec plaisir, dit Maria Elena.

– Et s'il y a un demain, reprit-il avec son petit sourire pincé, nous ferons autre chose. »

Lorsque Frank ramena les courses, il ne tenait pas en place, l'air tout excité. Grigor était revenu au salon et, assis sur le canapé, regardait Maria Elena aider Kwan à ingurgiter un peu de bouillon. Frank apparut dans l'encadrement de la porte, les deux mains chargées de sacs en plastique bourrés. « Grigor, dit-il, quand on aura rangé tout ça, j'veux causer avec vous.

– Je ne bouge pas d'ici », promit Grigor.

Frank et Pami rangèrent les provisions puis revinrent au salon où Kwan, toujours assis bien droit, essayait de boire. Frank s'installa sur le canapé à côté du Russe. Il n'arrêtait pas de claquer des doigts tandis qu'il parlait, apparemment sans s'en rendre compte. « Pami et moi, on discutait dans la voiture, dit-il. Est-ce que je vous ai parlé du coup à cinq millions de dollars ? »

Grigor répondit par la négative, alors Frank lui répéta – ainsi qu'à Maria Elena et Kwan – le conseil de l'avocate. « Elle le savait pas, mais elle avait raison, dit-il. La seule manière de me débarrasser de mon passé, c'est de faire un unique et gros coup et d'arrêter aussitôt après. Je m'suis rendu malade à chercher quel coup, et maintenant je l'ai. »

À l'évidence, Grigor ne voyait absolument pas de quoi parlait Frank. Poliment, sans plus, il demanda : « Et c'est quelque chose dont vous voulez me parler, à moi ?

– Et comment ! Vous tenez vraiment à entrer dans cette centrale nucléaire, comme vous avez dit hier soir ? Sans rigoler ?

– Sans rigoler, fit Grigor qui se redressa, plus attentif.

– Et vous avez étudié ces trucs-là ? le pressa Frank. Comment les faire marcher et tout.

– J'ai beaucoup lu sur la question, dit Grigor. Personne ne peut faire marcher seul une usine pareille, mais je sais comment on procède. Il y a certains calculs que je ne saurais pas effectuer, c'est tout. »

Kwan tapa des mains pour attirer leur attention, et lorsqu'ils le regardèrent, il sourit faiblement et se montra du doigt. « Vous êtes un matheux ? » fit Frank.

Kwan opina.

« Et vous voulez être dans le coup ? »

Kwan opina encore et agita un drapeau imaginaire.

Grigor traduisit : « Pour la propagande, comme moi.

– Je me fiche des raisons de chacun, dit Frank qui demanda à Kwan : Vous pourriez vraiment aider Grigor au cas où ? »

Kwan opina une fois de plus.

« Frank, je ne connais pas vos raisons à vous, dit Grigor. Vous voulez vraiment investir la centrale ?

– Et comment ! dit Frank. Il me reste plus qu'à trouver comment ramasser le fric.

– Quel fric ?

– Le fric qu'il vont nous donner pour qu'on leur rende leur centrale en bon état. Vous faites votre blague, ce que vous voulez, et moi mon coup. »

Pami, la bouche tordue et la voix raboteuse, les yeux luisants d'un reste de colère, lança : « Frank et moi, on va kidnapper la centrale.

– La prendre en otage, renchérit Frank. Contre une rançon de cinq millions. »

Maria Elena était assise près de Kwan. Elle se mit soudain debout et demanda d'une voix et d'un air effrayés : « Frank, tu es sûr ? C'est tellement public, tellement dangereux. Et si tu es pris ?

– Si on me prend à faucher un cure-dent, lui répondit Frank, j'suis bon pour perpète. Quelle différence ça fait ? J'peux rien faire de plus ni de moins dangereux. »

Maria Elena, terrifiée par ce projet, bredouilla pour imaginer une réplique et ne trouva que : « Et s'ils ne paient pas ?

– Ils paieront, répondit Frank avec une calme assurance. Rien que pour être sûrs qu'on appuiera pas par hasard sur le mauvais bouton. Ou exprès. Le voilà, Maria, c'est le seul coup à cinq… »

La sonnette de l'entrée retentit. Grigor agrippa le bras du canapé. « Ils étaient d'accord ! Ils ont dit que je pouvais rester ! »

Maria Elena sortit du salon, et les autres restèrent assis en silence, l'oreille tendue. Ils entendirent la porte s'ouvrir, entendirent la question de Maria Elena, entendirent une voix masculine grave et lugubre dire : « Je cherche Pami Njoroge. Je l'ai vue au centre commercial, je voulais lui dire bonjour mais je l'ai ratée. J'ai reconnu la voiture devant chez vous, j'ai pas voulu partir sans saluer ma vieille copine Pami. »

Il s'était avancé tout en parlant et il apparut alors à l'entrée du salon : un Noir fortement charpenté, à l'air dur, au sourire glacial et aux yeux mauvais bordés de rouge. Il jeta un rapide coup d'œil sans intérêt au groupe dans la pièce, puis son sourire s'élargit, encore plus méchant. « Salut, Pami. »

Ils virent tous l'expression d'effroi naître et s'étendre sur le visage de la Kenyane. Ils perçurent tous le fatalisme dans sa voix : « Salut, Rush », dit-elle.

Ananayel

Revoici donc frère Rush.

Bah, tant pis. La machine est lancée maintenant ; il ne pourra pas l'arrêter. Notre étonnant quintette entrera bel et bien dans Green Meadow III, je peux compter sur Frank pour qu'ils y arrivent. Chacun d'eux y entrera pour une raison différente, mais leurs raisons les maintiendront ensemble assez longtemps pour ce que je veux faire.

Une fois à l'intérieur de la centrale, ils feront connaître leurs exigences, lesquelles ne seront pas satisfaites. Ce ne sont ni la bravoure ni l'imprudence qui empêcheront l'administration d'accepter leurs conditions, mais la confusion, le cafouillage, les vanités et l'incompétence. La responsabilité sera délayée entre des sociétés privées, des services administratifs publics et semi-publics, et même des commissions du Congrès. Ceux qui auront peur d'agir seront contrés par ceux qui craindront de ne pas se faire attribuer le mérite d'une intervention couronnée de succès. Monopoliser la publicité, se décharger des responsabilités, toutes les indélicatesses courantes des affaires publiques se ligueront pour empêcher Frank d'obtenir sa rançon. Et l'apathie habituelle des médias ravis empêchera les efforts de propagande de sortir de la centrale pour toucher la conscience du monde.

Petit à petit, mais assez vite, Frank et les autres comprendront l'énormité de leur geste et le caractère irrémédiable de leur situation.

Ma tâche sera alors accomplie.

33

Personne ne savait exactement que faire de l'« ami » de Pami, frère Rush. Visiblement, il n'était en rien son ami, mais elle avait l'air impuissante à le repousser. Il donnait l'impression d'un être froid, sournois et fuyant, mais la menace restait toujours sous-jacente, ne se manifestait jamais vraiment au grand jour de manière répréhensible.

Frank en fut le plus frustré et il prit Pami à part, qu'elle lui dise de quoi il retournait. « C'est qui, ce type-là ? Ton mac ? Pourquoi on en voudrait avec nous ?

– J'en veux pas, moi, dit Pami, seulement Rush… quand il a envie de quelque chose, il finit par l'obtenir. Mais il embêtera personne.

– Moi, il m'embête. »

Rush entra alors nonchalamment dans le salon. « Hé, qu'est-ce qui s'passe ? » lança-t-il, et on n'en parla plus.

Tous comprirent qu'il resterait pour dîner ; il n'avait pourtant rien demandé, personne ne l'avait invité, et pour tout dire personne ne voulait de lui. Mais on dressa un sixième couvert à la table, Rush s'installa en bout, à l'opposé de Pami, et au fil du repas il alterna éloges extravagants des prouesses culinaires de Maria Elena et questions qui embarrassèrent tout le monde.

Il leur tirait les vers du nez, c'était clair, du moins il essayait, mais à propos de quoi ? Ils avaient du mal à répondre à ses questions truffées d'hypothèses fausses.

« Vous attendez que quelqu'un d'autre se pointe ? demanda-t-il.

– Qui donc ? fit Frank.

– J'sais pas, moi. » Rush haussa les épaules comme si ça n'avait pas d'importance et s'efforça de donner à sa mine mauvaise et rusée un air désinvolte et innocent. « Quelqu'un pour vous dire ce que vous allez faire après, et où aller. »

Grigor lui jeta un sourire sans desserrer les lèvres. « Personne ne nous dit où aller, fit-il. Nous savons où nous allons. Certains d'entre nous. Nous sommes absolument libres.

– Vous savez où vous allez ? » Rush avait l'air intéressé. « C'est où, ça, Gregor ? » (Il n'avait pas l'air capable d'étirer les lèvres pour prononcer *Grigor*.)

Cette fois, le Russe ne s'interdit pas d'ouvrir la bouche en souriant. « Dans la tombe, frère », dit-il.

Rush parut à peine intéressé. « Vous avez le même truc que Pami ?

– Ce n'est pas une conversation quand on est à table, dit Maria Elena d'un ton ferme.

– Vous avez raison, Maria. J'adore cette sauce. Vous avez mis des épices de votre cru dedans, pas vrai ? »

Mais bientôt il revenait à son sujet. « Vous avez tous un docteur spécial que vous allez voir ? »

Frank posa sa fourchette. « Rush, dit-il sans

cacher son irritation, est-ce que j'ai l'air d'avoir besoin d'un docteur ?

– Non, c'est vrai, reconnut Rush. Vous en avez pas l'air. » Et il se tut à nouveau, tout à ses pensées.

Lorsqu'il rouvrit la bouche, ce fut pour autre chose ; plus de questions déplacées ni d'éloges extravagants. Il leva la tête, presque comme un chat, et dit : « Y a quelqu'un qui rôde autour de la maison, dehors. C'est le gars que vous attendez ?

– Nom de Dieu, Rush, fit Frank, j'sais pas ce que vous avez, ce que Pami vous a raconté ni…

– J'y ai rien dit ! se récria Pami. C'est un truc à lui !

– J'sais pas ce que c'est, dit Frank. J'sais pas ce qui vous a fourré cette idée dans le cul, *frère* Rush, mais je vais vous le dire une bonne fois pour toutes : on attend personne. On vous attendait pas…

– Absolument, fit Grigor.

– … et on attend personne d'autre. »

Rush n'avait pas cessé de hocher la tête, un léger sourire aux lèvres. « Alors ça vous fait rien si je sors voir ce type dehors, fit-il lorsque Frank eut terminé.

– Je vous en prie, dit Frank. Si vous croyez qu'il y a quelqu'un.

– Oh, pour ça oui, y a quelqu'un. »

Maria Elena regarda vers les fenêtres aux rideaux tirés. « Mais qui ? demanda-t-elle.

– C'est ce que j'vais aller voir, répondit Rush qui se leva. Pour satisfaire notre curiosité à tous. » Il laissa tomber sa serviette près de son assiette, sourit à la ronde, fit demi-tour et sortit de la salle à manger. Pour un homme corpulent, il se déplaçait très silencieusement.

Ananayel

Elles volent dans les airs comme des chauves-souris, ces créatures de la nuit, vulgaires serviteurs de Lucifer. Lucifer : le premier dissident, bien sûr, autrefois ange et capitaine des anges, mon frère de jadis. L'orgueil a été son grand défaut, et les ténèbres son châtiment. Il était à peu près aussi immortel que Dieu Lui-même et il l'est resté. Il n'a pas été puni par une réduction de son existence, de ses sensations, de sa conscience, mais par une éternité de ténèbres, une exclusion définitive de la Lumière. Oui, exactement : de la Lumière.

Un jugement curieux, à bien y réfléchir. Comme punition, Lucifer a hérité d'un royaume, de laquais, d'une autorité. Pour avoir péché par orgueil. L'orgueil. Un ange peut donc avoir de l'orgueil. Un ange peut pécher. Un ange dispose de son libre arbitre.

Nous, les anges, nous obéissons parce que nous avons choisi d'obéir. Comme le font ses créatures à lui. Elles aiment leur louche seigneur, leur prince des puissances des airs, elles aiment la tâche qu'elles accomplissent pour lui, et maintenant elles grouillent autour de moi dans l'air nocturne comme des papillons de nuit, rendent compte de mes mouvements à ce démon sans nom, leur maître immédiat, qui se démène tant pour m'empêcher de mener à terme le projet de Dieu. Ce démon doit être quelque baronnet vassal du prince des Ténèbres, quelque satrape gonflé d'importance, un beglerbeg des brumes intermédiaires, puissant mais, à Dieu ne plaise, moins que moi.

(Je ne serais pas capable de me mesurer à Lucifer en personne et je le sais, mais il le sait aussi, tout comme Lui. Le prince des Ténèbres, même avant la Chute, était une puissance inférieure seulement à celle de Dieu, cause première de son orgueil et de sa déchéance. Mais si Lucifer devait m'affronter, ce ne serait plus moi qu'il aurait en face de lui. On me retirerait aussitôt du combat, et c'est Dieu en Personne qui prendrait ma place ; et à chacune des rencontres entre ces deux Maîtres, c'est Lucifer qui a connu la défaite, c'est lui qui a battu en retraite, honteux, blessé, avili, sa queue fourchue entre ses pattes aux sabots fendus. Comme les petites guerres auxquelles les soi-disant grandes puissances se sont livrées sur les territoires des autres au cours des cinquante dernières années de la brève histoire de la Terre, c'est uniquement par procuration que luttent mon Maître et Son Adversaire. Lucifer essayera sûrement de tricher, cherchera un avantage, mais il ne tentera pas de m'écraser, ce qui mettrait en jeu une *véritable* grande puissance.)

Non, c'est seulement ce valet que je dois affronter, lui seul a pris les armes contre moi. Son maître croit, il espère du moins, que ce diable suppléant suffira pour me contrarier dans l'exécution du projet de Dieu. Mais j'ai la ferme conviction qu'avec Son aide et dans Sa Lumière éclatante, je pourrai mener Son œuvre à bien, obéir à Ses ordres, réaliser Ses désirs, amen.

Pour l'heure, il est temps de séparer cet avatar du démon, frère Rush, de mon quintette. J'ai laissé Andy Messenger tranquillement assis auprès de Susan Carrigan dans la salle 3 du complexe de cinémas de la 13e Rue ouest à regarder *La nuit tombe* (un film noir actuellement en vogue), je me suis rendu à Stockbridge et j'ai pris une forme corporelle dans l'obscurité d'un parking d'église non loin de chez Maria Elena Auston.

L'enveloppe que j'ai choisi d'endosser, c'est celle de l'homme qui avait aidé Kwan à échapper à la police de Hong-Kong et qui plus tard occupait le siège voisin de Pami dans l'avion ; une première mouture d'Andy Messenger, d'ailleurs. Deux de mes cinq protégés ont déjà des raisons de se fier à moi. Il vaut mieux avoir déjà gagné leur confiance, pendant que je les débarrasserai de Rush. En tant que Brad Wilson des services secrets de la marine, je bénéficierai d'emblée d'une présomption d'autorité, il me sera donc possible de dégager Rush du groupe sans avoir à donner dans le spectaculaire. Du moins, c'est bien ce que j'espère.

J'ai parcouru à pied les deux pâtés et demi de maisons le long de la rue de banlieue incurvée – un des premiers signes de raffinement chez les humains, ai-je noté, c'est leur aversion pour les lignes droites – et alors que j'approchais de la demeure des Auston, j'ai vu que les rideaux étaient ouverts à la grande baie de la salle à manger et offraient le spectacle de mon quintette à table, comme si Hogarth avait réalisé la couverture d'un magazine familial de supermarché.

Mais où se trouvait Rush ? Les autres mangeaient, discutaient et réfléchissaient – de temps en temps, Kwan buvait au verre de petites gorgées douloureuses d'un liquide orange clair – et une assiette entamée attendait à une sixième place, mais on ne voyait Rush nulle part.

Je l'ai cherché en esprit, sans résultat. Il était forcément là, étant donné l'assiette devant la chaise vide. Est-ce que ses partisans qui bruissaient au-dessus de ma tête l'avaient averti de ma présence ?

Je ne voulais pas me montrer aux autres avant d'avoir localisé Rush. J'ai traversé une partie de la pelouse jusqu'au coin le plus sombre, à l'écart de la lumière qui sortait à flots par la baie de la salle à manger et loin aussi de l'éclairage public, puis je suis resté là, à observer, dans l'expectative.

Pourquoi étaient-ils si joyeux ? L'amertume et le chagrin auraient déjà dû les plonger dans le silence et l'introspection. Leur compagnie réciproque leur redonnait sans doute courage, mais malheureusement je ne pouvais pas leur infliger une solitude parfaitement démoralisante ; il fallait qu'ils agissent ensemble. Feraient-ils ce que j'attends d'eux, le moment venu ? Oui, oui, la question ne se posait pas vraiment. Je serrerais la vis jusqu'à ce qu'ils le fassent. De leur propre chef, bien entendu.

J'ai été négligent, je le reconnais. Mon attention était trop fixée sur mes cinq agents et pas assez sur mon incarnation présente, Brad Wilson des services secrets de la marine américaine, ni sur la position de Rush. Avant que j'aie compris, l'attaque était déjà bien engagée.

Le salaud ! J'ai voulu faire un pas pour observer une autre partie de la salle à manger, mais mes pieds ont refusé de bouger. C'est alors que j'ai saisi sa manœuvre. Les orteils de Brad Wilson avaient pris racine, avaient foré à travers ses chaussures dans la terre de la pelouse pour s'enfoncer de plus en plus loin, se cramponner à des rochers, s'entortiller autour des racines des autres arbres, se développer dans les nappes phréatiques…

Des autres arbres ! Déjà la peau de mes chevilles et de mes tibias était de l'écorce, déjà une force irrésistible me tirait les bras vers le haut, déjà mes articulations se durcissaient. Affolé, j'ai voulu fuir ce corps, mais le pépiement des milliers de milliers de tout petits anti-chérubins autour de ma tête feuillue m'emprisonnait. Ils étaient incapables de me retenir, pas à eux seuls, mais avec le pouvoir de Rush en action, je risquais de perdre la bataille.

Perdre la bataille ! Cette enveloppe corporelle n'était que temporaire, mais c'était quand même moi qui la composais, mes propres atomes. (Nous n'habitons ni ne possédons les créatures terrestres, comme le font les démons, comme il en allait de Rush, mais nous concevons nos formes à partir de nous-mêmes.) Si le démon et ses millions de parasites jacassants parvenaient à me retenir – à retenir l'essence de mon être – dans cette bogue terrestre le temps d'achever la transformation, le temps de me changer en végétal, avec un cerveau de végétal, je n'arriverais jamais à me libérer, ne serais jamais plus Ananayel, n'aurais jamais le pouvoir de devenir autre chose que ce qu'ils auraient fait de moi : un arbre poussé spontanément sur une pelouse de banlieue.

L'échec était possible. Et si j'échouais, qu'adviendrait-il ? Sans nul doute – c'était même sûr – on me laisserait subir les conséquences de mon échec. Je resterais bloqué ici, abandonné, bêtement emprisonné à l'intérieur de cette crypte de bois le temps qu'il Lui faudrait pour envoyer un autre opérateur, un assistant plus digne de confiance, pour réussir là où j'aurais cafouillé et enfin mettre un terme à ce monde.

Et alors ? J'arriverais moi aussi à mon terme, bien sûr.

Mais maintenant, *maintenant*, qu'est-ce qui allait se passer maintenant ? Sous peu, dans ce cinéma de New York, *La nuit tombe* finirait comme prévu – la fille est innocente, c'était évident – et Susan se lèverait, mais qu'arriverait-il à Andy Messenger ? Il n'aurait pas assez de vigueur en lui pour se mettre debout et sortir de la salle, sans parler d'affronter les aléas de la fin de soirée. Il y aurait confusion, puis horreur, puis une ambulance. On emmènerait le corps en apparence vivant d'Andy Messenger à l'hôpital, et je ne me suis pas donné la peine de trop le fignoler, ce corps. Il ne contient pas tout ce qu'on s'attendrait à trouver dans un organisme humain. Ici et là je me suis permis des courts-circuits, j'ai opté pour la solution de facilité. Et maintenant ? Est-ce que j'allais livrer ce corps à l'examen du personnel des urgences ? Me contenter d'une durée de vie terriblement abrégée en tant qu'arbre ? Laisser tomber mon Dieu ?

J'avais encore des dents. Elles ont grincé quand j'ai forcé cette tête à tourner sur son cou qui se rigidifiait. Où était Rush ? Où était Rush ?

La Toyota de Frank stationnait au bord du trottoir. Son rétroviseur extérieur gauche était orienté de telle façon que j'arrivais à voir dedans. Entre autres choses reflétées il y avait, non pas Rush, mais une Buick garée dans une allée plus loin, de l'autre côté de la rue. J'ai concentré ma vision, scruté par le biais du rétroviseur de la Toyota l'habitacle de la Buick, son rétroviseur intérieur, et mon regard y a embrassé la baie vitrée du salon de la maison voisine des Auston. Le salon derrière la baie était dans le noir ; la fenêtre ne faisait pas un miroir idéal, mais je devais m'en contenter, et elle réfléchissait à nouveau la Toyota. Et sous cet angle, dans la vitre côté conducteur de la Toyota, j'ai reconnu Rush, très vaguement, très obscurément, là, tapi dans un massif d'arbustes derrière l'angle de la maison des Auston. Il bredouillait de jubilation.

J'avais les bras presque à la verticale. Mes jambes étaient réunies en un seul tronc recouvert d'écorce. Ma vue faiblissait, mais je l'ai concentrée, concentrée, et alors j'ai *ouvert les yeux*. Les rétroviseurs de la Toyota et de la Buick, la baie, la vitre du conducteur de la voiture japonaise, tout a explosé avec des détonations de pistolet. Mais en même temps, le rayon de ma fureur atteignait Rush dans sa cachette, s'enfonçait en lui comme un harpon, le tirait brutalement en l'air et le jetait par terre à mes pieds.

Ils en ont poussé des hurlements, tous ces moucherons qui emplissaient le ciel ! Leurs piaillements sont montés dans la nuit, crépitants comme de l'électricité statique à la surface des fines couches nuageuses très haut dans le ciel. Ils se sont enfuis, ils ont disparu dans des volutes de gaz. Et leur maître se tortillait à l'intérieur de son enveloppe d'emprunt, il essayait de s'évader du corps tourmenté de Rush.

Oh, non, pas cette fois-ci ! Je ne pouvais pas le

tuer, je le savais, à moins d'être assez rapide ou chanceux pour convertir d'un coup toute sa matière en énergie, autant dire que c'était impossible, mais je pouvais lui laisser un souvenir si cuisant qu'il n'oserait plus jamais m'affronter. Une douleur si violente qu'à ma seule évocation, à des éons d'ici, il se recroquevillerait comme une crevette. Pour l'instant il était Rush, il allait ressentir ce que ressentait Rush, et il resterait Rush jusqu'à ce qu'il ait compris la leçon.

J'ai porté à ébullition le sang dans ses veines. J'ai changé ses sourcils en aiguilles que j'ai enfoncées dans ses yeux. Je lui ai noué les intestins, lui ai logé un furet vivant dans l'estomac, lui ai changé la langue en piranha dont la queue restait attachée à son pharynx.

Il se contorsionnait, ce démon, il grondait, il hurlait à une hauteur inaudible à aucune oreille sur terre. Il essayait par tous les moyens de contre-attaquer, de résister, de repousser les fléaux dont je l'accablais, il étranglait le furet avec ses propres entrailles, brûlait le piranha qui lui dévorait la bouche, mais toujours fou de la douleur que je lui infligeais sans discontinuer et des horreurs que je lui fourrais dans la bouche, le nez, le cul et les yeux. Les humains échappent à de tels tourments par l'évanouissement ou la mort, mais aucune de ces deux issues ne lui était possible. Et il préférait ne pas demander grâce. Faire grâce à un vil démon ?

Il a d'abord voulu s'échapper sous forme de ver par l'oreille de Rush, mais j'ai réduit ce ver en cendres voire pire, et il a juste eu le temps de réintégrer le corps avant que je le détruise complètement. Subis mon châtiment, démon !

Ensuite il a tenté frénétiquement, à de multiples

reprises, de tuer Rush, de mettre fin à mon assaut en me privant de mon terrain de jeu, mais j'ai ressuscité le corps à chaque fois, et à chaque fois je lui ai infligé davantage d'épreuves, davantage de coups, d'étranglements, de torsions, de déchirures, de lacérations.

Puis je me suis arrêté. Il est resté tapi, toujours au cœur du supplice qui consumait la personne de frère Rush, trop effrayé pour se sauver encore, pendant que je réparais les dommages qu'il m'avait causés, que je tranchais les racines sous mes pieds, retransformais l'écorce en chair, la sève en sang, les fibres en muscles.

J'ai bougé dès que j'ai pu, je me suis écarté de cette chose qui tressaillait et gémissait sur la pelouse. J'ai regardé dans la salle à manger où mes cinq agents se trouvaient toujours. Ils ne s'étaient aperçus de rien. Parfait.

J'ai reporté mon attention sur ce qui avait été Rush. Il ne le serait plus jamais. Il ne me gênerait plus. « J'en ai terminé avec toi, lui ai-je dit. Tu peux partir. »

Aussitôt, le corps a cessé de trembler et s'est affaissé. Après un court instant, un cancrelat est sorti prudemment d'une narine morte. J'ai brisé une patte à la bestiole, histoire de lui laisser un souvenir, mais sans plus, et elle s'est éloignée en clopinant dans l'herbe.

En fin de compte, je n'avais plus besoin de Brad Wilson, plus besoin de passer voir mes agents. Le cas de Rush était réglé. J'ai permis à Brad de se dissocier, puis j'ai ramené le corps de Rush à New York pour l'abandonner dans un quartier où il ne susciterait pas trop de commentaires et j'ai rejoint Andy Messenger juste avant la fin du film.

« Un très bon film, a dit Susan quand nous sommes sortis en piétinant du cinéma avec l'ensemble des spectateurs.

– Oui. »

X

Oh, non, non, non, assez, assez…

Assez, assez, assez…

Haine haine haine haine haine haine…

Assez !

Non, non, même pas les pensées, peux pas… Le cerveau ne fonctionne pas, n'arrive pas à penser, peux pas m'arrêter de courir, peux pas m'arrêter…

Assez, assez…

Faut que je le fasse. *Faut* que je le fasse ! Mais…

Assez, assez…

Mais…

Il le faut.

34

À la fin des infos d'onze heures et demie, il parut évident que Rush ne reviendrait pas, mais personne ne voulait encore aller se coucher, au cas où un fait nouveau se produirait. Rush avait-il vu la police, est-ce qu'elle le poursuivait, avait-il pris la fuite ? Quelque chose dans ce genre-là, sûrement, ce qui voulait dire qu'il risquait tout de même de réapparaître quand la voie serait libre. N'importe comment, tout le monde se sentait bien éveillé.

Par ailleurs, il allait y avoir une émission qui intéressait au moins deux des occupants de la maison. Aussi bien Grigor que Maria Elena voulaient regarder *Débat de nuit* : Ted Koppel y recevait un certain professeur Marlon Philpott, le physicien qui conduisait à Green Meadow III les expériences responsables de toutes les manifestations et plus récemment de la grève d'au moins les deux tiers des employés du site, auquel était opposé un confrère, le professeur Robert Delantero.

« Notre émission de ce soir peut paraître un peu étrange, dit avec son petit sourire Ted Koppel à son public, parce que le sujet – la matière, devrais-je dire – est étrange. Nous allons parler d'une chose tout à fait singulière connue des physiciens sous le nom de “matière étrange”. Certains scientifiques, comme le professeur Marlon Philpott des Laboratoires Unitronic, pensent que la matière étrange, une fois exploitée en laboratoire, peut devenir la source d’énergie la plus propre, la plus sûre et la plus économique de l’histoire du monde. D’autres physiciens d’égale renommée sur le plan scientifique, comme le professeur Robert Delantero de Harvard, estiment que cette matière étrange, si on l’isole et si on la manipule inconsidérément, pourrait être plus destructrice que tout ce qu’on a jamais imaginé. D’autres savants encore pensent que la matière étrange n’existe pas. Professeur Philpott, avez-vous *déjà vu* de la matière étrange ? Et pouvez-vous la décrire ? »

Le professeur Philpott était un homme corpulent affublé d’une barbiche pointue et de lunettes à monture sombre. Il avait davantage l’air d’un critique gastronomique que d’un scientifique, davantage l’air de qui s’intéresse à la composition d’une sauce française plutôt qu’au contenu d’une bouteille de Leyden. L’air d’un oncle terriblement condescendant. « Si jamais nous parvenions à réunir assez de matière étrange pour la *voir*, Ted, fit-il, disons un morceau gros comme ça, eh bien, il n’y aurait plus de problème. Mais je peux néanmoins la décrire, parce que nous savons qu’elle est là. Elle est forcément là, les mathématiques nous l’affirment.

– Et d’après les mathématiques, cette matière étrange, c’est quoi ?

– Une manière différente de combiner les composantes de la matière, répondit le professeur Philpott qui oublia de l’appeler Ted. Nous le savons aujourd'hui, la composante de base de la matière, c'est le quark.

– Pas l'atome.

– Non, Ted, le noyau de l'atome est composé de protons et de neutrons. Si vous imaginez les protons et les neutrons comme de petits sacs, ce que contient chaque sac, ce sont des quarks, deux quarks *up* et un *down* dans un proton, deux *down* et un *up* dans un neutron. Ces sacs sont entourés d'un nuage d'électrons, et l'ensemble forme un atome.

– Et qu'aurait-elle de différent, la matière étrange ? Un atome étrange est-il imaginable ?

– C'est précisément ce que nous cherchons, Ted. Et ce qu'elle aurait de différent, ce serait : pas de sacs. Un atome étrange consiste en un nuage d'électrons autour de tout un tas de quarks *up*, de quarks *down* et de quelques nouveaux quarks qu'on connaît sous le nom de quarks étranges.

– Je m'y attendais. Professeur Delantero, vous êtes d'accord avec l'existence de ces quarks, atomes et matière étranges ?

– Ils existent, j'en ai peur », lâcha sèchement le professeur Delantero. C'était un homme à l'air raisonnable, anguleux, presque chauve, qui portait un nœud papillon rouge vif. « La question fondamentale, dit-il en fixant sérieusement la caméra, c'est : quelle matière est la plus stable ? Il y a tout lieu de croire que la matière la plus étrange, c'est *nous*, et que la matière composée d'atomes contenant des quarks étranges est plus stable que celle que nous connaissons. Si c'est vrai, et si le professeur Philpott réussit effectivement à isoler la matière étrange, alors que Dieu nous protège.

– Vous voudrez bien me pardonner, professeur Delantero, mais je crains de ne pas vous avoir suivi.

Le professeur Philpott a l'air de penser que la matière étrange ferait une excellente source d'énergie, plus sûre et moins chère que l'énergie nucléaire classique. D'après vous, elle n'est pas sûre du tout, mais je ne comprends pas bien pourquoi. »

Le professeur Philpott mit son grain de sel. « Vous avez raison de ne pas bien comprendre, Ted, parce que ce sont des sottises. Il choisit le pire scénario catastrophe et réagit comme si c'était le seul possible.

– Oui, professeur, dit Koppel, mais laissons plutôt au professeur Delantero le soin de s'expliquer. Professeur Delantero, en admettant que le professeur Philpott et vous ayez tous deux raison et que cette matière étrange existe ou qu'on puisse la faire exister, pourquoi pense-t-il qu'elle est sûre et vous non ? »

Le professeur Delantero ressemblait de plus en plus à un juge abonné à la peine de mort. « Je présume seulement que le professeur Philpott ferme les yeux sur les dangers encourus parce que les Laboratoires Unitronic et lui voient des bénéfices dans l'affaire. Voilà pourquoi il…

– Des bénéfices pour toute l'humanité.

– Oui, professeur Philpott, mais laissons parler le professeur Delantero.

– Ils ont renvoyé son laboratoire de l'université Grayling, s'écria soudain le professeur Delantero, parce qu'il n'arrêtait pas de tout faire sauter ! Et une espèce de crétin s'est mis dans la tête qu'il serait plus à sa place dans une centrale nucléaire !

– C'est un scandale… un scandale… » Le professeur Philpott avait maintenant l'air d'un critique gastronomique à qui on venait de servir une crevette avariée ; il était tellement outragé qu'il avait du mal à s'exprimer.

Ce qui fournit à l'animateur le loisir de poursuivre : « C'est un point que j'avais l'intention d'aborder, merci, professeur. Professeur Philpott, voudriez-vous répondre à ces rumeurs d'explosions ?

– Certainement. » Le professeur Philpott lissa son plastron d'une main tremblante et cessa d'hyperventiler. « Manifestement, personne n'a fait sauter de matière étrange parce que nous ne l'avons pas encore trouvée. Et depuis que je me suis installé à Green Meadow – non pas qu'on m'ait *renvoyé* de Grayling, j'y suis toujours titulaire, professeur Delantero, merci beaucoup, mais parce que les équipements de Green Meadow sont mieux adaptés à mes chercheurs – il n'y a pas eu un seul incident, et il n'y en aura pas. Quelques petites explosions de rien du tout, qui n'ont d'ailleurs causé aucun dégât, se sont produites au début, quand nous faisions des essais avec divers réceptacles, appareils, éléments gazeux pour la conservation, mais depuis, non, et je défie le professeur Delantero de prétendre le contraire. »

Delantero s'était à présent un peu calmé lui aussi. « Tout ce que je dis, répliqua-t-il, c'est que nous sommes en la circonstance des bébés qui jouons avec un pistolet chargé, et nous ne devons pas courir les risques que prend le professeur Philpott à Green Meadow. Les employés en grève sont les plus sages.

– Si j'ai bien compris, dit Koppel, et je reconnais volontiers que je ne domine pas parfaitement l'ensemble du sujet, mais si j'ai bien compris, il existe deux théories sur l'effet de la matière étrange quand elle entre en contact avec la matière ordinaire, et c'est là l'objet du débat. Professeur Philpott, si j'avais ici une goutte de matière étrange et si je la laissais tomber par terre, que se passerait-il ?

– Rien. Elle resterait là et s'évaporerait lentement en particules alpha inoffensives. Mais si nous la mettions dans un réacteur et que nous l'alimentions… Il faut signaler une chose : la matière étrange est beaucoup plus dense que l'ordinaire, c'est ce qu'on peut créer sur cette planète de plus approchant d'un trou noir. Un morceau de la grosseur d'un grain de plomb pèserait plus de cinq millions de tonnes. L'énergie dans une masse aussi dense…

– Oui, merci, professeur Philpott, mais nous n'avons plus beaucoup de temps et j'aimerais poser la même question au professeur Delantero. Vous êtes partisan d'une théorie différente, et pour l'instant rien ne peut prouver quelle est la bonne, mais dans le monde scientifique les deux sont également plausibles, n'est-ce pas ?

– Oui.

– Et chacune a ses adeptes, tous éminents sur le plan scientifique ?

– C'est exact.

– Donc le professeur Philpott a autant de chances d'avoir raison que vous.

– Oui. Mais moi aussi, et c'est pourquoi nous ne devons pas courir le risque.

– Et d'après vous, qu'est-ce qui va se passer si je renverse cette goutte de matière étrange sur la moquette ? »

Le professeur Delantero redressa ses épaules maigres. « Comme l'a dit le professeur Philpott, la matière étrange est beaucoup plus dense que la matière ordinaire. Il est aussi probable qu'elle soit plus stable. Votre goutte rongerait le plancher, s'enfoncerait dans la terre…

– Oh, vraiment, il n'y a pas la moindre…

– Professeur Philpott, votre tour de parler viendra. Professeur Delantero ?

– En se combinant à la matière environnante, dit le professeur Delantero, cette goutte extrêmement massive, extrêmement dense, se creuserait un chemin jusqu'au centre en fusion de la Terre, où elle s'échaufferait et réagirait pour de bon.

– Une explosion, vous voulez dire ?

– Non, non. Ce que je veux dire, c'est que cette seule goutte, en très peu de temps, transformerait l'ensemble de la planète et tout ce qui existe à sa surface, les arbres, les gens, même l'atmosphère qui nous entoure, en matière étrange.

– Et quelles en seraient les conséquences ?

– La Terre deviendrait une boule anonyme, lisse et brillante, d'une densité incroyable, qui aurait toujours sa masse actuelle mais mesurerait moins d'un kilomètre et demi de diamètre.

– Et vous et moi ferions partie de cette boule anonyme, dit Koppel, son petit sourire aux lèvres.

– Oui. »

Koppel s'adressa à la caméra. « Vous le voyez, dit-il, les divergences d'opinion sont très marquées et les enjeux scientifiques très élevés. D'un côté : un combustible sûr et bon marché ; de l'autre : la fin de tout. Le professeur Philpott est-il tout près de trancher entre ces deux théories opposées, et quels garde-fous a-t-il prévus pour éviter le dénouement décrit de façon si saisissante par le professeur Delantero ? Qu'est-ce que le professeur Delantero attend éventuellement de la science au sujet de la matière étrange ? Voilà les questions que nous aborderons dès notre retour. »

Pendant les publicités, Frank regarda Grigor et sourit. « C'est ça votre blague ? Lâcher la goutte ?

– On l'a déjà lâchée… sur moi », répondit Grigor. Il n'avait pas l'air de trouver ça drôle.

Ananayel

J'ai concrétisé Andy Messenger. L'alerte chaude au cinéma m'a convaincu de prendre le temps de faire les choses correctement, de ne pas aller au plus rapide. Andy est donc désormais un être humain complet, pourvu de tous les éléments constitutifs nécessaires, peut-être même en meilleur état que bien des gens.

Et pendant que j'y étais, je lui ai aussi donné tous les attributs d'un être humain dans son genre, à savoir un travail et un passé. Le poste de professeur de sociologie à Columbia – maître assistant non titulaire, à vrai dire – est devenu réalité. Ses collègues d'université ont des souvenirs de lui, la plupart agréables, qui couvrent plusieurs années. Son acte de naissance se trouve au bureau d'état civil d'Oak Park, dans l'Illinois. Ses dossiers scolaires, professionnels, médicaux et dentaires sont tous en place. Pour le peu de temps qui reste à la vie sur terre, Andy Messenger est maintenant pour moi parfaitement fonctionnel, parfaitement opérationnel ; ce que nous pourrions appeler ma résidence secondaire.

Oh, oui, le professeur Delantero a plutôt bien

décrit la fin du monde. Il aura effectivement eu raison – bien qu'il ne serait guère enchanté de le savoir – sur ce qui se passera lorsque cette goutte de matière étrange tombera par terre à la centrale nucléaire de Green Meadow III. Du moins il aura raison au moment décisif.

Après tout, l'univers est *Sa* création. Il peut toujours le bricoler s'Il en a envie, tant qu'Il ne change pas du même coup ce qui est déjà tenu pour vrai. (Enfin, Il peut le faire aussi, naturellement, ce qui lui arrive parfois, mais on qualifie ces exceptions de miracles. Ce n'est pas un miracle qui nous occupe ici. D'ailleurs, les miracles ont été formellement interdits dans le cas qui nous occupe ; pour des histoires de démentis, vous comprenez.)

Mais une grande partie de l'univers réel reste ignorée des êtres humains, elle ne figure pas sur les cartes, elle échappe au champ des connaissances scientifiques, et dans ces vastes territoires inconnus Dieu fait ce qu'Il veut, sans miracles à la clé. La science humaine, par exemple, a atteint un stade dans la question de la matière étrange où deux théories sont proposées, à peu près également plausibles. La goutte de matière étrange lâchée par terre pourrait aboutir au grain infinitésimal du professeur Philpott, aussitôt évaporé. De la même manière, elle pourrait aboutir à la destruction de la planète du professeur Delantero, par conversion de l'ensemble de sa masse en matière étrange.

Démontrer l'une ou l'autre de ces théories ne constituerait pas, en termes terrestres, un miracle. Chacune pourrait se rattacher à la trame du déjà connu sans en aucune façon rompre le tissu de la réalité observée. Aussi, même si j'ignore laquelle de ces théories a été correcte jusqu'à ce jour, je sais à partir de maintenant avec certitude laquelle est la bonne.

Voilà, en fin de compte, pourquoi je suis ici. Pour transmuter la terre entière et tout ce qu'elle porte en roulement à bille.

35

En définitive, il s'avéra plus facile de voler un car scolaire que d'essayer de monter dans un de ceux qui transportaient les cadres de Green Meadow. D'abord, les cars ne les ramassaient pas chez eux mais les ramenaient d'un parking étroitement surveillé à six kilomètres de la centrale. Ensuite, chaque car avait à son bord son propre garde de sécurité armé. Mais les véhicules étaient loués à une compagnie de transports qui assurait le service de quelques écoles publiques et de la majorité des écoles privées dans cette partie de l'état de New York, et son grand parking, toujours à moitié plein de cars en attente de tournée, n'était pratiquement pas surveillé.

Les manifestations duraient maintenant depuis des mois et la grève depuis des semaines ; pour tout le monde, c'était la routine quotidienne. Tous ceux qui se présentaient devant les portes de la centrale avaient un rôle défini à jouer : manifestants, grévistes, ingénieurs, policiers, gardes de sécurité privée, équipes des médias, ainsi que les gros bus jaunes qui affichaient sur leurs flancs des inscriptions du genre ZONE SCOLAIRE INTERCOMMUNALE

D'ISTANFAYLE, mais toujours le même nom de compagnie – TRANSPORTS KELLY, en lettres vertes à l'intérieur d'un dessin de trèfle – sur la porte. La plupart des conducteurs étaient des femmes, la plupart des gardes accompagnateurs portaient des uniformes de flics bleu foncé, de la location. Parfois les cars étaient presque vides lorsqu'ils pénétraient dans la centrale ; ils n'étaient jamais entièrement pleins.

« Vous êtes sûr de vouloir le faire ? demanda Grigor.

– Évidemment, tiens, répondit Frank. C'est mon idée.

– Mais moi, je n'ai rien à perdre, fit remarquer Grigor. Si vous êtes pris…

– Ça n'arrivera pas, lui assura Frank. Que j'gagne ou que j'perde, ils mettront pas la main sur moi. C'est une promesse que je m'suis faite comme ça.

– Mais pourquoi ? Pourquoi vous y tenez ?

– Pour l'argent. » Frank sourit. « Je suis un gars simple, l'argent, moi, ça me suffit. Vous faites vos discours, vous alertez la planète, vous attirez l'attention de tout le monde, moi, j'ai rien contre. Mais ils retrouveront leur usine atomique seulement après que j'aurai eu ce que j'veux. Sinon, vous en verrez une, de blague. »

Frank était le pro, c'était lui qui savait comment s'y prendre. Il descendit à New York en voiture et loua un uniforme de flic chez un fournisseur de costumes de théâtre. Au nord, dans le New

Hampshire, il acheta trois pistolets chez trois prêteurs sur gages ; deux des armes risquaient sûrement de péter dans la main de celui qui essayerait de s'en servir, mais ça irait. C'était juste pour faire peur. Il fallait que la troisième soit en état de marche, mais pas pour tirer sur quelqu'un, seulement pour attirer l'attention.

De retour à Stockbridge, il fouilla dans les vieux vêtements que Jack Auston avait laissés et s'habilla d'un pantalon de treillis vert bouteille graisseux et d'une chemise écossaise rouge foncé. Il acheta un écritoire à pince et quelques formulaires d'inventaire dans une papeterie locale, ne se rasa pas du jour et se rendit aux Transports Kelly. En entrant dans le grand parking, il se dirigea tranquillement vers le guichet du gardien, consulta son écritoire et annonça : « Je viens chercher le 271. »

Il était quatre heures et demie de l'après-midi et le gardien approchait de la fin de sa journée de travail. Plus important, dans une demi-heure il y aurait un changement d'équipe à Green Meadow ; si tout se passait bien, le bus numéro 271 des Transports Kelly arriverait le premier avec la relève.

L'homme leva les yeux de ses mots croisés et fronça les sourcils en direction de Frank. « Ah ouais ? fit-il.

– Pour le garage Hyatt, dit Frank comme s'il se fichait de la suite des événements, quels qu'ils soient.

– J'suis pas sûr qu'il est là. »

Il était là ; Frank avait noté le numéro du car qu'il voulait pendant qu'il traversait la cour. Mais il haussa les épaules. « Très bien, mon vieux, dit-il, je retourne au garage. » Et il fit demi-tour.

« Attends, attends, j'ai jamais dit qu'il était pas là. »

Frank s'arrêta et dévisagea le type. « Décide-toi, d'accord ? J'veux rentrer chez moi ce soir.

– Comme tout l'monde, dit le gardien qui fit longuement semblant de consulter ses feuilles de sortie avant de lâcher : Ouais, l'est là. Il doit se trouver quelque part dans l'coin. Attends. »

Frank attendit. Le gardien allongea le bras derrière lui, prit un trousseau de clés parmi les nombreuses rangées de crochets alignés au mur, se leva enfin de son tabouret, vint bruyamment à la porte et sortit. « Voyons voir », dit-il. Il examina l'étiquette qui accompagnait les clés puis, les yeux plissés, fit du regard le tour de sa cour. « Devrait être par là. »

Frank ne l'aida pas, mais le gardien ne mit tout de même que trois minutes pour repérer le bus qui se trouvait devant lui. Le numéro 271 était peint sur la porte de secours arrière et au-dessus de la partie gauche du pare-brise, comme un sourcil. De chaque côté, il portait l'inscription ÉCOLE PAROISSIALE DU MESSAGER DE DIEU peinte en majuscules noires sous les rangs de fenêtres.

« On dirait bien que c'est lui, fit le gardien.

– Si tu l'dis. »

Le gardien fit signer un bon de sortie à Frank – qui gribouilla « George Washington » – puis il lui remit les clés, et Frank repartit au volant du bus.

« Voilà, on va le faire », dit Maria Elena. Faire quoi ? Réaliser quoi ? Elle s'en fichait. Elle refusait même de répondre à pareille question. Elle avait sa réponse : « On va le faire. »

Elle savait ce qu'elle savait, et ça suffisait. Elle savait que le mouvement, c'était la vie, et l'immobilité la mort ; et elle était morte depuis trop longtemps. Elle savait qu'un groupe avec un but, c'était la vie, et une solitaire sans but la mort ; et elle était morte depuis trop longtemps. Elle savait que chanter, c'était la vie, et une vie sans chansons (sans même, désormais, les disques et les souvenirs des chansons d'autrefois) la mort ; et elle était morte depuis trop longtemps. Elle savait que la mort viendrait, de toute façon, pour eux tous, pour certains plus vite que pour d'autres, et que c'était une erreur pour elle d'être déjà morte avant de mourir. Qu'avec Frank elle se sentait vivante, qu'il voulait faire son coup et que *faire* quelque chose c'était mieux, infiniment mieux que ne rien faire, comme elle, depuis longtemps.

Maria Elena conduisait le car ; elle portait une casquette de chauffeur et des lunettes de soleil légèrement teintées afin de réduire les risques qu'une de ses anciennes relations parmi les manifestants qui tournaient comme d'habitude en rond devant l'entrée la reconnaisse par hasard. (Comme s'il pouvait y avoir un « après » où de tels détails auraient de l'importance.) Frank, dans son uniforme de flic de location, se tenait debout sur la première marche de l'escalier de montée, effrontément visible à travers le pare-brise. Kwan était assis à la deuxième rangée de sièges à droite, en costume, chemise blanche et cravate ; environ un quart du personnel scientifique de Green Meadow était oriental, sa présence ajoutait donc de la vraisemblance. Grigor, deux rangées derrière Kwan, en chemise écossaise au col ouvert, avait tout du chercheur tête en l'air et négligé qui ne reconnaîtrait pas une cravate si on le pendait avec. Pami, installée de l'autre côté, sur son trente et un, portait un chandail noir, un rang de perles, des lunettes à monture d'écaille, et elle avait emprisonné ses cheveux d'ordinaire indisciplinés dans un chignon impeccable ; il était difficile de dire quelle image elle projetait exactement, mais c'était au moins une image respectable.

Quoiqu'il en soit, ils n'avaient pas à projeter d'image pendant très longtemps. Les cars scolaires ne s'arrêtaient jamais lorsqu'ils tournaient pour franchir la porte qu'on ouvrait uniquement pour eux et pénétrer sur le site de la centrale ; ils feraient une cible trop tentante pour les grévistes et les manifestants. Les flics de l'état et les gardes privés virent tout bonnement ce qu'ils s'attendaient à voir : un car scolaire jaune des Transports Kelly conduit par une femme, avec un surveillant en uniforme bleu et quelques grosses têtes à son bord –, à l'heure où ils s'attendaient à le voir, et ils lui firent signe de passer.

Le terrain à l'intérieur du périmètre grillagé avait été soigneusement remodelé afin de n'offrir aux regards du public depuis la route qu'une pente douce ascendante dans un décor de parc : des arbres rares et des arbustes bien taillés sur une pelouse parfaitement tondue, au milieu d'autres arbres plus grands, pour la plupart des sapins d'une espèce ou d'une autre, formaient une épaisse toile de fond à l'année. La deux-voies d'asphalte serpentait jusqu'en haut de la faible déclivité, et lorsqu'ils parvinrent au sommet pour descendre l'autre versant, les cinq passagers du bus virent ce qu'il y avait vraiment au milieu des arbres.

Droit devant apparaissait l'enceinte de confinement surmontée d'un dôme, coffre en béton sans traits distinctifs, sans fenêtres. Derrière le béton, il devait y avoir une coque intérieure d'acier, et ensuite le réacteur avec son cœur, ses barres de commande, son générateur de vapeur, son pressuriseur, sa pompe de refroidissement, son réservoir de purge, ses vannes et son puisard. C'était l'organe vital de la centrale, la substance vivante et dangereuse de la chose, l'élément dont les cinq passagers du bus devaient se rendre maîtres s'ils voulaient obtenir le moindre résultat ; s'ils voulaient, pour tout dire, éviter de se faire raccompagner directement hors de la propriété, menottes aux poignets.

À gauche de l'enceinte de confinement : son petit frère, le bâtiment auxiliaire, en béton lui aussi, avec sa pompe de refroidissement d'urgence du cœur, sa pompe du puisard, son réservoir d'eau boratée et son réservoir des déchets radioactifs. Puis, un peu plus loin du même côté, le bâtiment administratif de pierre et de brique, à deux étages, bizarrement prosaïque dans l'ambiance grotesque de l'architecture nucléaire. On aurait dit un immeuble de bureaux d'enseignants sur un campus universitaire du Midwest.

À droite de l'enceinte de confinement : le bâtiment de la turbine, lequel rappelait de façon rassurante les constructions similaires des centrales électriques d'une époque révolue. Il renfermait la turbine, le générateur, le condensateur, le transformateur et tous les autres équipements nécessaires pour convertir l'énergie produite dans l'enceinte de confinement en électricité utile. Dans l'ombre du bâtiment de la turbine se tapissait une autre construction en béton, plus petite et dépourvue de fenêtres, qui abritait le laboratoire controversé du professeur Philpott. Et derrière, dominant l'ensemble, s'élevaient les deux tours jumelles de refroidissement, la salière et la poivrière, gigantesques édifices concaves de béton gris pâle, telles des idoles minimalistes de Baal.

Mais devant l'enceinte de confinement, comme une annexe ou une extension, on voyait la structure trapue du poste de contrôle. C'était de là que les serviteurs de la machine l'alimentaient, la refroidissaient et la guidaient dans sa vie de violence bridée. Et c'était là que les cinq passagers du car devaient se rendre maîtres du site ou perdre la partie.

Maria Elena arrêta le bus devant le poste de contrôle. Elle poussa le long levier qui ouvrait la porte. Frank regarda le groupe derrière lui, ses quatre complices. Putain de Dieu, quelle équipe ! Il hocha la tête. « Qu'est-ce qu'on a à perdre ? » fit-il avant de descendre du car.

Un cri de guerre qui en valait un autre.

36

« Professeur ! Mon Dieu, regardez ! »

Le professeur Philpott, plus ébouriffé quoique plus sérieux dans son laboratoire qu'il ne l'avait été à *Débat de Nuit*, se détourna à regret de l'anneau collisionneur où, dans le lourd remous de deutérium liquide, *quelque chose* se passait. Ou allait se passer. Il plissa les yeux d'un air irrité en direction de Chang qui se trémoussait là-bas, dans l'encadrement de la porte du salon : « Qu'est-ce qu'il y a ?

– Il se passe quelque chose à la télé ! »

Philpott avait la conviction de s'être ridiculisé, ou fait ridiculiser, ce qui revenait au même, au cours de cette fichue émission, aussi ne se sentait-il pas franchement de sympathie envers la télévision pour le moment. Ces foutus directeurs d'Unitronic, avec leur culte du grand dieu Relations publiques… « Il se passe aussi quelque chose dans le deutérium, dit-il durement, quelque chose d'infiniment plus important qu'à la télévision…

– Non, non. » Chang était vraiment agité, il sautait sur place comme s'il devait aller aux toilettes. « C'est quelque chose qui se passe ici, chez nous. »

Les manifestants, les grévistes : Philpott accordait aussi peu d'attention que possible à ces luddites. C'était ce qu'il allait dire lorsque Cindy, attirée par l'agitation de Chang, quitta sa place au tableau de commandes auxiliaire et traversa le labo vers le salon tout en écartant d'un geste familier et machinal ses cheveux blonds de ses yeux. « Chang ? fit-elle. Qu'y a-t-il ?

– Je ne sais pas trop », lui répondit le jeune homme. Son visage lisse exprimait l'inquiétude en s'arrondissant encore plus qu'à l'ordinaire derrière ses lunettes, rondes elles aussi, qui réfléchissaient la lumière. « Ils disent qu'elle a été prise. »

Cindy secoua la tête et ses cheveux blonds lui retombèrent dans les yeux. « Qu'est-ce qui a été prise ?

– La centrale ! Nous ! »

Philpott, qui ne voulait rien d'autre que reporter son attention sur ce qui commençait ou ne commençait pas à prendre forme dans le deutérium liquide, écarta les mains et s'étonna : « Prise ? Par qui ? Je ne vois personne, il me semble.

– Pas ici, professeur. Au poste de contrôle !

– Oh, ça alors ! » fit Cindy qui passa auprès de Chang en courant pour entrer dans le salon.

Philpott le savait : les assistants thésards sont indispensables pour mener à bien n'importe quel programme scientifique. Et ils sont aujourd'hui la source la plus économique de travail asservi dans le monde par ailleurs civilisé. Il était donc nécessaire de les laisser s'emballer de temps en temps, de leur concéder leurs petites distractions, leurs enthousiasmes, leurs excès.

D'un pas mesuré, un sourire condescendant déjà aux lèvres, Philpott pénétra dans le salon, se tourna vers la télévision et vit sur l'écran ce qui était à l'évidence une situation plus agitée qu'à l'ordinaire devant les portes de Green Meadow. Des groupes importants de gens allaient et venaient dans le fond, comme les scènes de bataille dans les films d'après Shakespeare, pendant qu'une fille, vaguement habillée comme une adulte et l'air d'une Cindy plus âgée, baragouinait dans un micro au premier plan.

« Bon, dit Philpott. On atteint comme qui dirait une masse critique là-bas, hein ?

– Non, attendez, professeur, fit Chang. Écoutez. »

Philpott ne voulait pas écouter, mais il le fit quand même, et lorsqu'il comprit ce qu'il entendait, il s'y refusa encore plus énergiquement. Pas question d'écouter ça :

« Qui sont les terroristes et quelles seront leurs exigences, personne ne semble encore le savoir. La seule certitude pour l'instant, c'est qu'ils comptent parmi eux au moins un expert dans le fonctionnement de ce type de centrale. Ils ont insisté pour que tout le personnel en dehors des otages soit évacué, ce qui les laisse maîtres des commandes du réacteur. Réacteur qui tourne à son régime minimum. En ce moment, Green Meadow III ne produit pas d'électricité. D'autres centrales électriques des réseaux du Nord-Est et du Canada vont prendre le relais, et les usagers sont assurés… »

« Bon Dieu ! s'écria Philpott, acceptant enfin l'incroyable. Ils sont ici !

– Oui, professeur ! »

Philpott jeta un rapide regard circulaire. « Mais visiblement ils ne savent pas encore que nous y sommes aussi. Il ne faut pas qu'ils le sachent. Vite, bouclez et verrouillez les portes. Passez sur le générateur de secours, il ne faut pas qu'ils nous voient tirer de l'énergie. »

Chang et Cindy échangèrent un coup d'œil. Ce fut Cindy qui osa poser la question : « Professeur Philpott ? Vous n'allez pas continuer, quand même ?

– Bien sûr que si. Nous sommes au milieu de… Arrêter ? Capituler devant ces voyous abrutis ?

– Mais… bredouilla Chang, ses yeux en amande affolés derrière les lunettes à l'air factice. L'expérience, le risque…

– Il n'y a pas de risque, le coupa sèchement Philpott. Ici, nous sommes autonomes, de toute façon, absolument indépendants. Est-ce que nous voulons servir d'otages à ces gens-là, de monnaie d'échange dans leur différend absurde, quel qu'il soit, avec les autorités ? L'idée ne m'enchante guère d'être échangé contre un prisonnier politique d'Irlande du Nord ou du Liban. »

Bon. Cet aspect de la situation avait échappé aux deux jeunes gens. Ils le regardèrent fixement, effrayés, perplexes. Heureusement, lui n'était pas perplexe, ni effrayé, quoique sûrement inquiet. « Nous sommes plus en sécurité ici que n'importe où ailleurs, leur dit-il. Nous n'allons rien faire pour attirer l'attention de ces crétins dehors. Nous allons rester dans le bâtiment du laboratoire, enfermés, jusqu'à ce que les autorités remettent de l'ordre dans cette pagaïe. Et tant que nous serons ici, il n'y a absolument aucune raison de ne pas continuer l'expérience. D'accord avec moi ? »

Ils hésitaient tous les deux à répondre, mais il lui fallait cette réponse. Il fit peser son regard le plus dur d'abord sur Chang, le plus malléable des deux, et Chang se tortilla, empoté, mal à l'aise mais incapable de trouver à redire. « Oui, professeur, marmonna-t-il enfin à voix basse. D'accord avec vous.

– Cindy ? »

Une autre hésitation, mais la jeune femme ne pouvait que donner son accord. « Je... je crois. Je crois que c'est la seule chose à faire.

– C'est évident. » Il tourna son regard fulminant vers la fille à l'écran de la télé ; elle jacassait maintenant sur les « assurances » des terroristes. Il grommela, comme à l'intention de la journaliste, comme si c'était de sa faute, à elle : « On ne m'interrompra pas. » Puis il regarda par la porte vers l'expérience en cours. « Il a fallu que ça tombe maintenant. »

37

C'est le coup de pistolet de Frank – il n'en tira qu'un et la balle s'enfonça avec un bruit sourd dans un bureau de bois – qui capta l'attention des huit employés du poste de contrôle, mais c'est Grigor qui calma leur terreur et leur agitation pour obtenir une équipe aussi coopérative qu'efficace. « J'étais à Tchernobyl », leur annonça-t-il alors que Frank les avait rassemblés et qu'ils restaient debout, apeurés et démoralisés, en un petit groupe au milieu de la salle principale du poste de contrôle. « J'étais pompier, là-bas. »

Il leur raconta ce qui lui était arrivé et, dans leur propre jargon, leur dit ce qui avait mal tourné à Tchernobyl. « Je ne veux faire à personne ce qu'on m'a fait, ajouta-t-il. Je vous le garantis. Je ne suis pas ici pour provoquer une fusion. Avec votre aide, nous ne ferons aucun mal. Nous sommes uniquement venus pour réveiller la conscience des gens. C'est tout ce que nous voulons.

– Ça et l'argent, lui rappela Frank. Pour la cause. » Parce qu'ils avaient fini par convenir, après discussion, qu'il valait mieux dissimuler les mobiles bassement intéressés de Frank au milieu des préoccupations sociales des autres. Les cinq millions de dollars – le chiffre de Frank, et pas question d'en changer – iraient à leur « comité pour l'environnement ». (Le comité était fictif, mais valait mieux que le fric ne le soit pas, lui.)

« Oui, et l'argent, convint Grigor, mais nous allons y venir. » Et il poursuivit ses explications de sa voix fluette et rassurante, assis à un bureau face à tout le monde, très à l'aise : il avait réussi à leur cacher jusqu'ici l'extrême faiblesse qui l'avait presque empêché de marcher du bus au bâtiment. Kwan et Pami étaient également assis, forcément, de chaque côté du groupe ; seuls restaient debout Frank et Maria Elena qui agitaient leurs armes. Mais cela suffisait.

Dès que leurs prisonniers commencèrent à dialoguer avec Grigor, Frank sut que tout allait bien se passer. Ce n'étaient pas des durs, pas plus que Frank, d'ailleurs. Il s'agissait de cinq femmes et de trois hommes, tous techniciens, pas casse-cou pour un sou. Responsables et chefs d'équipe, ils étaient plus âgés que les employés normalement de service. Ils feraient ce qu'on leur demanderait.

Et ce qu'on leur demandait était simple. Ne pas arrêter le réacteur mais réduire sa production au minimum. Ensuite passer un coup de téléphone ; le premier.

C'était une tâche pour le technicien le plus gradé, une femme dans la soixantaine qui, plus jeune, avait dû beaucoup ressembler à Maria Elena. Ce fut elle qui appela les bureaux du bâtiment administratif et lut le message que lui avait remis Frank :

« Le poste de contrôle est tombé aux mains d'individus armés et prêts à tout.

» Si chacun obéit aux ordres du groupe d'action, il ne sera fait de mal à personne.

» Le personnel continue de faire fonctionner le réacteur, mais sous la surveillance d'un des membres du groupe, lui-même expert en fission nucléaire.

» Tous les autres employés à l'intérieur du périmètre protégé de Green Meadow doivent évacuer le site ; immédiatement.

» Contact sera pris avec les responsables hors de la centrale une fois que tout le monde en sera parti.

» Il n'y a pas lieu de céder à une panique générale ; le groupe d'action insiste pour qu'on n'évacue pas les comtés environnants.

» Au moindre soupçon d'évacuation de la population en vue d'un assaut éventuel de la centrale, le groupe d'action n'hésitera pas à déclencher une fusion du cœur du réacteur avant que les habitants concernés aient eu le temps de s'éloigner suffisamment ; les membres du groupe sont tout à fait disposés à mourir.

» Pour l'instant, leurs seules exigences sont l'évacuation du site et l'établissement d'une ligne directe permanente avec l'extérieur.

» Une fois ces exigences satisfaites et une fois qu'on aura vu et reconnu le sérieux et la détermination du groupe d'action, un dialogue pourra s'instaurer. »

X

Quoi, maintenant ? Une centrale nucléaire ? Ces cinq paumés se sont fourrés dans une centrale nucléaire ? C'est quoi, leur but ? Quels dégâts peuvent-ils causer là-dedans ? Je serais venu sauver le monde uniquement pour découvrir que ce lèche-bottes rampant se contente de détruire l'*état de New York* ? (Il est vrai que certains assimilent volontiers New York – en tout cas la ville de ce nom, aucun rapport – avec le monde, mais sûrement que l'autre répugnant n'en fait pas partie.)

Et Susan Carrigan ? Quel rôle joue-t-elle dans le plan, où intervient-elle, c'est quoi, son boulot ? Il me rend fou avec cette femelle, cette fendue, cette chatte velue ! Les cinq autres terrorisent la populace à Green Meadow, et elle, dans les bras de ce simulacre fuligineux, elle joue à l'amour. L'amour ! C'est censé relever de mon domaine, espèce de salaud sans vergogne !

Est-ce que je vais la tuer, tout simplement, et voir ce qui arrive ? Lentement, avec des furoncles, du pus et de l'écume qui lui sortiront par tous les pores ? Ou d'un seul coup d'éclair ?

Venez à moi, mes espions des brumes intermédiaires, mes pommes nordiques de l'éther crépusculaire, prolongements de mon cerveau, ma force, mon savoir. Que veulent-ils ? Que savons-nous ? Quel avantage y trouve-t-il, ce croquemort mielleux, ce lait empoisonné, cet instrument stérile ?

Matière stable ? Stable matière ! *Stabat Mater*, quelle idée vicieuse ! C'est donc ça le but des expériences dans cette centrale, la recherche de ce que les humains instables appellent la *matière étrange* (comme s'ils n'étaient pas assez étranges eux-mêmes).

Par Lucifer l'Impie, il veut stabiliser la Terre !

Non, non, non. Il faut que j'entre là-bas. Il faut que j'arrête ça, et tout de suite.

Ma planète changée en bille ? Ça, non !

Ananayel

Alors il sait.

Bah, c'était à prévoir, non ? Et ma petite leçon dans le Massachusetts n'a pas porté, on dirait ? Mais évidemment, j'aurais dû le comprendre ; l'intimidation est un procédé mal commode qui peut tout aussi bien durcir une résolution que la briser. Assez curieusement, la violence n'est jamais la réponse. Ce qu'on fait dans la violence doit être refait.

Mais existe-t-il une autre solution, avec une créature aussi vile et déchue que cet esclave sans nom de l'Impie ? La raison ? La persuasion ? La discussion ? L'appel aux sentiments ? La corruption ? C'est un prolongement de son maître pitoyable, rien de plus, sans davantage de libre arbitre qu'une lune.

Très bien, nous allons le stopper. Une fois de plus.

Avant toute chose, ce monstre fétide devra prendre une forme corporelle, ce qui, dans son cas, signifie bien sûr posséder une enveloppe humaine et non créer, comme dans le mien, une personne sympathique à partir de rien. Et sa première idée – ils sont si prévisibles, si évidents, ces instruments de Satan ! – sera de se rendre maître d'un des otages de la centrale, un des membres du personnel retenus à l'intérieur pour faire fonctionner les machines. Mais je m'en arrangerai facilement, j'ai mes propres assistants au besoin, mes chérubins, plus vifs que la pensée, qui franchissent l'espace et le temps avec la vitesse et la précision d'une flèche. (Faut-il que les artistes humains manquent de jugeote pour en faire des gros joufflus !)

Je les ai invoqués, ces serviteurs graciles du Seigneur. Ils planent pour l'instant au-dessus des otages, en couverture, en observation, prêts à m'avertir au moindre signe d'incursion. Jusqu'à la fin, chaque otage bénéficiera d'un de ces… de ces… oh, disons de ces anges gardiens.

L'autre peut donc brusquement, d'un seul coup, se retrouver à l'intérieur de la centrale. Il faudra qu'il engage son action à l'extérieur de la clôture, qu'il s'approprie un pauvre humain quelque part dehors et trouve moyen de lui faire franchir le labyrinthe bureaucratique qui entoure le site. Impossible ? Je n'en suis pas sûr ; ce sale roquet galeux ne semble pas manquer d'astuce.

À l'extérieur, évidemment, son choix d'hôtes est vaste. Je ne peux pas fournir un ange gardien à tout le monde. Il nous faudra simplement assurer une surveillance étroite.

38

Pour Joshua Hardwick, c'était un moment difficile à passer. Le poste de directeur de la communication d'une centrale nucléaire à moins de cent cinquante kilomètres d'une grosse concentration urbaine comme New York n'était déjà pas une sinécure quand tout allait bien. Maintenant que la centrale était aux mains de terroristes – personne ne savait avec certitude de quels terroristes il s'agissait, ça, c'était la cerise sur le gâteau – la vie de dircom devenait, en un mot, un enfer.

Depuis peu, il se surprenait même parfois à penser avec nostalgie au racket de la pub, c'est dire. (Au moins, dans la pub, on buvait au déjeuner. Et CNN ne braquait pas ses caméras dès qu'on se mouchait. Et… Nan. Il n'y a pas de parenthèses assez grandes.)

Ces derniers temps, Joshua avait horreur de sortir du lit le matin, horreur de ce premier coup de fil avant le petit déjeuner au poste de commandement à l'entrée de Green Meadow – « Toujours là. Rien à signaler. » – horreur de s'installer au volant de sa Honda pour vingt minutes de trajet bucolique (et alors ?) depuis sa maison autrefois agréable du

Connecticut jusqu'à son boulot autrefois pépère. Il avait horreur de son travail, des journalistes, des flics, des questions, des réponses, et de savoir que des réponses, il n'y en avait pas vraiment.

Par-dessus tout, sûrement – en dehors des terroristes, responsables en dernière analyse de toute cette pagaïe –, Joshua avait horreur de ses patrons, et Dieu sait qu'il y en avait assez pour que l'horreur se propage. Green Meadow était une société commerciale mi-gouvernementale, mi-privée, que géraient trois organismes fédéraux et deux de l'état de New York, plus un consortium de compagnies privées dirigé par les Laboratoires Unitronic, eux-mêmes une filiale des Pétroles anglo-hollandais. Toutes ces entités avaient leurs représentants sur place à cause des événements, et chacun d'eux avait évidemment pour tâche de veiller à rendre une autre entité responsable lorsque les choses tourneraient mal.

C'était déjà plutôt déprimant de savoir qu'ils s'attendaient tous à ce que ça finisse mal. Et qu'au lieu de chercher un moyen d'éviter un sort aussi tragique, ils passaient leur temps à essayer de s'écarter comme ils pouvaient de la trajectoire des débris. Des débris attendus.

Autant dire que chacun voulait l'oreille – outre la voix, le cœur, la tête et l'âme – du directeur de la communication. Chacun voulait croire qu'il était de son côté, qu'il présenterait son radotage et sa couardise sous le jour le plus favorable, tout en roulant les autres. (La nécessité de rouler les autres était aussi importante pour ces hommes d'affaires et fonctionnaires que celle d'être épargnés.)

Ce matin-là, comme d'habitude, il fallut que Joshua présente ses deux pièces d'identité – une seule ne leur suffisait pas, ces gens-là étaient très sérieux – au barrage de police, un kilomètre avant l'entrée de la centrale, et comme d'habitude il tomba sur un flic de l'état qu'il ne se rappelait pas avoir déjà vu et auquel il faisait le même effet. Assis au volant de sa Honda, réfrénant son impatience pendant que le policier lui examinait le portrait lentement et longuement, Joshua ressentit soudain une contraction alarmante à l'estomac, une envie brusque et urgente de vomir. « Oh, bon Dieu, dit-il. Je ne peux pas… Il va falloir que vous… »

Ahuri, l'agent recula, et sa main vola vers son arme lorsque Joshua gicla de la voiture, la paume droite plaquée contre la bouche. Il parvint à faire deux pas vers l'autre côté de la route, une douleur atroce et brutale dans tous ses muscles et ses articulations, avant de tomber à genoux et d'expulser son petit déjeuner sur toute la voie à contre-sens et un peu sur son pantalon.

« Nom de Dieu, mon gars ! s'écria l'agent, plus du tout soupçonneux – nul ne peut feindre un tel vomissement –, qu'est-ce qui vous arrive ?

– J's… J'sais pas. » Agenouillé sur la chaussée, la tête pendante, Joshua haletait, chaque inspiration lui déchirait les poumons. Il bascula en arrière pour s'asseoir sur ses talons, les bras ballants, et sentit la douleur l'assaillir de tous côtés, comme si tout un sac de chats essayaient en même temps de lui sortir du corps à coups de griffes.

« Je vais appeler quelqu'un, décida l'agent de police.

– Att… fit Joshua en tendant vaguement un bras. Attendez. »

Parce que maintenant, aussi vite qu'elle était apparue, la douleur reculait, s'estompait. Il arrivait à prendre des inspirations de plus en plus profondes, il sentait ses forces lui revenir régulièrement et il leva une main frémissante pour essuyer son front couvert de sueur et glacé.

« Quelle saloperie », dit-il d'une voix tremblante. Maintenant que la crise était passée, il ressentait surtout de la peur. C'était quoi ? Cancer ? Leucémie ? Un signe avant-coureur ?

Oh, merde, ne me dites pas que j'ai attrapé quelque chose à cette foutue centrale.

« Attendez là », dit l'agent. Joshua ne demandait pas mieux, assis sur les talons devant son petit déjeuner comme un adorateur complètement fêlé. Le policier se rendit à son impressionnante Plymouth Fury II réglementaire de l'autre côté de la chaussée et en ramena une minute plus tard un rouleau de serviettes en papier et un Pepsi sans sucre. « Tenez, dit-il. Essayez donc ça. »

Reconnaissant, Joshua s'essuya la figure et le cou dans les serviettes en papier puis s'envoya une longue lampée de Pepsi pour se rincer la bouche. Le liquide lui atterrit dans l'estomac sans incident, parut content d'y rester, et Joshua se remit péniblement debout, soutenu par l'agent. « Merci, dit-il. Bon sang, je ne sais même pas ce qui m'a pris.

– Vous feriez bien d'aller voir votre docteur.

– C'est ce que je vais faire.

– Vous avez les yeux drôlement rouges. »

Formidable ; un vampire pour CNN. « Je ne sais pas, fit Joshua en s'appuyant d'une main sur le toit de la Honda. Peut-être que je devrais rentrer et appeler... Peut-être que vous pourriez appeler pour moi la caravane de presse.

– Bien sûr », fit l'agent.

Mais Joshua sentit alors sa colonne vertébrale se

raidir – il sentit vraiment une rigidité lui envahir le corps – et il se redressa, retira sa main de la Honda. « Non, oubliez ça, dit-il, je vais très bien maintenant.

– Vous êtes sûr ?

– Certain. »

Joshua se remit derrière le volant et se jeta un coup d'œil dans le rétroviseur. Bon Dieu, il avait bel et bien les yeux rouges, comme s'il avait passé toute la nuit en folles débauches. Une des secrétaires aurait bien de la Murine ou de la Visine, de ces gouttes pour les yeux. Il ne pouvait décemment pas se montrer comme ça aux caméras de la télé ; il pouvait à peine se montrer comme ça à un journaliste de la presse écrite.

Alors pourquoi je ne rentre pas chez moi ? se demanda-t-il à l'instant où son corps, fidèle à son emploi du temps, démarrait la voiture, passait une vitesse et adressait un au revoir de la main à l'agent qui lui lança : « Faites gaffe, maintenant. »

Il parcourut le dernier kilomètre entre le barrage de police et l'entrée de la centrale le plus tranquillement du monde. Il n'y avait ni maisons ni fermes le long de la route, rien d'autre que des terrains reboisés (on y voyait des débris de murs de pierre, vagues ébauches d'habitations avortées) et des champs envahis de mauvaises herbes, pas encore reconquis par la forêt. La route était plutôt bonne, relativement droite et toute pour lui ; sa Honda un tapis volant dans un monde du nom de Sérénité. Si seulement on pouvait toujours conduire dans ces conditions.

(Ce qui intéressait surtout le journal local dans le coup de main des terroristes sur la centrale, c'était la fermeture de cette route à la circulation. La rédaction s'indignait et ressortait les clichés larmoyants habituels : les cars scolaires déviés sur des autoroutes dangereuses livrées aux camions, les personnes âgées obligées d'attendre une demi-heure de plus leurs précieux médicaments, et tutti quanti. Elle aurait bien aimé prétendre que par la faute du détour le lait des fermiers du coin caillait avant d'arriver au marché, mais du coup les fermiers en question se seraient levés comme un seul homme pour aller flanquer le feu aux bureaux du journal, aussi se retenait-elle… un peu.)

Heureusement, l'hebdomadaire local se moquait des problèmes de Joshua avec les médias. Joshua témoignait d'une politesse distante envers sa journaliste potelée, lui donnait les mêmes communiqués qu'aux autres, sans plus. Et il appréciait le kilomètre de route coupée à la circulation. C'était l'un des rares plaisirs qui lui restaient ces temps-ci.

Lorsqu'il arriva au poste de commandement – un ensemble de caravanes éparpillées comme une ville minière canadienne sur toute la route aux abords de l'entrée principale – son malaise avait complètement disparu, en dehors des yeux rouges. Il laissa la Honda à sa place réservée, marcha jusqu'à la caravane de la presse où une sténographe avait des gouttes pour les yeux. Elle s'interrompit dans sa tâche interminable devant la photocopieuse, farfouilla dans son grand sac façon musette de cheval et trouva la petite fiole ; il emporta le médicament dans les toilettes et s'en versa dans les deux yeux, sans résultat. Le liseré rouge était là, dans ses globes oculaires, comme s'il avait le cerveau en feu par-derrière.

De retour dans le local étroit, après avoir rendu les gouttes et remercié la sténographe, Joshua allait jeter un coup d'œil sur l'épaisse pile de messages qui formait déjà une tour penchée sur son bureau quand la nouvelle attachée de presse de l'Anglo-hollandaise vint se présenter. « Salut. Karen Levine », fit-elle. La trentaine, mince, elle avait les cheveux blond cendré, un regard clair et assuré, des manières naturelles, une poignée de main ferme et osseuse. « Je veux que vous sachiez tout de suite, dit-elle, c'est vous le patron. Je ne suis ici que pour vous aider si je peux, si des questions se présentent à propos de l'Anglo-hollandaise.

– Merci, Karen, fit Joshua avec son sourire le plus éclatant et le plus faux, en sachant qu'il n'aurait pas à la supporter plus de deux semaines. J'apprécie toute l'aide qu'on peut m'apporter, lui dit-il comme il leur disait à tous. Ravi de vous avoir à bord. »

Pour tout dire, l'Anglo-hollandaise avait tiré la leçon de l'expérience d'Exxon avec le *Valdez*. Ne jamais laisser au chargé de relations publiques le temps d'établir une espèce de rapport personnel avec les médias ; c'est de là que viennent les indiscrétions et les fuites désagréables. Tous les quinze jours, envoyer un nouvel agent de trente-quatre ans, mince et soigné, affable, doucereux et jovial, homme ou femme (ça ne fait aucune différence), qui donnera à la politique de la société un visage presque humain ; mais avant que ce visage devienne complètement humain, le retirer et recommencer avec un autre.

Le système avait marché pour Exxon en Alaska et il marchait pour l'Anglo-hollandaise à Green Meadow. Pourquoi pas, d'ailleurs ? Tout le monde aime s'entretenir avec une personne agréable à regarder ; tant pis si elle ne dit rien.

Quelque chose dans sa rencontre avec le dernier clone de l'Anglo-hollandaise laissa Joshua trop abattu pour qu'il dépouille sa montagne de messages. « Je vais faire un tour, Grace », dit-il à sa secrétaire, une employée de la fonction publique, la cinquantaine, chez qui le lait de la tendresse humaine avait caillé longtemps avant la fermeture des routes locales à la circulation.

Elle lui jeta un regard désapprobateur. « Qu'est-ce que je dois dire s'il y a des appels ?

– Allô », suggéra Joshua, et il sortit de la caravane.

La présence officielle se concentrait essentiellement autour de ce qui avait été l'entrée principale au temps où entrer et sortir étaient encore possibles à Green Meadow, mais on voyait un ensemble de gardes, en majorité de la police d'état et de la garde nationale, postés sur le périmètre de ce que les plus militaires d'entre eux persistaient à appeler la « position » ; une position qui serait difficile à prendre.

Les soldats civils de la garde nationale – pour la plupart ni comptables ni directeurs de supermarchés comme le veut la tradition, mais des travailleurs sans qualification bien contents de se faire un peu de rallonge de cette façon-là (quoique pas emballés qu'on les ait appelés au service actif) – les gardes nationaux, donc, étaient embusqués dans les bois, par deux ou par trois, et couvraient chaque centimètre de la clôture. Toutes sortes d'imbéciles cherchaient à grimper par-dessus – jeunes reporters, amateurs d'émotions fortes, héros de pacotille, poivrots (après la tombée de la nuit) et des pauvres types en général –, il fallait donc la surveiller. Pas la peine qu'une bande de terroristes nerveux se fassent sauter avec plusieurs centaines de milliers de braves gens uniquement parce que deux imbéciles de gamins, par exemple, jouaient à « t'es pas cap' ».

Pourtant, se disait Joshua tandis qu'il s'éloignait du poste de commandement et longeait la clôture, ce serait bien d'entrer là-dedans. Intéressant. Et ça faisait quasiment partie de son boulot, en fin de compte, de savoir ce qui se passait. Pas pour jouer les héros, sauver qui que ce soit ni arrêter ce qui se mijotait dans la centrale, rien de tel. Seulement pour observer.

Pas très loin du poste de commandement, la clôture s'écartait de la route pour s'enfoncer dans les bois, et Joshua la suivit d'un pas de flâneur. Un semblant de sentier la bordait à l'extérieur, conséquence de la circulation intense des équipes de construction qui avaient travaillé sur le site quelques années plus tôt. Il était maintenant quelque peu envahi par les mauvaises herbes, et des branches d'arbres le traversaient tous les cinq ou six mètres.

Joshua progressait lentement sur le sentier, esquivant au besoin des grosses branches feuillues, et chaque fois qu'il regardait autour de lui il voyait au moins deux gardes en uniforme gris-vert, le fusil en bandoulière. Ils ne lui prêtaient aucune attention particulière, ils notaient seulement sa présence ; son identité plastifiée parfaitement visible au revers de son veston lui donnait suffisamment de crédibilité, tant qu'il ne se livrait pas à des idioties comme escalader la clôture.

Un caillou. Par terre, à gauche du sentier ; la clôture était à droite. Joshua le ramassa. La bonne grosseur pour sa main : lorsqu'il la referma, elle enveloppa la moitié de la pierre, ses doigts s'étendirent à sa surface ronde, fraîche et relativement lisse. C'était agréable de la tenir ainsi contre sa paume, agréable de la balancer au bout de son bras tout en marchant. Rassurant ; son petit caillou à lui.

Il avait quitté la route depuis vingt minutes, parcouru peut-être un tiers du périmètre extérieur de la centrale, lorsqu'il aperçut, droit devant lui, à mi-hauteur d'une pente dégagée, assis sur le tronc d'un arbre abattu, un garde tout seul ; un jeune, disons vingt-deux ans, dont le visage blême, boutonneux, à la moustache pâle et clairsemée, disparaissait sous le casque. Joshua s'écarta de la clôture pour se diriger vers le gars qui resta assis et le regarda s'approcher. Joshua vit ses yeux s'arrêter sur la carte plastifiée qui battait à son revers.

Lorsqu'il fut assez près, Joshua sourit et lança : « Salut. Comment va ?

– Bien, répondit le garde.

– Je croyais que vous deviez être deux, pour votre boulot, les gars. Il est où, le collègue ? »

Le garde fit un geste par-dessus son épaule. « L'est descendu près du ruisseau, là-bas, pour chier un coup. Un timide.

– Alors, parfait », dit Joshua qui lui écrasa le caillou sur la figure.

Le gamin décolla du tronc en arrière ; Joshua le suivit, leva la pierre bien haut et l'abattit encore deux fois avant que le garde cesse de bouger. Ensuite, ce fut l'affaire d'un instant de lui arracher son fusil, de rouler le corps inerte et de lui retirer sa veste de laine.

Il abandonna son caillou et, chargé du fusil et de la veste, se dirigea rapidement mais sans hâte excessive vers la clôture. Il balança le fusil par-dessus puis escalada en vitesse le grillage de ses doigts et orteils aussi agiles qu'assurés. Le haut de la clôture se hérissait de trois spirales de fil de fer coupant. D'un petit coup sec, Joshua jeta dessus la veste d'uniforme du garde, reprit rapidement son ascension – le fil de fer acéré traversa le tissu de laine pour lui entrer dans les genoux et les avant-bras, mais il s'en rendit à peine compte – et s'élança en l'air par-dessus le faîte. Son ventre chuta le premier, puis le reste, et il atterrit à quatre pattes, secoué mais indemne.

(Il y avait aussi des détecteurs électroniques dans la clôture qui devaient avoir déjà prévenu les responsables de la sécurité au poste de commandement qu'on l'avait franchie – et aussi tous ceux qui regardaient peut-être le bon tableau dans le poste de contrôle de la centrale – mais Joshua ne s'en souciait guère. Il était dans la place ; maintenant c'était fait.)

La chute lui fit mal aux mains et aux genoux, et les coupures du fil de fer dans ses membres lui cuisaient, mais il les ignora. Il se releva lestement, ramassa le fusil, le tint négligemment au creux du bras, en travers de la poitrine, et se mit en marche.

Le terrain à l'intérieur de l'enceinte était ingénieusement entretenu pour donner l'illusion d'une clairière dans un bois à l'état naturel. Joshua s'y enfonça à grandes enjambées comme dans un parc ; il fut bientôt hors de vue de la clôture et gravit d'un pas ferme la pente douce.

(Tout au fond de lui, Joshua éprouvait, refoulée, à peine perceptible, une terreur absolue. Qu'est-ce que je fais ? Qu'est-ce que j'ai fait ? Qu'est-ce qui m'arrive ? Mais ces palpitations d'adrénaline disparaissaient presque entièrement, comme un faible signal radio derrière un autre plus puissant, sous les sentiments glorieux de fierté et de plaisir que lui donnaient son adresse vive et sûre, la souplesse, la vitesse et la détermination avec lesquelles il se déplaçait. Mais *pourquoi* ? Qu'est-ce que je fais ? *Pourquoi ?* Ah, mais le pourquoi n'avait aucune importance ; seules comptaient l'agilité, l'habileté.)

Ses yeux bordés de rouge embrassaient les lieux avec satisfaction. Quel monde magnifique ! Où trouver ailleurs dans l'univers pareille qualité de verts ? Il monta allègrement la faible déclivité, le corps animé d'une énergie juvénile dont il se réjouissait, mais avant qu'il ait atteint le sommet, d'où il verrait sûrement les bâtiments de la centrale, un homme émergea devant lui de derrière un buisson de cognassiers et lança : « Vous n'allez pas plus loin.

– Ça m'étonnerait », répliqua Joshua qui baissa soudain le fusil pour tirer de la hanche, à la vitesse de l'éclair, sans effort, comme s'il bénéficiait d'une longue pratique ; mais il n'entendit qu'un *clic* d'arme vide.

Cons de gardes ! Ils patrouillent avec des armes non chargées ? C'est quoi, cette plaisanterie ? Même les scouts sont mieux préparés !

(C'est qui, ce type ? Pourquoi je le déteste autant ? Pourquoi j'ai aussi peur ? Pourquoi je n'ai pas peur ? Comment je peux arrêter ces bras, ces jambes, ce cerveau ? Oh, s'il vous plaît, s'il vous plaît, s'il vous plaît, comment je peux m'arrêter ?)

L'homme qui barrait la route à Joshua était costaud, solidement charpenté, il avait les épaules massives et les hanches étroites. Il portait des chaussures montantes lacées de forestier, un épais pantalon de velours et une chemise de flanelle, sombres l'un et l'autre. Il n'avait pas l'air armé.

(Comment il est entré ici, dans l'enceinte ? C'est un des terroristes ? Qu'est-ce qui se passe ? Pourquoi je le déteste ? Oh, pitié, pitié, laissez-moi m'agenouiller devant lui et l'implorer. Guérissez-moi. Protégez-moi. Sauvez-moi.)

Joshua s'avança rapidement, retourna le fusil, le saisit à deux mains par le canon, le ramena en arrière et lui fit décrire un méchant arc de cercle à toute vitesse, de toutes ses forces, en direction de la tête de l'homme. Mais l'autre se baissa, sa main gauche se dressa, ses doigts se refermèrent sèchement comme un piège à ours sur la crosse de l'arme pour l'écarter pendant qu'il s'accroupissait très bas, genoux pliés, et toupillait d'un tour complet sur lui-même, comme un danseur acrobatique sur glace.

Le fusil fut arraché à la prise de Joshua et la mire lui entailla les deux paumes ; l'homme, désormais maître de l'arme, se redressa, la mâchoire décidée et la mine menaçante. Sans une seconde d'hésitation, Joshua pivota à droite et détala, bondit par-dessus les cailloux et les racines comme un daim, se baissa sous les branches d'arbres, zigzagua parmi les arbustes comme le meilleur arrière de l'histoire du football américain.

Est-ce que la créature le suivait ? Joshua ne perdit pas de temps à se retourner. Il courut, courut, bifurqua sur la gauche vers le haut de la colline, vers la centrale.

Un terrain plus dégagé, l'herbe plus haute que les paysagistes la laissent d'ordinaire, la crête droit devant. Joshua fonça vers elle, et un coup brutal en plein dans le dos, un coup puissant comme celui d'un bélier le propulsa en avant ; il dérapa douloureusement sur l'herbe, s'affala et resta étendu, hors d'haleine, étourdi.

Son corps n'était que douleurs, souffrances qui exigeaient son attention, mais il n'avait pas le temps. Ni pour le sifflement de ses poumons au supplice, ni pour les entailles, ni pour les contusions, ni pour les élancements insistants dans son dos comme si on lui avait brisé les os, ni pour les brûlures des larmes dans ses yeux bordés de rouge. Il roula sur lui-même, se remit péniblement debout et le vit, l'homme, qui montait vers lui par bonds.

(Avec quoi il m'a frappé ? Qu'est-ce qu'il fait ? Qu'est-ce que je fais, moi ? Oh, sortez-moi de là !)

« Tu ne m'arrêteras pas ! s'écria Joshua d'une voix discordante, rauque, grinçante dans une gorge à la peine. Tu peux arrêter cette chose-là, mais moi, tu ne pourras pas !

– Je t'arrêterai si je le veux, fit l'homme qui s'immobilisa au-dessus de Joshua et laissa tomber sur lui un regard de haine et de mépris. Et des petites leçons, je t'en donnerai autant que je veux. »

La plus grande douleur de sa vie transperça Joshua, le brûla, le cautérisa, lui arqua le dos, lui tordit les doigts en griffes. Il voulut crier, mais quelque chose lui grimpait laborieusement dans l'œsophage, passait sa gorge, sa langue tremblante, sortait entre ses lèvres étirées et grimaçantes. Et par ses oreilles tendues, par ses narines palpitantes, par ses yeux fixes.

Il retomba par terre comme une poupée de chiffon abandonnée en cours de jeu. Il s'éveillait d'un cauchemar ; ou *dans* un cauchemar. Sa tête ballotta à droite, ses yeux larmoyants au regard éteint virent le lapin s'enfuir en bondissant dans l'herbe, le virent sauter très haut et soudain prendre feu, le virent s'écraser en un tas calciné, charbon fumant.

Il força les muscles de son cou à lui obéir et tourna son visage pour regarder en l'air. L'homme était toujours là, immense et sombre sur le fond du ciel matinal ; sa tête avait un mouvement de va-et-vient, il cherchait encore autre chose, encore autre chose.

« Au secours. » Un croassement plutôt qu'une voix. « Aidez-moi. »

L'homme baissa les yeux sur Joshua, comme surpris de le voir là. « Oui, bien sûr », dit-il avec une grande douceur, et il se mit sur un genou. Il se pencha en avant, le regard apaisant, le bras tendu. Sa grande main chaude et rassurante descendit sur le visage de Joshua, et Joshua Hardwick exhala son dernier soupir.

39

Susan s'éveilla ce matin-là encore dans les bras d'Andy, et ce matin-là encore elle n'imaginait pas façon plus merveilleuse de s'éveiller. Surtout ce matin-là. Tout particulièrement ce matin-là.

C'était le lendemain de l'interrogatoire du FBI. On n'avait pour l'instant identifié que deux membres de la bande de terroristes fous qui avaient investi la centrale nucléaire de Green Meadow dans le nord de l'état, mais l'un d'eux était Grigor ! Tout d'abord, Susan n'avait pas voulu le croire – pas Grigor, si amusant, raisonnable, calme et inoffensif –, et même lorsqu'elle avait fini par l'accepter, elle n'avait pas compris ce que la chose impliquait pour elle. Elle avait oublié un détail : en fin de compte, c'était elle qui avait fait entrer Grigor aux États-Unis.

La veille au matin, Andy et elle prenaient ensemble leur petit déjeuner minimal – café, jus d'orange, muffins anglais – et regardaient un reportage spécial sur le siège de la centrale nucléaire, lorsqu'on avait sonné à la porte. Enfin, pas tout à fait ; Andy regardait bien le reportage avec le vif intérêt qu'il manifestait parfois et qu'elle trouvait si impressionnant, comme si vibrait en lui quelque système d'énergie incroyablement puissant dont elle seule avait l'exploitation, mais elle, moins attentive à la télévision, promenait à la ronde un regard de satisfaction béate en constatant combien les affaires d'Andy trouvaient leur place harmonieusement dans son appartement. Ils vivaient ensemble depuis moins d'une semaine et elle ne s'y était pas encore habituée. C'est alors qu'on avait sonné à la porte.

Ils s'étaient considérés, surpris, les sourcils froncés ; personne, jamais, ne sonnait si tôt dans la journée. « Qui ça peut être ? avait-elle fait, presque dans un murmure.

– Je te parie, avait répondu Andy en désignant de la tête le poste de télévision, que c'est au sujet de Grigor. »

Elle s'y attendait donc à demi en demandant qui était là dans l'interphone et une voix nasillarde et déformée avait annoncé : « Le FBI, mademoiselle Carrigan. »

Ils étaient montés à deux, un Blanc et un Noir, deux hommes, l'un et l'autre dans les trente-cinq ans, l'un et l'autre polis et indifférents, comme s'ils avaient travaillé leurs personnages d'après leurs collègues des séries de la télé. Ils avaient présenté leurs pièces d'identité, demandé à Susan et Andy d'en faire autant ; le Noir avait noté leurs numéros de permis de conduire dans un petit carnet pendant que le Blanc confirmait les soupçons d'Andy : l'objet de leur visite, c'était bien Grigor Basmyonov.

Susan avait expliqué brièvement comment elle avait connu le Russe, comment elle avait soumis son cas à son cousin docteur, et dans un premier temps ils avaient eu l'air satisfaits, mais ensuite ils lui avaient demandé de passer aux bureaux du FBI pour faire une déposition. « Mais je travaille, avait-elle protesté en sentant se lever en elle un vent de panique. Il faut que je parte tout de suite.

– Pas de problème, avait fait le Noir. N'importe quand dans la journée. Qu'est-ce que vous dites de quatre heures ? »

L'heure convenait, et ils lui avaient dit à quel bureau se rendre dans le bâtiment, au 26, Federal Plaza, une adresse qui ne disait rien du tout à Susan (de même qu'elle n'aurait rien dit à n'importe quel autre New-Yorkais). Il s'agissait d'une de ces adresses rebaptisées, le bâtiment se trouvait en réalité sur Broadway, en bas de Manhattan, entre les rues Thomas et Worth.

Après leur départ, Susan avait demandé : « Tu crois qu'ils me prennent pour l'une d'entre eux, dis ? Andy ?

– Bien sûr que non, l'avait rassurée son compagnon. Ils veulent seulement réunir le maximum de renseignements sur Grigor, c'est tout. Tu vas peut-être leur donner un détail qui les aidera à négocier.

– Pauvre Grigor, avait fait Susan en songeant encore à quel point elle l'avait abandonné depuis qu'elle connaissait Andy. Et pauvre de moi.

– Ce ne sera pas méchant. » Il lui avait caressé le bras, encourageant. « Tu leur diras la vérité, et terminé.

– Je vais passer un moment affreux, là-bas.

– Je serai avec toi en esprit. » Il avait souri. « Si ça peut t'aider.

– Ça m'aide. »

Et ça l'avait aidée.

À son travail, Susan avait expliqué la situation – ses collègues connaissaient déjà ses liens avec le pompier russe condamné mais n'avaient pas fait le rapprochement avec le terroriste de la centrale nucléaire – et à quatre heures elle était allée à son rendez-vous.

Les deux heures passées avec les agents du FBI – pas les deux premiers mais trois nouveaux dont deux femmes, toujours aussi impersonnels – avaient été épuisantes, angoissantes, déroutantes et lui avaient donné une tremblote terrible. Il était vite devenu évident qu'ils ne la suspectaient d'aucun délit, qu'ils ne la croyaient pas impliquée dans quelque vaste conspiration destinée à amener Grigor Basmyonov en Amérique pour qu'il fasse fonctionner une centrale nucléaire investie, mais ils ne pouvaient pas se départir de leur *attitude* qui signalait en permanence à Susan qu'elle était coupable, en leur pouvoir, et n'avait d'autre espoir que de tout avouer avant de s'en remettre à leur clémence improbable.

Ils lui avaient posé mille questions, souvent les mêmes, et lorsqu'ils s'étaient enfin arrêtés elle se sentait aussi vidée et flasque qu'un légume cuit pour la soupe. Elle était sortie du 26, Federal Plaza, comme d'une commotion cérébrale, et Andy était là ! Il l'attendait sur le trottoir de Broadway, le Broadway du monde réel.

« Ça fait longtemps que tu es là ? » avait-elle demandé, ravie autant qu'incrédule. Sa vue lui réchauffait le cœur et lui redonnait des forces.

Il avait eu un haussement d'épaules indifférent. « Pas très. » Mais il devait attendre depuis un bon moment afin d'être sûr de ne pas la manquer.

Elle ne s'y était pas attardée, avait pris sa réaction pour ce qu'elle était, de la gentillesse affectueuse, et l'avait laissé lui organiser une soirée reconstituante : un bon dîner au restaurant, le cinéma – une comédie, cette fois, *les Voies impénétrables* – puis l'amour, délicieux, de retour à l'appartement.

Le mot « amour », ils ne l'avaient pas encore échangé. Susan hésitait à le prononcer, de peur d'effaroucher Andy, et peut-être lui aussi ne savait-il pas trop comment donner un tour plus sérieux à leur liaison. Mais c'était très bien ainsi, ils avaient le temps. Tout le temps du monde.

Quand elle se réveilla donc ce matin-là au son du radio-réveil qui passait des vieux succès – « Tout passe, tout lasse » – et qu'elle se retrouva encore dans les bras d'Andy, elle sourit et se blottit davantage contre sa poitrine ; leur moiteur combinée avait à ses narines la senteur du nid, la senteur d'un foyer. Ses yeux se refermèrent. Elle flotta avec lui dans un espace de chaleur.

Il remua. D'une voix endormie, il marmonna : « Debout, c'est l'heure. »

Ah, oui ; bon. Elle se retourna sur elle-même, se libéra des couvertures, se redressa sur un coude et sourit au visage grisonnant de son compagnon. Il avait encore les paupières à demi fermées. « Toujours là, à ce que je vois », fit-elle.

Le sourire d'Andy était aussi indolent que l'humeur de Susan. « Je ne disparais pas aussi facilement », répondit-il, et il lui ébouriffa les cheveux.

Ananayel

« Je ne disparais pas aussi facilement », ai-je dit, et je lui ai ébouriffé les cheveux.

Pourtant si, je disparais facilement, non ? Enfin, je *vais* disparaître. Ou plutôt elle, en fait. Je serai toujours dans les parages, mais elle, elle disparaîtra très, très facilement.

Conformément à nos accords, elle s'est levée la première, car elle passe plus de temps que moi dans la salle de bains, et j'ai traîné un peu plus au lit, à réfléchir. (Déjà, nous en sommes à régler les petits détails de la cohabitation.) Mais qu'est-ce que je vais faire d'elle, qu'est-ce que je vais faire de Susan ? C'est absurde, je sais que c'est absurde, mais je veux continuer à lui plaire, à observer ses réactions. Je n'ai encore jamais éprouvé autant de bonheur à *servir*.

Je veux même continuer d'habiter ce corps qui, malgré sa balourdise, m'est très utile. Il faut le reconnaître, vu la façon dont les humains ont structuré leur civilisation, leur corps n'est pas trop un handicap. Fauteuils, automobiles, restaurants ; ils ont trouvé des solutions plutôt ingénieuses et même agréables pour repousser leurs limites.

Mais qu'est-ce que je vais faire au sujet de Susan ? J'ai réfléchi, réfléchi, et il n'y a vraiment aucun moyen de l'emmener avec moi, de l'arracher à la Terre avant la métamorphose. Comment je m'y prendrais ? Où et comment vivrait-elle ? Dans une bulle d'air et de terre de sa planète disparue ? D'abord, elle perdrait l'esprit – je veux dire, elle le perdrait *tout de suite* –, puis elle dépérirait et mourrait.

Susan est d'ici. Mieux encore, elle est d'ici et de maintenant. Il n'y aurait pas de vie pour elle dans les espaces infinis du réel, seule, dernière de son espèce, sans autre compagnon qu'un être immatériel qu'elle est censée appeler Andy. Si je dois réfléchir à la question, autant rester réaliste.

Mais je ne veux pas la perdre. Je ne veux pas cesser de la connaître, voilà le fin mot de l'histoire. Je ne veux pas cesser d'être Andy, et je ne veux pas cesser d'aimer Susan. (Nous n'avons pas parlé d'amour, les humains hésitent toujours à le faire, mais nous ne sommes dupes ni l'un ni l'autre.)

J'ai le choix, je le sais, j'ai mon libre arbitre, mais à quoi bon ? Où est l'alternative ? Si Susan reste sur terre, elle disparaîtra en même temps que toutes les créatures, toutes les plantes, toutes les molécules d'air. Mais où ailleurs irait-elle ? Nulle part. Alors, il est où, le choix ?

40

« Je regrette, monsieur, fit Reed Stockton, mais je ne suis pas d'accord. »

Le député Stephen Schlurn se pencha en avant, ses yeux rougis fusillèrent ceux de Reed. « Savez-vous à qui vous parlez, jeune homme ? »

Oui, il le savait, Reed Stockton savait parfaitement à qui il parlait, hélas. Il attaquait bien mal ses nouvelles fonctions ; dès le premier jour, la première matinée même, il fallait qu'il oppose un refus à un député influent, le député dont la circonscription était affligée de la centrale nucléaire de Green Meadow III et qui manifestait une envie soudaine de jouer les… les quoi ? Les héros ? Les vedettes des médias ?

Un casse-pieds et un pauvre type, de l'avis de Reed Stockton. « Je sais qui vous êtes, monsieur, fit-il avec fermeté et respect à la fois, et je dois vous dire que même si vous étiez le président je vous tiendrais le même langage. »

Le député secoua la tête, montrant à quel point la stupidité de Reed l'exaspérait. « Ce n'est pas comme si je parlais d'y aller seul, dit-il. Je veux que vous veniez avec moi, voilà.

– Monsieur, je dois vous avouer que c'est mon premier jour comme directeur de la communication, et je ne tiens pas vraiment à risquer mon emploi à la demande. Mon prédécesseur, un type du nom de Hardwick…

– J'en ai entendu parler », le coupa Schlurn. On minimisait autant que possible auprès du public la fin choquante et ahurissante de Hardwick, mais le député devait avoir ses sources, il devait être au courant de tout. « Il est devenu fou, hein ?

– Oui, monsieur. Il a tué un garde national avec un caillou, il est passé par-dessus la clôture avec le fusil du milicien et s'est apparemment suicidé à l'intérieur. Les hélicoptères ont repéré un corps, probablement le sien.

– Je ne vois pas en quoi cette aventure extravagante nous concerne, vous et moi. Je veux que tous les deux, représentants du peuple et des médias, nous entrions ouvertement, hardiment, par la grande porte, que nous marchions jusqu'à la centrale et que nous parlions à ces gens, face à face. Toutes ces négociations par téléphone n'avancent à rien, et je me fiche que vous n'occupiez votre poste que depuis dix minutes, il faut que vous compreniez que j'ai raison. »

Donnez-moi la force, Seigneur, pria Reed Stockton, et il était sincère. Homme pieux, il avait reçu une éducation méthodiste par des parents dévots, avait à son tour épousé une fille dévote avec laquelle il élevait selon les mêmes principes leur premier enfant – en attendant les suivants, plût à Dieu. Quand il était inquiet ou tracassé, Reed priait le Seigneur de l'aider, de le guider, de lui donner de la force, et il avait l'impression que ses prières étaient toujours exaucées.

Et elles le seraient encore cette fois-ci. Sentant que Dieu lui donnait de l'éloquence, Reed se lança : « Monsieur, vous avez peut-être entièrement raison dans tout ce que vous dites. Vous êtes intelligent, très persuasif, et je ne doute pas une seconde que si vous arriviez à discuter face à face avec les malheureux qui occupent actuellement la centrale, vous pourriez les convaincre…

– Qui occupent ? » Schlurn le dévisagea avec répugnance. « Vous avez dit : qui occupent ?

– Oui, monsieur Schlurn, c'est ce que j'ai dit. » Reed se permit un petit sourire satisfait. « Et franchement, monsieur, j'en suis fier. C'est une idée à moi.

– Une idée à vous.

– Oui, monsieur. Quand j'ai pris mes fonctions ce matin, je suis allé à une réunion d'information avec le général Sanguinolan et les autres responsables, j'ai fait cette suggestion et ils l'ont acceptée tout de suite. Et ils m'ont remercié, monsieur.

– Qui occupent, répéta Schlurn.

– C'est beaucoup moins chargé de connotations que toutes les autres formules dont on s'est servi, expliqua Reed. Parler d'otages, de terroristes, de bâtiments investis, de prisonniers, de menaces et cætera, ça n'aboutit qu'à intensifier la notion de danger. Monsieur, ma matière principale à l'Institut technologique de Californie, c'était les sciences politiques, avec une spécialisation en histoire des communications, et j'aime à croire que je mesure l'impact des mots auprès du public. C'est mon domaine, je crois. Et parler d'occupation dans le cas présent laisse entendre qu'il y a place pour la raison et le dialogue de part et d'autre. Ça laisse entendre que la situation n'est pas *vraiment* dangereuse.

– Mais elle l'est, dangereuse.

– Monsieur, nous ne voulons pas insister sur ce point vis-à-vis des gens de l'extérieur. Surtout de ceux qui se trouvent dans un rayon de deux cents kilomètres autour de la centrale. Ce qui inclut New York, comme vous le savez. »

Schlurn réfléchit. Reed et lui se tenaient debout de chaque côté du bureau du nouveau dircom – précédemment celui du pauvre Hardwick – dans la caravane réservée à la presse, au milieu de l'activité des secrétaires qui tapaient, téléphonaient, photocopiaient, et qu'ils ignoraient l'un comme l'autre. De ses yeux rouges affreux à voir comme s'il n'avait pas dormi depuis une semaine – parce qu'il ruminait sûrement son projet dément – Schlurn fit le tour de la caravane, revint à Reed et, d'une voix nouvelle et grave, plus calme, constata : « Je n'arriverai pas à vous convaincre, hein ?

– De vous faire entrer dans la place, monsieur ? Et de vous accompagner ? Non, monsieur, vous n'y arriverez pas.

– L'idée de devenir une vedette des médias ne vous tente pas. »

Reed eut un léger sourire. Il se *servait* des médias, il n'en était pas partisan. « Non, monsieur, dit-il.

– Non, je vois ça. Vous avez des toilettes ?

– Bien sûr, monsieur. »

Reed, magnanime dans la victoire, lui indiqua obligeamment la direction du doigt et adressa un sourire radieux au dos du député qui s'éloignait à pas lourds.

L'éloquence, on n'a besoin de rien d'autre. L'éloquence et la sérénité. Reed, ravi et soulagé d'avoir survécu à la première crise de son nouveau poste, s'assit à son bureau et se remit à classer le gros tas de messages laissés sans réponse par le pauvre Hardwick qui, lui, n'avait carrément pas survécu à sa dernière crise, dont on ne savait rien, d'ailleurs.

Au bout de cinq minutes le député revint, l'air en meilleure forme, plus calme et davantage maître de ses émotions. Même ses yeux étaient plus clairs. « Reed, je veux vous remercier », dit-il.

Reed bondit sur ses pieds, éparpillant ses messages. « Oui, monsieur !

– Mon idée était idiote, dit Schlurn. Je l'avais dans la tête quand je me suis réveillé ce matin, elle m'a paru excellente, et je n'ai plus pensé qu'à ça toute la journée. Ce qu'il me fallait, c'était quelqu'un de calme et de rationnel pour me dire en face que j'étais dingue, et je vous suis reconnaissant de l'avoir fait.

– Oh, monsieur, balbutia Reed, je n'ai jamais voulu dire que… euh… que…

– Ne vous inquiétez pas, Reed, vous aviez raison. » Schlurn eut un sourire amical, rassurant, et secoua lentement la tête. « Je ne sais pas ce qui m'a pris », dit-il.

X

Comment entrer ? *Comment ?*

Avec toutes les puissances temporelles et célestes pour m'empêcher de passer, toutes liguées contre moi, ces gardes, ces anges, ces clôtures et champs de force, tous opposés à ma volonté, comment mettre la main sur ce quintette pitoyable, sur ces pions condamnés ? *Comment ?*

COMMENT ?

COOOOOOMMMMMMENT ! ! !

Et combien de temps il me reste pour ça ?

41

Frank ne tenait pas à ce que des relations de sympathie se nouent entre son groupe et les otages, les huit employés retenus pour assurer le fonctionnement de la centrale sous la surveillance de Grigor, mais qu'y faire ? Les hommes engendrent des échanges. C'est plus facile de se montrer amical, ou du moins courtois, qu'impersonnel et distant.

Aussi Grigor ne tarda-t-il pas à lancer des : « Rosie, voudriez-vous m'apporter ce listage, s'il vous plaît ? » ou : « Mark, c'est l'heure de vérifier les jauges de pression », voire : « Fran, j'ai soif, pourriez-vous aller me chercher un verre d'eau ? Merci. »

Frank gaspilla d'abord un peu de salive à protester contre cette fraternisation, mais laissa tomber lorsqu'il vit qu'il n'arrivait à rien. De toute façon, c'était aussi plus facile pour lui de s'adresser aux otages par leur nom, de dire « s'il vous plaît » et « merci », d'agir plutôt comme s'ils participaient tous à une espèce de balade ridicule en bateau.

Ils connaissaient donc les prénoms des otages et, au bout d'un moment, un peu de leur passé et de leur vie privée. Et les otages connaissaient les noms de Grigor et de Kwan, parce que le monde entier les connaissait. Dès le début des négociations avec l'extérieur, Grigor avait révélé leur identité et leur histoire afin de prouver le sérieux et la compétence du groupe qui s'était emparé de la centrale, et de commencer à diffuser ses messages. Et pour montrer, en même temps, qu'ils étaient convaincus de n'avoir rien à perdre.

Les otages – et le monde entier – ne connaissaient pas le nom de Frank ni celui de Maria Elena, il avait insisté là-dessus et croyait fermement qu'ils allaient réussir leur affaire, d'une façon ou d'une autre. Et ils ne connaissaient pas le nom de Pami parce qu'ils n'avaient pas besoin de le savoir. Elle était devenue toute flasque et sans force à la minute où ils avaient pris le contrôle de la place, comme si elle n'avait tenu le coup que pour ce moment, et maintenant elle dormait, la plupart du temps dans la salle de repos, ou restait affalée dans un fauteuil à lancer de ses yeux caves des regards mauvais sur le monde environnant. Pami n'avait de contacts humains avec personne, pas plus les otages que ses compagnons.

Frank s'attendait aussi à ce que Grigor se soit déjà effondré, à ce qu'il ne joue plus qu'un rôle symbolique une fois dans la centrale, mais ce corps décharné avait l'air de trouver dans la salle de contrôle une substance et une vigueur nouvelles. S'occuper de la centrale et des otages et négocier avec les responsables bornés du dehors lui communiquait une énergie nerveuse qui le faisait s'agiter comme s'il était branché sur sa propre source d'électricité.

C'était Kwan qui perdait de sa vigueur, surtout depuis que la télévision l'avait présenté en définitive comme un vulgaire filou, non comme un révolutionnaire, comme un héros de la place T'ien an Men. Grigor avait révélé leurs noms aux médias deux jours plus tôt. Ils n'avaient aucun moyen de salir le courageux pompier de Tchernobyl, mais le gouvernement chinois était ravi de faire passer Li Kwan pour un simple criminel qui mentait sur son passé dans le but d'obtenir l'asile politique. Et le ministère des Affaires étrangères américain, pour des raisons propres à lui – sûrement de bonnes raisons réalistes et mûrement réfléchies –, était heureux d'annoncer qu'il avait étudié les documents fournis comme « preuves » par le gouvernement chinois et qu'il les estimait authentiques.

« T'en fais pas, Kwan, dit Frank dans un effort pour lui remonter le moral, ces mensonges prendront pas, t'inquiète pas. On a déjà beaucoup parlé de toi, non ? Y a eu plein d'articles dans les journaux sur qui tu es en réalité. »

Kwan haussa les épaules ; son visage étroit resta silencieux et amer, sans aménité aucune.

« On le passera, ton article, lui dit Frank qui commit alors une bourde : T'auras tout l'temps quand ça sera fini », dit-il.

Kwan le fixa de ses yeux cernés. Frank se racla la gorge, cligna des paupières, le tapota sur l'épaule et le laissa là.

Malgré l'étrangeté et la folie sans précédent de la situation, une espèce de routine s'installa bientôt, encore une chose que Frank ne voulait pas, dont il n'avait pas besoin. Ce qu'il voulait, ce dont il avait besoin, c'était une progression régulière dans la mise en œuvre de son plan : on négocie, on met au point les ultimes détails de la phase finale, on suit les termes de la transaction puis on rentre chez soi libre. Son ennemie, c'était la stase. Pareil cul-de-sac ne pouvait servir que ceux de l'extérieur qui, eux, n'avaient pas le souci d'un équilibre fragile à maintenir.

En attendant, on était au point mort. Ils tenaient parfaitement la centrale, mais ça ne donnait pas les résultats escomptés. L'effet de propagande que recherchaient Grigor et Kwan était pour ainsi dire inexistant : les médias s'en désintéressaient au profit de la prise d'otages. Le point de vue écologique, plus répandu, de Maria Elena n'avait pas l'air de parvenir à se faire entendre. Et Frank ne touchait pas son argent.

Pour le toucher, Frank devait au dernier moment se séparer d'eux. Les autres avaient tous des messages à délivrer, ils voulaient donc qu'on les capture pour réaliser leur programme. Aussi, en supposant que ces bon Dieu d'abrutis de responsables finissent quand même par se mettre d'accord sur la rançon de cinq millions, Grigor la leur ferait déposer dans des valises, dans une voiture devant l'entrée, et un membre du groupe sortirait et partirait au volant de la voiture.

Le scénario prévoyait, si le conducteur n'était pas arrêté ni suivi et si on le laissait disparaître, qu'il téléphonerait à la centrale six heures plus tard pour informer ses compagnons que tout était régulier. En l'absence de coup de téléphone, ceux-ci détruiraient la centrale. (En réalité, Frank se contenterait de disparaître, puis les autres se rendraient. Il aimerait bien emmener Maria, mais il y avait peu de chances qu'elle accepte.)

Mais d'abord, les crétins à l'extérieur devaient s'enfoncer dans leur crâne épais qu'il fallait payer les cinq millions. Qu'il fallait les payer s'ils ne voulaient pas dire adieu à leur putain de centrale.

Et il ne restait plus beaucoup de temps.

C'était Pami qui dormait le plus ; même éveillée, elle était amorphe et grincheuse comme une gamine affligée de coliques. Frank dormait le moins, mû par une énergie nerveuse, mais tous, membres du commando comme otages, s'allongeaient à tour de rôle sur le canapé de la salle de repos, enveloppés dans de légères couvertures de coton qu'on gardait normalement dans un placard en perspective d'une urgence où le personnel devrait rester dans la centrale pour une longue durée. (En fait de cas d'urgence, les planificateurs avaient en tête les mouvements sociaux en dehors du périmètre plutôt que l'impasse actuelle des négociations.)

La seule télévision se trouvait aussi dans la salle de repos. Ils la laissaient tout le temps allumée pour savoir comment le monde percevait leur situation, mais baissaient le volume parce qu'il y avait toujours quelqu'un à dormir à proximité. Ce fut dans l'après-midi du cinquième jour de siège qu'on y parla pour la première fois du professeur Philpott.

Frank et deux femmes du personnel regardaient à ce moment-là, assis tout près de l'écran pour entendre correctement ; Maria Elena et deux autres otages dormaient à l'autre bout du salon pendant que Grigor, Kwan et les quatre employés restants se trouvaient dans la salle de contrôle. « Pour l'instant, nous n'avons aucune information quant au professeur Marlon Philpott, l'éminent scientifique dont les expériences controversées sur l'antigravitation ont déclenché la grève à Green Meadow, laquelle à son tour… »

Frank détourna la tête de la télé. Les deux femmes qui regardaient l'écran avaient l'air inquiètes. On les voyait prier qu'il ne leur pose pas de questions. Mais leurs prières n'allaient pas être exaucées.

Le professeur Philpott fixa le poste dans le salon. « L'antigravitation ? De quoi ils parlent, bon Dieu ?

– Professeur, fit Cindy, l'air effrayé et les yeux écarquillés derrière les cheveux qu'elle s'écarta de la main, ils l'ont dit. Ils ne devaient rien dire. »

C'était vrai, bien sûr. L'ignorance de béotien que trahissait l'allusion à l'antigravitation lui avait fait manquer une faute encore plus énorme : ils ne devaient pas le dire.

Les médias savaient qu'il se cachait dans son laboratoire, évidemment. Il était un fleuron de Green Meadow, alors les journalistes avaient dû le chercher dès le début de l'affaire pour obtenir des déclarations, des commentaires, des interviews et tout, et Dieu sait qu'au départ les responsables avaient insisté pour qu'il sorte. Mais il avait fini par les convaincre, après force coups de téléphone – par bonheur, les communications ne passaient pas par un standard repérable par les terroristes –, que le laboratoire et lui étaient davantage en sécurité, que toute la centrale serait davantage en sécurité, s'il restait sur place. (Il ne leur avait pas dit qu'il poursuivait ses expériences, uniquement qu'il les « sauvegardait » ; un pieux mensonge sans plus, un péché véniel par omission.)

Mais les médias ne devaient rien en dire. Comme

l'avait affirmé un des responsables auquel il avait parlé au téléphone, on ferait le silence sur la retraite de l'éminent professeur Marlon Philpott jusqu'à la fin de cette aventure. (Et d'ailleurs, pourquoi tous les scientifiques étaient-ils « éminents » ?)

Malheureusement, comme toujours dans les affaires humaines, il s'était trouvé quelqu'un qui n'avait pas reçu le message, tel secrétaire de rédaction adjoint et intérimaire au mauvais endroit au mauvais moment. « Tout ce qu'on peut espérer, dit Philpott, c'est que les terroristes soient trop occupés pour regarder la télévision. » Et il retourna dans son labo pour voir comment Chang s'en sortait avec l'infime soupçon de *quelque chose* dans le deutérium.

« Ça place la barre plus haut, dit Frank. Je vais aller le chercher dans ce labo, le ramener ici et le faire appeler ces connards ; peut-être que ça va débloquer les choses.

– Il faudrait que je vous accompagne, intervint Grigor. Nous ne savons pas vraiment ce qui se passe dans ce labo.

– Il faut que j'y aille aussi, dit Maria Elena. Je veux voir ce laboratoire. Je veux voir ce que fait cet homme.

– Me laissez pas toute seule avec ces gens-là », fit Pami. Elle avait du mal à se réveiller maintenant et elle était plus irascible que jamais.

« Ben, faut que quelqu'un garde la boutique, remarqua Frank.

– Vous savez, lui dit Grigor, presque tout est automatisé, il suffit de surveiller les indicateurs. Nous pouvons enfermer les employés dans la salle de repos pendant que nous serons partis, cinq ou dix minutes. Nous ramenons le professeur Philpott et nous les relâchons.

– Mais qui va surveiller les indicateurs ?

– Kwan. »

Frank porta son regard sur le Chinois blotti dans un fauteuil dans un angle, tout à sa rage désespérée. « On va voir, dit Frank qui se dirigea vers lui. Kwan ? Vous avez compris le truc ? »

Kwan le considéra sans répondre.

« On va enfermer nos prisonniers, reprit Frank, aller chercher le savant fou et le ramener. Vous restez assis aux commandes, là, et vous gardez l'œil sur tout ça. Si vous avez l'impression que quelque chose va sauter, vous arrangez le coup, d'accord ? »

La tête de Kwan se releva légèrement. Une faible lueur passa dans ses yeux éteints.

Frank lui toucha l'épaule, en sentit la dureté osseuse, tendue comme un câble de pont. « Bousillez pas tout, hein ? Pas encore. J'vais vous dire : si jamais faut tout foutre en l'air, tout faire sauter, c'est vous qui appuierez sur le bouton. Ça marche ? »

Un vague sourire flotta sur les lèvres grisâtres.

Frank lui sourit. « Vous aimeriez ça, hein, tout foutre en l'air ? La Chine et le reste. »

Avec ses yeux vides et son rictus dans un visage décharné, Kwan ressemblait à une tête de mort.

Personne ne se trouvait dans le salon devant la télévision trois minutes plus tard lorsqu'un présentateur à la mine affolée tenta de refermer la porte de l'écurie après que le cheval se fut sauvé au galop. « De sa résidence de vacances d'East Hampton, à

Long Island, le professeur Marlon Philpott, l'éminent scientifique, a aujourd'hui brisé son silence sur... »

Dans le laboratoire, le professeur Philpott brisa un long silence tendu pour murmurer : « C'est là. » À l'entendre, on aurait cru qu'il avait vu Dieu. « Chang ? Cindy ? Ça y est. »

C'était vrai. Cette fois, ça y était. L'indicateur de radiations affichait nettement une activité de rayons gamma dans l'anneau collisionneur. Quelque part dans le deutérium tourbillonnant quelque chose existait à présent qui ne s'y trouvait pas avant. Ça voulait naître depuis un certain temps, depuis des semaines, depuis qu'on précipitait à grande vitesse des courants d'ions lourds les uns contre les autres. Mais il était aussi difficile d'obtenir un résultat probant de ces collisions que de n'importe quelle autre. Aussi difficile qu'écraser deux Honda ensemble pour en extraire une Cadillac. Ou que jeter un jeu de cartes en l'air pour qu'elles retombent toutes côté face, par couleurs et dans l'ordre.

Enfin, cette fois ils le tenaient. Et ils n'allaient pas le lâcher. Tandis que Philpott et Cindy observaient, osant à peine respirer, Chang s'occupait des opérations de transfert de... de la *chose*, depuis l'anneau jusque dans le flacon de stockage. « Il n'y a plus de radiations gamma dans l'anneau, annonça-t-il.

– Alors c'est dans le flacon. »

Chang avait l'air paniqué. « Il n'y a pas d'activité gamma dans le flacon non plus !

– La matière étrange, lui rappela Philpott, n'émet de radiations que lorsqu'on l'alimente, c'est une des raisons qui la rendent si sûre. Envoyez du deutérium par le centre du flacon.

– Une réaction ! » La figure de Chang rayonnait de ravissement.

« Donc, c'est bien réel », dit Philpott comme s'il n'y avait pas cru jusque-là, pas même la minute précédente. Il avait la bouche sèche. Savoir qu'une chose est vraie, ce n'est pas du tout pareil que d'en faire l'expérience ; c'est la même différence que regarder un paysage de neige sur une carte de Noël et se trouver dehors en plein blizzard.

Maintenue en équilibre dans le flacon de stockage, il y avait une parcelle de matière étrange, autrement dit une goutte E. Le flacon de stockage était un simple verre à vide sur la table ; il contenait une électrode positive et une négative, hémisphériques, entre lesquelles un courant électrique maintenait la goutte E en suspension. Face au verre, une caméra vidéo, et derrière, une ampoule ordinaire et nue, la goutte E à mi-distance entre les deux. La caméra informait l'ordinateur devant lequel était assis Chang, et l'ordinateur ordonnait la puissance à fournir pour assurer l'équilibre de la goutte E. Pour la faire tomber – ce qui épouvantait les alarmistes comme le professeur Delantero – il aurait suffi d'agiter une main devant la caméra. Le professeur Philpott se serait bien laissé tenter, rien que pour prouver à Delantero qu'il avait tort en présence de deux témoins, des thésards, mais il réduirait du même coup l'expérience à néant, et qui savait combien de temps il faudrait attendre pour renouveler une telle collision fructueuse ?

Chang interrompit les pensées revanchardes de Philpott. « Professeur, elle devient plus grosse et beaucoup plus lourde.

– Quoi ? Vous l'alimentez toujours ?

– Ben… oui, monsieur.

– Arrêtez, alors, lui dit Philpott. Plus de deutérium. Si cette goutte grossit trop, je ne pourrai pas m'en servir. En fait, nous ne pourrons pas la *retenir*. »

Penché tout près du verre, la vision gênée par la lumière de guidage à sa gauche, Philpott scruta le centre de cet espace clos sous vide. La voyait-il, la voyait-il vraiment ? Un grain minuscule ? Ou prenait-il ses désirs pour la réalité ?

Lorsque Frank eut convaincu les employés qu'il allait vraiment tirer dans les serrures de la porte du labo, quitte à flanquer la trouille au professeur Philpott ou à bousiller ses expériences, ils finirent par avouer qu'ils devaient avoir les clés du bâtiment. « Je lui dirai que vous vous êtes battus comme des lions », leur promit-il en les enfermant dans la salle de repos.

Puis il se trouva que Grigor ne pouvait pas marcher plus d'une dizaine de pas. « Je regrette, Frank, dit-il avec un sourire contrit. Je crois que j'ai réussi à cacher ça aux employés…

– Vous avez réussi à le cacher à tout le monde.

– Mais je ne peux pas me déplacer à pied jusqu'à l'autre bâtiment.

– Pas de problème, dit Frank. J'vais vous porter. »

Ce qu'il fit, et de son côté Maria Elena ne fut pas loin de porter Pami. Elle était elle aussi beaucoup plus faible qu'on le croyait, elle titubait comme une camée contrainte de marcher en pleine défonce. Maria Elena lui prit le bras et l'aida à suivre une ligne droite.

C'était la première fois qu'ils sortaient depuis

qu'ils avaient pris possession de la centrale, la première fois qu'ils voyaient le monde extérieur. Une belle journée, sans soleil, des nuages blancs en altitude et une faible humidité : l'univers baignait dans une espèce de clarté mate. Le fond de l'air n'était pas franchement glacial, mais on sentait quand même l'arrivée prochaine de l'hiver dans son froid vif, une impression de piquant dans le nez, trop ténue pour qu'on parle d'odeur. Les arbres et arbustes à feuilles caduques avaient déjà depuis longtemps pris leurs teintes de saison, si bien que les conifères paraissaient d'un vert plus sombre encore.

Les sentiers de béton qui s'incurvaient entre les bâtiments étaient propres, entretenus et déserts, comme si les quatre compagnons restaient les derniers humains sur terre ; l'homme aux épaules basses portait le poids plume de son compagnon, la femme vigoureuse conduisait la fille noire petite et maigre qui trottinait et chancelait comme si elle allait s'écrouler à chaque pas. Tous quatre progressaient lentement et irrégulièrement sur les sentiers vers le laboratoire, avançaient comme au son grêle d'un piano jouet qu'eux seuls entendaient.

Le labo, derrière le bâtiment de la turbine, était la plus petite construction dans le périmètre de la centrale. Un bloc rectangulaire en béton à un étage, isolé et dépourvu de fenêtres, des entrées sur trois côtés. L'entrée principale, deux portes en métal noir au bout d'un chemin de béton impeccable et curviligne bordé de plantations de mauvais goût, était verrouillée à l'intérieur en plus des serrures, ils ne pouvaient donc pas passer par là.

« Attendez », dit Frank aux trois autres, et il fit le tour par la gauche jusqu'à une porte simple, également de métal noir, qu'un sentier reliait directement au bâtiment de la turbine. Celle-ci aussi était verrouillée à l'intérieur.

« Ils commencent à m'faire chier », lança Frank à son groupe tout en poursuivant son chemin vers l'entrée du côté droit, une autre porte de métal noir à deux battants, cette fois placée plus en hauteur, précédée d'un quai de chargement en surplomb d'une route bitumée. Une dizaine de poubelles en plastique noir s'alignaient sur le quai, le long du mur près de la porte. C'était par là qu'entraient les livraisons et sortaient les rebuts, et l'agencement du quai et des portes rendait les verrous peu commodes. Frank fit jouer les serrures puis ouvrit le battant de droite. « J'aime mieux ça », dit-il avant de retourner chercher les autres.

Assis sur un tabouret de laboratoire, penché sur une table métallique, Philpott dictait et Cindy notait dans sa sténo personnelle :

« La goutte E est stable. Elle n'est pas quasi stable, ainsi que nombre de mes collègues scientifiques le craignaient, l'espéraient ou en émettaient l'hypothèse. Elle ne s'est pas altérée pour prendre une forme différente. L'indicateur de radiations montre une activité gamma là où nous savons que se trouve la goutte. L'activité s'arrête quand nous coupons l'alimentation de la goutte et reprend quand nous recommençons. Pour l'instant, sa masse reste en dessous des limites de la vision humaine, mais dès que les troubles qui agitent la centrale seront terminés, j'ai l'intention d'alimenter davantage la goutte jusqu'à ce qu'elle devienne assez grosse pour être visible à l'œil nu. Pour la faire grossir davantage…

– Professeur. »

La voix de Chang avait un accent tellement bizarre que Philpott ne songea même pas à s'indigner de l'interruption. Il tourna les yeux vers le jeune homme et le vit qui regardait fixement en direction de la porte du couloir. Masquant sa peur derrière une mine irritée, Philpott pivota sur son tabouret.

42

Les quatre personnes qui pénétrèrent dans le laboratoire ne correspondaient pas du tout à l'image que Philpott s'était faite des envahisseurs. Sur les quatre, seul l'homme qui brandissait le pistolet avec une aisance d'habitué ressemblait pour lui à un terroriste. Et seule la femme plutôt exotique avait des airs de fanatique. L'autre homme et l'autre femme étaient à l'évidence malades ; terriblement malades, tous les deux.

Oui, bien sûr. L'homme devait être le Russe, le porte-parole du groupe, le pompier empoisonné à Tchernobyl. Est-ce que la Noire s'était trouvée là-bas elle aussi ? Peu probable, et pourtant elle était visiblement aussi mal en point que le Russe. D'ailleurs, le groupe dégageait un tel sentiment de lassitude, de découragement et de désespoir que la première réaction de Philpott fut la pitié.

Une réaction qui ne dura pas. Elle s'altéra, se mua en colère indignée. « J'imagine que nous devons maintenant obéir à vos ordres, dit-il à l'homme armé du pistolet, manifestement le chef. Mais je vous demanderai, si vous le voulez bien, de ne pas troubler l'ordre de ce laboratoire. Vous n'y gagneriez rien, et moi, j'y perdrais beaucoup.

– J'vous ai vu à la télé », dit l'homme.

Évidemment. Si c'est ça la célébrité, songea Philpott, autant rester anonyme. « Je suis passé à la télévision, reconnut-il.

– Vous allez y repasser, fit l'homme avec un petit sourire de dur à cuire qui ne trompa guère Philpott une seconde. Quand vous expliquerez comment, grâce à vous et à vous seul, on est tous sortis d'ici et que tout le monde a repris sa vie normale. »

Le sourire de Philpott était maintenant compatissant ; mais aussi volontairement ironique. « C'est ce que vous croyez ? fit-il. Que moi, je vais y changer quelque chose ?

– Et comment ! » L'homme agita le pistolet. « Ils veulent récupérer leur centrale, mais ils nous prennent pas au sérieux. Ils veulent encore davantage vous récupérer, vous, et vous allez leur parler. Vous allez leur dire qu'on rigole pas. »

Philpott n'avait que quelques secondes pour décider de la marche à suivre. Se soumettre, se tenir tranquille, abonder dans le sens de leurs délires ? Ou leur ôter de la tête l'idée qu'ils allaient en tout état de cause mener à bien le projet puéril dans lequel ils s'étaient embarqués ?

Marlon Philpott était, d'abord et avant tout, un scientifique, un homme rationnel. Sa nature le portait de toute façon à se ranger du côté du réel contre le saugrenu, mais aujourd'hui il y avait une raison encore plus puissante pour qu'il adopte d'emblée une attitude réaliste avec ces gens-là : leur démence empêchait des tas d'hommes et de femmes de mener leur existence normale. Y compris lui-même, désormais.

Si ce malheureux incident devait se terminer sans effusion de sang, semblait-il à Philpott, ce ne serait qu'une fois les envahisseurs convaincus de l'impasse où ils se trouvaient. « Je regrette, dit-il en conséquence, mais vous savez, ça ne marchera pas. Je ferai ce que vous m'ordonnerez de faire, évidemment – c'est vous qui tenez le pistolet –, mais s'il vous plaît, quand ça ratera, évitez de m'en rendre responsable. »

Ses paroles reflétaient une telle conviction et un tel calme qu'ils n'avaient d'autre choix que de les écouter, pour le moins d'y réfléchir. Le Russe, qui avait traversé le laboratoire pour s'asseoir sur le tabouret le plus près de Philpott pendant qu'il parlait et qui s'adossait maintenant d'un air las contre le mur, demanda : « Pourquoi est-ce que ça devrait rater ? »

Il paraît raisonnable, songea le professeur, surpris et attristé par sa découverte. En proie à une empathie inattendue, il vit soudain – comme s'il pistait une molécule dans son trajet invisible – quel chemin pouvait suivre un pompier d'une ville ordinaire transformé par un accident comme celui de Tchernobyl non seulement en un homme que subsumait sa maladie en phase terminale mais en cet être désespéré qui se heurtait à un cul-de-sac, dans un dernier et vain effort pour donner un sens à sa vie.

Obsédé par sa spécialité, Philpott se montrait borné et froid dans ses rapports avec ses frères humains, mais il était intelligent et capable de réactions affectives et de sympathie envers autrui dès lors qu'on captait son attention. On venait justement de la capter, son attention.

Basmyonov, se souvint brusquement Philpott, content d'avoir retenu le nom entendu au cours des reportages de la télévision. « Monsieur Basmyonov, dit-il en essayant tant bien que mal de le prononcer à la russe, l'accent porté sur l'avant-dernière syllabe, le monde est plutôt bien organisé, dans l'ensemble. Les dégâts que vous pouvez causer ici sont, au pire, infinitésimaux à l'échelle de la planète ; des centaines de centrales nucléaires produisent de l'électricité de par le globe sans parler des milliers d'autres types de centrales. En termes de population, on conçoit en ce moment même plus d'individus que cette centrale et vous ne pourriez en tuer. Je regrette, je ne veux pas minimiser votre situation, mais ce que vous faites, vous et vos amis, ce n'est qu'un tout petit point sur un écran. Ils peuvent se permettre d'attendre, dehors. De traîner en longueur, de discuter, de négocier, de ne jamais arriver à une conclusion. Pendant ce temps-là, vos vivres s'épuisent. Les nôtres, en tout cas, sont épuisés. Nous avons mangé toutes les cochonneries du distributeur du salon. »

La femme noire émaciée glissa lentement le long du mur dans son dos et s'assit par terre, la tête pendante, l'air d'une poupée abandonnée après le déménagement de toute la famille. L'autre femme se pencha comme pour l'aider, mais il n'y avait rien à faire, aussi se redressa-t-elle. La Noire avait les yeux vitreux, la bouche molle. Elle ne s'intéressait visiblement pas à ce qui se disait.

« Mais pourquoi n'est-ce pas plus simple pour eux de négocier ? » demanda le Russe.

Ce fut la femme exotique qui détourna son attention de la Noire assise par terre et répondit avant Philpott. « *L'autorité*, dit-elle avec un tel dégoût qu'on aurait pris le mot pour une souris crevée qu'elle venait de se découvrir sur la langue. On ne doit pas mettre leur autorité en question. On doit les laisser faire ce qu'ils veulent de *leur* monde. Au Brésil ils ont tué des vallées entières, tué les gens, les arbres, l'eau, la terre, et personne ne pouvait leur contester ce droit. »

Alors c'est ça, ton cauchemar, songea Philpott. « Je l'exprimerais un peu différemment, dit-il, mais oui, en gros, c'est ça. Tout a été pensé, élaboré dans les capitales du monde, il y a des années. J'ai moi-même participé à certaines des premières commissions d'études et je connais les décisions qui ont été prises, je sais ce qui les a motivées. Aucune nation ne peut céder ne serait-ce qu'une seule fois à un chantage nucléaire. On refusera *toujours* la solution de payer, sinon ce genre d'affaire se multiplierait, et on aboutirait à un carnage invraisemblable.

– Ils nous laisseraient tout faire sauter ? demanda l'homme au pistolet, l'air méprisant.

– Si vous êtes assez bêtes pour ça, oui. Écoutez, il y a cinq milliards d'êtres humains sur terre. Combien croyez-vous pouvoir en tuer avec cette centrale ? Trente mille ? Cette dame a parlé de vallées mortes au Brésil. Combien d'autres vallées l'espèce humaine peut-elle tuer en continuant de survivre sur la planète ? Des centaines. » Il s'adressa au Russe : « Votre nation, à vous, a réussi à détruire toute une mer, la mer d'Aral. Une immense mer intérieure, réduite par négligence à une flaque saumâtre pas plus grande que cette pièce. Le sel sature l'atmosphère. Les enfants en bas âge meurent parce que le lait de leur mère contient du sel et qu'ils ne peuvent pas manger. Une vaste étendue de votre propre nation détruite avec tout ce qui se trouve dessus, mais l'Union soviétique est toujours là. La terre continue de tourner. Et l'espèce humaine de vivre.

– Nous ne sommes pas assez importants, vous voulez dire, fit le Russe.

– Comme nous tous, convint Philpott. Vous, moi, les négociateurs, nous tous.

– Et si on se mettait à descendre les otages ? lança l'homme au pistolet. »

Philpott le considéra, les sourcils froncés. « Je ne crois pas que vous le feriez, dit-il, mais admettons-le. Dans ce cas, la liaison serait coupée. Ils nous passeraient par pertes et profits et continueraient d'attendre.

– Qu'on fasse sauter la centrale. » L'homme affectait une fois de plus un air de mépris, il essayait de se convaincre lui-même de son pouvoir, mais sans succès, bien sûr.

« Je vais vous dire, reprit Philpott, ce qui d'après moi se passe dehors en ce moment. Je crois que la route devant l'entrée est noire de voitures de pompiers et de matériel d'intervention d'urgence. Je crois qu'il y a des centaines, peut-être même plus d'un millier de gens en tenues antiradiations sur le pied de guerre. À l'instant où vous laisserez entendre que vous endommagez la centrale, ils arriveront en masse pour limiter les dégâts autant qu'ils pourront. Comme nous l'ont appris les bulletins météo à la télévision, un coup de chance pour la civilisation, de malchance pour vous…

– La “civilisation”, cracha la femme exotique », et son mépris, à elle, n'était pas affecté.

Philpott la regarda. « Je vois que la civilisation vous a fait du mal, dit-il. Ça arrive. Je ne peux pas ressentir votre douleur, évidemment, mais je crois quand même que la civilisation humaine vaut le prix qu'on la paye.

– Le prix que vous payez ou celui que je paye, moi ? »

Philpott écarta les mains. « C'est nous-mêmes qui en jugeons. » Il revint à l'homme armé. « Je disais donc, à propos de la météo, qu'on ne prévoit ni vents d'altitude ni pluie nulle part, et ce sont les deux conditions atmosphériques qui répandraient le plus loin la contamination et la mort. Vu la météo actuelle et vu les équipes d'intervention qui attendent sûrement hors du périmètre, il y a de grandes chances pour qu'ils circonscrivent les dégâts uniquement à ce secteur.

– Vous, vous mourrez avec nous tous », fit remarquer l'homme armé.

Philpott soupira. « Je le sais. Mais qu'est-ce que je dois faire ? Ça me fait peur, naturellement, et ça me désole, juste au moment où je viens… » Il jeta un coup d'œil au verre à vide qui contenait la goutte E invisible. Son triomphe ; trop tard ?

Il comprit soudain qu'il ne fallait pas attirer leur attention là-dessus.

« C'est pourquoi j'espère, dit-il plus fort en regardant l'homme armé, pouvoir vous convaincre de renoncer. Jusqu'à présent, je crois que vous n'avez fait de mal à personne. Deux de vos amis ont besoin de se faire hospitaliser de toute urgence, et…

La Noire maigre assise par terre parut s'éveiller d'un sommeil de droguée. « Pas d'hôpital m'aider. Rien m'aider. Suis fichue. »

Philpott insista, se concentra sur l'homme armé. vous voulez, je pourrais essayer de négocier votre reddition, les conditions, les avocats…

L'homme armé pointa son pistolet sur Philpott,

mais pas pour le menacer. Comme s'il pointait un doigt. « J'y retourne pas, dit-il. Je me l'suis déjà promis. »

La femme exotique s'enveloppa de ses bras. Elle avait l'air glaciale, terriblement amère. « Pas la peine, dit-elle. Rien ne marche jamais. Ils gagnent toujours. On ne peut pas se battre contre eux. C'est leur monde.

– J'y retourne pas », répéta l'homme.

Philpott ne savait pas vraiment de quoi il parlait – retourner dans un asile ? – mais il se rendait compte qu'il ne s'agissait pas là de bluff ni de fanfaronnade. « Je suis sûr qu'il y a moyen de négocier un genre de conférence de presse comme condition de la reddition. Vous pourriez expliquer votre point de vue, c'est possible de vous garantir au moins ça.

– C'est ce qu'ils ont dit à Li Kwan, fit la femme exotique.

– Je m'en souviens, moi aussi », dit l'homme armé. Il avait l'air plus mauvais, plus froid. Il a pris une décision, comprit Philpott, et ça ne va pas me plaire.

Le Russe intervint soudain. « C'est ça, l'expérience dont vous parliez à la télévision ? »

Il m'a vu regarder de ce côté-là, songea Philpott. Le Russe montrait du doigt le verre à vide sur la table à l'autre bout du laboratoire. Philpott avait la bouche sèche comme de l'amadou, les paumes moites. « Nous essayons toujours de trouver la particule, dit-il.

– Ah oui ? » Le Russe ne détachait pas les yeux du verre. « Alors qu'est-ce qu'elle regarde, la caméra ?

– Rien.

– Alors pourquoi cette lampe est allumée ? »

Philpott ne répondit pas tout de suite, ce qui était une erreur. Par son hésitation il vendit la mèche, malgré la tentative de Chang de sauver la situation. « On faisait des essais quand vous êtes arrivés, lâcha-t-il.

– Non.

– Grigor, qu'est-ce qui se passe ? » demanda l'homme armé.

Le Russe le regarda et tendit un doigt osseux en direction du verre. « Voilà de quoi ils parlaient à la télévision. Lui et l'autre savant. Ils disaient que si ce truc tombait, soit il ne se passerait rien, soit ce serait la fin du monde. Du monde entier. »

L'homme armé eut le sourire pour la première fois ; un sourire léger mais sincère. « C'est vous le gars qu'avez dit qu'il y avait rien à craindre. »

D'un coup, Philpott comprit dans quels abîmes dangereux ils s'enfonçaient. Il eut froid à la nuque, comme si le vent de l'éternité lui soufflait dans le dos. Il choisit ses mots avec grand soin pour répondre. « Je *crois* qu'il n'y a rien à craindre, voilà ce que je dis. Personne n'est encore sûr. Le professeur Delantero et quelques autres, ils ont peut-être raison, après tout. On n'a encore rien prouvé. Je prendrai, bien entendu, toutes les précautions jusqu'à ce que nous ayons pratiqué des milliers de tests. Je ferai venir le professeur Delantero lui-même pour…

– Nous pourrions vérifier la théorie à votre place, professeur, dit le Russe avant de s'adresser à l'homme armé : Il suffit de renverser la table. »

Philpott avait du mal à respirer. Il ignorait qu'on pouvait avoir aussi peur. « Pourquoi feriez-vous ça, mon vieux ? » dit-il d'une voix rauque, étranglée.

Les yeux du Russe étaient enfoncés dans sa tête,

comme si son cerveau regardait directement depuis le centre de son crâne. « Je vais partir dans très peu de temps, professeur, dit-il. Ça m'est égal d'emmener tout le monde avec moi. Cette idée-là me plaît. C'est ma meilleure blague. » Il tourna sa tête décharnée. « Pami ? Est-ce qu'il faut tous les emmener avec nous ?

– *Oui !* » On n'aurait pas cru la Noire capable de parler avec tant de force, ni de se lever avec tant d'énergie, sur un genou, un pied par terre, avant de devoir tendre la main et d'agripper la jambe de l'autre femme pour se soutenir.

Le Russe haussa les épaules. « Et nous connaissons le vote de Kwan. »

Ils ne pouvaient quand même pas tous penser la même chose. Mais la femme exotique qui tenait d'une main le poignet de la Noire saisit de l'autre celle, libre, de l'homme armé. « Il n'y a rien pour nous ici, dit-elle, rien nulle part. Nous ne pouvons pas gagner. Pourquoi est-ce que ça resterait leur monde ?

– J'y retourne pas, c'est tout ce que je sais. » L'homme armé refit à Philpott son sourire glacé. « C'est un coup de dés, d'accord ? Cinquante-cinquante. Soit il se passe rien, et on avisera ensuite, soit on a plus à se soucier de l'avenir. Même plus du fric, d'accord ?

– S'il vous plaît, murmura Philpott. Ne faites pas ça, s'il vous plaît.

– Allez vous faire foutre, fit l'homme armé, à pied, à cheval et en voiture. » Il dégagea sa main de celle de la femme et se dirigea vers le verre à vide.

S'il vous plaît. Mais Philpott ne pouvait même plus parler. Qu'est-ce que j'ai fait ?

L'homme armé se rendit à la table. Il approcha la main du verre, et le téléphone sonna.

Tout le monde se figea. L'homme armé jeta un coup d'œil au Russe par-dessus son épaule. Le téléphone sonna une seconde fois. « Le dernier appel de l'histoire, dit l'homme armé. On répond ?

– Je vais le faire, décida Cindy qui trébucha dans sa course précipitée vers le bureau où reposait l'appareil. Ils la regardèrent tous décrocher le combiné. « Oui ? » Une petite pause, puis à son tour elle les regarda. « Il y a quelqu'un ici qui s'appelle Frank ? »

L'homme armé fronça les sourcils, l'air menaçant. « Qui connaît mon nom ? Qu'est-ce qui s'passe ? Qui c'est ? »

Cindy lui présenta le combiné. « Elle dit qu'elle s'appelle Mary Ann Kelleny. »

Ananayel

Je n'ai pas pu. Au dernier moment, à l'instant crucial, je n'ai pas pu. J'ai eu la vision de mon avenir, un long fleuve tranquille à perte de vue, des lustres de vide, un Appel de temps en temps, l'éternité pour me souvenir, et je n'ai pas pu. Je n'ai pas pu obéir.

Ce n'est pas seulement à cause de Susan. À cause également de l'existence dont elle participe, celle qui permet à deux humains de se lier d'une manière aussi gratuite, de faire passer leur affection mutuelle bien avant leurs petites personnes, qui permet à chacun d'eux de témoigner d'un tel désintéressement envers l'autre que toute l'éternité s'incarne véritablement dans le temps d'une seule pensée partagée.

Il aurait dû envoyer quelqu'un armé d'une plus grande expérience des humains, quelqu'un qui s'en serait déjà lassé autant que Lui. J'ai bien essayé de garder mes distances, mais je n'ai pas pu. Ce que je prenais chez les humains pour de la bassesse est devenu pétulance. Leur lourdeur que je jugeais d'un comique pathétique, je la trouve désormais attendrissante ; et avec quelle ingéniosité ils se démènent pour pallier leur faiblesse physique. Et la violence de leurs émotions, jadis répugnante à mes yeux, est aujourd'hui un élixir à mon âme apathique.

Qui n'est plus apathique. Nous avons tous notre libre arbitre, mais nous devons être prêts à en supporter les conséquences quand nous y recourons. Et je sais quelle sera la conséquence dans mon cas : l'expulsion. Comme Lucifer avant moi – quoique à un degré de rébellion beaucoup plus frivole – je serai chassé. Mais on ne m'enverra pas rejoindre le plus grand des dissidents dans son monde de ténèbres. Non ; la punition pour ma défection sera adaptée à mon crime. J'aime à ce point les humains ? Alors je deviendrai l'un d'eux.

Mais d'abord, je dois les sauver.

43

Frank prit le combiné que lui tendait la petite blonde comme s'il était brûlant. Deux secondes plus tôt, il était prêt à tout risquer sur un coup de dés – s'il y passait, tant pis, et s'il se trouvait encore là après avoir bousillé l'expérience du professeur, il se sentirait sans doute tellement content d'être en vie qu'il arriverait même à supporter le trou une fois de plus – et maintenant il avait peur. *Maintenant* ; pas avant.

Prudemment, comme si le bon Dieu d'appareil risquait de le mordre, il demanda :

« Qui c'est ?

– Bonjour, Frank. Ça ne va pas fort, hein ? »

C'était bien sa voix, il s'en souvenait parfaitement, et l'image lui revint de la première fois qu'il l'avait vue, sortie de sa voiture après la crevaison pour rester plantée devant, à trembler d'une trouille rétrospective. L'avocate du Nebraska, dans les trente-cinq ans, grande et mince, les cheveux bruns et raides. Celle qui lui avait mis en tête l'idée du coup à cinq millions de dollars.

« Comment vous avez su que j'étais là, nom de Dieu ?

– Frank, dit-elle, je m'en veux. Quand je vous ai parlé du gros coup unique, je ne croyais pas que vous alliez vous lancer dans une histoire pareille.

– J'suis brûlé ? demanda-t-il. Ils m'ont identifié, dehors ? » Ça n'avait plus guère d'importance mais il voulait en avoir le cœur net.

Il fut surpris de l'entendre répondre : « Non. Je suis la seule à savoir que c'est vous, Frank, et je veux…

– Comment vous savez ?

– Oh, allons, Frank, qu'est-ce que ça change ? Je sais aussi que vous devez tous avoir envie de laisser tomber… »

Frank regarda l'expérience en cours sur la table et eut un petit sourire. « Ça, vous pouvez le dire.

– Vous n'êtes pas obligés, dit-elle. Voulez-vous me faire confiance, Frank ? »

Pourquoi lui faire confiance ? D'un autre côté, pourquoi pas ? Elle avait été correcte avec lui, dans le Nebraska, lorsqu'il lui avait changé sa roue, elle avait même voulu lui donner trois cents dollars pour lui éviter de retomber dans ses mauvaises habitudes. Et si elle était vraiment la seule dehors à savoir qu'un type du nom de Frank Hillfen se trouvait au nombre des occupants de la centrale, alors peut-être – mais c'était son avis personnel –, peut-être pouvait-on lui faire confiance.

Mais quand même. *Pourquoi* se fier à elle ? Qu'avait-elle à y gagner ? « Faut voir, dit-il. Vous voulez que je sorte et que je me rende ?

– Non ! C'est la dernière chose que je veux que vous fassiez, Frank. Enfin, l'avant-dernière.

– Alors, vous voulez quoi ?

– Je veux que vous convainquiez Maria Elena de continuer à vivre, ça, c'est la première chose. »

Frank tomba à nouveau des nues. « Vous êtes au courant pour elle ? *Comment ?*

– Frank, dit-elle d'une voix pressante, impatiente, je ne répondrai à aucune de ces questions, alors arrêtez de les poser. Je veux que vous la convainquiez de vivre, Frank. Ensuite, vous pourrez laisser Grigor s'occuper du reste…

– Laisser ?

– Les autres vont mourir, de toute façon, ajouta-t-elle brusquement et durement. Maria Elena et vous, vous pouvez vivre.

– En taule, dit-il avec amertume.

– Non. Écoutez-moi, Frank. Si vous sortez et si vous contournez la tour de refroidissement de droite par l'extérieur – pas entre les tours – vous allez voir en face de vous une antenne radio sur une montagne au loin. Si vous marchez dans cette direction, une fois arrivés à la clôture d'enceinte vous trouverez un petit trou à la base, creusé par des animaux.

– La clôture est sur alarme. Ils vont le savoir quand on traversera.

– Les interrupteurs sont dans la salle de contrôle. Grigor pourra couper la zone de sécurité arrière vingt minutes après votre départ et la rebrancher au bout de dix minutes. Vous aurez largement le temps de passer. Ensuite vous marcherez toujours tout droit et, une fois sur la route, vous y verrez une voiture en stationnement. Les clés ne seront pas sur le contact, mais vous savez faire démarrer une voiture sans les clés, n'est-ce pas, Frank ?

– J'comprends pas », dit-il. La tête lui tournait ; on nageait en plein James Bond. Comment était-elle au courant de tout ça, elle, si personne d'autre ne l'était ? Une seule chose de sûre : elle ne répondrait pas à cette question-là.

« J'essaye de me racheter, Frank, disait Mary Ann Kelleny, parce que c'est moi qui vous ai dirigé dans la mauvaise voie. Maintenant, écoutez. Si vous arrivez à convaincre Maria Elena de venir avec vous, alors, quand vous aurez disparu sans laisser de traces, vous découvrirez qu'il s'est produit un événement il y a deux jours qui va vous permettre de ne plus jamais avoir besoin de travailler. Ça vous faisait envie, de vous retirer des affaires, non, Frank ? »

Frank ne put se retenir ; sa bouche se tordit, incrédule, ironique : « Encore un coup à cinq millions ?

– Oh, vous n'avez pas besoin de tout ça, Frank, dit-elle comme s'ils blaguaient ensemble. Vous tenez à vous retirer, n'est-ce pas ? Avec Maria Elena. »

Frank avisa une fois de plus le drôle de flacon de verre sur la table plus loin ; l'expérience du professeur. Y a quelque chose de vraiment bizarre, songea-t-il. *Vraiment* bizarre. La voix à peine audible, il souffla : « Vous en savez long, hein, mademoiselle Kelleny ? Vous savez ce qui se passe ici.

– Un peu, dit-elle.

– Et ce truc risque de péter, hein ? Ça risque vraiment de péter. »

Il y eut un court silence. Puis : « Ne cognez dans rien, Frank, dit Mary Ann Kelleny. Quand vous sortirez. » Et elle raccrocha.

44

La moitié de conversation téléphonique qu'entendait Grigor n'avait aucun sens. Tout ce qu'il savait, c'était que l'effort de la dernière heure l'avait épuisé, il ne restait plus de lui qu'une toute petite étincelle. Mais en même temps, ce retard ébranlait sa résolution.

L'idée d'en finir avec tout le monde ; pas mal comme blague ultime, non ? Je ne serais plus jamais un objet de pitié, d'étude, une source d'embarras, de condescendance. Nous sommes tous ensemble dans le même bateau, et le bateau gît au fond de l'océan. Oui, c'était une bonne manière de voir la chose : l'ultime blague sur l'espèce humaine.

Mais le coup de téléphone, le retard, le caractère obscur des répliques de Frank, tout concourait à lui embrouiller l'esprit. Il se surprit à repenser à Boris Boris, cet ours comique et agressif, le seul au monde qui avait le droit de le mettre en boîte, celui qui avait apprécié et formé le petit talent de Grigor, qui lui avait donné à réfléchir plus loin que sa fin imminente. Il en dirait quoi, Boris Boris, de la dernière blague de Grigor Basmyonov ?

« Pas drôle, Grigor. J'attends de toi de bonnes

blagues, sinon qu'est-ce que tu fous dans mon bureau ? »

Les docteurs du centre de recherches sur les maladies osseuses de Moscou ; les docteurs de l'hôpital à quelques kilomètres d'ici. Est-ce une façon de les remercier ?

C'est ça, le problème, quand on se débarrasse de tout le monde : il ne reste plus personne.

Quelle association ! songea-t-il. Aucun de nous n'a de parents proches ni personne qui tienne vraiment à nous. (Une pensée triste pour Susan lui traversa l'esprit.) Et puis nous avons fait la grande rencontre du savant, l'homme rationnel et froid qui nous a expliqué notre futilité et notre lamentable médiocrité, si bien que même nous en avons pris conscience.

Nous étions lancés, prêts à le faire, à risquer la destruction totale uniquement parce que nous-mêmes avons été détruits. Et qui nous le reprocherait après ? (Une blague de plus.)

Le coup de téléphone a brisé notre élan. Je ne suis plus l'homme d'il y a trois minutes. Ma réaction contre l'espèce humaine ne s'applique pas forcément à certains humains. Boris Boris. Susan.

Je ne me sens pas capable d'aller jusqu'au bout.

Mais… et Frank ? Grigor l'observait, s'efforçait de comprendre ce qui se disait dans la discussion téléphonique, et lorsqu'enfin elle s'interrompit, que Frank raccrocha et se retourna, Grigor lut sur sa figure que lui aussi avait changé. Mais dans quel sens ?

Frank regarda le savant. « C'est pas cinquante-cinquante », fit-il.

Le visage de Philpott était plus doux, plus malléable qu'au moment où ils avaient envahi son domaine. On y décodait maintenant plus facilement ses émotions. Et pour l'instant, s'aperçut Grigor, le professeur hésitait, ne savait quel parti prendre. Il tenait à défendre ses convictions, mais à condition que ça n'amène ni violence ni destruction. Et il avait perdu de son assurance de naguère quant à ses propres théories. Il bafouilla un peu sous l'œil impassible de Frank, puis répondit : « Quelles que soient les chances, je vous supplie de ne pas le faire. »

C'est donc vraiment la fin du monde, songea Grigor en contemplant encore le verre à vide sous l'éclairage violent. C'est ce qu'il y a là-dedans. On ne voit rien, mais c'est un rien capable de nous réduire tous à rien.

Frank demandait : « Maria, pourquoi on vivrait pas pour se battre un autre jour ? »

Maria Elena lui répondit par un regard hautain, furieux ; elle s'écarta de lui et posa la main sur l'épaule de Pami accroupie. « Tu tiens vraiment à vivre ? Dans ce monde ?

– C'est le seul qu'on a.

– Nous ne l'avons pas ! Ce sont *eux* qui l'ont !

– Maria, je crois qu'on a une chance de se sortir de là. »

Grigor se pressa les paumes sur les cuisses pour se donner la force de parler. « Moi, je ne l'ai pas, cette chance, dit-il, vous savez. Et, Pami non plus. »

Frank se tourna vers lui. Il avait le regard assuré. « Grigor, dit-il, j'pourrais mourir vingt fois, ça changerait rien à votre sort. Vous le savez bien. »

Les yeux de Grigor se fermèrent à demi tandis qu'il réfléchissait, qu'il essayait de trouver sa place dans le scénario. « Mais, dit-il, mon témoignage aura plus de poids si je reste ici, dans la centrale. Mort ou vif. Ça ne sert à rien que je m'échappe.

– Vous avez raison là-dessus, convint Frank. Mais en restant, vous nous aiderez, Maria et moi, à disparaître.

– Frank ? fit Maria Elena. Tu as vraiment changé d'avis ? »

Il tendit la main vers celle de la jeune femme, mais elle ne voulut pas encore la lui donner. « Ce truc sur la table, là-bas, dit-il, c'est pas du suicide, c'est la mort définitive pour tout, la fin de toute l'histoire. Maria ? Tu veux pas tuer tout le monde, quand même ?

– MAIS MOI SI ! »

C'était la voix de Pami, un affreux coassement de corbeau. Elle fit un mouvement brusque en avant pour se soustraire à la main de Maria Elena. Elle ne pouvait pas marcher, mais elle se déplaçait tant bien que mal à quatre pattes à la vitesse d'un chat éclopé, et elle se précipita vers la table où se déroulait l'expérience.

Le jeune Chinois, le laborantin, se lança sur elle, lui attrapa le bras et l'épaule et la tira en arrière. La tête de la fille essaya de mordre à la volée dans un éclair de dents.

Grigor tendit une main inutile : « Elle a le sida ! »

Le gamin recula vivement loin de cette bouche grondante et menaçante. Pami fit encore un mouvement vers la table, mais cette fois elle avait trop exigé de son corps. Son torse s'arqua, ses os saillirent sous ses vêtements et sa bouche s'ouvrit en grand tandis qu'elle se cambrait de façon incroyable en arrière. Elle parvint à pousser un cri bref, aussitôt étouffé par un flot de sang, et elle s'écroula par terre, tel un chiffon jeté au rebut. Un halo rouge de sang vicié lui entoura la tête.

X

HAAA HA HA HA HA !

HA HAAAAAAAAAA ! Oh, HA HA HA HA HA HA HA !

Dans mes bras ! Dans mes bras ! Dans mes bras ! Je vous ai sauvés, mes petits chéris, dans mes bras et dansons !

La jolie danse qui nous attend !

45

Ils traversèrent le parc, d'abord en silence, d'abord séparément, comme s'ils allaient par hasard plus ou moins dans la même direction. Ils gravirent pendant cinq minutes la pente douce, dépassèrent des arbustes d'ornement, des arbres rares, de petits bosquets entretenus. Une brise légère faisait bruire les feuilles et les aiguilles de pin au-dessus de leurs têtes. Des chants d'oiseaux délimitaient des territoires, s'échangeaient entre congénères, glorifiaient les vers et les insectes.

Ils gagnèrent le sommet d'une longue crête et entreprirent de descendre l'autre versant, tout aussi peu accentué, tout aussi bien entretenu. Au bout d'une minute, Maria Elena s'arrêta et regarda en arrière.

« On ne la voit plus », dit-elle.

Frank se retourna. C'était vrai : la pente masquait la centrale. « Tant mieux, dit-il. C'est pas beau à regarder. »

Maria Elena pivota lentement sur elle-même. « On ne voit rien d'ici, dit-elle, sauf l'antenne radio. Rien d'autre d'humain. Pas de bâtiments, rien.

– Parfait », approuva Frank. Un doux parfum

flottait dans l'air, une odeur de maïs frais qu'on ramène chez soi de l'éventaire d'un fermier en bordure de route.

« C'est comme au commencement du monde », dit Maria Elena.

Frank se souvint soudain. « Écoute, Maria, fit-il, ce sera la fin du monde pour nous si on arrive pas vite à la clôture.

– Oui, bien sûr. »

Elle tendit la main, il la prit, et ils se remirent en marche d'une allure plus soutenue. Bientôt, Maria Elena se mit à chanter d'une voix forte et claire au rythme de leurs pas ; la mélodie s'éleva dans les arbres et se diffusa dans le parc broussailleux à la ronde.

« Joli », dit Frank tandis qu'elle lui souriait et continuait de chanter. Il ne comprenait pas les paroles, c'était dans une langue étrangère, mais il comprenait la chanson.

Devant : la clôture.

Andy Messenger

La voiture n'y était pas lorsque Frank et Maria Elena sont arrivés sur la route de campagne. On m'avait déjà retiré mes pouvoirs. Mais j'avais eu le temps de détourner l'attention des gardes nationaux, si bien qu'ils ont quand même pu s'enfuir avant que Grigor ne s'écroule cinq heures plus tard dans le laboratoire et que Philpott ne téléphone pour demander de l'aide.

On n'a pas trouvé les empreintes de Frank ni de Maria Elena parmi celles que les techniciens de la police ont relevées dans la salle de contrôle et le laboratoire. Les descriptions qu'ont données les témoins des deux terroristes manquants étaient tellement confuses, tellement truffées d'incertitudes et de contradictions, qu'elles ne menaient nulle part. Lorsque Kwan est mort à l'hôpital le lendemain du siège et que Grigor l'a suivi deux jours plus tard sans avoir ni l'un ni l'autre fait de déclaration, le dernier lien avec le couple d'échappés s'est rompu.

Une fois rentrée chez elle à Stockbridge avec Frank, Maria Elena a trouvé sur son répondeur un message de la police locale. Craignant le pire, tandis que Frank préparait déjà les valises, elle a téléphoné et appris que son mari, John, avait été tué à coups de revolver deux jours plus tôt par une folle du nom de Kate Monroe avec laquelle il avait apparemment eu un temps une liaison, récemment rompue. (Je n'y suis pour rien ; Kate a eu cette idée tout seule.) La police d'assurance de deux cent mille dollars de John payait une double indemnité ; sans être un coup à cinq millions, ça suffisait pour éviter des ennuis à Frank.

Il a passé toute une longue journée horripilante à tenter de remettre la main sur la carte de visite de Mary Ann Kelleny qui avait disparu de son portefeuille. (Pendant qu'il lui parlait au téléphone, pour tout dire.) Ensuite il a essayé de trouver une avocate de ce nom aux renseignements d'Omaha. Puis il a renoncé. (Vous devez comprendre que je n'avais alors ni le temps ni l'envie de couvrir mes traces. Il fallait seulement que j'efface mon œuvre, et vite.)

Susan et moi ne voyons pas les jours passer. Elle, le temps ne lui paraît pas filer entre les doigts, mais moi, je sais qu'il s'écoule à toute vitesse.

Ah ! mais que j'aime cette existence brève ! Et quel paradoxe à la fois doux et amer : plus on l'aime, plus vite elle s'enfuit.

J'ignore ce qui se passe par ailleurs ; je veux dire au sujet de *Son* projet. J'aurais aussi bien pu n'avoir jamais connu que la condition humaine ; si l'on excepte les fils de trame de mon plan lorsqu'ils se sont dénoués, je n'ai absolument aucun accès à cet autre monde, aucun lien avec lui en dehors de mes souvenirs.

Je me demande parfois si ma défection a pu exciter Son intérêt, a pu Lui redonner quelque goût pour cette boîte de Lego parmi d'autres, et s'Il ne va pas décider de la garder encore un peu. Dans le cas contraire, il y a sûrement un de mes anciens collègues à pied d'œuvre quelque part, qui rassemble ses gens, qui met au point sa stratégie. Un collègue mieux choisi, moins sentimental et moins émotif que moi.

Ce messager, cet agent, a-t-il quelques chances de réunir un autre groupe d'individus capables de nous remplacer – *nous !* – et auxquels on fera croire que l'extinction de l'espèce humaine est la meilleure solution à leurs problèmes personnels ? Y a-t-il d'autres mécontents dans ce monde ?

Et le nouvel élu trouvera-t-il un autre catalyseur, quelque chose qui réduira peut-être le globe non pas à un roulement à billes, mais à un bout de mâchefer en rotation perpétuelle autour du soleil ? Reste-t-il encore de grandes énergies destructrices à découvrir ?

Je l'ignore. Je ne saurais dire avec certitude ce qui risque d'arriver, ni quand. Je ne sais qu'une chose : Il ne renonce pas facilement.

Rivages/noir

Joan Aiken
Mort un dimanche de pluie (n° 11)

André Allemand
Au cœur de l'île rouge (n° 329)

Robert Edmond Alter
Attractions : Meurtres (n° 72)

Claude Amoz
L'Ancien crime (n° 321)

Jean-Baptiste Baronian
Le Tueur fou (n° 202)

William Bayer
Labyrinthe de miroirs (n° 281)

Marc Behm
La Reine de la nuit (n° 135)
Trouille (n° 163)
À côté de la plaque (n° 188)
Et ne cherche pas à savoir (n° 235)
Crabe (n° 275)
Tout un roman ! (n° 327)

Tonino Benacquista
Les Morsures de l'aube (n° 143)
La Machine à broyer les petites filles (n° 169)

Bruce Benderson
Toxico (n° 306)

Stéphanie Benson
Un meurtre de corbeaux (n° 326)

Pieke Biermann
Potsdamer Platz (n° 131)
Violetta (n° 160)
Battements de cœur (n° 248)

Michael Blodgett
Captain Blood (n° 185)

Daniel Brajkovic
Chiens féroces (n° 307)

Wolfgang Brenner
Welcome Ossi ! (n° 308)

Paul Buck
Les Tueurs de la lune de miel (n° 175)

Yves Buin
Kapitza (n° 320)

Edward Bunker
Aucune bête aussi féroce (n° 127)
La Bête contre les murs (n° 174)
La Bête au ventre (n° 225)

James Lee Burke
Prisonniers du ciel (n° 132)
Black Cherry Blues (n° 159)
Une saison pour la peur (n° 238)
Le Bagnard (n° 272)
Une tache sur l'éternité (n° 293)
Dans la brume électrique avec les morts confédérés (n° 314)
La Pluie de néon (n° 339)

W.R. Burnett
Romelle (n° 36)
King Cole (n° 56)
Fin de parcours (n° 60)

Jean-Jacques Busino
Un café, une cigarette (n° 172)
Dieu a tort (n° 236)
Le Bal des capons (n° 278)
La Dette du diable (n° 311)

Daniel Chavarría
Adiós muchachos (n° 269)
Un thé en Amazonie (n° 302)

Daniel Chavarría/Justo Vasco
Boomerang (n° 322)

George Chesbro
Une affaire de sorciers (n° 95)
L'Ombre d'un homme brisé (n° 147)
Bone (n° 164)
La Cité où les pierres murmurent (n° 184)
Les Cantiques de l'Archange (n° 251)

Les Bêtes du Walhalla (n° 252)
L'Odeur froide de la pierre sacrée (n° 291)
Le Second Cavalier de l'Apocalypse (n° 336)

Andrew Coburn
Toutes peines confondues (n° 129)

Michael Collins
L'Égorgeur (n° 148)
Rosa la Rouge (n° 267)

Robin Cook
Cauchemar dans la rue (n° 64)
J'étais Dora Suarez (n° 116)
Vices privés, vertus publiques (n° 166)
La Rue obscène (n° 200)
Quand se lève le brouillard rouge (n° 231)
Le Mort à vif (n° 241)
Bombe surprise (n° 260)

Peter Corris
La Plage vide (n° 46)
Des morts dans l'âme (n° 57)
Chair blanche (n° 65)
Le Garçon merveilleux (n° 80)
Héroïne Annie (n° 102)
Escorte pour une mort douce (n° 111)
Le Fils perdu (n° 128)
Le Camp des vainqueurs (n° 176)

Hélène Couturier
Fils de femme (n° 233)

James Crumley
Putes (n° 92)

Mildred Davis
Dark Place (n° 10)

Jean-Paul Demure
Milac (n° 240)
Fin de chasse (n° 289)

Jean-Claude Derey
Black Cendrillon (n° 323)

Pascal Dessaint
La vie n'est pas une punition (n° 224)
Bouche d'ombre (n° 255)

À trop courber l'échine (n° 280)
Du bruit sous le silence (n° 312)

Thomas Disch/John Sladek
Black Alice (n° 154)

Wessel Ebersohn
La Nuit divisée (n° 153)
Coin perdu pour mourir (n° 193)
Le Cercle fermé (n° 249)

Stanley Ellin
La Corrida des pendus (n° 14)

James Ellroy
Lune sanglante (n° 27)
À cause de la nuit (n° 31)
La Colline aux suicidés (n° 40)
Brown's Requiem (n° 54)
Clandestin (n° 97)
Le Dahlia noir (n° 100)
Un tueur sur la route (n° 109)
Le Grand Nulle Part (n° 112)
L.A. Confidential (n° 120)
White Jazz (n° 141)
Dick Contino's Blues (n° 212)
American Tabloid (n° 282)
Ma part d'ombre (n° 319)

Howard Fast
Sylvia (n° 85)
L'Ange déchu (n° 106)

Kinky Friedman
Meurtre à Greenwich Village (n° 62)
Quand le chat n'est pas là (n° 108)
Meurtres au Lone Star Café (n° 151)
Le Vieux Coup de la sauterelle (n° 197)
Elvis, Jésus et Coca-Cola (n° 264)

Samuel Fuller
L'Inexorable Enquête (n° 190)
La Grande Mêlée (n° 230)

Barry Gifford
Port Tropique (n° 68)
Sailor et Lula (n° 107)

Le Contrat Mandeville (n° 191)
Le Rat en flammes (n° 243)
Paris risqués (n° 287)

Tony Hillerman
Là où dansent les morts (n° 6)
Le Vent sombre (n° 16)
La Voie du fantôme (n° 35)
Femme-qui-écoute (n° 61)
Porteurs-de-peau (n° 96)
La Voie de l'Ennemi (n° 98)
Le Voleur de temps (n° 110)
La Mouche sur le mur (n° 113)
Dieu-qui-parle (n° 122)
Coyote attend (n° 134)
Le Grand Vol de la banque de Taos (n° 145)
Les Clowns sacrés (n° 244)
Moon (n° 292)

Chester Himes
Qu'on lui jette la première pierre (n° 88)

Dolores Hitchens
La Victime expiatoire (n° 89)

Geoffrey Homes
Pendez-moi haut et court (n° 93)
La Rue de la femme qui pleure (n° 94)

Dorothy B. Hughes
Et tournent les chevaux de bois (n° 189)
Chute libre (n° 211)

William Irish
Manhattan Love Song (n° 15)
Valse dans les ténèbres (n° 50)

Bill James
Retour après la nuit (n° 310)

William Kotzwinkle
Midnight Examiner (n° 118)
Le Jeu des Trente (n° 301)
Book of Love (n° 332)

Jonathan Latimer
Gardénia rouge (n° 3)
Noir comme un souvenir (n° 20)

Michel Lebrun
Autoroute (n° 165)
Le Géant (n° 245)

Christian Lehmann
Un monde sans crime (n° 316)

Elmore Leonard
Zig Zag Movie (n° 220)
Maximum Bob (n° 234)
Punch Créole (n° 294)

Bob Leuci
Captain Butterfly (n° 149)
Odessa Beach (n° 290)

Ted Lewis
Le Retour de Jack (n° 119)
Sévices (n° 152)
Jack Carter et la loi (n° 232)
Plender (n° 258)

Richard Lortz
Les Enfants de Dracula (n° 146)
Deuil après deuil (n° 182)
L'Amour mort ou vif (n° 206)

John D. Mac Donald
Réponse mortelle (n° 21)
Un temps pour mourir (n° 29)
Un cadavre dans ses rêves (n° 45)
Le Combat pour l'île (n° 51)
L'Héritage de la haine (n° 74)

Jean-Patrick Manchette
La Princesse du sang (n° 324)

Dominique Manotti
À nos chevaux ! (n° 330)

John P. Marquand
Merci Mr Moto (n° 7)
Bien joué, Mr Moto (n° 8)
Mr Moto est désolé (n° 18)
Rira bien, Mr Moto (n° 87)

Richard Matheson
Échos (n° 217)

Helen McCloy
La Somnambule (n° 105)
William McIlvanney
Les Papiers de Tony Veitch (n° 23)
Laidlaw (n° 24)
Big Man (n° 90)
Étranges Loyautés (n° 139)
Marc Menonville
Jeux de paumes (n° 222)
Walkyrie vendredi (n° 250)
Dies Irae en rouge (n° 279)
Ronald Munson
Courrier de fan (n° 226)
Tobie Nathan
Saraka bô (n° 186)
Dieu-Dope (n° 271)
Jim Nisbet
Les damnés ne meurent jamais (n° 84)
Injection mortelle (n° 103)
Le Démon dans ma tête (n° 137)
Le Chien d'Ulysse (n° 161)
Sous le signe du rasoir (n° 273)
Kyotaro Nishimura
Petits crimes japonais (n° 218)
Jack O'Connell
B.P. 9 (n° 209)
Liam O'Flaherty
L'Assassin (n° 247)
Jean-Hugues Oppel
Brocéliande-sur-Marne (n° 183)
Ambernave (n° 204)
Six-Pack (n° 246)
Ténèbre (n° 285)
Abigail Padgett
L'Enfant du silence (n° 207)
Le Visage de paille (n° 265)
Oiseau de Lune (n° 334)
Hugues Pagan
Les Eaux mortes (n° 17)

La Mort dans une voiture solitaire (n° 133)
L'Étage des morts (n° 179)
Boulevard des allongés (n° 216)
Last Affair (n° 270)
L'Eau du bocal (n° 295)
Vaines Recherches (n° 338)

Andrea G. Pinketts
Le Sens de la formule (n° 288)

Bill Pronzini
Hidden Valley (n° 48)

Bill Pronzini/Barry N. Malzberg
La nuit hurle (n° 78)

Michel Quint
Billard à l'étage (n° 162)
La Belle Ombre (n° 215)
Le Bélier noir (n° 263)

Diana Ramsay
Approche des ténèbres (n° 25)
Est-ce un meurtre ? (n° 38)

Louis Sanders
Février (n° 315)

Budd Schulberg
Sur les quais (n° 335)

Philippe Setbon
Fou-de-coudre (n° 187)
Desolata (n° 219)

Roger Simon
Le Clown blanc (n° 71)
Génération Armageddon (n° 199)
La Côte perdue (n° 305)

Pierre Siniac
Les mal lunés (n° 208)
Sous l'aile noire des rapaces (n° 223)
Démago Story (n° 242)
Le Tourbillon (n° 256)
Femmes blafardes (n° 274)
L'Orchestre d'acier (n° 303)
Luj Inferman' et La Cloducque (n° 325)

Les Standiford
Pandémonium (n° 136)
Johnny Deal (n° 259)
Johnny Deal dans la tourmente (n° 328)
Richard Stark
La Demoiselle (n° 41)
La Dame (n° 170)
Richard Stratton
L'Idole des camés (n° 257)
Vidar Svensson
Retour à L.A. (n° 181)
Paco Ignacio Taibo II
Ombre de l'ombre (n° 124)
La Vie même (n° 142)
Cosa fácil (n° 173)
Quelques nuages (n° 198)
À quatre mains (n° 227)
Pas de fin heureuse (n° 268)
Même ville sous la pluie (n° 297)
La Bicyclette de Léonard (n° 298)
Ross Thomas
Les Faisans des îles (n° 125)
La Quatrième Durango (n° 171)
Crépuscule chez Mac (n° 276)
Traîtrise ! (n° 317)
Voodoo Ltd (n° 318)
Jim Thompson
Liberté sous condition (n° 1)
Un nid de crotales (n° 12)
Sang mêlé (n° 22)
Nuit de fureur (n° 32)
À deux pas du ciel (n° 39)
Rage noire (n° 47)
La mort viendra, petite (n° 52)
Les Alcooliques (n° 55)
Les Arnaqueurs (n° 58)
Vaurien (n° 63)
Une combine en or (n° 77)
Le Texas par la queue (n° 83)

Rivages/Mystère

Charlotte Armstrong
Le Jour des Parques (n° 13)
L'Inconnu aux yeux noirs (n° 15)
Une dose de poison (n° 21)

Francis Beeding
La Maison du Dr Edwardes (n° 9)
La mort qui rôde (n° 12)
Un dîner d'anniversaire (n° 18)

Algernon Blackwood
John Silence (n° 8)

Fortuné du Boisgobey
Le Coup d'œil de M. Piédouche (n° 32)

Jypé Carraud
Tim-Tim Bois-Sec (n° 22)
Le Squelette cuit (n° 25)
Les Poulets du Cristobal (n° 31)

Collectif
La Griffe du chat (n° 28)

F. W. Crofts
Le Tonneau (n° 24)

Amanda Cross
En dernière analyse (n° 23)
Insidieusement vôtre (n° 26)
Justice poétique (n° 27)
Une mort si douce (n° 30)

Mildred Davis
Crime et chuchotements (n° 14)
Passé décomposé (n° 16)
Un homme est mort (n° 20)

Michael Dibdin
L'Ultime Défi de Sherlock Holmes (n° 17)

John Dickson Carr
En dépit du tonnerre (n° 5)

Jacques Futrelle
Treize enquêtes de la machine à penser (n° 29)

Edward D. Hoch
Les Chambres closes du Dr Hawthorne (n° 34)
William Kotzwinkle
Fata Morgana (n° 2)
Alexis Lecaye
Einstein et Sherlock Holmes (n° 19)
John P. Marquand
À votre tour, Mister Moto (n° 4)
Kai Meyer
La Conjuration des visionnaires (n° 33)
Anthony Shaffer
Absolution (n° 10)
J. Storer-Clouston
La Mémorable et Tragique Aventure de Mr Irwin Molyneux (n° 11)
Rex Stout
Le Secret de la bande élastique (n° 1)
La Cassette rouge (n° 3)
Meurtre au vestiaire (n° 6)
Josephine Tey
Le plus beau des anges (n° 7)

Achevé d'imprimer en octobre 1999
par Maury-Eurolivres S.A.
45300 Manchecourt

Imprimé en France
Dépôt légal : Octobre 1999